NAMI

un voyage à soi

Symbole du mouvement perpétuel de la vie, *Nami* signifie vague en japonais. C'est aussi la maison d'édition qui donne vie à une littérature de l'intime. Une littérature qui nous parle de nos joies, de nos peines, de nos défis et de nos choix.

À travers des romans français, francophones ou étrangers, nous vous invitons à célébrer à nos côtés l'inimitable pouvoir de la littérature et à découvrir des plumes uniques, de nouveaux horizons et des personnages en quête d'eux-mêmes.

UNE VIE
IMPOSSIBLE

Titre original : *The Life Impossible*

Publié avec l'accord de Canongate Books Ltd, 14 High Street, Edinburgh EH1 1TE

Traduit de l'anglais par Laurent Bury

76, boulevard Pasteur
75015 Paris – France

ISBN : 978-2-493816-62-7
Maquette : Patrick Leleux PAO

Matt Haig

UNE VIE IMPOSSIBLE

Roman

Traduit de l'anglais par Laurent Bury

NA
MI

À l'île d'Ibiza et à ses habitants.

La réalité n'est pas toujours probable, ni vraisemblable.
Jorge Luis Borges

When the angels from above,
Fall down and spread their wings like doves;
As we walk, hand in hand,
Sisters, brothers, we'll make it to the promised land.
Joe Smooth, *Promised Land*

Chère Mme Winters,

J'espère que mon courriel ne vous dérangera pas.
Vous vous souvenez peut-être de moi. Vous m'avez enseigné les mathématiques à Hollybrook. J'ai maintenant vingt-deux ans et je suis en dernière année à l'université. J'étudie les maths, vous serez sûrement ravie de l'apprendre !
Pendant les vacances de Pâques, j'ai croisé M. Gupta en ville, je lui ai demandé de vos nouvelles, et il m'a tout expliqué. Je suis désolé que vous ayez perdu votre mari. M. Gupta a dit que vous vous étiez installée en Espagne. J'ai une grand-mère qui est repartie pour Grenade, où elle n'était plus retournée depuis l'âge de sept ans, et elle y a trouvé le bonheur. J'espère que vous êtes heureuse de votre déménagement.
J'ai moi aussi connu un deuil récemment. Ma mère est morte il y a deux ans, et j'ai ensuite traversé une période de dépression. Je ne m'entends pas avec mon

père et j'ai du mal à me concentrer sur mes études. Ma sœur (vous vous rappelez peut-être Esther) a encore plus besoin d'aide, à présent. J'ai négligé ma petite amie et elle a rompu avec moi. Et il y a eu d'autres problèmes. Continuer me paraît parfois bien difficile. C'est comme si ma vie était déjà écrite alors que je suis jeune, comme si tout était connu d'avance. Toute cette pression m'empêche parfois de respirer.

Je suis dans un schéma, comme un motif chiffré, une suite de Fibonacci - 0, 1, 1, 2, 3, 5, 8, 13, 21, etc. Comme dans cette suite, plus j'avance, moins les choses deviennent surprenantes. Mais au lieu de m'apercevoir qu'on obtient le nombre suivant en ajoutant les deux précédents, je me rends compte que tout est déjà décidé pour moi. En vieillissant, à mesure que les nombres s'accumulent, le modèle devient plus prévisible. Et il n'y a pas moyen d'y échapper. Autrefois, je croyais en Dieu, mais aujourd'hui, je ne crois plus en rien. J'étais amoureux, mais j'ai tout gâché. Parfois je me déteste. J'abîme tout. Je me sens constamment coupable. Je bois trop, à cause de ça je rate mes études, et je me sens coupable là aussi parce que Maman voulait que je me donne du mal.

Je regarde ce qui se passe dans le monde et je vois que notre espèce entière s'avance vers la destruction. Comme si c'était programmé, un autre schéma

programmé. Et je suis las d'être humain, d'être cette créature minuscule qui ne peut rien faire pour aider le monde. Tout semble impossible.
Je ne sais pas pourquoi je vous raconte tout ça. Je voulais simplement en parler à quelqu'un. Et vous avez toujours été gentille avec moi. Je suis dans le noir et j'ai besoin de lumière. Désolé. Ça paraît mélodramatique. J'ai vraiment besoin d'être un bon modèle pour ma sœur.
S'il vous plaît, ne vous sentez pas obligée de me répondre. Mais tout ce que vous pourrez dire sera très apprécié. Désolé pour ce long courriel.
Merci.

Maurice Augustine

Cher Maurice,

Merci beaucoup.
Je n'ai pas l'habitude de répondre aux courriels, même si je n'en reçois pas tant que ça. Je ne suis pas très présente sur Internet. Je ne suis pas sur les réseaux sociaux ; tout ce que j'ai, c'est WhatsApp, et même ça, je m'en sers rarement. Pourtant, j'ai senti que je vous devais une réponse, et une réponse digne de ce nom.
Je suis désolée pour tout ce que vous avez vécu. Je me rappelle votre mère, rencontrée lors de réunions parents-professeurs. Elle m'avait plu. J'ai le souvenir d'une femme sérieuse, mais avec un petit sourire au coin des lèvres quand elle parlait de vous. Vous lui remontiez le moral, rien qu'en étant vous-même. Et c'était un bel exploit, surtout de la part d'un adolescent.
J'ai commencé à vous répondre, et ce que je vous écrivais a vite dépassé les proportions d'un petit courriel.

Pour être franche avec vous, cela fait un certain temps que j'ai envie de mettre tout ça noir sur blanc, et votre message m'en a donné l'occasion.
Ce que je vais vous raconter est une histoire que j'ai moi-même du mal à admettre. Ne vous sentez pas obligé de me prendre au mot. Mais sachez que rien n'est inventé. Je n'ai jamais cru à la magie, et je n'y crois toujours pas. Parfois, pourtant, une partie de la vie que nous ne comprenons pas encore ressemble à de la magie.
Je ne peux pas vous promettre que mon histoire vous aidera à croire en l'impossible. Mais c'est l'histoire, aussi vraie qu'une autre, d'une personne qui ne trouvait plus de sens à son existence, et qui a découvert le plus grand objectif qu'elle ait connu, et il me semble de mon devoir de la partager. Je ne suis absolument pas un modèle, comme cela apparaîtra sans doute de façon claire. Je me suis très souvent sentie coupable dans ma vie. En un sens, c'est de ça qu'il est question. J'espère que ce récit vous sera utile, au moins en partie.
Vous le trouverez en pièce jointe.
Tous mes vœux.

Grace Winters

À faire pleurer dans les chaumières

IL ÉTAIT UNE FOIS UNE VIEILLE FEMME qui menait la vie la plus ennuyeuse au monde.

Cette femme quittait très rarement son pavillon, sauf pour consulter le docteur, faire du bénévolat à la boutique de charité, ou se rendre au cimetière. Elle ne jardinait plus. Le potager était à l'abandon, et les parterres de fleurs étaient envahis de mauvaises herbes. Elle se faisait livrer ses courses de la semaine. Elle habitait Lincoln, dans les Midlands. Le même bourg de brique orange où elle avait mené toute sa vie adulte, à part un passage par l'université de Hull, il y avait des siècles.

Vous connaissez l'endroit.

La ville n'était pas si mal, mais ses rues étaient devenues moins accueillantes qu'autrefois. Il lui était pénible de voir la moitié de ses plus chers souvenirs se couvrir d'affiches déchirées et de panneaux de contreplaqué.

Dans la journée, elle regardait la télévision, lisait parfois un livre et faisait des mots croisés pour maintenir son cerveau actif. Elle observait les oiseaux dans le jardin, elle contemplait la petite serre vide, tandis que résonnait le tic-tac de l'horloge sur la cheminée. Elle avait jadis eu la passion du jardinage, mais plus maintenant. Elle n'avait que soixante-douze ans, mais depuis que son mari était mort, quatre ans auparavant, suivi de peu par son loulou de Poméranie, Bernard, elle se sentait complètement seule. En fait, elle se sentait seule depuis plus de trente ans. Depuis le 2 avril 1992, pour être précis. Le jour où sa vie avait perdu son but et son sens, qu'elle n'avait jamais retrouvés. Pourtant, cette solitude s'était changée en une réalité bien concrète au cours des dernières années, et elle avait l'impression d'avoir au moins cent trente-deux ans. Elle ne connaissait pratiquement personne. Ses amis étaient morts, avaient déménagé ou pris leur retraite. Elle n'avait que deux contacts sur WhatsApp – Angela, de la Fondation pour la recherche sur le cancer, et Sophie, sa belle-sœur, qui était partie pour Perth, en Australie, trente-trois ans plus tôt.

Mais de tous les moments tristes du passé, c'était encore cette date, un mois d'avril il y avait bien longtemps, qui résonnait le plus profondément dans son cœur. La mort de son fils, Daniel, avait été le choc le plus dur et le plus dévastateur, et une tragédie de cette ampleur entraîne toujours d'autres chagrins et d'autres échecs, comme le tronc d'un arbre mène à ses branches. Mais la vie avait continué. Avec son mari, Karl, ils avaient fini par s'installer dans un pavillon en tâchant de s'accommoder de leur situation, mais ça n'avait pas vraiment marché, donc ils avaient vécu dans le silence, à regarder la télévision et à écouter la radio. Son mari avait toujours été très différent d'elle ; il aimait le hard-rock et la bière, mais c'était fondamentalement un père tranquille. L'ennui, avec les tragédies, c'est qu'elles laissent leur empreinte sur tout ce qui vient après. Ils s'étaient parfois réconfortés en partageant leurs souvenirs, mais quand Karl était mort, la vie était devenue plus difficile car les souvenirs n'avaient plus nulle part où aller. Ils stagnaient, moisissaient dans sa tête. C'est pourquoi, chaque fois qu'elle se voyait dans la glace, elle ne voyait qu'une demi-vie. Un arbre en train de tomber lentement dans une forêt invisible.

Et elle avait aussi des soucis sur le plan financier.

Ses économies s'étaient volatilisées. Depuis qu'un escroc doté d'un rassurant accent écossais s'était fait passer pour un conseiller de la banque NatWest et – avec l'aide qu'elle lui avait sottement apportée – avait dérobé les 23 390 livres et 27 pence que Karl et elle avaient mis de côté. C'était une longue histoire, pleine d'individus rusés et d'une vieille folle ridicule (coucou, c'est moi !), mais comme vous avez beaucoup de chance, ce n'est pas cette histoire qui va vous être racontée ici.

Quoi qu'il en soit, cette dame passait donc ses journées chez elle, avec ses douleurs dans les jambes, à essayer de ne pas répondre aux courriels d'inconnus, et elle laissait sa vie chiffonnée dériver comme un vieux paquet de chips vide entraîné par la rivière. Son unique étincelle d'intérêt était la vue d'un pinson ou d'un étourneau sur la mangeoire de son petit jardin, alors qu'elle inhalait des vieux souvenirs et des rêves fanés.

Excuses

DÉSOLÉE. Tout ça était un peu mélancolique et grandiloquent. Parler de moi à la troisième personne. Je ne fais que *planter le décor*. Ce sera drôle, malgré cette introduction. Et comme tant de choses drôles dans la vie, ça va commencer par l'opération invasive de l'ablation d'une veine par radiofréquence.

De l'incapacité d'éprouver du plaisir

J'avais la tête en bas quand j'ai décidé d'aller à Ibiza. Le lit d'hôpital sur lequel j'étais allongée penchait tellement vers l'arrière que j'étais sur le point de glisser. Il y avait un miroir sur le mur. En voyant mes cheveux gris hirsutes et mon visage fatigué, je me suis à peine reconnue. Je ressemblais à un être décoloré. J'évitais les miroirs, quand c'était possible.

Ils essayaient d'inverser le flux sanguin dans mes jambes, voyez-vous. J'étais parcourue de veines bleues davantage qu'un morceau de gorgonzola et il fallait qu'on m'opère. Pas à cause de leur aspect, mais parce que mes mollets me démangeaient et étaient couverts d'ulcères. Ma tante était morte d'un caillot de sang qui s'était libéré pour atteindre le statut prestigieux d'embolie pulmonaire fatale, et je voulais donc qu'on me retire mes veines variqueuses avant qu'un de mes caillots personnels ne se sente animé des mêmes ambitions. Je suis désolée si je vous apporte trop d'informations. Je tiens simplement à être aussi franche que possible avec vous, alors, je commence comme j'ai l'intention de poursuivre.

Avec sincérité.

Donc, tandis que j'écoutais la radio, la chirurgienne m'a fait plusieurs injections dans la jambe gauche pour mon anesthésie locale, qualifiant la dernière de « piqûre d'abeille », avec affection et précision. Puis nous en sommes arrivées au grand moment où, m'a-t-elle expliqué, une perfusion serait insérée dans mon mollet pour faire éclater de l'intérieur ma veine grande saphène à une température de cent vingt degrés – de quoi faire sauter des oignons.

— Vous devriez être en mesure de sentir quelque chose…

En effet. Ce n'était pas désagréable, mais il y a bien eu une sensation. La vérité, c'est que je n'éprouvais plus grand-chose depuis des années. À part une vague tristesse persistante. Anhédonie. Vous connaissez ce mot ? L'incapacité d'éprouver du plaisir. Zéro sensation. Voilà, c'était moi depuis un moment. J'ai connu la dépression, et ce n'était pas ça. Ça n'avait pas l'intensité de la dépression. Ce n'était qu'un manque. Je ne faisais qu'exister. La nourriture n'avait pour fonction que de me remplir. La musique n'était plus rien qu'un bruit organisé. Vous savez, j'étais là, simplement.

« Vous devriez être en mesure de sentir quelque chose. »

Ça, c'est la forme la plus basique, la plus essentielle de l'existence, non ? Sentir. Vivre sans rien sentir, c'était quoi ? Qu'est-ce que c'était donc ? C'était comme rester immobile. Comme une table dans un restaurant fermé, un meuble qui attend à jamais d'être utilisé.

— Pensez à quelque chose d'agréable…

Et pour une fois, je n'ai pas eu trop de mal à penser à quelque chose. Je me suis concentrée sur une lettre que je venais de recevoir d'un notaire moins de deux heures auparavant.

Ananas

C'ÉTAIT UNE LETTRE INHABITUELLE.

Elle m'informait que j'avais hérité une propriété en Espagne, à Ibiza, qui avait appartenu à une certaine Christina van der Berg. À sa mort, ladite Christina van der Berg m'avait légué ses biens matériels. Ou du moins une partie. *Encore un canular*, me suis-je dit. Voyez-vous, une fois qu'on a été escroqué, on a du mal à ne pas voir le monde comme un repaire de voleurs. Mais quand bien même je n'aurais pas été dévalisée, il était ridicule d'imaginer qu'une personne que je ne connaissais pas me choisirait comme héritière d'une maison en Méditerranée.

Il m'a fallu un moment pour comprendre que ce n'était pas exactement ce qui s'était passé. Ou, pour le formuler autrement, il m'a fallu un moment pour me rendre compte que Christina van der Berg n'était pas une inconnue. Pas exactement. Le problème, c'est que ce nom ne me rappelait absolument rien. Le côté néerlandais ajoutait une sorte de majesté qui semblait inventée et exotique ; c'est ce qui m'avait désarçonnée. Par chance, cependant, la lettre du cabinet Nelson et Kemp contenait quelques informations complémentaires, dont le nom de jeune fille de Christina, mentionné en passant : Papadakis.

Ce nom-là me disait quelque chose.

Christina Papadakis avait été brièvement professeure de musique. Nous avions enseigné dans le même établissement juste avant que je ne renoue avec Karl (nous nous étions connus à l'université, mais il était trop pressé, donc j'avais préféré faire une pause).

Je dois avouer que je ne la connaissais pas très bien. Je me souviens d'une jeune femme très belle et très timide, dotée d'une aura de sophistication, qualité plus rare en 1979 qu'elle ne l'est aujourd'hui. Elle portait ses longs cheveux noirs avec une frange et de lourds colliers de perles. Elle me faisait penser à la chanteuse Nana Mouskouri, mais sans les lunettes. Son père avait émigré de Grèce tout jeune, juste après la guerre. Apparemment, elle n'était jamais allée en Grèce, mais à mes yeux de petite provinciale insulaire, elle incarnait le raffinement méditerranéen. Elle regrettait les plats dont elle avait été nourrie dans son enfance au sein de la communauté grecque de Londres – c'est dans sa bouche que j'ai entendu le mot « halloumi » pour la première fois de ma vie. Elle mangeait toujours beaucoup de fruits. Par exemple, lors de la pause déjeuner, elle tirait de son sac des rondelles d'ananas joliment découpées, et non de vulgaires morceaux, et cela m'impressionnait toujours. Un jour, je suis passée devant sa salle alors qu'elle chantait *Rainy Days and Mondays*, et toute sa classe était bouche bée. Sa voix était comparable à celle de Karen Carpenter (autre chanteuse datant du Jurassique). Le genre de voix qui semble figer l'air et le temps.

En tout cas, un soir avant les vacances de Noël, j'étais restée tard au collège, pour ajouter des guirlandes à un panneau sur la trigonométrie et, alors que je cherchais de quoi recharger mon agrafeuse, je l'ai vue à son bureau. Elle se rognait les ongles.

— Ah, ne faites pas ça, me suis-je autorisée à dire comme si c'était une élève et non une collègue. Vous allez les casser.

J'aimais beaucoup ses ongles. Elle les peignait avec un vernis d'une couleur chaude, nuance terre cuite. Toutefois, quand j'ai vu son regard d'incompréhension, je m'en suis aussitôt voulu pour ma remarque. Je manquais de tact en société. Depuis toujours.

— Oh, je suis désolée.

— Il n'y a pas de quoi, je vous en prie, a-t-elle répondu en levant soudain les yeux vers moi et en m'offrant le plus crispé des sourires.

— Tout va bien ?

C'est alors qu'elle m'a ouvert son cœur. Elle était en congé depuis une semaine, ce dont je m'étais à peine aperçue. Elle traversait une crise. Elle détestait Noël. Son fiancé désormais disparu lui avait fait sa demande en mariage un an auparavant, le 24 décembre. Comme elle venait d'arriver dans la région, elle ne connaissait personne. C'est alors que je lui ai dit qu'elle pouvait passer Noël avec moi.

Et c'est ce qui s'est passé. Elle est venue chez moi et nous avons regardé ensemble le discours de la reine, *Goldfinger*, et Blondie interprétant *Sunday Girl*. Christina a alors déclaré qu'elle voulait chanter devant des foules. Nous avons bu plusieurs bouteilles de mousseux, qui n'a jamais été ce qui se fait de mieux pour vous stabiliser l'humeur, et je lui ai présenté mes excuses pour le manque d'ananas. Nous avons parlé jusqu'à tard dans la nuit.

Elle se sentait tout à fait incapable d'affronter la vie. C'est un sentiment que je connais mieux aujourd'hui qu'en ce temps-là. L'enseignement lui pesait, elle se demandait si elle s'était trompée de carrière. Je lui ai répondu qu'à Hollybrook, tout le monde se posait la même question. À un moment, elle a mentionné Ibiza. Nous étions à la veille d'une nouvelle décennie, en plein boum des forfaits séjours en Espagne, et elle avait entendu parler d'un nouvel hôtel qui recherchait des chanteurs et des musiciens.

J'étais intriguée. Je la trouvais mystérieuse, et je lui avais sans doute posé trop de questions. C'est une caractéristique des profs de maths – toujours découvrir la valeur de la variable inconnue.

— J'ai l'impression de ne pas vivre alors qu'il y a en moi une vie qui demande à être vécue. (Ce n'est sans doute pas exactement ce qu'elle a dit. Mais c'est l'idée.) Je sais que ça n'a aucun sens. Je suis grecque, pas espagnole. Il y a bien assez d'îles grecques. Je devrais aller sur l'une d'elles. Puisque je parle la langue. Plus ou moins. Alors que je ne connais pas un mot d'espagnol et que je crois vraiment qu'il vaut mieux parler la langue du pays où on vit.

— Vous pouvez apprendre l'espagnol. Vous devriez si vous voulez. Vous devriez.

— Ça n'a aucun sens.

Puis j'ai dit quelque chose qui ne me ressemble pas du tout :

— Tout n'est pas obligé d'avoir du sens.

Une flamme s'est allumée dans ses yeux à la perspective de trouver un emploi là-bas, donc je lui ai dit de foncer si c'était ce dont elle avait envie, et de ne pas se soucier de ce que pensaient les gens. Je suis à peu près sûre d'avoir dit ça, parce que je me rappelle lui avoir donné un collier que j'avais depuis mon enfance – avec une médaille de saint Christophe, patron des voyageurs. J'étais une catholique non pratiquante et je n'avais jamais eu le courage de jeter cet objet que j'associais à mon éducation. L'offrir à Christina me semblait la bonne chose à faire.

— Ça vous protégera.

— Merci, Grace. Merci de m'aider. Dans ma décision.

À un moment de la soirée, elle a chanté *Blackbird*. D'abord en solo. Pas très festif mais très beau. Sa voix avait quelque chose de doux-amer qui me faisait pleurer. Elle a essayé de m'apprendre.

— Vous devez simplement *devenir* la chanson. Être dedans. Oublier votre existence. De toutes celles des Beatles, c'est la plus facile à chanter, m'a-t-elle rassurée. Enfin, après *Yesterday*. Et *Yellow Submarine*.

Il s'est avéré que ce n'était pas du tout une chanson facile à chanter. Mais nous avions assez bu pour que ce ne soit pas un problème.

Elle m'a ensuite expliqué son amour pour la musique.

— Ça rend le monde plus grand, a-t-elle affirmé, les yeux troublés par une sensibilité imprégnée d'alcool. Parfois, j'ai l'impression d'être enfermée dans une boîte, et quand je joue du piano ou que je chante, je m'échappe un moment de cette boîte. La musique, pour moi, c'est comme une amie qui vient à moi exactement quand j'en ai besoin. Un peu comme vous, Grace.

Après cela, nous sommes allées nous promener. Une de ces promenades de Noël où il fait froid mais où l'on sourit à tous les inconnus qu'on croise. Enfin, c'est ce qu'on faisait à l'époque. Et c'est tout. Elle a enseigné encore quelques mois, puis elle est partie. Elle n'est jamais revenue chez moi. Nous bavardions en salle des professeurs, mais elle semblait un peu embarrassée avec moi. Je ne comprenais pas pourquoi cette femme charmante et pleine de talent, qui rêvait de chanter devant des foules, était gênée de rechercher de la compagnie à Noël. Et un jour, peut-être la dernière fois que je l'ai vue, elle est venue me trouver sur le parking et a dit calmement, les yeux rendus vitreux par les larmes :

— Merci. Vous savez, pour Noël…

Rien que ça. Je n'y ai prêté aucune attention, je ne le répéterai jamais assez. J'avais simplement donné à quelqu'un un lieu où passer Noël.

Et puis, quelques décennies plus tard, j'ai reçu cette lettre, sortie de nulle part. Qui m'apprenait que Christina était morte et qu'elle me léguait sa maison en Espagne, en remerciement de mon « geste généreux il y a bien longtemps ». La lettre stipulait que je pouvais vendre la maison, ou la louer, s'il était trop « incommode » d'y emménager.

Ce fut une surprise, pour le moins. Et qui me procura le sentiment d'avoir perdu plus que je n'avais gagné. Une amie que je n'avais jamais vraiment eue, d'une époque qui me paraissait être un rêve lointain. Je n'avais aucune intention d'aller m'installer là-bas. Ma routine avait déjà été brisée trop de fois. Quand j'avais pris ma retraite. Quand mon mari avait cassé sa pipe dans sa serre. Même la perte de notre chien, Bernard, m'avait déséquilibrée. Et bien sûr, quand mon fils Daniel avait été renversé à vélo par une camionnette postale.

À présent, alors que je regrettais la vie conjugale qui m'avait jadis paru écrasante, une nouvelle routine s'était mise en place. Nourrir les oiseaux tous les matins. Me faire livrer mes courses le lundi. Faire du bénévolat à la boutique de charité de la Fondation pour la recherche sur le cancer tous les vendredis. Aller au cimetière le dimanche. Et toujours la culpabilité, le chagrin, le vide. Les fluctuations étaient minimes. Je m'étais installée dans la routine qu'on appelle « troisième âge » sans vraiment y penser.

Mais tout cela était sur le point de changer.

C'est encore en suspens

— DÉSOLÉE D'ÊTRE DIRECTE, ai-je dit à la notaire, mais comment est-elle morte ?

— Je croyais que vous saviez, a-t-elle répondu.

Mme Una Kemp. Une voix qui avait l'être d'être sortie tout récemment du frigo et qui avait besoin d'un peu de temps pour décongeler.

— Non. La lettre m'a appris qu'elle était morte, mais sans préciser comment. Donc j'aimerais savoir ce qui lui est arrivé, si c'est possible.

— Elle est morte en mer…

J'ai estimé que ce n'était pas une réponse très précise.

— Je suis désolée. *Comment* est-elle morte ?

Il y a eu un grésillement au bout du fil.

— Oh, c'est encore en suspens.

Encore un suspens.

— Pardon, dans quel sens ?

— Dans le sens où les autorités espagnoles enquêtent encore sur les circonstances exactes du décès. Elles sont très minutieuses.

La seule chose dont nous sommes certains, la seule chose qu'on nous a communiquée, c'est qu'elle est morte en mer.

C'est seulement cinq bonnes minutes après la fin de cette conversation que j'ai trouvé un peu curieuse cette ambiguïté. Pourquoi les faits étaient-ils si mystérieux ? Selon la notaire, le testament avait récemment été modifié pour m'inclure parmi les légataires. Ce détail, combiné à la bizarrerie générale de cet héritage, remplissait mon esprit de questions.

Et j'avais toujours été du genre à rechercher la réponse dès que j'étais face à une question. Où que cela puisse m'emmener.

14159

— Il n'y a pas deux jambes qui soient pareilles..., a dit la chirurgienne. Même la gauche et la droite chez une personne. Même si elles ont l'air identiques. Les veines ont toujours un motif différent. Comme les empreintes digitales.

Tout ça m'a fait penser aux mathématiques. Tous ces exemples d'imprévisibles à l'intérieur d'un schéma qui se répète. Comme lorsqu'on multiplie un diamètre par Pi, on obtient immanquablement la circonférence du cercle, alors que les chiffres qui forment les décimales de Pi se suivent sans aucun ordre logique.

3,14159 *et caetera*, à jamais, de manière totalement aléatoire et confondante pour le cerveau humain.

Il y a toujours un élément d'imprévisibilité même dans les choses les plus prévisibles. Et vous avez beau vouloir vivre comme si de rien n'était, la vie tire le tapis sous vos pieds, alors autant se résigner à 14159.

Je regardais fixement le mur nu et l'horloge à l'envers. Je ne savais presque rien d'Ibiza. Sauf que c'était exactement le genre d'endroit où je croyais ne jamais aller. Ou avoir envie d'aller.

Blondie s'est mise à chanter à la radio. Pas *Sunday Girl*, mais *Heart of Glass*. L'imprévisible dans la répétition du même. Comme la vie.

— Vous n'avez pas prévu de prendre l'avion dans un avenir proche ? a demandé la chirurgienne quelques minutes plus tard. Parce que c'est un peu dangereux, avec vos jambes.

— Vous suggérez que je devrais me les faire couper ?

Elle n'a pas apprécié ma blague.

— Non, ai-je dit en regardant l'infirmière tirer lentement un bas de compression sur ma jambe. Non, je n'ai pas prévu de prendre l'avion dans un avenir proche.

Ça faisait longtemps que je n'avais pas délibérément menti.

Je me suis sentie aussi désobéissante qu'il est envisageable de l'être pour une prof de maths veuve et retraitée. Parce qu'à cette seconde, toujours renversée sur ce lit d'hôpital, j'ai su que j'avais un plan.

Le plan était simple, mais sans engagement de ma part. Acheter un billet pour Ibiza avec retour à volonté, jeter un coup d'œil à la maison qui, pour quelque raison absurde, m'avait été léguée, et y rester jusqu'à ce que je la déteste tellement que même un pavillon vide à Lincoln avec mille souvenirs me semble préférable.

Mais avant cela, j'avais une chose à faire. Je devais me rendre à l'unique endroit qu'il me paraissait vraiment important de visiter. Le cimetière.

Entretiens avec les morts

En route vers le cimetière, j'ai croisé mon ancien patron – et votre ancien professeur principal, M. Gupta – qui sortait d'un café. Après un court échange, il m'a demandé comment j'allais, et comme je me sentais triste, au lieu de lui répondre ça, je lui ai dit une autre vérité.

— Ibiza ? (Sourcils haussés, sourire étouffé.) Je ne vous croyais pas du genre à aller à Ibiza.

— Non. Moi non plus.

Et puis, j'ai repris mon chemin.

Plus tard, après avoir changé les fleurs sur la tombe de mon Daniel, je me suis assise sur un banc, sous un if. Je fixais le gris uni de la pierre, sa forme austère et ses lettres gravées, les mots rendus lisibles par l'ombre.

DANIEL WINTERS
Fils bien-aimé
15 mars 1981 – 2 avril 1992

Je suis restée là environ une heure.

Muette, comme toujours. Je ne savais jamais que lui dire. À sa présence imaginée. Je ne répugnais pourtant pas à parler aux morts en public. Je parlais constamment à Karl. Mais avec Daniel, c'était difficile, pour de nombreuses raisons. Plus de trois décennies de chagrin s'étaient écoulées – nous étions déjà bien avancés dans un autre siècle, un autre millénaire –, mais les mots me manquaient. Je n'avais rien à dire, sinon que j'étais désolée. Comme toujours, je me suis calmée en comptant les tombes, et en faisant des calculs avec leurs chiffres.

Je ne vais pas trop alourdir cette histoire en parlant de choses tristes, mais je tiens à vous dire que c'était un garçon à part. Je veux faire son portrait. Il a toujours été grand pour son âge, étroit d'épaules, et il lisait des livres tout en marchant. Il était brillant, drôle, et même quand il boudait, il avait un petit sourire comme si le monde entier était une comédie à ses yeux. Il adorait les romans dont vous êtes le héros, la musique pop et les émissions de télé qui n'étaient pas de son âge (à neuf ans, il regardait les rediffusions de *Capitaine Furillo*, alors que je n'étais pas du tout d'accord). Il se faisait des sandwichs triple épaisseur au beurre de cacahuète. Il inventait ses propres bandes dessinées dont le héros était un chien qui voyageait dans le temps. Il n'aimait pas beaucoup l'école – enfin, pas la nouvelle parce qu'il n'était pas sportif et qu'il ne voulait pas faire semblant. C'était quelqu'un de très honnête, en fait. Mentir ne lui venait jamais à l'idée, je crois. Mais c'était aussi un rêveur. S'il n'était pas sorti à vélo sous la pluie ce jour-là, il aurait fini par exercer un métier créatif. Illustrateur, peut-être. Il aimait l'art et il avait un don.

À onze ans, il a fait un superbe dessin de merlebleu. Qu'il m'a offert pour la fête des Mères parce que j'adorais les oiseaux.

Il est mort avant de devenir adolescent, et encore moins adulte, donc il est difficile de deviner ce qu'il serait devenu.

Il y a deux types de spectres qui vous tourmentent quand un jeune meurt. Le fantôme de qui il était et le fantôme de qui il aurait pu être. Sa mort a créé en moi un vide qui ne pourra jamais être rempli. Pendant des années, aller jusqu'au bout de chaque journée a été une épreuve olympique. J'éprouvais constamment une certaine terreur à l'idée que la vie ose exister sans lui. Il était difficile de ne pas être furieuse. Surtout contre moi. *Je n'aurais jamais dû le laisser sortir à vélo sous la pluie.*

Je sais que vous avez connu le chagrin, Maurice, et je suis désolée d'apprendre la nouvelle concernant votre mère. Pendant les deux ans qui ont suivi la mort de Daniel, j'étais toujours hors de moi. *Hors de moi.* C'est une expression intéressante, non ? J'étais moi-même, mais sans l'être. Je m'observais à la troisième personne. Le personnage d'une vie qui ressemblait à la mienne mais qui ne l'était pas. Il me manquait tant, mais je sentais aussi que je me manquais à moi-même. Le chagrin est comme ça : il vous enfonce dans la mort, vous aussi. Évidemment, vous êtes encore opérationnel sur le plan biologique. Vous respirez, vous voyez, vous parlez, mais vous n'êtes plus authentiquement vivant.

— Je t'aime, ai-je fini par murmurer. Je m'en vais pour un moment. Je penserai à toi tous les jours. Au revoir.

Puis j'ai inspiré profondément, en tremblant, comme toujours quand j'étais près de lui, j'ai ravalé les larmes avant qu'elles ne coulent et j'ai fait quelques pas jusqu'à la tombe de

Karl. Chaque fois, j'avais l'impression que c'était un voyage à travers les époques. Vous voyez ce que je veux dire, à propos des cimetières ? Chaque allée est une autre époque, et on avance un peu à la fois.

La tombe de Karl était en marbre, mais noir. Il avait précisé qu'il souhaitait une pierre tombale en marbre noir. « C'est un peu plus rock and roll », disait-il. Il était à peu près aussi rock and roll qu'un sandwich au fromage, mais il aimait le rock et son groupe favori était Black Sabbath, ce qui explique probablement son choix.

KARL WINTERS
Père et mari dévoué
20 janvier 1952 – 5 octobre 2020

Le mot « père » était chargé de douleur, je sais, mais le dévouement était réel. Quand nous avons emménagé dans le pavillon, il avait insisté pour que nous emportions autant de Daniel que possible. Ses vieilles figurines *Star Wars*, ses petites voitures, ses BD, ses carnets à dessin, la totale. C'était comme si Karl était devenu conservateur de musée et je me reprochais toujours de trouver ça étouffant, de voir son souvenir partout. Mais même après la mort de Karl, je n'ai rien porté à la boutique de charité.

— Karl, j'ai pris une décision, ai-je dit à sa tombe, debout sur mes jambes toutes neuves.

Son silence était celui qu'il m'opposait chaque fois que j'annonçais une chose dont il se doutait qu'elle lui déplairait. Je le voyais d'ici hausser les sourcils. Il n'avait jamais été très bavard, mon mari, et la mort n'avait rien arrangé.

— Je vais en Espagne. Aux Baléares. À... *Ibiza*, si tu le crois. (J'ai tressailli un peu, en prononçant cette phrase. Et j'ai articulé les italiques. Tout le cimetière a entendu mon dégoût.) Ne me juge pas, je t'en prie.

Karl était allé à Majorque, la grande voisine d'Ibiza. Il avait passé trois jours à Palma, des années auparavant, pour un congrès sur le génie civil. Apparemment, ç'avait été un moment fort de sa carrière. Mais dans mon esprit imprégné de préjugés, Majorque n'avait pas les mêmes connotations qu'Ibiza. Majorque était une sœur aînée, équilibrée, au sourire assuré. Je me représentais Ibiza comme une sœur cadette, espiègle, qui déraillait. Dans mon imagination, Ibiza était *vilaine*. Tout comme Las Vegas, Cancún, Rio pendant le carnaval et une fête de la pleine lune en Thaïlande : les endroits où j'avais le moins envie d'aller, même si j'en avais eu les moyens. Un endroit réservé aux fêtes pour les jeunes qui ont des choses à fêter. Ou peut-être pour les riches et leurs tapis de yoga. Tout le contraire de moi. J'étais vieille et raide, mon compte en banque était déprimant et je n'avais plus dansé depuis des décennies. Et j'étais convaincue de n'avoir absolument rien à fêter.

Bref, j'avais des préjugés. Bien sûr, j'ignorais à quoi ressemblait réellement Ibiza. Ce n'était qu'un mot. Synonyme d'amusement bruyant. Et j'avais décidé depuis longtemps, non sans un certain masochisme, que l'amusement sous toutes ses formes était la dernière chose que je souhaitais. Ou que je méritais.

— Je ne crois pas que je fréquenterai les boîtes de nuit..., ai-je dit à la tombe de Karl pour le rassurer.

C'est alors que j'ai nettoyé le vase et que j'ai remis dedans un nouveau bloc de mousse avant d'y planter fermement les tiges des chrysanthèmes. Je faisais toujours ça, mais ce jour-là, j'ai fait un effort supplémentaire. Je ne voulais pas que les fleurs soient emportées par le vent. J'avais besoin qu'elles restent là aussi longtemps que possible.

— Donc, je ne sais pas combien de temps je vais m'absenter, ni quand je te reverrai. Mais je ne vends pas le pavillon, loin de là. Je n'ai aucun projet précis. J'aviserai sur place. C'est juste un changement de décor.

Une larme a perlé dans mes yeux, le soleil a surgi de derrière un nuage et j'ai senti sa chaleur. J'ai essuyé la larme tout en souriant à une autre femme, une autre femme qui lavait vigoureusement le marbre d'une tombe plus récente. J'ai contemplé l'herbe, tout à coup brillante et vive. Quand on pleure quelqu'un, on voit partout des messages qu'il nous envoie. Même dans le soleil sur un brin d'herbe. Le monde entier devient leur interprète.

Puis je lui ai dit ce qui vient toujours si facilement quand il est trop tard.

— Je t'aime, mon chéri. À bientôt.

Et, une fraction de seconde plus tard, j'ai ajouté :

— Je suis désolée pour ce que j'ai fait.

Le grand rocher

DANS L'AVION POUR IBIZA, j'étais assise devant un rang de jeunes qui parlaient avec enthousiasme des discothèques. Leur langage semblait nouveau mais à moitié familier. Une sorte de code.

— Donc… Ushuaïa demain, lundi DC-10 pour Circoloco, Amnesia mercredi, Ushuaïa puis Hï vendredi, Pacha samedi…

Je me suis rendu compte que je n'avais jamais été jeune. Même à vingt-sept ans, j'aurais trouvé ce programme épuisant – danser toute la nuit, dormir sur un transat toute la journée.

Pourtant, ils étaient beaux, ces jeunes. Habillés de toutes les couleurs de l'arc-en-ciel et trépignant comme des labradors. Ils essayaient d'évaluer combien tout ça allait leur coûter, alors j'ai fait le calcul et je leur ai donné le résultat : ils ont tous eu un hoquet de stupeur et ont révisé leurs plans. Ils étaient pleins de reconnaissance. Quand on a été prof, on voit l'enfant dans tous ceux qu'on rencontre. On imagine ce qu'ils auraient été en classe. Surtout ceux qui sont à peine sortis de l'enfance.

Dans l'avion, la population était très mélangée.

Immédiatement à ma gauche, j'avais un bel Espagnol aux cheveux longs, chaussé de tongs, avec une plume tatouée sur l'avant-bras et un air très zen, qui tentait patiemment de lire. À ma droite, une femme d'âge moyen, plantureuse, au parfum agressif et au col relevé, parlait à travers l'allée centrale à une personne au regard froid prénommée Valerie, pour comparer les prix de l'immobilier entre les différentes îles des Baléares.

— Ibiza en ce moment, ça coûte un bras. *La peau des fesses.* C'est redevenu très prout-prout. Bobo chic. Je choisirais plutôt une autre île. C'est à Minorque, pas Majorque, qu'il faut investir. Hamish m'a dit ça. Plus de vendeurs que d'acheteurs. Je connais quelqu'un qui a retapé une ancienne *finca* là-bas, et la valeur a été multipliée par quatre. *Par quatre !*

Devant moi, un trio de femmes trentenaires partait passer une semaine yoga/bien-être dans une ferme, mais elles voulaient être sûres de visiter un marché hippie et de voir le soleil se coucher sur une plage dont j'ai oublié le nom dès qu'elles l'ont prononcé. L'une des trois était résolue à ne rien poster sur Instagram et à ne pas ouvrir TikTok pendant les huit jours.

Un adolescent parlait très doucement à sa mère de tiktokeurs, de youtubeurs, d'un rappeur nommé 21 Savage, et d'autres emblèmes d'un nouveau monde que je ne pouvais même pas espérer comprendre. Il avait une relation attendrissante avec sa mère. J'ai essayé de ne pas penser à Daniel, et d'être simplement heureuse pour eux. La mère était très juvénile. Ils étaient assis de l'autre côté de l'allée et je les voyais très bien, d'un seul coup d'œil. Elle avait des cheveux noirs coupés court et portait un T-shirt avec l'inscription « Taylor

Swift: The Eras Tour ». *Era*, une ère. Ce mot s'est insinué dans mon esprit et n'en est plus sorti. J'ai pensé à ce qui arrive quand on entre dans une nouvelle ère. Pas simplement en marchant à reculons entre les rangées de tombes d'un cimetière, mais dans sa propre existence. On a besoin d'instaurer une rupture avec le passé. En géologie, c'est souvent après une extinction, n'est-ce pas ? Le Mésozoïque est l'ère qui a pris fin avec la disparition massive des dinosaures causée par un météore. Je me suis demandé si j'inaugurais une ère nouvelle ou si j'emportais trop de choses avec moi pour ça. C'est le défi de la vie, non ? Avancer sans anéantir ce qu'il y a eu avant. Savoir à quoi s'accrocher et à quoi renoncer sans se détruire. Essayer de ne pas être à la fois le météore et le dinosaure.

Tout près des toilettes, il y avait aussi un couple de mon âge dont j'entendais les voix polies et qui étudiait attentivement un livre intitulé *Promenades secrètes : Ibiza et Formentera*. Ils évoquaient ce qu'ils avaient entendu dire de l'île dans une émission sur Radio 4. Je me suis soudain sentie triste. Ah, si j'avais encore quelqu'un avec qui partager des promenades secrètes. Ils avaient l'air si bien ensemble. J'ai repensé à un documentaire animalier qui m'avait laissé une impression douce-amère, sur les castors eurasiens : pour avoir la garantie de disposer d'assez d'écorce, ils se trouvaient un partenaire pour la vie. Et quand l'un des deux mourait, l'autre était foutu.

J'aurais voulu pouvoir presser la main de Karl.

Mes jambes n'étaient pas un problème. Je ne souffrais pas vraiment, juste les chevilles un peu enflées, mais j'avais l'habitude. J'ai fait mes exercices des mollets et j'ai remué un peu les pieds, comme si je faisais lentement des claquettes, pour que le sang circule. Je commençais à avoir mal aux hanches sur mon siège. J'ai essayé de ne pas y penser. Les douleurs dans les articulations, c'est comme le chagrin. Plus on y pense, plus ça fait mal, mais on ne peut pas *ne pas* y penser parce que ça fait très mal. Un cercle vicieux.

Je sentais le poids de ma propre immobilité silencieuse, assise au milieu de tant de vie et de bruit. J'ai regardé les anneaux que je portais à la main gauche. L'alliance, le rubis de ma bague de fiançailles. Je me suis rappelé le jour où Karl m'avait fait sa deuxième demande en mariage, à la bibliothèque, où nous nous étions mis à l'abri de la pluie.

Lors de sa première tentative, six ans auparavant, dans un restaurant indien de Hull, j'avais refusé, parce que nous étions trop jeunes et qu'il fallait bien que l'un de nous soit raisonnable.

Quand le pilote nous a indiqué à quelle altitude nous volions, je me suis focalisée sur la pierre rouge et les souvenirs qu'elle contenait. Puis je me suis ressaisie avant de basculer dans la sensiblerie.

À propos de souvenirs, quelqu'un marchait d'un bout à l'autre de l'allée centrale avec un bébé dans les bras. La mère lui embrassait le haut du crâne et le berçait dans ses bras. À une époque, j'aurais souffert en voyant ça. À une époque, j'avais voulu renoncer à enseigner uniquement pour ne plus être face à autant d'enfants, en vie, qui venaient à l'école sur des vélos qui ne percutaient jamais de camions. J'ai souri au bébé, en tâchant d'être sincère. Le bébé s'est mis à pleurer.

— Désolée, ai-je murmuré à la mère.

Elle m'a répondu par un sourire et un signe de tête.

Un steward débordé est passé, poussant le chariot à boissons, et je me suis offert un gin-tonic, ce qui ne me ressemblait pas, et qui n'était sans doute pas très judicieux étant donné mon problème veineux. Même si je ne suivais pas vraiment les ordres du docteur.

J'étais censée rester debout pour aider ma circulation, mais je me trouvais ridicule, donc je suis restée assise pendant presque tout le vol, en faisant subrepticement mes exercices.

Nous avons traversé une zone de turbulences. Les jeunes ont eu l'air d'apprécier.

Le bébé a recommencé à pleurer.

Nous avons entamé la descente.

Par le hublot, j'ai aperçu un littoral rocheux et des collines vertes découpées. D'interminables plages dorées. Un paysage parsemé de maisons blanches et, ici et là, de groupes d'hôtels pas très hauts et d'immeubles. J'ai vu un îlot dans la Méditerranée. Un rocher vertigineux et inhabité dont j'apprendrais bientôt qu'il se nommait Es Vedrà. Même alors, du haut de l'avion, avant tout ce qui allait arriver, cela m'a procuré une sensation de terreur et d'émerveillement à la fois. Si j'avais été plus à l'écoute de ces impressions, je n'aurais sans doute jamais quitté l'aéroport, et je serais rentrée par le premier avion. Mais à l'époque, j'avais les sens émoussés, et je n'avais absolument aucune idée de ce qui m'attendait.

Nous avons fini par atterrir.

Pendant que tous les autres se levaient et attrapaient avec enthousiasme leurs bagages à main dans les compartiments au-dessus des sièges, prêts à partir vers une destination connue, je suis restée un moment à ma place. J'ai inspiré profondément, plusieurs fois, sans bouger. Comme si une partie de moi était encore dans les nuages et allait me rejoindre dans quelques instants.

Quand on déplace un chiffre d'un côté d'une équation à l'autre, cela s'appelle une transposition. J'avais la sensation d'être un de ces chiffres. Comme si j'avais été transposée, au lieu de prendre un vol court vers une autre partie de l'Europe. Comme si j'avais franchi une limite invisible et que j'allais bientôt être reconfigurée. Réévaluée. On allait permuter les éléments. J'avais l'impression vague mais pas entièrement nouvelle d'avoir bouleversé l'ordre des choses.

L'aéroport était impressionnant. Il était moderne, avec beaucoup d'allure, et brillait de propreté. En m'approchant de la sortie, devant une rangée de stands de location de voitures, j'ai aperçu deux femmes qui se disaient au revoir. Je leur aurais donné une trentaine d'années. Celle qui me tournait le dos était blonde. L'autre avait des lunettes, les cheveux en désordre, et elle portait un short en jean et un T-shirt. J'ai remarqué le T-shirt parce qu'il arborait le portrait d'Einstein. Celui où il tire la langue. Elle semblait triste. Elles s'aimaient, mais la blonde allait quelque part sans l'autre.

J'ai continué lentement mon chemin. La brune a vu que je l'observais. Elle a souri, d'instinct, au lieu de s'offenser de mon indiscrétion. C'était un sourire aimable, qui m'a un peu réconfortée, dans cet aéroport grouillant de monde. Mais je ne soupçonnais pas que j'allais bientôt connaître cette jeune personne, ou que nous finirions par devenir amies. Et je pense souvent au fait que je l'ai vue là, aussitôt après avoir atterri. C'était curieux. Cela s'inscrivait dans un vaste dessein que, même aujourd'hui, je ne peux qu'entrevoir.

Je me suis dirigée vers l'extérieur et l'air m'a fait l'effet d'une fournaise.

J'ai regardé autour de moi, pour tâcher de me repérer. Sur le bâtiment, une grande enseigne en lettres stylées indiquait « Eivissa ». C'était du catalan. Ibiza est une île espagnole, où on parle espagnol, mais le catalan est la langue officielle.

Eivissa. Ce nom sonnait bien, comme une promesse. J'ai supposé que j'allais découvrir laquelle.

J'ai compris à quel point j'étais folle. *Mais que faisais-je donc ?* Je ne connaissais absolument personne sur cette île. Je n'avais pas quitté l'Angleterre depuis des années. Je ne parlais pas espagnol, à part « *muchas gracias* », « *por favor* » et « *patatas bravas* ». Et pourtant, j'étais là. Indubitablement là. Indubitablement transposée.

À l'étranger. Seule. Et déjà un peu effrayée.

Ça commence par un A

J'AVAIS UNE PETITE VALISE À CARREAUX, une adresse et une enveloppe contenant une clé. C'était tout. Rien de plus. Un monde condensé.

— Quel hôtel ? m'a demandé le chauffeur de taxi en souriant, tandis qu'il rangeait ma valise dans le coffre de sa voiture d'un blanc éclatant.

Il y avait toute une rangée de véhicules identiques derrière lui. Son après-rasage évoquait une clairière en forêt et il était impeccablement soigné. Barbe bien taillée. Lunettes de soleil. Look champion de formule 1 autant que chauffeur de taxi. Musclé. Des bras qui auraient pu combattre un bœuf.

Il a remonté ses lunettes sur le dessus de sa tête et m'a montré ses yeux. Son anglais était bon, mais avec un fort accent espagnol. Je suis très mauvaise pour juger les gens d'après leur physionomie, et il avait un visage honnête, un sourire de gentil petit garçon. Il me plaisait. Pourtant je me sentais tout à fait perdue. La chaleur ardente, les panneaux en espagnol et en catalan, le ciel d'un bleu exotique, les plaques d'immatriculation, l'aéroport couleur caramel à l'architecture moderne et lisse. Je contemplais les immenses palmiers comme un bébé regarde des inconnus de haute taille. Égarée. Perplexe. Je ne savais pas ce que je faisais. En quatre ans, je n'étais pas allée plus loin que le supermarché sur la route de Canwick, alors devant ce taxi, au milieu d'une foule agitée, de bagages roulants et à côté de palmiers géants, je me prenais pour une exploratrice. Un Don Quichotte version femme s'habillant chez Marks & Spencer.

— Hello. *Hola.* Ah, ce n'est pas un hôtel. C'est une maison… *casa… casa… casa…*

J'avais la terrible habitude anglaise de croire que le seul obstacle à la compréhension linguistique était de ne pas assez répéter les choses. Je lui ai tendu l'adresse. Il l'a déchiffrée comme si elle lui semblait difficile, ou un peu perturbante. Je lui ai dit le nom de la rue, même s'il pouvait la lire. « *Carretera Santa Eulalia* ». Je le prononçais mal, évidemment, mais il est resté très courtois. Ou du moins, il ne m'a pas écoutée.

Il continuait à fixer le papier, les mots écrits. Son visage conservait un air soucieux.

— Mon écriture est affreuse, ai-je dit pour m'excuser.

Là n'était pas le problème.

— Je connais cet endroit…, a-t-il indiqué, calmement, mais son sourire avait disparu. J'y suis déjà allé…

— Ah oui ?

Il a hoché la tête et s'est tourné vers le chauffeur suivant dans la file des taxis. Un homme plus âgé, plus chauve, qui fumait appuyé à son véhicule et qui nous a lancé un regard de contrariété, du genre « allez-y, partez ». Donc, nous sommes montés dans la voiture.

— Tout va bien ? ai-je demandé.

Il y a eu un silence. Puis mon chauffeur a eu l'air de revenir sur terre et a démarré.

— *Sí.* Je pense. Cette maison… C'est celle qui est près de la piste de kart, non ?

— Je ne sais pas, en fait. Je ne suis jamais venue.

— Vous avez de la famille ici ?

Famille. Un mot si chaleureux, mais douloureux.

— Non, je ne viens voir personne. Je vais juste habiter la maison. Je connaissais la femme qui vivait là.

Il avait une réflexion à formuler, apparemment, mais il s'est ravisé.

Nous roulions entre des palmiers, des tavernes et des publicités pour des boîtes de nuit, gigantesques affiches décolorées par le soleil. Un coq marchait nonchalamment sur le bord de la grand-route. Deux vieux bonshommes jouaient aux échecs en riant, en plein soleil, devant un bar assez primitif, avec un vieux distributeur mal en point faisant la réclame du Fanta Limón. Quelques jardineries très haut de gamme, avec un tas de cactus et d'oliviers dans de gros pots, à la devanture éblouissante.

Le chauffeur avait entrouvert sa vitre. J'ai détecté une odeur de genièvre, de pin, et un peu de cédrat. Un doux parfum méditerranéen.

L'île était plus verte que je ne l'avais cru. Je ne sais pas pourquoi, mais je me l'étais imaginée plus aride que verdoyante, et elle était certainement chaude et sèche, avec des bâtiments que le soleil rendait d'un blanc aveuglant, mais à mesure que nous nous éloignions de l'aéroport, j'ai vu des collines couvertes de pinèdes drues. De belles villas se nichaient parmi les arbres, loin de la route. L'une d'elles était plus près de nous. Des grappes de bougainvillées rose vif et magenta se répandaient sur ses murs, en un fier étalage de splendeur. J'ai contemplé le tronc tordu d'un caroubier.

Cette fois, le chauffeur a semblé trouver ce qu'il voulait me dire :

— Je connais cette maison… Elle est toute seule sur la route. Des gens y allaient. Ils y allaient beaucoup.

— Des gens ?

— Oui. Des gens.

— Ah. Quel genre de gens ?

— Toutes sortes. Il y avait un barbu qui ne portait qu'un maillot de bain. Il était vieux, avec une barbe. Il faisait de la plongée. Vous savez… sous-marine.

— Il la connaissait ?

— Je crois. Je l'ai emmené deux fois. La dernière, il y avait une femme avec lui. Beaucoup plus jeune.

— Ils étaient ses amis ?

— Je ne sais pas. Elle devait avoir beaucoup d'amis. Des familles entières venaient la voir. Des touristes aussi. Anglais, allemands, espagnols. Un homme riche, bien habillé, que j'ai pris au restaurant près du Hard Rock Hotel. Il avait mangé là. Il m'a dit que c'est le restaurant le plus cher du monde. Vous savez ça ? Le restaurant le plus cher du monde est ici, à Ibiza. Pas à Paris. Pas à New York. Pas à Dubaï. Ici. (Il parlait avec un étrange mélange d'orgueil et de mépris.) Il est propriétaire d'hôtels… j'ai oublié son nom… Ça commence par un A… Il n'y a pas longtemps, j'y ai conduit une femme qui pleurait.

— Qui pleurait ?

— Je lui ai demandé si ça allait et elle a répondu qu'elle le saurait bientôt, après sa visite. Mais de toute façon, ce n'était pas ça le plus bizarre.

— C'était quoi, le plus bizarre ?

— Un soir, j'ai vu quelque chose ici… qui était fou.

— Fou ?

Il a hoché la tête dans le rétroviseur.

— Oui. Une lumière. Une lumière énorme. Qui venait de la maison. Des fenêtres… Je suis passé devant… Ça… Comment dit-on ? Ça m'a empêché de voir, presque. J'ai quitté la route, presque…

J'allais répliquer mais sa radio s'est allumée, quelqu'un lui a posé une question en espagnol, il a répondu et je n'ai pas compris un mot.

***

Ce n'était clairement pas une île déserte, ni abandonnée, mais je voyais déjà que c'était un endroit attirant malgré mes préjugés. Il y avait quelque chose dans l'air. Je me demandais comment serait la maison de Christina. Enfin, ma maison, même si on a du mal à s'approprier quelque chose que l'on n'a jamais vu. Et qu'on ne croit pas mériter. Comme si on avait gagné une récompense par erreur.

Je ressentais néanmoins quelque chose. Quelque chose de fugace mais d'agréable. Ce qui était inhabituel. Je discernais vaguement une sensation que j'éprouvais en voyage quand j'étais plus jeune. C'est une sensation idiote mais je vais quand même vous en faire part, au cas où vous l'auriez déjà ressentie. La sensation que *le monde entier est en train de vous arriver*. C'est l'instant présent mis au carré – non, au cube, non, à la puissance quatre. Ce que je veux dire, c'est que le voyage transforme votre vie en tétracube, la fait exploser dans la quatrième dimension. Et on a la tête qui tourne lorsqu'on se rend compte du nombre d'instants présents qui se produisent tous à la fois. Pensez au nombre de chauffeurs de taxi sur tous les continents qui parlent dans leur radio en ce moment. À toutes les femmes qui accouchent. À tous les gens qui mangent un sandwich. Ou écrivent un poème. Ou tiennent la main d'un être aimé. Ou regardent par la fenêtre. Ou parlent aux morts.

— Vous avez mentionné une lumière…, ai-je dit.

Ma voix était faible et distraite, parce qu'à cet instant précis, nous sommes passés devant un magasin appelé Sal de Ibiza qui se tenait seul sur la route. Il était peint d'une jolie couleur turquoise. Mais quelque chose a brisé mon calme. Mes sens se sont soudain aiguisés, comme lorsqu'un animal comprend soudain qu'il pourrait être mangé. Une bicyclette rouge était posée devant la boutique, sur le sol poussiéreux. Un des principaux problèmes du monde était l'existence des bicyclettes rouges. En tout cas, j'ai fait comme chaque fois que j'en voyais une, ou que je voyais une chose qui me rappelait Daniel : je me suis réfugiée dans les mathématiques. Un panneau indiquait « Santa Eulalia 3, Sant Joan 21, Portinatx 25 ». Dans ma tête, j'ai donc calculé des pourcentages. 25 % de 3 égale 0,75. 3 % de 21 égale 0,63. 21 % de 25 égale 5,25. Certaines personnes respirent très fort. Les trois femmes de l'avion faisaient du yoga. Moi, j'avais les mathématiques. Elles m'aidaient à penser à autre chose. Elles m'aidaient à oublier, pendant un instant, que certaines choses ne pouvaient être divisées ou soustraites.

Le sel

Le chauffeur m'avait vue regarder la bicyclette et a cru que le magasin m'intéressait. Il semblait vouloir compenser sa maladresse de tout à l'heure, en lisant l'adresse.

— Ibiza est une île de sel. On le récolte à Ses Salines. Dans les… vous savez…

Il a mimé quelque chose de grand et plat, pendant qu'il cherchait le mot anglais.

— Les marais salants ? ai-je proposé.

— Oui. Les marais salants. Ils sont beaux. Il faut les voir. Surtout quand il y a les… les oiseaux roses.

— Les flamants ?

— Oui. Oui. Il faut les voir. Mon père était mineur de sel, et son père était mineur de sel, et le père de son père était mineur de sel, et le père du père de son père était mineur de sel… (J'avais compris.) Vous voyez, *señora*, Ibiza a été envahie par beaucoup de gens différents, dans son histoire… mais le sel a toujours été le meilleur du monde. On salait le poisson mangé par les empereurs.

Je découvrirais par la suite que les chauffeurs de taxi d'Ibiza tenaient aussi souvent lieu de guides et d'historiens.

— Et maintenant, vous êtes envahis par les touristes, ai-je répondu.

J'étais à nouveau calme après mon moment de trouble causé par une bicyclette. Il a éclaté de rire.

— Oui. Eux aussi. La pire des invasions. D'abord les hippies, ensuite les raveurs, et puis les célébrités, et les hippies encore une fois. De partout. Pas seulement d'Angleterre. D'Allemagne, de France, des Pays-Bas, d'Italie, du Portugal, de Suède, et aujourd'hui il y a même les Américains et tous les autres… Les Brésiliens, les Argentins… Non, c'est une invasion joyeuse, en réalité. On est tous de la même espèce, pas vrai ? (Son sourire était large et authentique.) Ibiza, c'est là qu'on vient pour se rappeler ça. Tous les gens, de tous les âges, de tous les endroits. C'est bien. Sauf les terrains de golf. On n'aime pas les terrains de golf, ici. Il y en a un mais pas plus. Un, ça suffit.

— Les terrains de golf ?

J'ai pensé à Karl. Il n'aimait pas le golf.

— *¡En serio!* Ici, les gens vont dans la rue quand on veut construire un terrain de golf ! Des nightclubs, pas des clubs de golf ! On aime la musique, on aime la mer, on aime bien manger, et on aime la nature. Mais les terrains de golf, pas trop. (Puis la voiture et la conversation ont pris un virage à l'ouest.) On a aussi des extraterrestres. Il y a des gens qui disent ça. Il y a beaucoup de… dingues sur cette île.

— Bien noté. Je ferai de mon mieux pour ne pas ouvrir de terrain de golf, ai-je dit très sérieusement. Et je guetterai les aliens.

Il a ri encore une fois, tapotant le volant en signe d'approbation.

— Oui. Très bien ! Le golf, non ! Les aliens, oui !

J'ai souri sur le siège arrière et j'ai regardé par la vitre, mais mes réflexions se sont alors assombries un peu.

« On aime la mer. »

J'ai regardé mon chauffeur, comme s'il était un test de Rorschach dont je n'avais pas tout à fait pénétré le sens. Il s'est tu pendant un moment. Le front plissé, perdu dans ses pensées. Puis il a craché le morceau.

— Je sais qu'elle est morte. J'ai lu ça quelque part. Christina van der Berg. (Il a prononcé ce nom avec soin. Comme s'il était en porcelaine.) Je l'ai vu dans le *Diario.* Le journal d'ici. *Diario de Ibiza.*

— L'article disait comment elle est morte ?

— Elle était en train de plonger, je pense.

J'ai surpris son regard dans le rétroviseur. Je me rappelle qu'il a beaucoup hésité avant de poser la question suivante.

— Vous étiez son amie ?

— Non, ai-je répondu Dieu sait pourquoi. Oui. Enfin, il y a très longtemps. J'ai été son amie et je viens m'occuper de la maison.

Curieusement, j'ai formulé ça comme ça. « M'occuper de la maison. » J'étais peut-être gênée, tout à coup : c'était tellement étrange, qu'une maison vous soit offerte par quelqu'un que vous avez à peine connu.

— Elle est venue ici il y a des années pour devenir chanteuse, ai-je ajouté, mais je ne sais pas si c'est ce qu'elle faisait toujours. Elle était pleine de talent. Elle avait un don.

Le chauffeur a repris sa mine perplexe.

— Un don ?

— Oui.

Il a avalé ce mot comme une pilule.

— Il y a des choses à propos de cette île. Des choses que la plupart des gens ne voient pas. Des choses qui ne sont pas facilement… expliquées…

Je ne savais pas vraiment de quoi il parlait. Quand j'étais enfant, j'étais un jour allée en vacances sur l'île de Wight, et je m'étais liée d'amitié avec une femme bizarre, dans une confiserie de Yarmouth, qui se prenait pour une ancienne sirène. C'était peut-être les îles. Elles rendaient sans doute les gens fous.

Désolation

Le chauffeur s'est garé. Nous y étions. Un endroit désolé, avec seulement la circulation tout autour.

La seule image que j'avais vue montrait la maison de l'extérieur ; elle était reproduite sur une lettre de mauvaise qualité, comme mes yeux. Rien qu'un ciel bleu dur et des murs blancs. Je m'étais imaginé une villa dans un village à flanc de colline.

Mais nous étions arrivés ailleurs, et j'ai aussitôt senti que je commettais une erreur.

Je ne veux pas paraître ingrate, mais c'était peut-être la maison la moins attrayante de tout Ibiza. Absolument aucune bougainvillée en vue. Aucun charme. Par comparaison, le pavillon à Lincoln ressemblait à une grande demeure de Hollywood Hills. Voilà peut-être pourquoi elle ne l'avait léguée à aucun de ses vrais amis. *Ils n'en voulaient pas.*

C'était un petit cube blanc, qui n'avait aucune raison de se trouver là où il était. De plain-pied. Fenêtres minuscules. Donnant sur les graviers du bord de la route et le macadam de la chaussée, la peinture se détachant comme des croûtes. Des réparations en ciment marron un peu partout. Tout autour, le sol était jonché de débris, bouteilles de bière et autres détritus. De là, on ne pouvait aller nulle part à pied.

Par-dessus le marché, il y avait de l'autre côté de la rue une publicité pour un hôtel de luxe. Une photographie aérienne de piscines et de bâtiments impressionnants au bord d'une falaise. « Maintenant ouvert. Le tout dernier hôtel-spa de la chaîne Merveille du Monde, Cala Llonga, Ibiza. Visualisez vos rêves et réalisez-les. »

— C'est ça ? ai-je demandé au chauffeur en lui tendant vingt euros, les yeux sur la petite baraque décrépie.

— C'est bien là. (Il eut un petit sourire courtois.) Ravi de vous avoir rencontrée. (Et il a eu ce regard auquel on s'habitue quand on vieillit. Plein de sollicitude.) Je m'appelle Pau. Comme Paul. Mais sans le L.

— Et moi Grace, ai-je dit en ouvrant la portière. Sans L non plus. Comment dit-on « Ravie de vous avoir rencontré » en espagnol ?

— *Mucho gusto.*

J'ai acquiescé et il a sorti ma valise du coffre.

— OK. *Mucho gusto.*

— Et *buena suerte*, c'est « bonne chance ».

— Ah, ça, je ne vous l'ai pas demandé.

Il a hoché la tête.

— Je sais. Mais vous en aurez peut-être besoin…

Avant que j'aie pu demander pourquoi, il était remonté dans son taxi.

Il a attendu une brèche dans la circulation et il a fait demi-tour, s'en allant à toute allure.

Les photos sur le mur

J'ÉTAIS DONC LÀ, sur l'asphalte, au soleil. Mes pieds enflés, au désespoir d'être libérés de leurs chaussures. Je regrettais de ne pas porter mes sandales confortables, mais elles m'avaient paru un peu excessives, ce matin, quand je m'étais réveillée à Lincoln.

Tant pis.

Le bruit de la circulation rivalisait avec les cigales. Je regardais les voitures.

Puis la maison. Ce cube blanc en mauvais état. Sur le côté, en guise de portail, une barrière métallique peinte en bleu menait à une vague étendue de gravier et de plantes rabougries. Une vieille voiture cabossée – une Fiat Panda – était garée à l'extérieur.

— Bien, ai-je dit alors qu'il n'y avait personne.

Dans le cadre de mon processus de vieillissement, je me comportais de plus en plus comme si j'étais sur scène, adressant tout bas des apartés à un public qui n'écoutait pas. Et qui n'était même pas là.

Je me suis avancée jusqu'au portail. Je sentais battre mon cœur. Des picotements dans les jambes. Je me demandais si c'était lié à mon opération ou à la peur. J'ai cherché la clé. Je l'ai laissée tomber. Mes genoux grinçants ne m'ont pas remerciée quand j'ai dû m'accroupir. (Savourez la faculté de vous accroupir sans effort, Maurice. C'est l'un des nombreux dons de la jeunesse.)

Pendant un instant, passé à contempler la clé qui brillait au soleil parmi les graviers, j'ai tellement eu conscience d'être stupide en venant ici que j'aurais voulu être engloutie par l'univers. Être renversée par une voiture pour que ma carcasse nourrisse un chien errant.

J'ai entendu la voix de ma mère qui résonnait à travers les décennies. *Regarde-toi. Grace la bonne à rien.*

Ridicule, me suis-je dit. *Ressaisis-toi.*

J'ai ramassé la clé et me suis relevée, mon corps tout en petits craquements et grincements.

Il y avait un lambeau de jardin bien triste, un terrain vague composé de hautes herbes, de sol assoiffé et de petites zones herbeuses. Complètement à l'abandon.

À l'intérieur, c'était à peine mieux.

La décoration avait pour thème le brun sale. Ça sentait le moisi. L'air était lourd, épais. Je voyais la poussière flotter, brillant comme une minuscule galaxie. Une pensée macabre m'a assaillie. Je me suis demandé s'il y avait des peaux mortes parmi ces grains de poussière. Je me suis demandé si j'inhalais la défunte.

J'ai laissé ma valise et mes chaussures dans le vestibule. Mes pieds enflés ont chanté de soulagement, une fois sortis des mocassins. Je suis entrée dans le salon, avec son canapé couvert d'un tissu hippie et un tapis qui avait besoin d'être nettoyé. Un grand ventilateur était visiblement encombré de poussière et le carrelage méritait qu'on passe la serpillière. J'ai fait le tour des pièces, encore effrayée, m'attendant à moitié à me cogner au cadavre de Christina. Comme si j'étais une intruse. Cet espace avait quelque chose de privé et d'intime, je m'introduisais dans des souvenirs que je ne connaissais pas. Je dérangeais, et ce cadeau me faisait déjà l'effet d'une malédiction.

Aux murs étaient accrochées des photos encadrées. La vie de Christina en résumé.

Une photo d'elle à la plage, ses longs cheveux noirs balayés par la brise, accompagnée d'un homme aux cheveux tout aussi longs, aux yeux pétillants, avec un kart de plage à l'arrière-plan.

Une petite fille au sourire nerveux, tenant un ours en peluche.

Christina avec cette même petite fille, et le même homme.

Christina, un micro à la main, chantant dans un hôtel.

Elle à côté d'un homme qui semblait être Freddie Mercury, lors d'une fête dans les années 1980.

Elle en tenue de plongée, avec un autre homme. Un homme à la barbe plus hirsute que le premier. Il semblait fait pour la mer. Un Neptune trapu, boudiné dans du Lycra. Deux amis plutôt qu'un couple.

Elle qui dansait vêtue d'un costume traditionnel, à l'occasion d'une sorte de fête locale.

Sur toutes ces photos, elle semblait plus heureuse qu'elle l'avait été lorsqu'elle enseignait. Mais ces images dataient de plusieurs années. Aucune n'était récente.

— Pourquoi suis-je ici ? ai-je demandé à mon public imaginaire.

J'ai dévisagé la petite fille et son ours en peluche violet. S'agissait-il de la fille de Christina ? Pourquoi ne lui avait-elle pas légué sa maison ? Ou à quelqu'un d'autre qui figurait sur ces photos ?

— Pourquoi moi ?

Mais je ne reçus pas de réponse. Rien que le silence. L'inquiétude. L'humidité. Et beaucoup de poussière.

Le bocal à olives

J'AI CONTINUÉ MA VISITE. Je cherchais des réponses, mais je n'ai pas pu en trouver.

Dans la chambre, sur la commode, j'ai vu une plante en pot, sèche et probablement morte, avec ses feuilles brunes et flasques. Une fleur de lune, je crois. J'ai remarqué le lit. Il avait l'air très bien. Les draps étaient propres et neufs. Puis je suis revenue dans le salon où j'ai repéré une vieille chaîne stéréo des années 1980 et des rangées de cassettes audio.

Et pas mal de livres.

Selon moi, le moyen le plus rapide de comprendre une personne est de regarder ce qu'elle a dans sa bibliothèque. Surtout si c'est une bibliothèque honnête, et pas purement décorative. Il n'y avait rien de décoratif ou de recherché dans cette maison.

Un assortiment d'ouvrages étaient disposés en partie sur les rayonnages, en partie au sol, à côté. Les uns en anglais, les autres en espagnol, et un ou deux en grec. Parmi les volumes en anglais, il y avait des traductions de *Siddhartha*, de Hermann Hesse, et le *Tao Te King*.

Un guide de la flore et de la faune des Baléares. Deux ou trois Agatha Christie.

Christina avait un classique que j'avais lu et adoré dans ma jeunesse. *Le Comte de Monte-Cristo*, d'Alexandre Dumas. (Vous avez lu *Le Comte de Monte-Cristo* ? Vous devriez. C'est le meilleur livre que je connaisse. Une histoire de vengeance *et* de pardon, avec un héros qui s'évade de prison. J'ai toujours aimé les bonnes évasions. À l'adolescence, j'ai lu tout Dumas, ainsi que *Frankenstein* et *Les Aventures de Sherlock Holmes*. Vous savez, les vraies histoires.) Il y avait aussi *Zorba le Grec*, mais pas en grec, et les poèmes de Cavafy, en grec. En espagnol, elle avait d'autres poèmes (Pablo Neruda), un Carlos Ruiz Zafón et un Isabel Allende aux pages cornées.

Puis un titre m'a semblé totalement déplacé : un livre sur la voyance, *Le Grand Guide des pouvoirs psychiques*, tome 8. Cela m'a fait ricaner malgré moi. Ah, ces profs de musique !

Un autre volume se détachait du lot. Un de ceux en espagnol. *La vida imposible*, d'Alberto Ribas. *La Vie impossible.* Une couverture criarde, avec la mer et un îlot rocheux mal dessinés. Vus de la plage, avec des rayons tracés au-dessus de l'eau, comme si elle brillait. Il y avait une photo de l'auteur au dos. Un homme au visage tanné par le soleil, à la barbe hirsute, portant un T-shirt avec une pieuvre dessus. Il avait un grand sourire et une dent en moins. On aurait cru un vieux pirate.

J'ai eu la curieuse impression de l'avoir déjà vu. Parce que je venais en effet de le voir, une minute auparavant, sur les photos accrochées au mur.

La photo de Christina avec l'homme à la barbe hirsute et au grand sourire. Elle le connaissait. J'ai repris le livre. C'était lui, incontestablement. J'ai à nouveau examiné les photos. J'ai vu que sur l'une d'elles, elle avait au cou la médaille de saint Christophe que je lui avais donnée en 1979. Elle la portait aussi sur les autres images. Même lors de la fête où elle avait rencontré Freddie Mercury.

Il y avait une petite odeur de renfermé. Pas tout à fait fétide, mais loin d'être agréable. Et de parfum. Très légère. Le fantôme de Christina flottant dans l'air.

Mon estomac a gargouillé. Dans la petite cuisine, j'ai ouvert le réfrigérateur, vide à part une brique de gaspacho périmé. Dans les placards, des biscuits. Et curieusement, un bocal à olives, sans olives. C'était un récipient ordinaire, de taille modeste – un peu moins grand qu'un pot de confiture –, mais il était rempli d'eau. J'ai su que c'était un bocal à olives, parce qu'il y avait des olives vertes farcies au piment sur l'étiquette, et les mots « *Olivos del Sur* ». J'ai dévissé le couvercle et j'ai reniflé. L'odeur était salée, un peu soufrée, mais pas comme la saumure que contient normalement un bocal à olives. Il se passait des choses dans cette eau-là. Elle avait l'air compliquée, mouvante. Il y avait peut-être des algues dedans. Je n'en étais pas sûre, mais elle ne ressemblait pas à de l'eau de mer ordinaire. Pourtant, j'étais certaine qu'elle ne me servirait à rien, donc j'ai ouvert la porte d'entrée et j'ai répandu l'eau sur le sol desséché. En revenant, j'ai remarqué autre chose.

Une enveloppe sur une petite étagère du vestibule.

Dessus, un dessin de pétales de fleurs formant les mots « *MUCHAS GRACIAS* ».

Quand je l'ai prise, une lettre en est sortie. *Et voilà*, me suis-je dit. J'allais peut-être tout savoir.

Chère Grace,

Si vous lisez ceci, c'est que vous avez pris la bonne décision. Cette maison n'est pas grand-chose, mais elle est tout ce que je possède.

Je voulais vous remercier. Votre gentillesse, il y a toutes ces années, m'a sauvé la vie. Je sais que ça paraît mélodramatique, mais je crois vraiment que je n'aurais pas survécu à ce Noël. J'étais au plus bas. Quand vous m'avez incitée à aller à Ibiza, cela a contribué à me libérer. Et maintenant, c'est mon tour de vous aider à exploiter tout le potentiel inassouvi qui est en vous. Je sais que vous ne comprendrez pas que j'aie choisi de vous léguer cette maison plutôt qu'à n'importe quelle autre de mes connaissances. Mais faites-moi confiance : si je vous expliquais comment j'ai su que vous étiez la légataire idéale, vous me croiriez folle. Et puis, vous comprendrez en temps et en heure pourquoi vous deviez venir ici. Pour le moment, disons simplement que vous êtes une personne comme il y en a très peu, et je sens que vous trouverez ici la paix.

Je sais que je n'en ai plus pour longtemps. Je n'ai pas peur. Je sais véritablement que ce n'est pas la fin. Et je sens que je pars pour un monde meilleur.

J'ai adoré vivre ici. Sans vous, jamais je ne me serais installée sur cette île merveilleuse. Cette conversation que nous avons eue sur votre canapé, pendant que nous regardions la télévision, il y a toutes ces années, a conduit à cet instant présent. Je ne suis jamais devenue Blondie. Et je ne suis jamais devenue riche, au sens conventionnel du terme, comme cette modeste maison vous l'aura appris. Mais j'ai mené une existence riche, et j'ai découvert des choses dont je n'aurais même jamais pu rêver.

Les gens vous diront que cette île est magique. Et vous entendrez raconter des choses étranges, des mythes aussi. Tout ne sera pas véridique. Mais la vie ne se borne pas à ce que nous connaissons. Il y a dans notre esprit plus de choses que nous ne pensons.

Que vous utilisiez cette maison pour y passer vos vacances ou pour y vivre à l'année, essayez de visiter tous les beaux coins. Voici quelques tuyaux :

Perdez-vous dans les ruelles étroites de Dalt Vila, la vieille citadelle d'Ibiza, perchée au sommet de la ville, derrière une enceinte fortifiée.

Promenez-vous de Cala Sant Vicent jusqu'à la grotte de Tanit, par le vieux chemin des pèlerins.

Allez voir les chevaux au sanctuaire d'Es Murta.

Partez vers le nord, entourez-vous de pins.

Admirez les flamants roses de Ses Salines.

Visitez le marché hippie de Las Dalias – celui de la journée, pas celui du soir, quand ça devient une rave-party – et dites bonjour à mon amie Sabine.

Prenez le bateau pour Formentera et regardez le phare.

Buvez un verre de Hierbas Ibicencas dans un village de montagne.

Allez écouter les tambours sur la plage de Benirràs au soleil couchant.

Faites vos courses à l'épicerie de Santa Gertrudis. Ils sont très gentils.

*Partez en voiture à la vieille fontaine de pierre appelée Font de Peralta pour assister à une « danse de paysans » (*ball pagès*) traditionnelle, pleine de gens en costumes superbes qui font des sauts et des bonds au son des castagnettes.*

Allez danser vous-même. Rien qu'une fois. L'âge ne compte pas ici.

Amusez-vous.

Ah, et le plus important : présentez-vous chez Atlantis Scuba, à Cala d'Hort. Dites à Alberto que c'est moi qui vous envoie. Il ne vous fera rien payer. Plongez voir la prairie sous-marine. C'est le plus vieil organisme vivant sur Terre.

Et, s'il vous plaît, tant que vous êtes là, gardez l'esprit ouvert. Tous les changements qui se produiront seront pour le mieux. Faites-moi confiance.

Avec toute l'affection de votre amie longtemps perdue de vue.

Christina

P.-S. : La Fiat Panda blanche garée sur le bord de la route est à vous aussi. Les clés sont dans le tiroir de la cuisine.

Satisfaction

C'ÉTAIT UNE LETTRE CHARMANTE. Quand elle vous offre une voiture en *post-scriptum*, une lettre a bien des atouts. Mais je dois avouer qu'elle m'a aussi épuisée. Troublée. Et rendue encore plus perplexe qu'avant.

Je n'en ai plus pour longtemps...

Eh bien, c'était déjà une réponse, ai-je compris, tandis que mon cœur continuait à palpiter.

Elle *savait* qu'elle allait mourir. Mais elle ne mentionnait aucune maladie, elle ne citait aucune autre raison, et son message ne ressemblait pas du tout à une lettre de suicide.

Quelqu'un m'a dit un jour que pour mourir heureux, il faut mourir repu. Vivre comme on savoure un délicieux repas. Dévorer chaque plat et l'apprécier, de manière à être rassasié à la fin, après avoir apprécié chaque bouchée, sans être trop triste qu'il ne reste rien. Il me semblait qu'après un hors-d'œuvre médiocre, Christina avait eu un plat principal et un dessert satisfaisants, et avait quitté notre planète contente.

J'ai relu ses recommandations. Bizarrement, je sentais que c'était davantage que des recommandations. C'étaient des indices vers un but que je ne pouvais pas encore comprendre. Même si je n'étais guère d'humeur à être une vraie touriste, j'ai donc décidé de prendre au sérieux ce qu'elle disait à demi-mot. Je me suis repenchée sur ses conseils.

Beaucoup de choses devaient être exclues immédiatement. Il était hors de question que je fasse de la plongée, par exemple. J'étais à peu près sûre qu'il était déconseillé de commencer à soixante-douze ans. Et même avec mes nouvelles jambes, je doutais fort de me remettre à danser. Après tout, ça ne m'était plus arrivé depuis 1992.

Tant pis pour la prairie sous-marine. J'avais l'impression que le plus vieil organisme vivant sur Terre, c'était moi.

Le seul conseil qui se détachait vraiment, c'était celui de *garder l'esprit ouvert.*

J'imagine que c'était une suggestion normale. Surtout après avoir parlé de plongée. Mais cette formule, l'idée que certains récits étranges puissent être véridiques, et les livres sur le cosmos, tout ça laissait supposer que Christina avait consommé trop de drogue et avait basculé dans un certain mysticisme. Je me rappelais qu'elle croyait fermement à l'astrologie.

Cependant, qui étais-je pour la juger ainsi ? C'était une mauvaise habitude que j'avais prise, après avoir mariné trop longtemps seule dans mon pavillon.

Je me suis calmée et je suis allée dans la chambre déballer ma valise. Comme le reste de la maison, la penderie était un peu minable. Le bois était tout griffé.

J'ai d'abord sorti une robe de chambre. Elle occupait environ vingt-huit pour cent de mon bagage. Elle avait appartenu à Karl. Je n'avais jamais pu m'en débarrasser. J'en aurais besoin, même dans la chaleur de la Méditerranée. Après la mort de mon mari, j'y avais enfoncé mon visage. Et le fait de la porter était ce que j'avais de plus approchant d'un câlin de lui. Ridicule, je sais, mais tout est ridicule après un certain âge. J'avais aussi apporté le merlebleu dessiné par Daniel. Celui qu'il m'avait offert pour la fête des Mères. Nous l'avions fait encadrer et c'était un souvenir de mon fils que je voulais avoir avec moi.

Défaire ses valises a quelque chose de rassurant, Maurice. Chaque fois que vous arrivez dans un nouvel endroit, je vous recommande de le faire avec soin. C'est un moyen d'imposer un rituel, un ordre à tout ce qui est nouveau. J'ai donc déplié mes habits aussi précautionneusement que si je présidais à la cérémonie du thé pour un empereur Ming. Je ne sais pas pourquoi j'ai été surprise de voir les vêtements de Christina dans la garde-robe. Je pensais peut-être que quelqu'un serait venu vider la maison.

C'étaient des vêtements aux couleurs claires et vives, sur lesquels se jettent les étudiants dans les ventes de charité. C'était triste, de voir comprimées ensemble ces tenues bigarrées, comme un accordéon de fantômes colorés. Une gamme de personnalités que je n'avais jamais connues. Ensuite, après y avoir rangé tous mes habits, je me suis rendu compte qu'ils étaient bien ternes en comparaison. Rien que des teintes pastel, crème, corail, lilas, à côté de ses jaunes et de ses indigos. Ça paraissait incongru, nos tenues côte à côte. Comme si je venais de déposer de la purée sur une salade de fruits.

Je me suis ensuite étendue sur le lit et j'ai essayé de faire une sieste, mais je n'y suis pas parvenue. Enfin, je pense que j'ai dû m'assoupir quelques secondes, mais je me suis bientôt réveillée, tout endolorie, car mon dos n'était pas habitué au matelas et mon esprit se demandait ce que Christina voulait dire quand elle m'incitait à *garder l'esprit ouvert.*

Les voitures fonçaient sur la grand-route, comme un bruit de fond que je trouvais apaisant. Et j'avais besoin d'apaisement, car je ne cessais de me questionner sur ce qui pouvait bien être arrivé à Christina et pourquoi elle m'avait choisie.

Il est difficile d'expliquer comment je me sentais.

Vulnérable, je suppose. Et seule.

Les boîtes de nuit, les clubs de plage, les villas de luxe, les sunset bars, les retraites de yoga, les méga-hôtels, les restaurants étoilés au Guide Michelin, qui faisaient désormais la célébrité de l'île, auraient aussi bien pu exister dans un autre univers.

Nécessité

J'AVAIS BESOIN DE SORTIR DE LA MAISON. J'avais besoin de savoir ce qui était arrivé à Christina.

Au tiers plein

Je me sentais indécise. Et cette incertitude allait s'intensifier jusqu'à ce que je doive me concentrer sur ma respiration pour savoir que j'existais vraiment.

Une partie de moi se demandait si j'étais victime d'une farce sophistiquée. Après tout, si Christina avait une si haute opinion de moi, pourquoi ne m'avait-elle pas contactée tant qu'elle était encore en vie ?

Les possibilités se déployaient comme des vecteurs. La tête me tournait. Et mon estomac me rappelait que je n'avais rien mangé de la journée, à part un bol de céréales à Lincoln. Il fallait que je me trouve un repas, ou du moins que je fasse quelques courses.

Mes yeux sont retombés sur le bocal à olives. Il était exactement là où je l'avais laissé. Le même pot, au même endroit, couvercle fermé. Mais il contenait encore de l'eau. J'aurais juré l'avoir vidé entièrement. Mais non. Il était là. Au tiers plein.

Conclusion qui n'avait rien de bien neuf : je perdais la boule.

La vieillesse, soupirai-je intérieurement alors que je sortais dans le soleil de l'après-midi. Et que je faisais de mon mieux pour croire qu'il ne pouvait pas y avoir d'autre explication.

Mathématiques

Je ne suis pas très douée pour le mysticisme.

Je pense que c'est parce que j'ai été élevée dans la religion catholique et que ma vie a toujours été pleine de prières inexaucées. Je ne dirais pas que je suis totalement irréligieuse. Mais même quand j'étais jeune, des années avant Karl et Daniel, je m'étais lassée de chercher des réponses là où l'on n'en trouvait pas.

Voilà peut-être pourquoi j'aimais tant les mathématiques.

Connaître véritablement les mathématiques, c'est *savoir* la seule chose qui peut être *sue* avec certitude. La politique, la sociologie, l'histoire, la psychologie, ce sont des faits qu'il faut *interpréter*. Mais en mathématiques, les faits ne sont que des faits. Il n'y a pas à discuter. Il n'y a pas d'algèbre de gauche ou de droite. Il n'y a pas de péché en géométrie, pas de culpabilité en trigonométrie.

Les mathématiques, c'est la pureté de la paix. Sauf, bien sûr, qu'elles sont aussi mystérieuses et énigmatiques que l'ensemble de la vie ; vouloir qu'elles se conforment à mes attentes était une erreur, vérité qui s'applique d'ailleurs à tout. Voilà le plus terrible. Quand le monde logique que nous recherchons s'effondre sous nos yeux.

Une nouvelle théorie de l'infini

Je vous dis ça pour ce qui va suivre, afin que vous sachiez vraiment d'où je viens. Je ne suis pas attirée par les absurdités tirées par les cheveux. Je pense que l'homme a bel et bien marché sur la Lune et que la Terre est *grosso modo* une sphère. Je ne veux pas qu'on lise mon avenir dans une boule de cristal et je n'ai aucune envie d'attribuer mon humeur aux lunes de Jupiter ou à l'entrée de Mercure en phase rétrograde. Je n'ai même pas de bougies chez moi.

Pourtant, j'ai désormais conscience que notre compréhension humaine du monde est incroyablement limitée, et que nous avons tendance à ne pas croire à ce qui ne colle pas avec nos conceptions. *Ce que je dis*, c'est que parfois nous refusons d'admettre la vérité que nous avons sous les yeux. Et parfois, les fous d'une époque deviennent les sages de la suivante.

Je vous raconte tout ça parce que, au cours des pages suivantes, vous allez peut-être penser que j'ai perdu la tête. Je vous prie donc d'envisager le cas de Georg Cantor.

Si vous étudiez les mathématiques à l'université, vous avez sûrement entendu parler de lui.

Je pense même que je parlais de lui en classe. L'homme qui a inventé la théorie des ensembles, à la fin du XIXe siècle. En tout cas, lorsqu'il prouva qu'il existait, techniquement, différentes tailles d'infini, il fut qualifié d'hérétique. Il fut critiqué, ostracisé, ridiculisé. Il ne put le supporter. Il s'écroula à cause de ce qu'il avait découvert. Il remit en cause ses propres convictions. Cesser de croire en un infini unique, c'était croire en l'impossible. Il traversa une succession de dépressions nerveuses et termina ses jours dans un asile psychiatrique. Mais il avait raison. Sur le plan mathématique, du moins. Il existe différentes tailles d'infini. Mais il a fallu longtemps pour que tout le monde voie ce qu'il voyait.

Je ne me prends pas pour Georg Cantor. Mais dans mon cas aussi, ma vision du monde s'est récemment renversée, et il faut que j'en parle à quelqu'un. Moi aussi, j'ai vu des choses qui constituaient un défi radical. Vous m'avez envoyé votre courriel au bon moment, car je pense que mon besoin de raconter cette histoire coïncide avec votre besoin de réponses.

La question est donc : êtes-vous prêt à accepter une nouvelle théorie de l'infini ?

Santa Gertrudis

La voiture de Christina était un vieux machin réfractaire. Je m'y suis assise, j'ai humé le capitonnage vieillot des sièges, j'ai cherché des indices sur sa vie. Il n'y avait rien, à part une bouteille vide de limonade et un paquet de biscuits à moitié mangé dans la boîte à gants. J'ai allumé la radio. Des voix rapides parlant espagnol, entrecoupées de jingles, puis du rap. Je me suis demandé si c'était 21 Savage, dont avait parlé le garçon dans l'avion. J'ai éteint, poussé un soupir, et fait démarrer le moteur.

Je n'avais jamais conduit à l'étranger. C'était un peu intimidant. Au début, j'étais dans tous mes états. J'avais tapé « supermarché Santa Gertrudis » sur mon téléphone avant de partir. Puis mon portable a perdu le signal et j'ai vite oublié ce que j'avais vu sur la carte. Je suivais donc les panneaux indiquant la direction de Santa Gertrudis, roulant sur le macadam gris, en tâchant de me souvenir de quel côté de la bande blanche en partie effacée j'étais censée rester.

J'ai bientôt découvert que Santa Gertrudis est très joli. Des rues larges, des maisons géométriques mais charmantes, des bâtiments blanchis à la chaux, encore des bougainvillées roses, et des cafés pleins de gens détendus. Tout était pensé en fonction du ciel d'un bleu éclatant. Je me suis baladée. Je suis passée devant un café végan et un studio de Pilates, et j'ai fini par trouver un magasin qui avait l'air de vendre de la nourriture. En vitrine, des publicités pour la bière et l'huile d'olive. Je me suis garée près du trottoir, selon un angle qui aurait intéressé Pythagore.

Je me suis promenée entre les trois séries de rayonnages, un panier sous le bras. C'était un monde entièrement nouveau. J'avais l'impression d'être redevenue étudiante, et d'apprendre à penser à ce dont on a besoin pour vivre. J'étais restée en pilote automatique pendant des dizaines d'années. Depuis que j'étais veuve, je n'avais presque rien changé à mes courses de la semaine. C'était un peu effrayant de repartir à zéro. J'ai fait plusieurs fois le tour. Au-dessus des produits, étaient suspendus des écriteaux à la craie. « Frutas y verduras ecológicas », par exemple, au-dessus de cartons de nectarines, de champignons et des tomates les plus charnues que j'aie jamais vues. J'ai placé une des tomates dans le panier et j'ai continué à avancer. J'ai bientôt rencontré une étrange machine, à côté d'un tas de bouteilles vides. Une glissière en spirale descendait vers un cylindre transparent. À côté, un monticule d'oranges. J'en ai fait rouler quelques-unes dans la glissière et j'ai attendu patiemment que le goutte-à-goutte du jus tombe dans la bouteille que je tenais. Au bout de quelques minutes, j'ai eu une bouteille de jus d'orange (très) fraîchement pressé. Puis j'ai rempli le reste de mon panier avec une baguette, du fromage, des biscuits, du café, du liquide vaisselle, du gel douche, un rouleau de papier toilette, du gin et du tonic. Par-dessus le bourdonnement des réfrigérateurs et d'un ventilateur, et la pop rythmée mais discrète diffusée par la radio, j'ai eu une conversation avec la caissière très vive, *Rosella* selon son badge.

Le magasin était vide et Rosella était clairement d'humeur à bavarder. Son anglais était excellent. Elle avait vécu en Grande-Bretagne, à Brighton, pendant quelques années, avant de revenir.

— Cette île est un aimant, dit-elle en scannant mon paquet de café. Vous connaissez Es Vedrà ?

— Es Vedrà ? Non, je viens d'arriver.

— Ah. Eh bien, Es Vedrà est un rocher. Un grand rocher qui surgit de l'océan. On le voit depuis Cala d'Hort. Une plage, au sud de l'île.

Cela m'a rappelé l'impression menaçante que m'avait produite cet îlot pointu, vu depuis le hublot de l'avion.

— Je pense que je l'ai aperçu avant l'atterrissage.

— Oui, acquiesça Rosella. On dit que c'est le troisième point le plus magnétique sur Terre. Cet endroit a quelque chose de spécial.

— Vraiment ?

— Oui. En bien et en mal. Il y a des années, un ermite y a vécu, dans une grotte. Un homme pieux, un prêtre. Il a décrit les lumières qu'il voyait dans l'eau, des lumières qui éclairaient toute la mer. Depuis, on les a vues à d'autres moments. Un avion a failli s'écraser un jour… Maintenant, il y a une drôle de vibration qui se dégage du rocher. Ça fait peur, parfois. J'ai toujours la sensation qu'il y a un truc là-bas. Dedans.

Cette conversation était inattendue dans un supermarché. J'ai essayé d'être polie :

— Ah, mais c'est une île bien intéressante.

La femme qui vendait l'avenir

J'AI REMARQUÉ UN PETIT TATOUAGE NOIR sur le bras de Rosella. Un cercle au-dessus d'un triangle, séparés par une ligne horizontale, avec deux petits traits verticaux de chaque côté. Comme la représentation la plus pure, la plus schématique d'une personne levant les mains.

Je n'ai jamais été très attirée par les tatouages. C'est générationnel, je pense. De mon temps, un tatouage indiquait que vous étiez un bagnard, un marin, ou simplement un hors-la-loi. Karl aimait ça, ou du moins prétendait aimer ça, mais il n'a jamais osé s'en faire faire un.

Rosella a suivi mon regard. J'espérais que je n'avais pas eu l'air trop indignée.

— C'est le symbole de Tanit, a-t-elle expliqué. La déesse de la Lumière.

Je me suis souvenue de la référence à la grotte de Tanit dans la lettre de Christina. J'apprendrais par la suite que Tanit comptait beaucoup à Ibiza. La déesse carthaginoise de la Lune, oui, mais aussi de la Pluie, de la Fertilité, de la Danse, de la

Création, de la Destruction, et d'un millier d'autres choses, qui incluaient peut-être les conversations dans les supérettes.

— Les anciens croyaient qu'elle protégeait l'île.

— C'est charmant, ai-je répondu comme la vieille femme que j'étais.

J'ai vu des flyers colorés à côté de la caisse, des prospectus de boîtes de nuit. Et là, Rosella a dit une chose à laquelle je ne m'attendais pas, des mots aussi aveuglants que des phares :

— Vous êtes Grace, n'est-ce pas ?

Je me suis efforcée de paraître calme.

— Eh oui. Me voici. Comment le savez-vous ?

— Elle m'avait annoncé que vous viendriez.

— Qui ? ai-je demandé bêtement.

— Christina.

— Oui, Christina, bien sûr.

— Avant de mourir.

— Évidemment. (Et j'étais si abasourdie que je l'ai répété.) Évidemment.

Rosella a cessé de s'occuper de mes achats et m'a regardée droit dans les yeux.

— Elle adorait l'eau. Elle adorait plonger. Elle avait commencé il y a quelques années seulement. C'est un accident tragique.

— En fait, ils ne savent pas exactement ce qui…

— Elle m'a dit d'être gentille avec vous. Parce que vous étiez une personne à part.

— Ah. Euh… Je ne l'avais pas revue depuis des années. Des décennies. Nous n'avons jamais été très proches… Vous la connaissiez bien ?

Ce que je voulais réellement demander, c'était : « Vous saviez qu'elle allait mourir ? » Après tout, j'étais venue sur cette île *parce qu'elle était morte.* La maison m'avait été léguée *parce qu'elle était morte.* Et la lettre de Christina sous-entendait qu'elle savait qu'elle allait mourir. Sans préciser comment, cependant. Si Christina savait que sa mort était imminente, alors que la police espagnole enquêtait là-dessus, cela posait pas mal de questions.

J'essayais de réunir mentalement toutes les pièces du puzzle. C'était comme tenter de démontrer l'hypothèse de Riemann ou la conjecture de Goldbach. Un vrai casse-tête.

— Oui. Elle a vécu longtemps sur l'île. Ce magasin est celui de mes parents. Quand j'étais petite, elle venait souvent. Et avant d'habiter ici, elle était à San Antonio, je crois. Elle chantait dans un des hôtels. C'était une bonne chanteuse. Elle venait toujours ici. Elle était cool. Elle avait une certaine aura. Mais ces derniers temps, ça l'intéressait moins. Depuis qu'elle travaillait au marché hippie.

— Las Dalias, ai-je dit, me rappelant la lettre de Christina.

— Oui, a répondu Rosella en scannant le jus d'orange fraîchement pressé. C'est là qu'elle passait beaucoup de temps.

— Que vendait-elle ?

— *El futuro.*

— Pardon ?

— L'avenir…

— Je ne comprends pas.

Rosella a éclaté de rire.

— Elle était… devenue… (Elle cherchait les bons termes pour exprimer la chose en anglais, avec de grands gestes enthousiastes, comme si les mots étaient des animaux familiers qui viendraient à son appel.) Médium.

Bizarrement, ça ne m'a pas étonnée. Après tout, j'avais vu ce livre chez elle. Et elle avait été prof de musique. Dans mon expérience, les profs de musique ont un peu tendance à être excentriques. Tendance encore plus nette chez les profs de musique qui étaient partis s'installer à Ibiza à la toute fin des années 1970.

— Comme une diseuse de bonne aventure ?

— Oui. Diseuse de bonne aventure. Je pense que c'était pour les touristes la plupart du temps. Pas pour la population locale. Je n'ai jamais osé lui poser trop de questions…

— Ah, je vois.

Puis, sans réfléchir, j'ai demandé :

— Elle vous avait dit qu'elle allait mourir ?

— Non ! Non, fit-elle en hâte, la bouche déformée par une moue sceptique.

— Mais elle vous avait annoncé que je viendrais ?

— *Sí*. Elle a dit que vous viendriez habiter la maison. Elle vous a décrite et elle voulait que je sois votre amie.

Vieille, ai-je supposé. *Elle lui avait dit que j'étais vieille.*

— Et comment était-elle, la dernière fois que vous l'avez vue ?

— Bien. Silencieuse. Mais bien.

Une cliente entra dans le magasin. Une femme en robe blanche flottante, munie d'un panier en osier.

— *Hola*, Camila !

Pendant que je commençais à emballer mes achats, Rosella a eu avec elle une brève conversation en espagnol ou en catalan, ou un mélange des deux. Puis elle est revenue vers moi et s'est remise à scanner mes articles.

— Qui était son mari ? ai-je demandé à Rosella.

— Johan. Un vieux hippie néerlandais. Ils avaient divorcé depuis longtemps, et il était reparti pour Amsterdam. C'est là qu'elle a arrêté de chanter, je crois. (Puis Rosella a lâché une bombe.) Elle avait eu une fille, dans les années 1990. Avec Johan. Elle vit à Amsterdam, à présent.

Je me suis souvenue de la photo de la petite fille, sur le mur. Qui tenait un ours en peluche.

Une fois encore, la même idée m'est revenue. *Pourquoi moi ? Pourquoi n'a-t-elle pas légué la maison à sa fille ? Ou du moins à quelqu'un qui la connaissait assez pour savoir qu'elle avait une fille ?*

— Et elle voyait sa fille ?

Rosella a souri en terminant sa tâche. Apparemment, j'avais fait une blague sans m'en rendre compte.

— *Tout le monde* voit sa fille.

— Désolée, je ne comprends pas.

Là, Rosella a désigné la rue, à travers la porte vitrée du magasin.

— Elle s'appelle Lieke. Lieke van der Berg. Elle fait une très belle carrière. Elle est musicienne. Et DJ. Elle habite encore Amsterdam, mais elle vient à Ibiza chaque été. Elle est… *là-bas.*

Elle a pointé du doigt à nouveau. J'ai regardé à travers la vitre le plus proche des deux panneaux d'affichages visibles au bord de la route. Sur l'un d'eux, une jeune femme aux cheveux courts et décolorés était éclairée par une lumière bleue très exotique.

LIEKE. AMNESIA. TOUS LES MERCREDIS.

— Elle passe à l'Amnesia cette année. C'est une des grandes boîtes de nuit, a précisé Rosella, qui avait correctement supposé que je n'étais pas du genre à fréquenter l'Amnesia.

J'ai contemplé l'affiche un peu plus longuement. À quelques détails près, j'aurais pu être en train de dévisager Christina en 1979. Son vœu de devenir Blondie avait été exaucé, mais en sautant une génération. Et voilà peut-être pourquoi la maison ne lui avait pas été léguée. Une superstar n'avait pas vraiment besoin d'une bicoque au bord d'une route.

— Waouh. Donc, elle a réussi.

— Absolument. Mais ce n'était pas l'avis de Christina, je pense.

— Ah, la mère et la fille ne s'entendaient pas ?

Rosella a haussé les épaules.

— Je ne sais pas. Je crois qu'elles en souffraient. Elles ne se parlaient plus. Quand Christina évoquait sa fille, elle avait les larmes aux yeux. Elle disait qu'elle avait essayé de renouer le contact. Ah, les histoires de famille !

— Oui, les familles…

Quelque chose est remonté en moi, venu de très loin. La veille de l'enterrement de mon fils. Karl, les larmes aux yeux, fermant bruyamment un placard de la cuisine. « Mais pourquoi l'as-tu laissé s'éloigner ? »

— Je pense que la plongée la rendait heureuse. Vous en avez déjà fait ?

La question m'a mise mal à l'aise. Je ne sais pas pourquoi.

— Non, non.

— Christina disait que rien n'était aussi apaisant que le fait de plonger. Dans l'eau, on oublie tout. Elle pensait que ça vous plairait beaucoup.

Ça m'a paru étrange. Pourquoi Christina avait-elle demandé à la caissière – qui parlait un anglais quasi parfait – de m'inciter à plonger ? Ça faisait un peu trop. Je trouvais que ça sentait le coup monté. Mais quel était le but ? Aucune idée. Rosella semblait pourtant chaleureuse et naturelle.

— J'ai soixante-douze ans, je suis trop vieille. Et chaque matin au réveil, j'ai tout oublié.

Rosella a ri, mais son amusement n'avait rien de blessant.

— Non ! (Elle a prononcé quelques mots en espagnol.) Allons donc, trop vieille ? Vous savez nager ?

— Autrefois, j'adorais nager. Mais ça fait pas mal d'années. (J'ai risqué un peu d'espagnol.) *Muchos muchos años.*

— Eh bien, alors, si vous savez nager et que vous savez respirer, vous pouvez encore plonger. Vous avez l'air très solide.

Il y avait là un peu de condescendance, mais très aimable, donc je me suis laissé faire.

— Vous trouvez ?

— *¡Sí! ¡Está claro!* Vous êtes ici toute seule ?

— Oui.

Et la tristesse de ma situation s'est répandue. Sur mon visage et dans mes yeux. Le chagrin était une inondation qui déferlait à travers vous et faisait reculer les autres. Ou qui a fait cesser la conversation, du moins.

Rosella s'en est aperçue. Elle s'est un peu raidie. Ma gêne a déteint sur elle.

— Ça fera quarante-sept euros et quarante-neuf centimes.

J'ai pris le porte-monnaie que Karl m'avait offert des années auparavant, dont le tissu jadis cramoisi était devenu rose terne.

— Mais si vous plongez, ne le faites pas chez Atlantis Scuba. C'est là que Christina allait. Mais elle était la seule à dire du bien d'eux. C'est un dingue qui tient la boutique.

— Un dingue ?

— Oui. Alberto Ribas.

Alberto Ribas.

Le pirate souriant.

L'Espagnole avec qui Rosella avait bavardé était maintenant derrière moi dans la queue. J'ai décidé de ne pas m'attarder.

— Ravie de vous avoir rencontrée.

Rosella m'a souri.

— Moi de même. *Adiós.*

Je suis sortie du magasin, dans la chaleur de l'après-midi parfumée par les pins, et j'ai levé les yeux vers la grande image de la DJ néerlandaise illuminée d'azur, en me demandant ce qui était arrivé à sa mère.

La fleur jaune

À MON RETOUR À LA MAISON, j'ai remarqué une plante qui poussait juste à l'extérieur de la porte d'entrée. Elle était assez haute, elle atteignait presque mes genoux, avec de minces pétales jaunes, au beau milieu du sentier poussiéreux.

La fleur semblait trop belle et délicate pour être là toute seule. Je ne crois pas que c'était une mauvaise herbe.

Bien sûr, les mauvaises herbes n'existent pas vraiment. Ce n'est qu'une question de perception. Les gens qui n'aiment pas avoir des pissenlits dans leur pelouse les traitent de mauvaises herbes par méchanceté, parce que nous autres humains devons toujours tracer des limites. Entre eux et nous. Entre les mathématiques et la poésie. Entre les mauvaises herbes et les fleurs.

Pourtant, ce que je veux dire, c'est que ce n'était pas le genre de fleur qu'on aurait qualifié de mauvaise herbe. C'était le genre de fleur qu'on choisit de planter. Mais pourquoi Christina, ou n'importe qui, aurait planté une fleur sur un chemin sec en face d'une porte ? Question plus pressante : pourquoi ne l'avais-je pas remarquée auparavant ?

J'ai pris une photo que j'ai envoyée par WhatsApp à ma belle-sœur Sophie, en Australie. Non seulement elle était fleuriste, mais sa compagne avait un diplôme de botanique. Elles pourraient peut-être m'indiquer son nom. J'allais devoir m'occuper de toutes les plantes autour de la maison, si je m'y installais.

Je suis entrée et j'ai remarqué autre chose.

Le bocal d'eau de mer était maintenant plein. Pas à un tiers plein. *Entièrement* plein. Il devait y avoir une explication rationnelle. Le couvercle était encore vissé, mais j'ai quand même cherché à voir si un tuyau fuyait. Toutefois, le plafond était sec et il n'avait certainement pas plu.

Mais il était bien là. Un bocal à olives qui s'était rempli d'eau de mer par ses propres moyens.

Une sorte d'évaporation inversée, une condensation extrême qui aurait dû être impossible, en tout cas selon les lois de la nature telles que je les connaissais. Une fois encore, j'ai eu l'impression qu'on me faisait une farce.

Quand j'étais jeune, comme je vous l'ai dit, j'ai lu beaucoup de Sherlock Holmes, en plus d'Alexandre Dumas, les romans et les nouvelles de Conan Doyle. Il y a une phrase célèbre dans le plus parfait de tous les romans, *Le Signe des quatre*, où Holmes dit à Watson : « Lorsque l'on a éliminé l'impossible, ce qui reste, si improbable qu'il soit, doit être la vérité. »

Voilà donc à quoi j'étais confrontée. Aucune des hypothèses expliquant pourquoi un bocal à olives se remplissait tout seul n'était possible. Il ne me restait que l'illogique et l'improbable. Et je dois avouer que je n'aimais pas du tout ça.

On frappe à la porte

J'AVAIS FAIM, j'avais envie de boire un verre.

J'ai mangé un peu de pain et de fromage, que j'ai fait descendre avec un gin-tonic. Assise sur le petit canapé de Christina, je regardais d'un œil une version doublée d'*Indiana Jones et la dernière croisade*. J'ai toujours aimé le visage de Harrison Ford. Il était réconfortant. Comme une vieille pantoufle. Voilà ce qui se passe avec les grands acteurs de cinéma. Les meilleurs deviennent si familiers, on les porte comme un vêtement chaque fois qu'on les voit. Ils couvrent nos parties solitaires, ils nous réchauffent.

Daniel adorait le précédent de la série, *Indiana Jones et le temple maudit*, surtout la scène du banquet, quand il y a un œil dans la soupe. Avec *Le Retour du Jedi*, c'étaient ses deux films préférés. Ce souvenir ajoutait une note douce-amère à cette diffusion. Les longs-métrages des années 1980 ont beau avoir quarante ans, ils sont aussi trop modernes pour moi.

Chez moi, je regardais souvent de vieux films. En noir et blanc, d'un autre monde. *Vacances romaines*. *New York-Miami*.

La Dame du vendredi. Ou bien, quand j'étais plus d'humeur Technicolor, *Un Américain à Paris.* De vrais classiques que vous êtes encore trop jeune pour avoir vus, j'imagine. J'aimais regarder des films d'avant l'époque où j'avais connu Karl, d'avant que je devienne mère, parfois même d'avant ma naissance. Pendant une heure ou deux, c'était comme si je n'existais plus. Je me réfugiais dans un monde d'avant la douleur.

Tandis que je regardais le film, il s'est passé quelque chose qui m'a fait bondir.

On a frappé à la porte.

Il devait être assez tard, car il faisait nuit, et nous étions en juin, rappelez-vous. Les journées étaient longues. Mais je suppose qu'Ibiza ne comprenait pas vraiment la notion de « tard ».

Un homme se tenait derrière la porte. Un homme robuste, large d'épaules. Des bras tout en muscles. Un regard de taureau. Les cheveux décolorés, un tatouage près de l'œil gauche, en forme de crucifix ou de poignard. Il y avait en lui une énergie dangereuse, nerveuse. Sa peau était comme un tissu de cicatrices. Il mesurait peut-être deux mètres dix, je n'en sais rien. C'était comme si un rocher avait été rendu animé grâce à un pot de créatine. Il semblait s'être donné beaucoup de mal pour être aussi intimidant. Il avait une main dans le dos. Je me suis demandé si elle tenait une arme.

— Vous n'êtes pas Christina.

Il était anglais. De Londres. Ou de l'Essex.

— Je suis désolée. Non, en effet.

— Où est-elle ?

— Pas ici.

Je ne voulais pas lui dire qu'elle était morte. Je ne voulais rien lui dire.

L'homme a souri. D'un sourire timide.

— Dites-lui que c'est Frankie. Dites-lui qu'elle avait raison. Elle avait raison sur tout. Dites-lui que je la remercie. Et ça, c'est pour elle.

Il a tendu la main qu'il cachait derrière lui. J'ai eu un haut-le-cœur, comme si je gravissais un pont à dos d'âne. Mais quand j'ai vu ce qu'il tenait, j'ai ri de soulagement. C'était un énorme sac d'oursons en gélatine Haribo.

— Elle a dit que les bonbons étaient son péché mignon, a-t-il précisé avec un immense sourire. Les oursons à l'ananas, en particulier. Il y en a là-dedans. C'est juste pour la remercier.

— Très bien.

J'étais sur le point de lui révéler la vérité sur Christina, mais il s'en allait déjà.

— Merci !

Et je me suis sentie coupable de l'avoir jugé, tandis que la barrière métallique se refermait derrière lui. J'ai entendu claquer une portière de voiture. Puis de la musique électro qui résonnait comme un rythme cardiaque très bruyant.

La vida imposible

Je suis allée sur Internet.

J'avais apporté mon ordinateur. Mon portable vieux de dix ans, avec un autocollant Harley-Davidson. Ç'avait été l'ordinateur de Karl – l'autocollant ajoutait un frisson de danger à son métier d'ingénieur civil – et en acheter un plus performant m'aurait fait l'effet d'une trahison. Même si Karl n'avait jamais eu de moto.

J'ai tapé « Christina van der Berg » sur Google.

J'ai vu sur le site du *Diario de Ibiza* l'article dont avait parlé Pau, le chauffeur de taxi. Quand je l'ai traduit, la formule « disparue présumée noyée » m'a sauté aux yeux. Christina avait réservé une séance de plongée à minuit chez Atlantis Scuba et elle n'était jamais revenue. Alberto Ribas avait subi un interrogatoire, puis avait été relâché.

J'ai ajouté le mot « médium » et je n'ai trouvé qu'une occurrence, en relation avec une liste de stands du marché de Las Dalias, donc j'ai refait une recherche avec uniquement son nom.

Deux ou trois choses sont apparues. Principalement liées à son tour de chant dans un hôtel de Santa Eulalia, le Buenavista, des années auparavant. Il y avait une photo d'elle dans un night-club appelé Ku, en 1986, et une autre, où elle semblait éblouie par Freddie Mercury – manifestement prise le même soir que celle qui était encadrée sur le mur. C'était apparemment lors de la fête donnée au Pikes Hotel pour les quarante-deux ans de Freddie, et Christina était l'une des vedettes locales qui s'étaient produites ce soir-là. Elle portait un petit chapeau melon, comme Sally Bowles dans *Cabaret*. C'est dans ce même hôtel, ai-je découvert, que le groupe Wham! avait filmé la vidéo de leur chanson *Club Tropicana* quelques années auparavant. Tout le prestige du show-business.

Je me suis sentie fière d'elle, au fil de ces recherches. Sur une page Instagram anglaise, « Ibiza Nostalgia », elle était mentionnée avec un ami, en 1981 dans une boîte de nuit appelée Glory's.

C'était Christina telle que j'en gardais le souvenir, mais un peu plus maquillée, les cheveux un peu plus volumineux. Puis, sur *Diario*, il y avait une photo d'elle un peu grisonnante. Avec deux autres, elle tenait une banderole arborant le slogan anglais « *NO OIL* ». Le texte de l'article était en espagnol, donc je l'ai soumis à un traducteur électronique : il s'agissait des manifestations d'Ibiza en 2014, contre le projet de prospection pétrolière par une compagnie écossaise au large de l'île. Projet qui avait échoué face à l'ampleur de la contestation, ai-je appris en poursuivant mes recherches. Dix mille personnes avaient défilé dans Ibiza. Autant que contre la création d'un terrain de golf à Cala d'Hort quelques années avant. J'ai trouvé aussi un lien entre Christina et une manifestation contre un hôtel à Casa Llonga.

J'ai essayé autre chose. J'ai tapé « Alberto Ribas », ce qui m'a menée à un blog, *Le Sceptique errant*, un article intitulé « Les scientifiques qui ont perdu le fil » :

> *Alberto Ribas.* Ce spécialiste de biologie marine jadis respecté est titulaire d'un diplôme en océanographie de l'université de Vigo. Il a enseigné aux États-Unis à l'université de Californie, puis dans de nombreuses institutions espagnoles et sud-américaines.
> Il fut l'un des premiers à attirer l'attention sur les dangers des microplastiques dans l'océan et on lui doit plusieurs ouvrages sur toutes sortes de sujets, des algues aux tortues de mer en passant par l'écologie des systèmes de récifs coraliens. Il fut largement discrédité après avoir publié un article sur les prairies sous-marines de *Posidonia oceanica* à Ibiza et Formentera. Il y concluait qu'une vie en tant qu'organisme unique avait été possible depuis plus de cent mille ans grâce à une « présence particulière et éthérée dans ces eaux, qui se manifeste occasionnellement comme une lumière anormale aux propriétés surnaturelles, sans relation avec les algues et sans origine terrestre apparente ».
> Parce qu'il était convaincu de la présence d'une force extraterrestre dans la Méditerranée, Ribas a été expulsé de la Société internationale de biologie marine en 2016, et il a perdu son poste à l'université des îles Baléares, située à Palma de Majorque, des études indépendantes n'ayant ensuite découvert aucun élément permettant d'étayer ses dires. Le Dr Ribas n'en démordait pas et a même eu

recours à l'autopublication pour faire paraître un livre intitulé *La vida imposible*, affirmant qu'il avait la preuve que beaucoup de formes de vie considérées comme « impossibles » par les scientifiques existent sur notre planète, avant tout aux Baléares.

OK, me suis-je dit. *Un fou.* Un de ces fous dont le chauffeur de taxi avait parlé. Peut-être Christina avait-elle été également folle, c'est pourquoi elle m'avait légué une maison ici, alors qu'elle me connaissait à peine.

Ma recherche sur Alberto Ribas m'a aussi conduite au site d'Atlantis Scuba.

J'ai cliqué dessus et j'ai vu deux drapeaux, l'un espagnol, l'autre britannique. En cliquant sur le deuxième, je suis arrivée à la version anglaise du site et sur une belle photo de deux plongeurs nageant dans des eaux cristallines.

« Laissez vos ennuis sur la terre et venez explorer un autre monde. Un autre univers plein de merveilles et de beauté naturelle. Un lieu de calme… »

J'ai ouvert d'autres images encore. Des gens en tenue de plongée dans un bateau. Christina était dans le groupe.

Elle se tenait à côté d'un homme barbu, plus âgé. J'ai reconnu l'auteur pirate. Alberto en personne. Il semblait fait pour la mer. Lui aussi arborait un large sourire, comme Christina. Mais il y avait un soupçon de malveillance dans son regard. Je ne sais pas pourquoi, je me suis sentie mal à l'aise en le regardant. Il y avait un texte sur l'importance de préserver la faune et la flore de l'océan. J'ai parcouru d'autres photos, avec un sentiment qui me desséchait la bouche.

Une créature marine fluorescente ; un plongeur entrant dans une grotte ; une pieuvre ; une murène ; un autre plongeur visitant l'épave du *Don Pedro*, le texte expliquant que ce navire avait coulé en 2007 à quelques kilomètres du port d'Ibiza ; un sébaste canari traversant un récif coralien.

Puis l'image d'une immense plante. Une prairie sous-marine. Dans l'eau la plus claire, la plus propre qu'on puisse imaginer, avec le soleil diffracté à travers l'océan et un banc de petits poissons argentés à l'arrière-plan. C'était peut-être la plus belle photographie que j'aie jamais vue. Je me suis sentie envahie par un sentiment fugace. Un sentiment qui ne se confondait pas avec la peur qui montait en moi, mais qui l'accompagnait. L'émerveillement, je suppose. Une sorte de force magnétique.

J'ai un peu regardé la télévision – le temple abritant le Graal s'écroulait autour de Sean Connery et de Harrison Ford – puis je me suis rassise devant l'ordinateur. Je l'ai rouvert sur la photo et j'ai alors remarqué un détail nouveau. Tout petit, que j'aurais facilement pu manquer. Un minuscule objet doré au milieu de l'herbe marine. J'ai zoomé dessus.

C'est là que c'est devenu effrayant. Toute seule dans cette maison inconnue, sur cette île inconnue, à des kilomètres de tout ce qui m'était familier, où j'imaginais des bocaux à olives se remplissant d'eau spontanément, des plantes surgies de nulle part. Et maintenant *ça.* Il se passait clairement quelque chose d'anormal. Je ne pouvais pas les calculer, mais les chances me semblaient infimes. Et pourtant, c'était là, au fond de la mer. Un objet dont j'étais certaine qu'il m'avait appartenu. L'image était assez nette pour que je voie non seulement la couleur du collier, mais aussi l'effigie de saint Christophe sur le pendentif.

Il n'y avait pas de place pour le doute : c'était ce même collier que j'avais offert à Christina en 1979, ce soir de Noël, et qui brillait comme un espoir perdu.

Surtout évitez M. Ribas

ASSIS À SON BUREAU, l'agent de la Guardia Civil, homme d'un âge indéterminé, vêtu d'une chemisette vert militaire impeccablement repassée, contemplait la lettre que m'avait adressée Christina. Il mâchait un chewing-gum tout en lisant. Un léger voile de sueur luisait sur son crâne plissé.

— Je sais que vous enquêtez encore sur la disparition de Christina et j'ai pensé que ça pourrait vous aider. Même si ce n'est pas grand-chose.

Avec un hochement de tête à peine perceptible, et après avoir grommelé entre ses dents, l'homme m'a répondu, dans un mélange bourru d'espagnol et d'anglais :

— *Es verdad.* Ce n'est vraiment pas grand-chose.

— Mais ça nous montre qu'elle savait. Elle savait qu'elle allait mourir… Ça a forcément un sens. Je dois aussi vous dire qu'il y avait un collier dans l'eau. Je l'ai vu sur une photo en ligne. C'est moi qui le lui avais donné. Une médaille de saint Christophe.

Le policier a levé les yeux. Homme de peu de mots et de peu de gestes, il avait une tête sphérique, rasée, et pas de poil au menton. Aucune expression dans ses yeux fatigués.

— *Cuándo ?*

— Pardon ?

— Quand ?

— Je ne comprends pas.

J'ai senti sa contrariété. Il a marmonné quelque chose en espagnol, puis m'a demandé à contrecœur, comme il aurait donné une pièce à un mendiant :

— Quand lui avez-vous donné le collier ?

— Soixante-dix-neuf.

Il m'a regardée comme s'il ne comprenait pas.

— Il y a quarante-cinq ans, ai-je expliqué. Je le lui ai offert en 1979. Et d'après les photos, elle le portait toujours.

Je n'aime pas les commissariats. Je m'y sens toujours coupable.

Il a soupiré, et j'ai eu l'impression que je lui faisais perdre son temps. Il était peut-être gêné que la police n'ait pas pu déterminer exactement ce qui était arrivé à Christina. J'aurais aimé maîtriser l'espagnol pour ne pas avoir l'air d'une vieille touriste naïve.

— Où était la photo ?

— Oh, sur le site Internet. Atlantis Scuba.

Un éclair a brillé dans son œil.

— Atlantis Scuba ?

— *Sí*. Oui. *Sí*. Que dirige Alberto Ribas. Je pense qu'elle le connaissait bien.

— Hmm. Alberto Ribas. (Il a poussé un long soupir.) *Pues*. Avez-vous… vu autre chose ?

Je n'allais sûrement pas lui parler des bocaux à olives qui se remplissent d'eau de mer ou des fleurs surgies de nulle part.

— Non.

— OK.

Il y a eu un long silence. Pendant un moment, j'ai cru qu'il allait ajouter quelques mots. Sa bouche le laissait espérer, comme un œuf qui va éclore, mais rien n'est sorti.

— C'est tout ? ai-je pensé tout haut.

L'homme m'a lancé un regard sévère. J'ai tenté la manière douce, comme face à un grizzly dont on aurait interrompu le déjeuner dans les bois.

— C'est juste que je m'inquiète beaucoup pour mon amie. Il me semble que certains aspects de sa mort n'ont pas encore été tirés au clair, et je sais que vous essayez d'en découvrir davantage…

— Vous êtes une visiteuse sur cette île. C'est important de s'en souvenir… Cette île n'est pas facile à… (Il cherchait le mot juste en anglais, et a fait un choix par défaut.) à voir… Je veux dire, vous pouvez la voir. Vous pouvez voir… les plages… et les palmiers… vous passez en voiture devant les discothèques et les restaurants. Mais vous ne la verrez jamais comme un Ibicenco. Bon. Merci pour votre aide, *señora*. Maintenant, s'il vous plaît, laissez-nous enquêter. Profitez de vos vacances.

Il a placé la lettre sur le côté et s'est approché de son ordinateur.

— Vous avez encore besoin de la lettre ?

— *Sí*.

— Très bien. Je vois.

J'allais en demander une photocopie, mais j'ai senti que j'avais atteint mon quota de questions.

Le temps imparti était écoulé. Mais alors que je sortais de cette pièce humide, la main sur la porte, il s'est éclairci la gorge :

— Oh, et s'il vous plaît, *señora*, surtout évitez M. Ribas.

Je me suis retournée et j'ai acquiescé.

Et j'étais prête alors à faire ce qu'il disait.

Anhédonie

J'ai vraiment essayé d'oublier tout ça, de ne plus me prendre pour Miss Marple. Donc j'ai fait ce que font la plupart des Anglais sur une île de la Méditerranée.

J'ai profité de mes vacances.

Et en apparence, c'étaient de bien belles vacances.

J'ai vu le phare de Portinatx.

Je suis allée visiter les marais salants de Ses Salines et je me suis promenée sur la plage d'Es Cavallet en m'efforçant de ne pas dévisager les naturistes.

Comme Christina l'avait recommandé, j'ai pris le vieux chemin des pèlerins, de Cala Sant Vicent jusqu'à la grotte de Tanit, tout en haut de la colline, et j'ai cru que j'allais mourir. J'ai rattrapé un groupe de touristes, j'ai cueilli un brin de romarin et je l'ai déposé en offrande pour la déesse représentée sur le bras de Rosella. Je me suis sentie un peu bête en accomplissant ce geste dans le sanctuaire. J'ai franchi un pont de pierre du XVIe siècle pour me perdre dans les étroites ruelles de Dalt Vila.

J'ai vu un homme qui faisait du skateboard, son chien trottinant à son côté. J'ai vu des fêtards aux habits colorés. J'ai vu des gens foncer sur une piste de kart. J'ai vu des randonneurs. J'ai vu des hippies jouer du tambour au coucher du soleil.

J'ai contemplé les palmiers.

J'ai mangé du pain, des olives et de l'aïoli.

J'ai dégusté une tourte au fromage et à la menthe appelée *flaó*.

Je me suis acheté un cornet de glace sculptée comme une fleur.

J'ai vu des yachts hors de prix et de petits voiliers.

Je me suis baladée en voiture.

J'ai vu des collines, des chevaux, des plages, des vergers, des églises, des marais salants, des dunes, des grottes, des baies, des falaises, des tours de garde.

J'ai vu un night-club des années 1970, abandonné, couvert de végétation et de graffitis.

J'ai vu le cadran solaire géant sur la plage déserte de Cala Llentia.

J'ai absorbé le calme parmi les pins au sommet de Sa Talaia.

J'ai repéré un martin-pêcheur.

Tout était beau.

Enfin, presque tout.

Mais je me sentais vide.

C'était une sensation courante, ou plutôt une absence de sensation courante.

L'anhédonie.

J'étais bloquée.

Voyez-vous, c'était mon problème : je croyais sincèrement ne pas être une bonne personne qui mérite le bonheur.

J'étais devenue qui je croyais être. Un humain déplorable. Se croire mauvais est souvent le prélude à l'accomplissement de mauvaises choses. Et je me sentais ainsi depuis la mort de Daniel. Il était mort un samedi, quand je n'étais pas là où j'aurais dû être. Il avait fini de regarder *Superman II* à la télévision, il était sorti sous la pluie et avait voulu que je le conduise en ville. Son père était au pub, où il allait tous les samedis après-midi, à l'époque. Mais je n'étais pas allée en ville parce qu'il pleuvait et parce que *j'avais la flemme.* Donc, Daniel a pris son vélo, de mauvaise humeur, et je suis restée à la maison, à feuilleter des catalogues. Je cherchais un sèche-cheveux quand mon fils a débouché dans Wragby Road et s'est jeté sur un camion.

C'était à cause de moi. C'était ma faute. Cela aurait si facilement pu ne pas se produire si j'avais simplement dit : « Attends, Daniel, je prends mon parapluie et on va faire les boutiques ensemble. » Et cette culpabilité s'est introduite dans mon âme, m'a convaincue que j'étais coupable à un niveau fondamental. Quand on croit ce genre de chose, on agit en conséquence. Tout comme Superman sait qu'il est celui qui empêche les gens de tomber du haut des chutes du Niagara, et continue donc à accomplir de bonnes actions, j'étais celle qui avait laissé mourir l'être qu'elle aimait le plus au monde.

Entendons-nous bien. Mon don pour la culpabilité datait d'avant Daniel. J'avais toujours eu tendance à me sentir coupable, même quand j'étais enfant et que je portais ma médaille de saint Christophe, à l'église catholique St Cuthbert. Lorsque l'on a passé son enfance entouré de saints, il est facile de se croire pécheur. Un professeur m'a dit un jour que, si mes prières n'atteignaient pas Dieu, c'était parce qu'elles étaient bloquées par mes péchés. Et mes parents – qui auraient voulu un garçon – me traitaient toujours comme si je n'étais pas suffisante. Mais la mort de Daniel a solidifié ma culpabilité pour en faire ma caractéristique essentielle. Un poids que je devrais porter à jamais.

Quelques années après la mort de Daniel – et pourtant il y a plusieurs décennies –, j'avais donc fait une autre mauvaise chose. J'avais été infidèle. Et je n'en avais jamais parlé à personne, surtout pas à Karl. Après sa mort, la culpabilité n'avait fait qu'augmenter.

Aidan Jenkins. M. Jenkins. Le professeur d'histoire d'avant votre époque. Après son divorce, il avait flirté avec moi en salle des profs, sur le parking, dans les couloirs. Il sentait la confusion en moi. Il sentait que j'oscillais telle une girouette dans le vent et qu'il suffirait de me pousser pour que je parte dans n'importe quelle direction. Et j'avais flirté à mon tour. C'était aussi délicieux que répréhensible. Plus je me reprochais d'être une mauvaise personne, plus je m'approchais du danger. Puis il y a eu ce moment fatal où nous nous sommes cognés dans la réserve.

C'est ainsi que ça a commencé.

Nous sommes devenus des êtres clandestins commettant un acte innommable parmi les piles de manuels, les rangées d'agrafeuses et les exemplaires en trop de livres comme *Les Garennes de Watership Down* ou *Le Meilleur des mondes*. Et nous l'avons refait. Il aimait le côté risqué, le côté cliché. Le fantasme des profs-qui-baisent-dans-la-réserve devenu réalité. (Pour moi, le papier en garderait à jamais une odeur de péché.)

Je n'ai aucune excuse réelle, à part les sentiments. Selon le poète espagnol Federico García Lorca, éprouver du désir sans le dire tout haut est le plus grand châtiment possible. Pendant ce court moment de ma vie de femme mariée, j'ai brûlé de désir. Pas forcément pour Aidan Jenkins. Mais pour une issue. Pour *autre chose* que le chagrin. C'était comme si Karl m'avait quittée alors qu'il était encore avec moi. Parfois il m'adressait des reproches. J'avais l'impression que dix mille kilomètres nous séparaient alors même que nous étions assis sur le même canapé. J'avais besoin d'air. De quelque chose. Tout plutôt que cette solitude dans laquelle j'étais bloquée.

Aidan était célibataire, bel homme, et quand il parlait, je sentais sa voix résonner dans mon corps. Je la sentais sur ma peau. Un frisson électrique qui m'excitait. Et il était assez explicite, dans les signaux qu'il m'envoyait. J'étais égoïste, déprimée, incapable de gérer le poids des choses. Donc je me suis comportée comme une idiote.

Je vous raconte tout ça pour vous aider.

Parfois, pour aider les autres, il faut renoncer au désir de plaire.

Voici donc ce que je dis : je vous appréciais, vous étiez un bon élève, vous étiez toujours gentil avec moi et avec vos camarades. Je me rappelle qu'il y avait en vous un mélange d'assurance et de douceur. Vous n'aviez jamais peur de lever la main quand vous connaissiez la réponse. Et vous n'hésitiez pas à réciter les trente premières décimales de Pi, pendant que les autres se moquaient du chouchou de la prof. Mais il y avait aussi une humilité en vous. Vous baissiez la tête. Vous demandiez pardon quand ce n'était pas nécessaire. Vous demandiez pardon pour des choses que vous n'aviez même pas faites. Ce genre d'attitude m'intéresse toujours. C'est comme un aveu que nous sommes tous un peu à blâmer pour tout ce qui se passe dans le monde.

Votre lettre était sincère. Et ce que je veux que vous sachiez, c'est que je vous aime assez pour ne pas avoir besoin que vous m'aimiez en retour. Je veux être franche quant à mes propres erreurs, pour vous aider à vous pardonner les vôtres.

Dans votre lettre, vous m'écrivez que vous avez négligé votre petite amie et qu'elle a rompu avec vous. C'est un peu vague, mais cela me dit tout. Il est difficile d'être jeune et d'avoir des défauts, surtout à une époque où l'on est constamment jugé. (Bien sûr, on est constamment jugé à toutes les époques, car les humains restent ce qu'ils sont, c'est juste que nous déplaçons nos jugements comme nos meubles quand nous voulons créer l'impression d'avoir davantage de place autour de nous.) Le seul avantage d'avoir des regrets, c'est que je ne juge plus les autres trop sévèrement. Chaque individu sur cette planète a un contexte, que l'on ne peut jamais voir en entier. Nous sommes tous des mystères, même à nos propres yeux. Le monde a mille manières de nous brutaliser, en plus des moyens évidents. Même si vous êtes un homme séduisant, qui a fait de belles études et qui a réussi dans sa carrière, qui a une cravate, un sourire et une vie brillante, vous entendez encore votre père vous crier des insultes à l'oreille quand vous buvez, jouez ou baisez pour oublier la souffrance, incapable de briser le cycle.

Je suis là pour vous dire qu'il nous arrive à tous – j'insiste, à *tous* –, à un moment donné, de négliger quelqu'un d'autre. Ça ne se termine pas toujours comme dans un roman-photo (avec un collègue dans la réserve, en ce qui me concerne), il y a mille autres fins possibles. Mais, en vérité, je me sens particulièrement coupable. Non seulement je me sens responsable de la mort de notre fils, mais j'ai aussi trompé le seul homme que j'aie aimé.

En tout cas, je ne me suis plus jamais autorisé un seul plaisir après cette aventure. Ou même pendant. J'ai décidé que j'avais épuisé mon quota. Quand je fermais les yeux, dans la réserve, je voyais désormais le visage ensanglanté de Daniel, gisant sur le macadam, comme si mon âme corrigeait l'équation, transposant un plus d'un côté pour en faire un moins de l'autre. Pendant des années, très profondément, je me suis donc interdit tout plaisir. Même les plus innocents.

Je suppose qu'il y avait une différence entre ne ressentir aucun plaisir quand j'étais chez moi, sur mon canapé, et n'en ressentir aucun quand je faisais des choses qui étaient *supposé* vous en procurer. Jamais je n'étais allée dans un endroit supposé procurer davantage de plaisir que cette île espagnole.

Le bonheur en juin à Ibiza était aussi courant que les équations en algèbre, mais je n'en ressentais aucun.

Je regrettais Karl. Je regrettais Daniel. Je regrettais celle que j'avais été jadis, des décennies auparavant. Celle que Christina avait connue. Celle qui ne s'apitoyait jamais sur son sort.

Je me demandais si cette femme existait encore. Je me demandais si je la retrouverais un jour.

Le marché hippie

V*ISITEZ LE MARCHÉ HIPPIE DE* LAS DALIAS*… et dites bonjour à mon amie Sabine.*

C'est ce que recommandait Christina dans sa lettre. Comme je n'avais rien d'autre à faire, j'ai obéi.

Le marché était bondé. C'est ainsi que j'imaginais San Francisco en 1967. Une foule de gens aux yeux écarquillés. De l'encens qui flottait dans l'air. Des stands où l'on vendait des bijoux balinais (dont des « bracelets de guérison » en opale), des sarongs indiens, des tuniques blanches, des jupes de flamenco rouges et noires. Quelqu'un lisait votre avenir dans le tarot. Un autre jouait des chansons de Joni Mitchell en fumant un joint de taille substantielle. J'ai vu un autre stand rempli de vêtements multicolores, comme ceux de Christina. Je me suis focalisée sur un maillot de bain tie-dye. J'avais oublié d'emporter un maillot. Je me suis demandé un instant de quoi j'aurais l'air là-dedans. *Ridicule, j'imagine.* Mais je l'ai acheté, avant tout afin de me renseigner sur la fameuse Sabine.

Le jeune vendeur très serviable m'a désigné une femme assise derrière une table couverte de peintures de paysages d'Ibiza. Elle était en partie dans l'ombre d'un filet de pêche suspendu au-dessus de son stand, mais elle n'en était pas moins frappante. Longs cheveux blancs en désordre, piqués de fleurs, longue robe blanche flottante, et environ soixante-dix bracelets à chaque poignet.

Sabine parlait l'anglais avec un léger accent allemand, et si lentement que je l'ai soupçonnée d'être en méditation permanente. Il lui arrivait même de fermer les yeux. Je me serais volontiers assise. Mes jambes avaient beau être débarrassées de leurs varices, elles n'étaient pas entraînées pour mener une enquête policière.

— Christina était une femme à part, a-t-elle dit.

— Oui. Oui, d'après ce dont je me souviens d'elle, c'est aussi mon avis.

Elle m'a regardée un moment avec un petit sourire triste. J'ai eu l'impression de passer à côté de quelque chose.

— Certaines personnes brillent, a-t-elle repris avec un sérieux profond et mystérieux.

— Surtout par cette chaleur.

Par chance, Sabine n'a pas semblé entendre ma tentative d'humour.

— Et Christina, elle brillait davantage. Elle brillait comme une déesse. Une déesse grecque. C'était le problème.

— Le problème ?

Elle a ouvert grand les yeux, en se penchant pour me répondre :

— C'est dangereux, de briller. Ça attire les corbeaux. Et elle avait un don. (Elle a inspiré longuement, lentement.) Un pouvoir. (Elle a expiré, inspiré à nouveau. C'était comme si elle venait d'inventer la respiration et étalait sa science.) Un talent.

— Quel talent ?

— Aider les gens.

Je me suis rappelé l'homme qui avait sonné à la porte de Christina. À ma porte. Le gaillard aux cheveux décolorés et au tatouage sur la joue, qui apportait un paquet d'oursons en gélatine.

— Que voulez-vous dire ? Quel pouvoir avait-elle ? Le chant ? Elle était très douée pour ça, je m'en souviens.

Elle a inspiré, expiré, inspiré encore. Ses pauses étaient agaçantes. Ou bien c'était la chaleur. La chaleur était peut-être irritante, et rendait tout irritant. Dont moi.

— Elle était devineresse.

— Devin ?

Sabine a désigné un autre coin du marché.

— Elle s'asseyait là et elle devinait l'avenir des gens.

— Ah oui, pour les touristes, ai-je dit, me remémorant ce que Rosella m'avait raconté.

— Non. Ce n'était pas une attraction pour touristes. Elle pouvait vraiment voir l'avenir.

J'ai essayé de ne pas paraître trop surprise, ou trop sceptique. J'étais consciente de parler à une femme qui entretenait peut-être des croyances *excentriques*, pour le dire délicatement. Mais en mon for intérieur, j'étais prof de maths. J'avais besoin de logique, de preuves, de justifications algébriques. Je me rappelais avoir vu, parmi les livres de Christina, *Le Grand Guide des pouvoirs psychiques*, tome 8. Et l'étrange conversation que j'avais eue avec le chauffeur de taxi, mon premier soir ici, m'est revenue.

« Il y a des choses à propos de cette île. Des choses que la plupart des gens ne voient pas. Des choses qui ne sont pas facilement… expliquées… »

Je me suis souvenue que sa voiture s'était très vite éloignée de la maison de Christina, comme un moustique fuyant la citronnelle. Je me suis aussi souvenue de l'eau dans le bocal.

La chaleur, Grace, me suis-je dit. *C'est simplement la chaleur. C'est à cause d'elle que tu te sens bizarre, que tes chevilles enflent et que ton cerveau ne tourne pas rond.*

— Elle a commencé il y a seulement quatre ans, environ, mais c'est très vite devenu toute sa vie… Je l'ai rencontrée il y a bien longtemps, quand nous manifestions contre un terrain de golf dans la réserve naturelle de Cala d'Hort. Ensuite nous avons manifesté contre un hôtel…

— Lequel ?

— Le nouveau Merveille du Monde, à Cala Llonga, avec sa fille.

— Ah oui. J'ai vu une publicité.

— C'était la seule chose sur laquelle on était d'accord. L'environnement. Christina a toujours été très nature. C'était une fille des bois, en réalité. Mais ensuite, les choses ont changé. *Elle* a changé.

— Changé dans quel sens ?

— Tout son visage a changé. Il était toujours crispé. Et elle regardait toujours au loin. Au début, j'ai cru que c'était une dépression. Mais ensuite elle s'est mise à prédire des choses. Des choses qui ont fini par arriver.

— Je vois.

— Cette île ne manque pas de devins, de médiums et de lecteurs de tarot, mais aucun comme elle. C'est pour ça qu'elle s'est fait des ennemis. Sa réputation s'est propagée. À la fin, les gens faisaient la queue de là à là.

Elle a désigné un autre endroit, plus loin dans l'étroite rangée où Christina officiait, vers un stand où l'on vendait des carillons à vent et d'étranges récipients faits pour inhaler la marijuana.

— Elle pouvait prévoir l'avenir de quelqu'un rien qu'en le regardant dans les yeux. Elle m'a dit que je devais prendre l'avion pour retourner voir mon père. Donc, je suis rentrée à Leipzig et j'ai pu passer une journée avec lui avant qu'il ne meure. Il n'y avait aucune explication rationnelle. Mais ce n'était pas le seul problème.

Ça faisait beaucoup à assimiler. J'ai laissé l'information traîner dans un coin de ma tête, comme des bagages oubliés, tout en contemplant une de ses peintures. Un rocher géant dans la mer. Celui que j'avais vu depuis l'avion. Sur la toile, il semblait sombre et menaçant.

— Es Vedrà, a lentement dit Sabine.

— Oui.

Rosella en avait parlé.

— Beau. Mais maudit. Ils prévoient de le faire sauter.

— Ils ?

— Oui, ils prévoient de bâtir à la place. De construire un hôtel. De détruire toute la faune. Et les gens sont contre.

Elle a pris un tract dans la pile posée sur sa table. Très sobre d'aspect. Seulement des mots en espagnol sur du papier vert.

— Il y a une manifestation. Contre tous ceux qui ont permis ça. Jeudi. On se retrouve devant le café Mar y Sol, à Ibiza. Vous devriez venir. Christina a aidé à l'organiser.

— Ah, c'est… Euh, je… Oui, peut-être, ai-je bafouillé, avant de me rappeler pourquoi j'étais là. Y avait-il un autre problème ? Je veux parler de Christina.

J'ai eu cette sensation que j'ai souvent avec les mathématiques : la solution est là, vous savez qu'elle est là, elle se forme dans votre cerveau mais elle n'est pas tout à fait visible.

Sabine respirait toujours aussi lentement, méticuleusement. Elle a fermé les yeux d'un air méditatif. Je me suis demandé si elle s'était endormie.

— Alberto Ribas…, a-t-elle lâché à sa troisième expiration. C'est à lui qu'il faut demander.

— Donc, vous pensez qu'il est responsable de sa mort ?

— Elle avait prédit sa propre mort. Simplement, elle ne savait pas qui allait la tuer. Les policiers ont interrogé Alberto, et ils ne lui ont rien fait. Mais…

Sabine m'a regardée un long moment après ce *mais*. Et c'est sorti :

— Je pense qu'il est le seul à savoir vraiment ce qui est arrivé à Christina.

J'ai hoché la tête. J'ai dit merci. En partant, je revoyais ce collier au fond de l'océan. Je savais qu'il était exclu que je quitte l'île sans avoir d'abord parlé à Alberto Ribas. Donc, quand je suis remontée dans ma voiture, j'ai tapé « Atlantis Scuba » sur mon téléphone. Selon le GPS, ce nom n'existait pas. On m'a proposé une liste d'autres centres de plongée. Divestar Ibiza. OrcaSub Ibiza Diving Centre. Centro Buceo SCUBA. Anfibios Ibiza. Mais absolument aucun Atlantis Scuba.

Alors j'ai tapé « Cala d'Hort » et je suis partie vers le sud.

Le serpent et le bouc

UNE HEURE PLUS TARD, j'étais sur la plage. Une courte étendue de sable en arc de cercle, très fréquentée. Il y avait un restaurant. Un marchand de paella au poisson frais. Une boutique à toit de chaume, d'aspect rustique, vendant des robes d'été et des maillots de bain. La plage elle-même était noire de monde, de parasols, de transats, et quelques pédalos étaient de sortie (je me suis souvenue d'une dispute avec Karl à bord d'un pédalo, à Corfou, plusieurs décennies auparavant, tandis que Daniel plongeait depuis l'arrière).

La vue était incroyable sur Es Vedrà, l'îlot rocheux qui se dressait hors de la mer de manière spectaculaire, presque à la verticale. Un grand bloc de calcaire parsemé de taches vertes. Celui de la peinture de Sabine. Celui qui m'avait perturbée dans l'avion, qui était censé avoir des vertus magnétiques. Je me suis promenée le long de la plage, les hanches un peu douloureuses. On cuisait au soleil. Je portais une jupe longue et un chemisier, ce qui faisait de moi la personne la plus habillée sur un rayon d'un kilomètre.

J'ai marché jusqu'à ce que les galets succèdent au sable. J'ai atteint les cabines de plage, avec leurs lattes de bois en guise de portes. La plupart contenaient des bateaux ou des planches de paddle. Deux ou trois avaient des panneaux solaires sur leur toit en tôle ondulée. Du linge séchait dans l'une d'elles. Un enfant lisait, assis sur un toit. Je me suis demandé laquelle était la maison d'Alberto. J'ai monté les marches menant à la terrasse d'un restaurant, puis à un parking poussiéreux. J'étais arrivée à l'autre bout de la plage par rapport à l'endroit où je m'étais garée, mais j'ai continué mon chemin, vers le chemin de terre rouge et les arbres. Je humais les pins et j'entendais le crissement rythmé des cigales. Et j'ai fini par découvrir un petit baraquement où était suspendue une enseigne décolorée, « Atlantis Scuba – Centro Buceo ». C'était un cube de béton avec une porte branlante. Le centre de plongée le plus facile à manquer.

J'ai hésité. J'ai inspiré. J'ai expiré.

L'angoisse mettait tout mon corps en alerte, comme si une crise de panique se préparait. J'étais habituée à cette sensation. Comme si mon existence était un fil fragile qu'un coup de vent soudain pourrait faire disparaître.

J'avais la chair de poule.

J'ai frappé à la porte. J'ai tendu l'oreille. Je n'entendais que les cigales.

Ç'aurait été le bon moment pour faire demi-tour, regagner ma voiture et oublier tout ça. Je me prenais pour qui ? Harrison Ford ? C'était ridicule. Mais j'étais sûre de distinguer un son à présent. Par-dessus le bourdonnement des insectes. Donc j'ai poussé la porte.

À l'intérieur, je n'ai trouvé absolument personne. Ou plutôt : aucun humain. L'air était lourd de chaleur. J'ai scruté tous les coins. Un bureau, du matériel de plongée, des tas de caisses en carton sur des étagères, deux chaises, un ordinateur, un futon et un drap, un sac de linge revenu d'une laverie, un calendrier avec des images de dauphins, un vieil autocollant « *GOLF, NO !* » et un panneau en bois pointant vers le ciel, « Alpha Centauri 4.367 años luz ».

Et un bouc.

Un vrai bouc, noir devant, blanc derrière, avec de très larges cornes et une forte odeur musquée qui était insupportable dans cette chaleur.

— Oh, bonjour, ai-je dit, surprise

Le bouc n'a rien dit. Et s'est remis à manger de l'avoine dans un bol.

J'ai remarqué une pile de tracts sur le bureau. Les mêmes que celui dont Sabine m'avait fait cadeau sur le marché hippie, annonçant la manifestation contre le projet immobilier d'Es Vedrà.

Je me suis rappelé la phrase du chauffeur de taxi. « Ça commence par un A. » L'homme riche bien habillé qui avait rendu visite à Christina. A comme Alberto ?

Puis j'ai entendu des pas et un homme qui marmonnait.

Un individu à la grande barbe poivre et sel est entré dans la cabane, chaussé de tongs, vêtu d'un short en jean. Ce n'était pas l'homme dont avait parlé Pau. Celui-ci était torse nu, mais les poils de sa poitrine formaient presque un vêtement à part entière. Sa peau luisait d'huile solaire à la noix de coco. Il m'a fallu une seconde pour confirmer que c'était bien l'auteur du livre. J'hésitais parce que – il est temps que je le mentionne – j'étais déconcertée de le voir tenir un serpent. L'animal, noir à motifs jaunes, était à demi enroulé autour de son bras. Le serpent dressait la tête et me dévisageait. Je n'avais pas particulièrement peur des animaux de compagnie, ni des animaux en général. Mais j'étais un peu accablée par la combinaison bouc-serpent-homme échevelé, dans un espace aussi restreint.

— Qu'est-ce qui se passe ? m'a-t-il demandé en anglais avec un fort accent espagnol tout en gloussant. On dirait que vous venez de voir un serpent !

Alberto

Il ressemblait moins à un pirate qu'à un naufragé, avec ses cheveux hirsutes, sa barbe qui partait dans tous les sens, et des yeux juvéniles qui brillaient comme un lever de soleil à travers des ruines antiques. Mis à part les yeux, il m'inspirait un dégoût primal.

— Je pense que je me suis trompée d'endroit.

Je ne sais pas pourquoi j'ai dit ça. La peur, je suppose.

— Alors, vous êtes deux…, a répondu Alberto.

— Pardon ?

D'un signe de tête, il a indiqué le serpent, en train de migrer vers son autre bras.

— Les serpents ! Des compagnons formidables. Les plus intellectuels des reptiles. Leur esprit est plein d'énigmes philosophiques fascinantes. Mais on n'est pas censés en avoir ici ! Pendant des millénaires, Ibiza n'a eu aucun serpent.

— Oh.

Il pensait que j'étais là pour un cours d'histoire ?

— Les Phéniciens ont installé une colonie sur cette île parce qu'elle n'avait rien de mortel. Ni animaux dangereux, ni plantes dangereuses. C'était un endroit béni. Même il y a vingt ans, pas de serpents. Et maintenant ? Des serpents, des serpents, des serpents. Et ça n'est pas bon. Ça n'est pas bon du tout… Vous voyez, ils ne peuvent pas nous faire de mal. Ils n'ont pas de *veneno*…

— De venin ?

— Exactement !

Il m'a pointée du doigt comme si je venais de briser le code Enigma. Il parlait l'anglais aussi couramment que moi, mais il aimait ponctuer ses phrases de fragments d'espagnol, pour me rappeler où j'étais. Il avait un accent mi-espagnol, mi-américain, probablement à cause du temps qu'il avait passé à l'université de Californie.

— Mais ils nuisent à l'équilibre de la vie. Ils détruisent les lézards. Avant, on avait des lézards partout, ici. On en a encore, mais celui-ci et ses amis s'occupent de les achever.

Le bouc avait englouti toute l'avoine et se dirigeait d'un pas lent vers la porte.

— *Hasta luego*, Nostradamus, dit Alberto en saluant gaiement le bouc. Ne sois pas comme ça, ajouta-t-il comme s'il s'attendait à ce que l'animal réponde « au revoir ». C'est un misanthrope, m'a-t-il expliqué. Chose courante parmi les boucs. Mais il reviendra pour son souper. Il revient toujours.

— Je pense que je me suis trompée d'endroit, ai-je répété.

J'avais envie de partir. J'aurais voulu ne jamais être venue.

Il a fixé sur moi un regard plein d'une force étrange.

— Non. Vous êtes au bon endroit. Je vous assure. Et c'est pour ça que je dois terminer ce que je vous disais sur les lézards. Maintenant, ils meurent. Partout. Les gens ne comprennent pas à quel point c'est important. Même ces salauds dans les collines.

Il y avait une violence dans ses propos. Il nourrissait des griefs très clairs. Les mots de Sabine me sont revenus en tête. « Je pense qu'il est le seul à savoir vraiment ce qui est arrivé à Christina... »

— Les gens qui ont de beaux jardins et des oliviers. Les millionnaires et les milliardaires, avec leurs tapis de yoga et leurs piscines à débordement. Je peux vous le dire, puisque vous n'êtes visiblement pas une femme riche.

Déjà avant, cet homme ne me plaisait pas, mais cette dernière phrase m'en a convaincue.

— Visiblement. Eh bien, si vous permettez, j'aimerais...

Mais j'étais troublée. J'ai remarqué que son pouce massait la zone située sous la tête du serpent, tandis qu'il me parlait, et que les mouvements du reptile semblaient ralentir.

— Ce sont des couleuvres de Montpellier. Elles arrivent avec les arbres importés, dans les... trous... les... Elles y pondent leurs œufs... Leurs œufs sont dans les arbres... Et maintenant qu'elles sont ici, elles se multiplient à une vitesse folle. Et tout l'écosystème est foutu. Vraiment foutu, putain. Comme les dauphins, putain. Et les dauphins sont des vraies putes. Ils sont faits pour baiser. Des machines à plaisir.

J'ai pensé qu'il essayait de me choquer. Donc, malgré mon angoisse à cet instant, je suis restée aussi impassible et solide qu'une statue de l'île de Pâques, sans le moindre tressaillement de pruderie qu'il escomptait sans doute.

— Donc, il y a des chasseurs de serpents, qui leur écrasent la tête avec des pierres. Mais je ne peux pas lui faire ça.

Regardez-le. Son esprit est plein de questions. On ne les entend pas mais, croyez-moi, un serpent est très curieux. Sans doute parce qu'il a été transplanté ici, comme vous. Il est à un endroit pour lequel il n'a pas été conçu... Ne t'en fais pas, serpent. Tout va bien... Donc je vais l'endormir pendant un petit moment. Regardez, il dort déjà. Il a les yeux ouverts parce que c'est un serpent. Mais regardez. (Le serpent s'est détaché de son bras lorsqu'il l'a brandi. Il s'est approché de son bureau, a ouvert un tiroir et y a enfermé la bête.) Je vais appeler mon ami. Il est videur dans un night-club. Sa fille les conserve comme animaux de compagnie.

À cette époque-là, je ne m'y connaissais pas très bien en conversation, mais même moi, je savais que ce dialogue était aberrant.

— Le serpent va bien ?

— *Sí, sí.* C'est une technique que m'a apprise un général argentin.

Il s'est approché et m'a tendu la main, que j'ai serrée à tout hasard.

— Alberto Ribas, s'est-il présenté. Ami des animaux et de la mer.

— Je m'appelle Grace. Je suis l'amie d'une personne qui a disparu dans des circonstances mystérieuses. J'essaye de découvrir ce qui lui est arrivé.

— Bienvenue dans mon bureau. (Il a désigné le futon). Et dans ma maison.

— Vous vivez ici ?

— Oui, oui. Pourquoi pas ? J'ai d'autres options. Ma fille a une jolie maison dans le nord de l'île, et elle voudrait que j'habite chez elle, mais je suis bien, ici. Je me lève, je me baigne dans la mer et je me sèche au soleil. Qu'est-ce que je pourrais souhaiter de mieux ?

— L'eau courante ?

Il n'a tenu aucun compte de ma suggestion.

— S'il vous plaît, j'aimerais découvrir ce qui est arrivé à mon amie.

— Vous vous appelez Grace, c'est ça ? Comme Grace Kelly ?

C'était contrariant. Il détournait toujours la conversation de là où je voulais la mener, mais je l'ai laissé faire.

— Ma maman l'adorait. Je suis née l'année où est sorti *Le train sifflera trois fois.*

C'était vrai. Mais je n'étais pas venue pour lui parler de ça.

— Vous saviez qu'elle avait passé sa lune de miel à Ibiza ?

— Non. Et je ne crois pas...

— Eh bien, si. Vérifiez. Les gens pensent que les célébrités ne viennent ici que depuis quelques années. Mais ça ne date pas d'hier. Errol Flynn est venu à bord de son yacht. Laurence Olivier. Elizabeth Taylor. Avant même qu'on ait un aéroport. Ensuite, Joni Mitchell pour chercher l'inspiration, le jeune Cormac McCarthy pour écrire, du temps où il était hippie. Bob Marley, pour danser. Je l'ai rencontré. C'était un héros.

J'ai tenté de deviner l'âge d'Alberto. La barbe et le bronzage acajou rendaient l'exercice difficile. Il pouvait avoir n'importe quel âge entre soixante et quatre-vingts ans. Pourtant, malgré l'usure de son corps, il y avait une réelle jeunesse en lui. C'était quelqu'un qui n'avait jamais appris à être un adulte.

— Écoutez, ai-je coupé d'un ton étonnamment strict malgré ma nervosité, je suis là pour vous parler d'une vieille amie à moi.

Il n'a tenu aucun compte de mon intervention. Il n'avait peut-être pas entendu.

Si, il avait entendu. Mais il a continué, non pas à *me* parler, mais à parler par-dessus moi, comme s'il s'adressait à une foule d'auditeurs imaginaires comprimés dans la cabane. Peut-être s'imaginait-il dans un amphi plein d'étudiants admiratifs, dans un monde où il enseignait encore.

— Vous voyez, cette île n'est pas normale. Je sais que les gens le répètent tout le temps, mais c'est vrai. Ce n'est pas une île normale. Elle a quelque chose de spécial. Partout où l'on regarde, si on sait quoi chercher. Le bouc, par exemple…

J'ai essayé de l'interrompre. C'était comme si j'avais voulu combler une lacune dans une suite de chiffres alors que quelqu'un s'en était déjà chargé.

— Je l'ai baptisé Nostradamus parce que ce grand astrologue avait prédit qu'Ibiza serait le dernier sanctuaire de la vie sur Terre. Vous le saviez ?

J'ai baissé les yeux vers le bol d'avoine vide, pour découvrir quel rapport il pouvait y avoir avec Christina, la plongée sous-marine ou quoi que ce soit d'autre.

— Il y a aussi des chèvres sur Es Vedrà. Ils veulent toujours les éliminer. Ils prétendent qu'elles sont « *malas para el hábitat* » ! Ah, ces humains ! Les chèvres sont mauvaises pour l'environnement ! Vous vous rendez compte ! Putain d'humains, hein ?

Puis il a émis un son étrange. Comme le cri d'un loup. Dieu seul sait pourquoi.

J'ai eu un peu peur, je l'avoue. Cet homme n'était pas seulement fou, mais aussi robuste. Un solide gaillard hirsute, sauvage. Et sans doute en pleine forme pour son âge, quel qu'ait pu être l'âge en question. Même avec mes jambes refaites à neuf, j'aurais été incapable de courir plus vite que lui. J'étais donc coincée dans une cabane abandonnée, très loin de la plage, et même du parking. Mes cris auraient été noyés par les appels sans relâche des cigales soucieuses de s'accoupler.

— C'est l'herbe marine, n'est-ce pas ? m'a-t-il demandé.

Ses yeux ont soudain troqué leur enthousiasme enfantin pour une sagesse ancestrale. Son regard était d'une puissance incroyable. Je sentais qu'il aurait pu me mettre à genoux.

— Pardon ?

— C'est la photo de l'herbe marine. C'est ça qui vous a amenée ici.

Et je n'ai pas su quoi dire.

Demain à minuit

J'ai repensé à la photo sur le site Internet. Celle où l'on voyait le collier avec le pendentif de saint Christophe. J'ai éprouvé l'étrange sensation qu'on a lorsqu'on laisse une porte ouverte. Mais la porte, c'était moi.

— C'est une des raisons.

— Il faut que vous la voyiez, a-t-il déclaré d'un ton soudain calme et sérieux. Ça changera votre vie.

— Qu'est-ce qui vous fait croire que je veux changer ma vie ? Ma voix s'est brisée et m'a trahie. Il a souri. L'écart entre ses dents de devant formait comme une petite grotte dans le calcaire. Il avait l'air de quelqu'un qui va abattre une quinte flush.

— Pourquoi seriez-vous venue à Ibiza habiter une maison minable au bord d'une route encombrée, que vous offre une quasi-inconnue, si vous n'aviez pas envie de changer votre vie ?

Cette fois, j'ai répondu du tac au tac. J'ai dissimulé toute surprise. Il tenait probablement ces informations de Christina. C'était l'explication rationnelle.

— Par curiosité.

— Ah. *La curiosidad mató al gato.* Vous connaissez cette expression ? Les Anglais disent ça aussi. La curiosité a tué le chat.

— Je ne suis pas un chat.

Ça l'a fait rire. Un vrai rire de ventre. Un rire de pirate. Un rire disproportionné par rapport à sa cause. Deux plus deux égale sept cents.

Il m'a regardée en souriant. Puis il m'a fait un autre discours que je n'avais pas demandé.

— C'est dans une chanson d'Iggy Pop. Je l'ai jouée ici. À l'Amnesia. Vous savez, le night-club. En 1980, quand c'était encore une ferme et qu'on dansait sur n'importe quelle musique…

Je ne sais pas pourquoi il pensait que j'avais envie d'apprendre tant de choses à son sujet. J'ai attendu qu'il me laisse parler, comme un chien obéissant patiente jusqu'à l'heure de son dîner.

— Vous avez l'esprit ouvert ?

Il m'a dévisagée tout sourire. Je n'aimais pas son regard. Pendant un moment, j'aurais voulu être enfermée dans le tiroir avec le serpent.

— J'étais prof de maths, ai-je dit avec agacement. Mon esprit aime résoudre les problèmes. Et j'ai vraiment envie d'apprendre ce qui est arrivé à mon amie, Christina van der Berg. Je veux savoir comment elle est morte. Et je pense que vous pourriez avoir quelques réponses.

Ce nom complet l'a percuté. Il a eu l'air de tressaillir. La tristesse a voilé son visage comme un nuage. Il a hoché la tête et a laissé s'écouler un moment.

— Elle savait qu'elle allait mourir. Elle savait qu'elle allait être tuée. Alors elle a fait le nécessaire.

— Qu'est-ce que vous dites ? Qu'est-ce qu'elle a fait ?

— Je n'étais pas ici. J'étais avec ma fille, Marta. À Madrid. Elle participait à un congrès d'astrophysique et j'étais là-bas pour la soutenir. (Je ne sais pas pourquoi mais j'ai été surprise d'apprendre qu'il avait une fille, et qu'il assistait à des congrès avec elle. C'était comme de voir une aquarelle peinte par un orang-outan. Ça dépassait les limites que je lui avais attribuées.) Marta s'entendait bien avec Christina. Elles travaillaient ensemble sur des projets. Ma fille n'est pas seulement astrophysicienne, elle est aussi écologiste. Je suis un papa très fier. (Il a pris un flyer sur le bureau.) Elle organise une manifestation. Jeudi. Contre l'hôtel qu'ils veulent construire sur Es Vedrà.

J'ai acquiescé :

— J'en ai entendu parler. C'est une très noble cause, semble-t-il. Mais je suis ici pour en savoir davantage sur Christina.

— Christina était une plongeuse très douée. Parfois, elle plongeait seule. La police sait tout ça. Et maintenant vous le savez aussi.

— Et c'est tout ce que vous savez ?

— Non. Je sais beaucoup de choses que vous ignorez. Des choses qui vous aideraient à comprendre.

— Quel genre de choses ?

Il m'a fixée. Il examinait mon visage comme s'il contenait un indice essentiel. Il soupesait quelque chose en moi et je me suis sentie jaugée.

— Oui, vous êtes prête à voir la vérité. Je le devine maintenant…

— Vous devinez quoi, exactement ?

— Votre potentiel. (Il a pointé le doigt vers moi. Jamais je n'avais encore ressenti le désir de casser le doigt de quelqu'un. Je pense que la chaleur était trop forte pour moi.) Elle avait raison à votre sujet. Vous serez formidable pour ça.

C'est là que je me suis énervée :

— Vous voulez bien arrêter d'être condescendant et de tourner autour du pot ? Parlez-moi comme à un être humain normal !

— « Tourner autour du pot. » C'est une expression intéressante, non ?

— Comme « aller droit au but ». Vous la connaissez, celle-là ?

— Écoutez. Si vous voulez rester un être humain normal, vous devriez partir tout de suite. Parce que cette expérience n'aura rien de normal…

— Laquelle ?

— Demain soir, c'est une nuit sans lune.

Quel rapport avec tout le reste ?

Il a souri comme s'il savait exactement ce que j'avais en tête. Il a désigné un point situé derrière lui.

— Dans l'océan, demain soir, entre ici et Formentera, vous pourrez apprendre ce qui est arrivé à votre amie. Je vous emmènerai. Vous avez déjà fait de la plongée ?

— Non. Et si vous pensez que je vais monter dans un bateau avec vous en pleine nuit, vous vous trompez lourdement.

Une fois de plus, il a fait comme s'il n'avait rien entendu.

— Vous savez nager ?

— Oui.

— Alors, vous savez plonger. Plonger, c'est simplement nager. Mais vers le bas. Ça exige deux ou trois trucs en plus, mais je vous expliquerai. On se retrouvera sur la plage à minuit.

— J'ai soixante-douze ans. Minuit, ce n'est pas pour moi. La plongée non plus.

— N'importe quoi. On est à Ibiza. Personne n'est trop vieux pour quoi que ce soit. Il y a une femme de quatre-vingt-dix ans qui danse au Pacha tous les soirs, sans exception.

— Fascinant.

Le sarcasme est mon tic nerveux.

Il s'est levé pour s'en aller. Je me suis sentie comme aspirée par la marée. J'avais besoin de réponses et il le savait.

— Où allez-vous ?

Sur le seuil, il s'est retourné. Même s'il n'avait pas eu les dents du bonheur, son sourire aurait été remarquable. De travers, ses dents espacées comme des pierres tombales irrégulières. Était-ce un fou ? Était-ce un assassin ? Pouvait-on se fier à un visage ? Valait-il mieux le suivre, ou rester dans une cabane humide sans réponses et avec un véritable serpent ? Je pensais à tous les avertissements que j'avais entendus à son sujet, venant de Sabine et de Rosella. Et de l'agent de la Guardia Civil dont je me rappelais clairement les mots.

« Et s'il vous plaît, surtout évitez M. Ribas… »

— Je veux simplement savoir ce qui est arrivé à mon amie.

— Et vous le saurez. Promis. Mais il y a des choses qu'on ne peut pas dire. Il faut les montrer. Demain. À minuit.

Demain.

À minuit.

Sur ce, il a disparu. Et j'ai respiré pour ce qui m'a semblé être la première fois depuis vingt minutes.

L'inévitable solitude de Grace Winters

J'AI ROULÉ UNE DEMI-HEURE pour regagner la maison, une bonne partie du trajet sur des routes pleines de nids-de-poule.

Je me sentais lasse et inquiète, et mes chevilles étaient grosses comme des ballons de volley. J'imagine que tout ce stress et cette chaleur n'étaient pas souhaitables si peu de temps après une opération.

J'aurais voulu que Karl soit avec moi. Il aurait aimé Ibiza. Il aurait aimé les vieux hippies et il supportait mieux la chaleur que moi. Tous les prétextes lui étaient bons pour mettre ses jambes au soleil. Il pensait que porter un short le rendait plus heureux. C'était un de ces Anglais pur jus qui jardinent en maillot de bain dès le mois d'avril. Je me le représentais dans sa serre, soignant ses tomates, le visage rouge comme s'il souffrait d'hypertension. Mais souriant. Toujours souriant. Un petit sourire doux qui était son expression par défaut. Pas forcément un signe de stoïcisme, mais de bonheur. C'était sa philosophie. Sourire malgré tout. Sourire malgré le chagrin, la souffrance et la perte. Il souriait pour Daniel, je pense. Comme s'il sentait que Daniel l'observait et qu'il ne voulait pas que notre fils se sente contrarié pour nous, mal à l'aise ou coupable de notre chagrin.

C'était triste, de penser à Karl et à Daniel. Mes gars. Mais cette tristesse était un réconfort. C'est difficile à expliquer et je ne sais pas si c'est pareil pour vous, avec votre mère, mais il m'arrivait de *m'adonner* à la tristesse. Je m'orientais vers elle. Le chagrin me semblait le seul moyen de rester proche d'eux. Donc mon esprit se dirigeait vers les pensées tristes et douces-amères – même vers une promenade dans les bois avec eux trente-six ans plus tôt, pour cueillir des pissenlits et des boutons d'or – afin d'avoir un peu de compagnie.

Je suis passée près de la piste de kart. Au milieu de nulle part, l'endroit était bizarrement choisi, mais cette piste avait l'air d'attirer du monde. Il y avait tant d'Ibiza différentes, je commençais à m'en rendre compte. Il y avait l'Ibiza des vacances familiales, à cheval et en kart. L'Ibiza des fêtes. L'Ibiza hippie, l'Ibiza des hôtels-spa. L'Ibiza des plages et de la plongée. Il y avait l'Ibiza hors de prix des yachts et des étoiles au Michelin. L'Ibiza de Leonardo DiCaprio. L'Ibiza des amateurs de nature qui observent les étoiles. L'Ibiza traditionnelle des danses folkloriques, des villages, des églises et des vieilles coutumes. Et bien sûr, il y avait l'Ibiza locale, vécue, d'aujourd'hui, dont j'avais eu un aperçu dans les supermarchés et les cafés, parmi les promeneurs de chiens sur le bord de la route. Il y avait apparemment une Ibiza pour chaque catégorie, sauf pour les veuves solitaires et endeuillées.

Une foule de touristes faisait la queue pour les karts. Des familles et des groupes de jeunes gens. Karl aurait aimé ça aussi. Daniel également. J'ai pensé à tous ces gens qui riaient, de bonne humeur. Tout cela paraissait si fragile. Dans cet état d'esprit, il était difficile de voir un seul être vivant sans songer au manque qu'il laisserait s'il disparaissait. Je voyais chaque humain sur Terre comme un chagrin en attente.

Et puis je suis arrivée à la maison que je n'avais pas encore faite mienne. Une maison dont je ne sentais pas encore qu'elle m'appartenait. J'ai ouvert la porte, je suis entrée et me suis préparé un souper basique dans la petite cuisine marron. J'ai bu du jus d'orange, j'ai mangé du pain, du fromage et des tomates, et tout ça était excellent mais je ne pouvais pas en apprécier le goût. Mes sens étaient encore plus émoussés que d'habitude. Même le jus frais ne m'a fait aucune impression.

J'ai contemplé ma bague de fiançailles. Le rubis serti dessus, l'anneau avec lequel Karl m'avait fait sa deuxième demande. La première fois, c'était avec une émeraude.

C'est drôle comme, à mon âge, il suffit de voir une chose pour réveiller un autre souvenir plus lointain. Dans le livre de la vie, le pur présent n'existe pas. On peut toujours distinguer les mots de la page précédente, leurs ombres d'encre obscurcissent ce qu'on a sous les yeux. Ou du moins le ternissent.

Il y a quelques années, je me suis entaillé l'annulaire en éminçant un oignon. Comme le saignement ne cessait pas, j'ai dû aller à l'hôpital. Ils ont brûlé les vaisseaux sanguins pour arrêter l'hémorragie. Depuis, l'extrémité de ce doigt était insensible. J'avais l'impression qu'il m'était arrivé la même chose : le chagrin et la culpabilité m'avaient cautérisée et je ne pouvais plus rien éprouver. Je n'avais plus qu'une blessure à tâter pour voir si elle ressentirait quelque chose.

Cette soirée était fragile, chancelante, il faisait encore jour dehors mais sombre et humide dans la maison. J'ai allumé la télévision et j'ai regardé un talk-show espagnol sans comprendre un mot. Je suis restée là à observer l'écran, puis les livres de Christina et sa pile de vieux disques vinyles, puis les photos au mur. J'ai vu le sourire d'Alberto, ses dents écartées, qui me dévisageait.

— Qu'est-ce que vous voulez ? ai-je demandé à son image.

Pas de réponse.

Le temps s'est écoulé. J'ai éteint la télé. J'ai écouté les bruits sporadiques de la circulation.

Je pensais être au bout de tout. Je pensais que ce serait une bonne chose si je mourais doucement dans la nuit. Je m'étais bêtement imaginé que ce voyage à Ibiza allait tout secouer, la poussière des toiles d'araignées, allait réduire la charge mentale. Je croyais ce que nous croyons tous quand nous montons à bord d'un avion : que j'allais m'échapper.

Mais non.

L'ennui, avec les changements de décor, c'est qu'une fois à destination, si on se rend compte qu'on est toujours le même, on se sent vraiment piégé. Telle était ma conclusion. Le problème n'était ni Lincoln, ni le pavillon, ni ma situation. Le problème, c'était moi. On n'échappait pas au chagrin et à la solitude. Tant que je restais dans le même corps vieillissant avec les mêmes souvenirs rassis, j'étais ma propre condamnation à perpétuité.

Je ne saurais jamais ce qui était arrivé à Christina. Je ne faisais que me ridiculiser, l'humidité en plus. J'ai senti les larmes se former. C'était une forme de progrès.

Qu'est-ce que je fais ici ?

J'allais obtenir une réponse plus vite que je ne le pensais.

Les radios cassées

Il se trouve que j'ai une théorie sur la vie, et je vais très généreusement vous en faire part.

Ma théorie n'est pas nouvelle, mais c'est récemment que j'en ai constaté la vérité.

Le point de désespoir est souvent le point de vérité.

Quand rien ne va, il faut toucher le fond pour que le changement devienne possible. Parfois, il faut se sentir piégé pour trouver une issue. En plein air et au grand jour, personne ne peut se rencontrer lui-même. Tant qu'on entend de la musique, on ne saisit pas la radio. Il faut parfois casser l'objet pour comprendre comment il est fait.

Ces premiers jours à Ibiza ont fait remonter tout ce que j'avais réussi à refouler. Le chagrin, le désespoir, la solitude. Je ne fonctionnais plus, et je me voyais en panne. J'étais béante comme une radio cassée. J'étais face à mes circuits, mes transistors, mes fils défectueux. Toutes mes erreurs et mes incohérences. Et c'était peut-être ça. C'était peut-être parce que j'étais là, brisée, paradoxalement engourdie et en souffrance à la fois, que c'est arrivé. Quand on crie en silence, l'aide arrive peut-être en silence également. L'univers était peut-être à l'écoute. Le signal a peut-être été capté.

Je ne sais pas.

Mais il s'est produit quelque chose.

Et le moment était idéalement choisi.

La lueur

BIEN APRÈS UNE HEURE DU MATIN cette nuit-là, mon attention a été attirée par une lueur qui venait du couloir. J'avais dû laisser une lampe allumée quelque part. Mais c'était troublant, car j'étais à peu près certaine qu'il faisait noir partout. J'ai d'abord eu peur. La peur a transpercé ma torpeur. M'a rappelé que j'étais en vie. *Et si quelqu'un s'était introduit dans la maison ? Et si c'était Alberto ?*

J'ai chassé ces idées stupides et je me suis levée pour aller voir ce que c'était. J'ai vite identifié la source lumineuse. Le bocal à olives, près de la porte d'entrée, éclairant les photos sur le mur. L'eau brillait comme une ampoule électrique et le faisceau lumineux était tourné vers le haut, formant un cône dans l'air. Je ne pouvais pas regarder le bocal sans que mes yeux pleurent, donc j'ai préféré regarder la lumière. Ce n'était pas le même faisceau que celui d'une lampe torche, par exemple. Il semblait animé d'une vie propre. Avec de petites fluctuations, des changements, des glissements. C'était comme si j'étais témoin d'une chose que je ne comprenais pas mais qui était là pour être comprise. Est-ce que cela a du sens, Maurice ? Ça avait l'air d'être un message. J'étais comme un bébé fasciné par le mouvement des lèvres d'un parent.

La lumière a fini par s'estomper. Je suis retournée me coucher. Bizarrement, je me sentais plus calme.

Et j'étais sûre d'une chose. Je savais que, le lendemain à minuit, au mépris de toute prudence, je serais sur la plage de Cala d'Hort, attendant une réponse.

Un bateau appelé *No*

C'ÉTAIT UN VIEUX BATEAU DE PLONGÉE branlant et grinçant, doté d'un moteur encore plus branlant, qui fonctionnait par à-coups comme un chien qui grogne après un écureuil malicieux. Même dans la nuit profonde et sans lune, on pouvait voir que la peinture s'écaillait comme des croûtes, à tel point que seules les deux dernières lettres de son nom – *Neptuno* – étaient visibles. Si j'avais cru aux signes envoyés par l'univers, un bateau appelé *No* aurait été une raison supplémentaire de ne pas y monter. Mais j'étais là.

La mer était sereine. Les vagues léchaient la coque du bateau avec un bruit faible et étrangement déconcertant, comme si la Méditerranée entière se taisait, dans l'attente d'un événement. Des lumières brillaient sur l'île que nous venions de laisser derrière nous, une ou deux vacillaient sur l'autre île, Formentera, qui s'étendait à l'horizon.

Alberto était à la barre, contemplant fixement la mer, comme un boucanier déterminé, tandis que je me déshabillais pour ne garder que le maillot de bain tie-dye acheté au marché hippie. La lumière de la lanterne donnait à ma peau une teinte presque bleu-vert, et alors qu'il me tournait le dos, j'étais gênée d'étaler ainsi ma chair, malgré mes jambes neuves, toutes lisses, bien qu'il ne soit pas vraiment un adonis lui-même. Je pense que c'est l'une des premières choses qui m'avaient déplu chez Alberto. L'aisance qu'il avait avec son corps. La façon dont il laissait pendre tous ses membres. Sa bedaine, ses poils, ses chemises ouvertes, son ridicule short en jean. Je ne sais pas si c'est parce qu'il était un homme, ou simplement parce qu'il était lui, mais il s'en fichait éperdument. Alors que je m'en préoccupais beaucoup trop, à l'inverse. L'inquiétude permanente que m'inspirait mon existence s'était toujours focalisée sur mes formes. J'avais passé ma vie entière à détester mon apparence au présent, puis à la regretter rétrospectivement. Il y avait sans doute dans l'avenir une Grace de quatre-vingt-dix ans qui se demandait pourquoi je n'aimais pas ce que j'étais à soixante-douze ans. Si seulement nous pouvions toujours adopter le point de vue du futur quand nous vivons le présent.

Bien sûr, à chaque instant, nous n'avons encore jamais été aussi vieux, mais plus jamais nous ne serons aussi jeunes. Je n'ai jamais beaucoup aimé mon corps, et alors même que ses veines les plus saillantes m'avaient été retirées, j'en avais encore honte. J'étais anglaise – avec ce concentré d'anglicité qu'on trouve dans les Midlands – et j'avais grandi dans l'idée que le mal-être est une vertu. Et puis, j'étais vieille, j'étais une femme, j'avais été conditionnée ainsi. C'est tellement absurde, n'est-ce pas ? La façon dont nous jugeons notre corps. La façon dont, alors que nous devenons de plus en plus invisibles avec l'âge, nous nous accrochons néanmoins à cette gêne. La façon dont nous maudissons ce qui nous a maintenus en vie jusque-là. Je doute qu'un moineau déteste ses ailes, même quand ses plumes sont séchées et flétries.

J'avais souvent eu envie d'être un oiseau. Un merlebleu. Comme celui que Daniel m'avait dessiné, plusieurs décennies auparavant. Mais j'étais plus humaine que jamais. Et à l'idée qu'Alberto, déjà en combinaison de plongée, pourrait se retourner et me voir à tout instant, je me sentais encore plus pressée d'enfiler maladroitement la mienne.

Enfiler une combinaison de plongée est d'ailleurs l'un des grands défis de l'existence. Cela exige la force d'un bœuf et la souplesse d'un contorsionniste. Si les combinaisons avaient existé dans l'Antiquité, Hercule aurait dû en enfiler une dans le cadre de ses douze travaux. À la fin, quand à peu près tout mon corps était couvert, j'ai même dû demander un peu d'aide à Alberto.

— *Sí, sí*, bien sûr… *por supuesto…*

Puis il a coupé le moteur, m'a attaché dans le dos une bouteille d'air comprimé et m'a présenté le reste de l'équipement, notamment les lampes frontales. Pendant quelques minutes, il a eu l'air d'un instructeur de plongée normal. Il m'a parlé du détendeur à travers lequel j'allais respirer. Un autre appareil – une sorte de gilet – devait contrôler ma flottabilité en immersion, pour que je n'aie pas à battre des jambes constamment. Une ceinture lestée. Un masque, très important selon lui, car j'aurais besoin de garder les yeux ouverts. Et des palmes. Je ne savais pas si je devais me sentir ridicule ou terrorisée, donc j'ai décidé d'être les deux à la fois. Il a ensuite repris la barre et a continué à nous guider vers la haute mer.

Je n'avais aucune idée de ce que je faisais là. Oui, j'avais désespérément envie d'apprendre ce qui était arrivé à Christina, mais je pense qu'il y avait une autre raison si je me trouvais sur ce bateau, et qui n'avait certainement aucun rapport avec le charisme animal d'Alberto. Peut-être, à un niveau subconscient, était-ce une sorte de pulsion de mort. Je voulais peut-être qu'il m'arrive malheur. Après avoir découvert que j'étais incapable de ressentir quoi que ce soit envers cette île superbe, j'avais peut-être compris que je n'avais rien à perdre.

Ou bien était-ce le contraire, qui sait ? J'avais peut-être l'impression de devoir rompre avec la routine. Je sortirais ainsi des limbes dans lesquels j'étais confinée. Je mourrais, ou je trouverais un moyen de vivre réellement. Autrement dit, j'étais appelée. Soit par Christina, soit par autre chose. Et ça avait un rapport avec l'eau qui brillait étrangement dans le bocal à olives.

— Il paraît qu'elle voyait dans l'avenir, ai-je dit à un moment, quand le bruit du moteur a diminué.

— C'est vrai, a répondu Alberto, les yeux fixés sur les contours noirs et bas de Formentera devant nous. Elle a vu que sa vie était menacée. Mais je ne sais pas qui voulait la tuer. Et elle ne le savait pas non plus.

— Les gens ne voient pas dans l'avenir.

— Bien sûr que si. On fait ça tout le temps. Les météorologues, les économistes… Enfin, ils essayent.

Il a éclaté de rire. Il se croyait drôle. Il croyait que c'était le bon moment pour faire une blague nulle, juste après avoir évoqué la mort de Christina. Il éprouvait pour lui-même une admiration indécente.

— Vous savez exactement ce que je veux dire. Vous êtes un scientifique. Vous devez bien comprendre que ça n'a aucun sens. La voyance est une illusion, un tour de passe-passe, elle ne s'appuie sur rien de concret, ai-je affirmé.

— Il y a beaucoup de choses que les gens croyaient irréelles et qui se sont révélées très réelles. Jusqu'à la fin du XIXe siècle, tous les spécialistes des océans étaient persuadés que la vie ne pouvait pas exister à plus de cinq cents mètres en dessous du niveau de la mer. Puis ils ont découvert qu'elle allait jusqu'au fond, et ç'a été un choc. Un *grand* choc.

— C'est différent.

— Ah oui ? Tout paraît évident après que l'histoire l'a dompté. Mais à l'époque, c'était comme si on avait trouvé la preuve d'une vie extraterrestre. Nous ne sommes jamais à la fin de l'histoire. Et nous ne sommes pas à la fin de la science.

— Vous croyez en une vie extraterrestre, pas vrai ? Vous avez écrit un livre là-dessus.

— Oui. Vous croiriez à l'existence de la Terre si vous n'y aviez jamais mis les pieds ? Vous croiriez aux éléphants, aux tortues, aux poissons-clowns et aux requins-zèbres ? Ce serait dingue, complètement dingue.

— J'essaye de croire à la réalité connue.

— Et l'eau de mer qui éclaire dans le bocal à olives ?

Je me suis pétrifiée. J'étais sûre de ne pas lui en avoir parlé. Il a fouillé dans sa poche et en a tiré un minuscule flacon de rhum. Sauf que ce n'était pas du rhum. C'était de l'eau de mer, qui brillait très faiblement.

— Je fais comme Christina. Mais j'emporte ce flacon partout. Depuis que j'ai renoncé à l'alcool. J'aime avoir ça près de moi.

— Ça ? Qu'est-ce que c'est que ça ?

— Quelque chose que vous comprendrez très bientôt. La réalité n'est qu'une illusion. Une illusion très persistante. C'est ce qu'Einstein a dit, je pense. Parfois, l'illusion est la réalité que nous ne comprenons pas encore.

— Si elle voyait dans l'avenir, alors pourquoi est-elle morte ?

Il a froncé les sourcils en souriant :

— Qui a dit qu'elle était morte ?

— Tout le monde. C'est pour ça que je suis ici. Elle est morte.

— Elle n'est pas morte. Elle a juste vu qu'elle allait mourir. Elle savait que si elle restait, quelqu'un lui ferait du mal. Elle est partie, simplement.

— Où ?

— Je vais vous le montrer.

Je n'ai pas su quoi répondre.

— J'ai soixante-douze ans. Je n'aurais pas dû passer un examen de santé ?

— Êtes-vous en bonne santé ?

— Pas particulièrement.

Je n'avais pas envie de lui dérouler la liste complète. Les varices, les problèmes de hanche, les chevilles enflées, les acouphènes, l'arthrose, la pression artérielle irrégulière, la dépression de temps à autre, l'anhédonie… *Guerre et Paix* en audiolivre aurait été plus court.

— Eh bien, alors, c'est parfait.

— Parfait ? Pour quoi ?

Pour attribuer ma mort à une cause naturelle ?

— Vous verrez.

Ce qui n'était pas exactement rassurant.

Nolletia chrysocomoides

Je me suis assise sur le banc fixé au pont du bateau et j'ai attendu.

Le moteur a calé. Alberto s'est dirigé vers la poupe et a juré en espagnol jusqu'à ce qu'il le fasse redémarrer.

Nous sommes partis vers le sud, au-delà d'Es Vedrà. Le rocher était vraiment intimidant, de près, dans le noir. Il semblait se prolonger à perte de vue, fusionnant avec la nuit. Ses bords étaient frangés de végétation. Il était difficile d'imaginer que quelqu'un puisse y vivre, même des chèvres. Je le trouvais d'une taille très commode, ce rocher. On pouvait faire ce qu'on voulait derrière, caché. Je suis devenue encore plus nerveuse.

Je me suis entraînée à mettre l'embout dans ma bouche et à respirer à travers.

J'ai été soulagée d'entendre mon téléphone vibrer. J'ai retourné tous mes habits pour découvrir finalement que Sophie, la sœur de Karl, m'avait laissé un message sur WhatsApp. Elle réagissait à la photo que je lui avais envoyée, de la plante à fleurs jaunes.

C'était un long message. Ou plutôt une longue série de messages, ce qui n'était pas dans ses habitudes. Sophie expliquait qu'elle n'avait pas du tout reconnu la plante, et qu'elle l'avait donc montrée à sa partenaire, Sarika, qui était botaniste. Apparemment, Sarika avait eu une réaction très vive à la photo :

Elle a été TRÈS perturbée.
Elle a cru que tu avais trouvé la photo sur Internet. Fabriquée par une IA.
La plante que tu nous as envoyée porte le nom latin de Nolletia chrysocomoides *(j'ai fait un copier-coller !), et elle est officiellement éteinte en Europe !!! On n'en a plus vu en Espagne depuis dix ans. Et Sar connaît tout ça par cœur… c'est une folle de plantes, une experte en plantes et fleurs en voie de disparition. Donc - oui - très bizarre !!*
Elle va envoyer la photo (si tu es OK) à sa copine à l'UWA (la fac de Perth) pour voir ce qu'elle en pense.
En tout cas, j'espère que tout va bien et que tu profites d'Ibiza. Je sais que tu as parfois du mal à participer activement à la vie sociale. Mais je pense que c'est que voudrait Karl. On se parle bientôt.
Xxxx

J'ai fermé WhatsApp et, alors qu'Alberto me parlait, je ne l'écoutais pas vraiment. Mon cœur battait plus vite que je ne l'en aurais cru capable et mon cerveau s'élançait dans des zones jusque-là interdites, plein d'idées et de réflexions que j'aurais jadis balayées comme aberrantes : cette plante n'était pas apparue par hasard devant la porte, elle était apparue là où j'avais renversé l'eau, l'eau qui se trouvait dans le bocal à olives – l'eau magique, l'eau lumineuse.

J'ai levé les yeux vers Alberto. J'avais besoin de me concentrer.

— L'océan est encore largement inconnu, me disait-il. Les gens disent que l'univers nous est inconnu, mais cela vaut aussi pour notre planète. Il y a eu plus d'humains sur la Lune qu'au plus profond de l'océan. La fosse des Mariannes, vous en avez entendu parler ? Très difficile à atteindre. La majeure partie de l'océan n'a pas été vue par l'homme, et encore moins cartographiée. Nous en savons réellement plus sur la surface de Mars. Même dans des mers aussi peu profondes que celle-ci, il y a beaucoup de mystères. Il sera bon de garder ça en tête…

J'ai compris que c'était vraiment son truc. Il s'animait, il agitait les bras autant que la combinaison moulante le lui permettait. Il parlait des choses qui avaient été découvertes et qui étaient magiques – des montagnes sous-marines, des vallées plus vastes que le Grand Canyon, une rivière plus large que la Tamise au fond de la mer Noire, et bordée d'arbres. S'il était sur le point de m'assassiner, pourquoi tant d'efforts pour m'instruire sur la vie sous-marine ?

— Et puis, il y a l'herbe marine. Ce qu'il y a de plus étonnant. *Posidonia oceanica.* Elle va d'Ibiza à Formentera – un seul organisme qui s'autoreproduit, préservé comme par miracle depuis des siècles et des siècles… des millénaires, même.

— Alors pourquoi ne vouliez-vous pas que je la voie en plein jour ? Il va faire noir, là-dessous, même avec les lampes, non ?

Il a ri, et il a répété ma question.

— Il va faire noir, là-dessous ? C'est tout le contraire. Vous verrez.

— Si cette prairie sous-marine est partout, pourquoi devons-nous aller si loin ?

Il s'est détourné de la barre. Il a haussé la voix pour couvrir le bruit du moteur :

— Parce que vous voulez la réponse, hein ? Vous voulez être exactement là où la photo a été prise. Vous voulez voir le collier que vous lui avez donné…

« Le collier que vous lui avez donné… » Ça faisait beaucoup d'informations en très peu de mots.

— Vous savez que je le lui ai donné ?

— *Sí, sí. Por supuesto !* Bien sûr, bien sûr. Elle m'en a parlé. Elle a dit qu'elle n'avait jamais rencontré personne de plus gentil que vous. Vous étiez bonne, mais forte, aussi. Ce sont les deux qualités essentielles, Grace. C'est ce dont on a besoin. La force mentale et la compassion affective. À propos de bonté, laissez-moi vous raconter une histoire. J'ai été élevé ici par ma grand-mère, dans le village de Santa Agnès de Corona. Elle était artiste et elle était bonne avec tout le monde. Avant ma naissance, elle a aidé beaucoup d'artistes qui fuyaient l'Allemagne à trouver un refuge à Ibiza. Notre maison était petite, mais j'avais un amandier devant la fenêtre, et quand il était en fleurs, ça me rappelait que le monde est plein d'une beauté stupéfiante. Nous étions pauvres mais Ibiza était riche par d'autres côtés. À l'époque, nous étions si proches de la nature. Il n'y avait que deux routes pavées et pratiquement pas d'électricité, mais il y avait toujours de la musique, des conversations intéressantes, et la mer. Grand-mère m'emmenait partout et voulait que je profite de la vie. Je me rappelle avoir dansé, enfant, au son du jazz sur la plage de Ses Figueretes. Je dois tout à sa bonté, et quand je vois la bonté, j'ai envie de la récompenser. Grâce à elle, j'ai toujours eu trois choses : l'amour de la nature, la force et la compassion. Elle avait ces qualités. Vous les avez aussi.

— Votre grand-mère devait être une bonne personne.

— Oui. Christina aussi. Et elle voyait ces qualités en vous.

— Mais Christina ne me connaissait pas. Pas vraiment. Nous ne sommes pas restées en contact.

— Oh, elle savait *tout*.

Alberto a coupé le moteur et a marché jusqu'à la proue en secouant la tête, pour jeter l'ancre. J'ai regardé l'eau. Inhalé l'air frais et salé. Et j'ai vu quelque chose. Quelque chose qui brillait dans les profondeurs sombres. Rien qu'un instant. Avant que l'océan redevienne noir.

— Il y a dans cette mer une beauté qui ne ressemble à aucune autre, a dit Alberto avec un sourire en biais. Mais seules quelques personnes arrivent à la voir. Une lumière dans l'eau. C'est particulier, mais ça peut être envoûtant. Soyez prudente. Ne nagez pas vers elle… Elle viendra à vous.

J'ai placé le détendeur dans ma bouche et je me suis mise debout sur la petite plateforme, prête à suivre Alberto dans la mer.

Que suis-je en train de faire ? Que va-t-il se passer ?

J'ai compris que la vie était pour l'essentiel un mystère. Même les mathématiques sont pleines de mystères. Nous pouvons savoir que tous les nombres pairs sauf 2 sont la somme de deux nombres premiers, mais nous ne savons pas pourquoi. Il y a des mystères partout. Dans l'esprit de toute créature sensible et sous la surface de toutes les mers. Parfois, la seule chose à faire est de plonger et de les découvrir par nous-mêmes.

Une partie de moi était terrifiée. Mais j'ai alors pensé à ce pavillon désert à Lincoln, plein de ses souvenirs tristes, et j'ai levé la jambe pour entrer dans l'eau, en me rappelant de bien garder les yeux grands ouverts.

L'obscurité soudaine

ALBERTO NAGEAIT DEVANT, ce qui était rassurant, car je le voyais avec ma lampe frontale et je pouvais être sûre qu'il ne trafiquerait pas mon oxygène. Nous sommes descendus en douceur vers l'herbe marine.

Il a pointé du doigt vers la droite et j'ai momentanément oublié de respirer en me tournant dans cette direction. Ma lampe frontale a éclairé une anguille, violette à pois jaunes, le corps filant en avant avec une ondulation fascinante. Ensuite, j'ai eu un peu de mal à régulariser ma respiration. J'avais des picotements dans les jambes. Je doutais fort que les médecins recommandent cette activité. Mais puisque j'étais déjà allée jusque-là, j'ai continué.

À mesure que nous approchions du fond, j'ai remarqué une abondance de vie dans le noir. Un petit banc de poissons argentés avançait en formation, projetant leur ombre sur l'herbe et le sable, deux autres anguilles se faufilaient entre les tiges vertes des plantes, des hippocampes, une limace de mer en Technicolor, un espadon. Un poisson blessé, un mérou, qui saignait dans l'eau.

Je voyais clairement l'herbe marine, dans la lumière artificielle de la lampe frontale. C'était beau et inquiétant à la fois. De longues feuilles minces, vert émeraude, à perte de vue. Elle semblait très importante dans sa simplicité, comme si c'était la clé de sa survie. Ni fleurs ni évolution, rien de compliqué. Le même modèle toujours reproduit.

Puis j'ai vu Alberto désigner quelque chose. Quelque chose de petit et doré, exactement comme sur la photo. J'ai nagé vers l'objet et je l'ai ramassé. Un collier que je n'avais plus tenu depuis quarante-cinq ans. J'ai vu l'image gravée de saint Christophe, portant l'enfant Jésus à travers la rivière. J'ai serré ce collier dans ma main comme un trésor perdu, et j'ai cherché un indice m'expliquant comment il avait atterri ici. J'ai cherché les traces d'un accident. Mais il n'y avait rien d'autre, la prairie sous-marine ne semblait pas avoir été dérangée, piétinée ou abîmée par une lutte.

Soudain, curieusement, les poissons et les autres créatures qui nageaient en tous sens ont adopté une seule et même direction. Ils s'éloignaient très vite d'une entité invisible, comme en panique. J'essayais de comprendre ce qui se passait quand il s'est produit autre chose.

La lampe fixée à mon front s'est mise à clignoter.

Je me suis tourné vers Alberto dans la lumière vacillante et j'ai vu que sa lampe donnait aussi des signes de faiblesse. J'ai eu l'impression qu'il souriait, mais c'était difficile à dire à cause de la tenue de plongée. Puis, une seconde après, les lampes se sont éteintes. Obscurité totale. J'ai regardé tout autour de moi.

J'ai senti sa main sur mon bras.

Surtout évitez M. Ribas.

Il m'a empoignée.
Un dingue.
Son emprise s'est encore resserrée.
Le seul à savoir vraiment ce qui est arrivé à Christina.
Puis il a lâché.
Et tout a changé.

Lumière

Et soudain, la lumière fut.

Le nuage et la sphère

La lumière que je voyais à présent ne venait pas de nos lampes frontales. Elles étaient encore éteintes. Non, cette lumière-là provenait d'un point situé à une centaine de mètres devant nous. Phosphorescent. Et en réalité, les poissons que j'avais cru voir s'éloigner en hâte faisaient exactement le contraire. Ils se dirigeaient vers cet endroit.

J'ai alors vu une *chose* lumineuse au-dessus de l'herbe marine, une couleur à la fois brillante et pâle, qui présentait d'abord l'aspect d'un nuage, puis une forme sphérique. Une sphère géométriquement *parfaite*. De celles dont Euclide et Archimède parlaient il y a des millénaires mais qui, sur Terre, n'existent que comme idée abstraite et non comme objet naturel. La chose fluctuait entre le nuage indistinct et la sphère précise, d'une manière qui m'a aussitôt paru anormale, extraterrestre. Elle n'était pas particulièrement grande – plus grosse qu'une balle de tennis mais plus petite qu'un ballon de football. Du moins au début. La taille changeait, augmentait puis diminuait, comme les mouvements d'un poumon.

Quant à sa couleur, elle était d'un bleu comme je n'en avais jamais vu. Pas le bleu de la mer, pas tout à fait, bien que la couleur soit aussi changeante que la taille et la forme. Les poissons nageaient dans cette direction, vers la lumière.

Je suis désolée d'être aussi floue, mais il n'est pas facile de décrire quelque chose qui n'a pas de point de référence sur Terre. Dès que je lui trouve une ressemblance à quelque chose, je m'aperçois que ça n'y ressemble pas du tout. C'est comme décrire une émotion complexe, contradictoire. Vous connaîtrez ça en vieillissant. Comme cet étrange contentement qu'on peut parfois associer au chagrin ou aux larmes, qui cohabite avec la souffrance. Ou l'idée douce-amère que rien n'est éternel.

C'était envoûtant, voilà ce que je peux dire. C'était tout simplement ce que j'avais vu de plus incroyable dans ma vie. Je me suis tournée vers Alberto et je l'ai vu sourire derrière son masque et son embout. Sa lampe frontale fonctionnait à nouveau. La mienne aussi. Alberto avait le sourire que l'on a quand une attente est satisfaite, il était fier comme un parent montrant son film préféré à son enfant. Le plus incroyable, ce n'était pas de voir cette chose, c'était d'en sentir la *présence*, car c'était comme regarder un sentiment.

Oui. Tout à fait. *C'était comme regarder un sentiment.*

Je sais que ça paraît ridicule, mais c'est la seule façon d'expliquer ce que j'éprouvais. Comme si je contemplais l'amour ou l'espoir. Ou plutôt, une émotion pour laquelle nous n'avons pas de mot, mais que l'on ressent en profondeur, que l'on garde enfouie, mais qui nous relie. Je contemplais quelque chose qui se situait à l'extérieur de moi, évidemment, mais aussi à l'intérieur de moi.

J'ai sans doute observé la chose un bon moment avant de me rendre compte qu'Alberto désignait le nuage, puis m'adressait une série de signaux – pouce levé, OK, paume ouverte, comme à un labrador désobéissant lorsqu'on veut qu'il reste assis. Donc j'ai obéi. Je suis restée là. Et sous mes yeux, la sphère lumineuse est redevenue un nuage lumineux, avant de lentement changer de forme à nouveau, s'étirant comme un bras que l'on tend, dans une direction précise, comme si ce phénomène traduisait une intention réelle. La ligne de lumière s'est approchée du poisson blessé, le mérou, et a « touché » la plaie. Presque aussitôt, la lumière s'est retirée dans la sphère-nuage, alors que le poisson était incontestablement guéri. Il nageait à nouveau droit, sa peau mouchetée intacte.

Je me suis tournée vers Alberto, qui semblait bien moins ébahi que moi. Il souriait encore, aussi insouciant que s'il observait le coucher de soleil, à la terrasse d'un café. Quand je me suis remise face à la sphère, elle redevenait déjà un nuage. Elle s'est maintenue ainsi quelques instants, puis une partie du nuage est redevenue un long et mince bras de lumière. Sauf que cette fois, il ne se dirigeait pas vers un poisson blessé.

Il se tendait vers moi.

Libre

Ensuite, j'ai été incapable de tout me remémorer. Je veux dire après ce que je viens de vous raconter. Tout était très flou entre ce moment sous l'eau et le moment où je me suis réveillée à l'hôpital. À cause de la nature du sujet, qui inspire en général de folles envolées imaginatives ou un scepticisme solidement ancré, je dois m'en tenir à ce que j'ai réellement vécu.

Je peux donc vous dire que la lumière bleue s'est dirigée vers moi. Et à l'instant où ce *bras de lumière*, qui était un long cône lumineux très effiloché, m'a touchée, c'est comme si tout l'océan avait disparu.

Il n'y avait plus autour de moi ni animaux ni plantes. Ni Alberto. Ni rien. Seulement l'eau, mais une eau étrange. Une eau de la couleur de ce bleu phosphorescent, rayonnant et surnaturel. Avec la plus relaxante des sensations. Plus que relaxante. Autre chose. *Libératrice.* Je me sentais libre. J'ai dû laisser tomber le collier à un moment, mais je ne me rappelle pas quand.

Puis, une fraction de seconde plus tard, j'étais sur la terre ferme. Au milieu de la nature. Mais une nature telle que je n'en avais encore jamais vu. Il y avait des arbres qui n'étaient pas des arbres. Hauts, minces, aux feuilles blanches. Il y avait une plage qui n'était pas une plage. Une mer qui n'était pas une mer. Et l'air ne ressemblait à aucun air que j'avais jamais connu. Il était si pur, si doux. Respirer semblait être le but de la vie et non une nécessité.

J'ai vu des créatures vivantes entre les arbres. Elles se tenaient debout. De loin, elles auraient presque pu être humaines. Elles portaient des habits. Mais, comme sur une aquarelle, leurs contours n'étaient pas nets, une sorte de vapeur se dégageait de leur corps immobile. Elles m'apaisaient. Tels des esprits protecteurs.

Sur la plage, il y avait du sable de couleur orange brûlé. Et la mer était bleue, mais d'un bleu inconnu sur Terre. C'était l'impossible bleu rayonnant que j'avais vu en plongeant.

Je sais ce que vous pensez. Vous vous dites : « Ah, ça a l'air d'être un rêve intéressant. » Et je ne peux pas vous affirmer à cent pour cent que ce n'était pas un rêve. Mais si c'en était un, il était différent de tous ceux que j'avais pu faire en sept décennies d'existence. Tout était si net. En fait, chacun de mes sens était tellement affûté qu'il semblait plus simple de croire que ma vie avait été un rêve jusque-là, et que j'étais à présent dans la réalité. Oui. C'est ce que je ressentais. Comme si je m'étais éveillée.

— Où ? ai-je demandé tout haut.

Rien que ce mot.

Où ?

J'ai vu quelque chose sur le sable orange. Quelque chose qui brillait. Pas un collier mais un anneau. La bague en émeraude que Karl m'avait offerte en me faisant sa demande en mariage, au restaurant indien, quand nous étions étudiants. La demande que j'avais repoussée.

Et à cet instant précis, il y a eu un rugissement océanique. Puis le bruit d'un déluge tombant à travers les arbres. C'était à nouveau l'eau rayonnante. De cette indescriptible couleur bleue.

Tout avait disparu

Tout avait disparu.

Emportée, soulevée, retournée

J'AI ÉTÉ EMPORTÉE DANS CETTE MER LUMINEUSE, le souffle coupé, j'ai été soulevée, retournée, j'ai tourbillonné jusqu'au moment où je me suis immobilisée, sur le dos, entre les draps propres d'un lit d'hôpital, où je battais des paupières.

Je connaissais un nom mais sans savoir comment

Je me suis réveillée.

Encore en combinaison, dans une pièce toute blanche, couchée avec un oxymètre de pouls attaché à mon index gauche.

Quoi qu'il ait pu m'arriver, j'étais maintenant tout à fait dans la réalité. Une chambre d'hôpital d'un blanc éclatant, avec l'odeur de désinfectant et le bip des machines. Il y avait une mince bande orange sur le mur. Et un fauteuil orange. C'est toujours curieux, le choix de couleur des différents pays. L'Espagne adore l'orange. Les meubles orangés. Les orangers. Même la terre est orange, à Ibiza. Les tannins venant des aiguilles de pin tombées au sol.

Une infirmière était là, une femme médecin était là, Alberto Ribas était là. Ils étaient tous ravis de me voir me réveiller. Alberto portait encore sa combinaison de plongée. Il était ridicule. J'ai eu envie de le gifler. Bien sûr, je ne savais pas précisément ce qui s'était passé, mais j'étais dans un hôpital et c'était sans doute par sa faute. Le pétillement de ses yeux ne me faisait pas plaisir. C'était comme si j'avais vu une allumette enflammée dans un buisson. C'était un danger.

On m'a appris que je me trouvais à l'hôpital Can Misses, en banlieue de la ville d'Ibiza, et que j'avais perdu connaissance pendant trois heures. On avait déjà testé mes poumons et, à la surprise de la docteure, l'eau ne leur avait fait aucun mal.

— Comment vous sentez-vous, physiquement ? m'a demandé la médecin, dans un très bon anglais.

— Étonnamment bien.

En fait, autant que j'ai pu en juger alors que j'étais allongée, je me sentais en meilleure santé que jamais. Quelques décennies auparavant, à Corfou, la seule fois où nous avions emmené Daniel en vacances à l'étranger, nous avions été si heureux et actifs – baignade, pédalo, visite des oliveraies – que j'avais mieux dormi que jamais. Et je m'éveillais tous les jours presque comme un enfant. Ensuite, je n'avais plus jamais dormi aussi bien, certainement pas depuis la disparition de Daniel. Mais à présent, je me sentais à nouveau aussi fraîche que lors de ce séjour en Grèce, dans les années 1980.

— Que vous rappelez-vous avant votre perte de conscience ?

— J'ai vu une lumière.

Je me rendais bien compte que c'était lamentable : *j'ai vu une lumière*. Même Alberto a eu l'air de tressaillir en m'entendant. Surtout lui.

— Quel genre de lumière ?

J'ai essayé de réfléchir.

— Je suis désolée, Paula, c'est difficile à expliquer. Une lumière changeante. Tantôt nuage, tantôt sphè…

La docteure s'est immobilisée. Comme si j'avais dit quelque chose de mal.

— Excusez-moi, comment savez-vous que mon prénom est Paula ?

— C'est écrit sur votre badge.

Elle m'a regardée d'un air méfiant, a replacé une mèche rebelle derrière son oreille.

— Je n'ai pas de badge.

Cela m'a déconcertée.

— Ah, je ne sais pas.

J'avais dû les entendre parler dans mon sommeil. Il y avait eu une émission à la radio à ce sujet, comme quoi nous enregistrons des informations à notre insu pendant que nous dormons.

Alberto me dévisageait.

— Vous avez déjà souffert d'épilepsie ?

— Non. Enfin. Mon grand-père a eu des crises.

La docteure a hoché la tête.

— Des migraines ?

— Oui, j'en ai eu quelques-unes.

Nouveau hochement de tête.

— Ça correspond avec ce que nous a décrit ce monsieur, a-t-elle dit en désignant Alberto. Il nous a expliqué que vous avez fait une sorte de crise et qu'il a dû vous porter hors de l'eau. Votre niveau d'oxygène dans le sang est très bon, mais nous allons devoir procéder à quelques tests supplémentaires…

Les pics

Ils ont demandé à Alberto d'aller attendre à l'accueil. Il avait apporté mes vêtements et j'ai pu me rhabiller. Ils ont fait une analyse de sang. On a vérifié ma pression artérielle, qui était excellente. Puis j'ai passé un électroencéphalogramme, pour détecter toute activité électrique inhabituelle dans le cerveau. La docteure m'a fixé de petits capteurs sur le crâne, avec une sorte de pâte pour qu'ils collent, et elle a observé les lignes qui gigotaient à l'écran. Elles étaient manifestement bien plus agitées qu'elles n'auraient dû.

Elle m'a montré l'écran :

— Ces pics d'activité sont très élevés et très rapprochés.

— Et ça signifie quoi ?

Elle m'a observée et, croisant son regard, j'ai eu l'impression de tout savoir sur elle. J'ai vu des souvenirs aussi nets que des cicatrices. Je l'ai vue parler doucement à son frère malade pendant son dernier épisode de paranoïa. Je l'ai vue sur la Plaza de España à Séville, souriante, donnant la main à un mari qu'elle détestait désormais. Je l'ai vue promener son chien en hiver, sur le paseo de Ses Variades d'où l'on admire le coucher du soleil à San Antonio, passant devant le Café del Mar fermé, en larmes parce que sa mère était mourante. Je l'ai vue sur la cuvette des toilettes, inquiète à cause d'un nouveau grain de beauté sur son avant-bras. Dans une voiture garée, penchée sur le volant, se demandant comment elle allait survivre à une nouvelle journée de travail. Tout est apparu instantanément. J'ai tout compris, sans savoir comment. C'était comme une sensation que j'avais eue au Louvre, dans une des salles d'antiquités, pleine de statues grecques, avec la *Vénus de Milo* tout au bout. J'en avais soudain absorbé toute l'intensité. C'était trop, mais d'un autre côté, c'était tout à fait naturel. Karl avait une théorie à ce propos : l'art, la musique et tout ce qui avait existé un jour résidaient en nous. Une bonne chanson, une bonne sculpture invoquait en nous quelque chose qui y était déjà présent. Eh bien, c'était pareil. En dévisageant la docteure, j'ai eu l'impression de parcourir un musée des pensées. Et je connaissais chacune d'elles comme si c'étaient les miennes.

La Presencia

On m'a fait passer un IRM.

Il y a dans les hôpitaux quelque chose qui évoque à la fois l'avenir et le passé. Comme à l'école, mais encore plus fort. Les couloirs étaient un dédale, avec des flèches partout.

Triatge. Radiografia. Neurologia. Ultrasò. Urgències.

J'ai attendu à l'accueil, avec Alberto en tenue de plongée. Il mangeait des chips qu'il venait d'acheter à un distributeur. *C'est un brave homme.* Je ne savais pas pourquoi cette idée m'était venue, mais j'ai tenté de ne pas en tenir compte. Un autre homme était assis là. Un vieux monsieur frêle, à la chemisette enfoncée dans la ceinture du pantalon. Il avait le sourire digne de ceux qui s'efforcent de garder leur calme. Je lui ai souri en retour. Le genre de sourire fragile qu'on partage dans les zones communes des hôpitaux.

— J'ai commis une erreur, a déclaré Alberto, très sérieux.

— Pardon ?

— Vous allez devoir partir d'ici, m'a-t-il murmuré avec urgence, comme s'il s'agissait de neutraliser une bombe. Très vite. Nous devons tous les deux partir d'ici.

— Pourquoi ?

Il a mangé une autre chips.

— Croyez-moi sur parole.

— La dernière fois que je vous ai fait confiance, j'ai failli me noyer.

— Vous n'avez pas failli vous noyer. Même la médecin l'a dit. Vos poumons n'ont pas été endommagés par l'eau. Il vous est arrivé quelque chose, mais pas ça.

— J'ai failli mourir. Exactement comme Christina est morte. Et là aussi, c'était peut-être votre faute.

Il s'est gratté la barbe. Agité. Nerveux.

— Elle savait ce qu'il allait lui arriver. Tout ce qui lui est arrivé relevait de son choix personnel.

— Qu'est-ce que ça signifie ?

— Écoutez, je suis désolé. *Sinceramente*. J'ai essayé d'être aussi clair que possible. J'ai dit que si vous vouliez savoir ce qu'il était arrivé à votre vieille amie, vous devriez venir avec moi...

— Je ne sais toujours pas ce qui est arrivé à Christina.

Il m'a ignorée une fois de plus et a continué à parler.

— *Mierda*. Je ne savais pas que vous alliez finir à l'hôpital. C'est la première fois, je vous jure. Vous avez dû lui plaire plus que les autres. Ou bien elle devait avoir plus de... de travail à faire.

Je n'ai pas voulu le contrarier :

— De quoi parlez-vous ?

— La Presencia.

— Quoi ?

— C'est le nom que nous lui donnons.

— À qui ?

— « La Présence », en anglais. Mais *la Presencia*, c'est mieux.

— Je vous en prie.

— La lumière que vous avez vue.

— C'était une aura. La médecin l'a dit. On peut en avoir lors d'une migraine ou avant une crise.

— Vous n'avez pas eu de crise. J'étais là. Mais je n'allais pas leur dire ça. Mieux vaut qu'ils ignorent les détails. Et vous avez déjà entendu parler de deux personnes ayant la même hallucination en même temps ? Non, bien sûr que non. Ça ne signifie pas que tout le monde peut la voir. Elle se cache très facilement. Seuls la voient ceux qui ont besoin de la voir.

— Doux Jésus ! me suis-je exclamée.

— Non, ce n'est pas Jésus.

— C'était un juron ! Comme on peut en pousser un quand un drôle de bonhomme en tenue de plongée se met à vous raconter des choses parfaitement absurdes.

Alberto a émis un petit sifflement. Il s'est mis tout à coup à parler avec l'enthousiasme exagéré d'un guide touristique :

— Il existe à Ibiza un village appelé Jesús. Mais nous le prononçons « Héssousse ».

Le vieux monsieur nous a regardés. Je lui ai souri à nouveau. Cette fois, il est resté impassible. Nous risquions clairement de semer la panique.

— Vous êtes quelqu'un de difficile, m'a lancé Alberto. On vous l'a déjà dit ?

Oui, ne lui ai-je pas répondu. *Très souvent.*

— J'ai tendance à éviter au maximum les conversations. Et vous me rappelez pourquoi.

Il m'a tendu une chips. J'ai secoué la tête, alors même que j'avais faim. « Têtue comme un cochon », disait ma mère.

Alberto a haussé les épaules et a parlé la bouche pleine.

— Elles sont au paprika. Elles sont délicieuses. Vous n'aimez pas accepter le plaisir qu'on vous propose, c'est ça ?

Silence pendant une minute. Il n'a pas pu résister davantage.

— C'est normal. C'est la phase de déni. Christina a eu la même réaction. Il se passe quelque chose de remarquable quand ça vous atteint, et vous attribuez ça à un rêve. Pourquoi pas ? Même si une partie de votre esprit sait que ce n'en était pas un. Normalement, d'ailleurs, vous n'avez pas besoin qu'on vous tire de l'eau. Normalement, ça se produit très vite. C'est l'affaire d'un instant. Mais vous, vous avez eu une interaction plus forte. C'est pourquoi vous devez partir d'ici et rentrer chez vous. Parce que s'ils vous font une radio du cerveau, ils vont détecter quelque chose d'anormal.

— C'est justement le but d'une radio du cerveau.

— Je parle d'une chose qui n'a peut-être jamais été observée. L'IRM va plus loin que le dernier test. Et ce qu'il révélera va les étonner. Qui sait, ils vous emmèneront peut-être ailleurs.

Je l'ai regardé. J'ai pensé à la plante éteinte qui avait poussé à travers une fissure dans le chemin devant la porte. J'ai pensé au bocal d'eau de mer qui s'était rempli tout seul. J'ai pensé à toutes les choses illogiques dont je ne savais que faire. Et voici tout ce que j'ai trouvé à répliquer :

— Vous ne devez pas aller nourrir votre serpent ?

Coup de chance

— ÉCOUTEZ, A DIT ALBERTO, il y a en ce moment une autre force sur l'île. Pas la Presencia, mais quelque chose que nous ne comprenons pas encore. Quelque chose que Christina avait entraperçu. Quelqu'un ou quelque chose dont les pouvoirs agissent contre nous.

Alberto a soudain eu l'air préoccupé. Une docteure, une femme grande, au visage sérieux et fatigué, dont les cheveux se détachaient d'une pince papillon, s'avançait dans le couloir.

— Nous devons partir tout de suite. C'était une erreur d'attirer autant l'attention sur nous. C'est toujours une erreur. Cela devrait rester secret…

— Je ne crois pas aux contes de fées.

— Nous devons nous en aller, maintenant.

Alberto avait la tête baissée. Il regardait les pieds des médecins qui passaient.

— Non.

— OK, a-t-il répondu en pointant du doigt la réceptionniste. Dans quinze secondes, cette femme va toucher ses lunettes. Dans vingt secondes, elle prendra le téléphone pour passer un appel.

C'était ridicule. *Ce n'est pas ridicule.*

Mes yeux allaient et venaient entre le mouvement insensible de la grande aiguille de l'horloge murale et les gestes de la réceptionniste binoclarde. Je l'ai vue remonter ses lunettes sur son nez, puis cinq secondes plus tard, tendre le bras à travers son bureau, sur la pointe des pieds pour attraper un téléphone et composer un numéro.

Coup de chance, ai-je pensé. Je touche sans arrêt mes lunettes de lecture. Des recherches ont dû montrer que les gens touchent leurs lunettes à certains moments. Quant au téléphone… les réceptionnistes doivent passer cinq cents coups de fil par jour.

— Bonne remarque, a soupiré Alberto.

— Je n'ai rien dit.

— *Sí. Claro.*

— OK. Admettons que vous pouvez prédire ce qui va arriver. Pourquoi n'aviez-vous pas prévu que m'emmener à l'hôpital serait une mauvaise idée ?

Il a acquiescé.

— *Sí.* Autre bonne remarque. La réponse, c'est que j'ai eu peur. J'ai sincèrement cru que vous risquiez de mourir. (Il avait réellement l'air inquiet.) La plupart du temps, il m'est impossible de parvenir à une certitude totale. Alors oui, je peux faire le malin quand j'observe quelqu'un de près, mais mes talents sont très limités, ces temps-ci. Autrefois, j'étais tout-puissant, mais ça n'a pas duré. Je saisis encore des trucs, de temps à autre. J'ai quelques minutes d'avance sur ce qui va se passer, parfois, mais c'est à peu près tout. Même si elle vous choisit, la Presencia ne vous touche qu'une fois. Je pourrais jeter l'ancre tous les jours à mi-chemin entre Formentera et Ibiza pour plonger à cet endroit précis, elle ne me toucherait jamais. Je ne l'intéresse plus, elle n'a fait que m'effleurer. Contrairement à vous. Vos talents seront impressionnants quand ils se développeront. Au-delà de ceux de Christina. C'est parce que vous êtes restée si longtemps dans l'eau.

— Ça n'a aucun sens, ai-je grommelé en essayant d'avoir l'air convaincue.

— Si ça n'a aucun sens, comment saviez-vous que la docteure s'appelait Paula ?

— Mes pouvoirs magiques, bien sûr.

Le sarcasme était lourd, mais dans ma tête, je faisais des calculs. Selon l'horloge, il était sept heures vingt-cinq. Sept fois vingt-cinq égale cent soixante-quinze.

— Pourquoi faites-vous des multiplications ?

— Comment savez-vous que je…

J'étais en train de glisser dans une réalité nouvelle et je n'avais rien à quoi me raccrocher.

Il a haussé les épaules.

— Il ne s'agit pas de pouvoirs magiques, ni de magie. Mais de pouvoirs, oui. Qui nous ont été conférés à tous les deux par quelque chose d'extraterrestre. La Presencia. La présence. De Salacia.

— Salacia ?

— Le nom que nous donnons à la planète d'où vient la présence. C'est un bon nom, hein ? La déesse romaine de la Mer.

— Je ne crois pas à ce genre de chose.

— La seule chose que vous devez croire pour le moment, c'est qu'il est possible que nous ne connaissions pas tout concernant la vie dans l'Univers. Que nous ne devons pas être assez arrogants pour imaginer que *cet instant particulier dans l'histoire* est celui où nous savons tout ce qu'il y a à savoir. Vous pouvez faire ça ? Maintenant, s'il vous plaît, avant qu'il ne soit trop tard, soit vous partez avec moi, soit vous restez ici.

Là-dessus, il s'est levé. Et je ne l'ai pas suivi. Je me suis contentée de jeter un coup d'œil au vieil homme assis en face. Il attendait son épouse. Elle passait une radio pour une éventuelle tumeur. Le tracas l'avait empêché de dormir. Je le savais, même si j'ignorais comment je pouvais le savoir.

Alberto a franchi les portes automatiques. Je me suis demandé ce qui était arrivé à Christina. Peut-être était-elle piégée dans une base militaire, quelque part.

J'ai contemplé mes mains. Elles avaient quelque chose de bizarre, mais il m'a fallu quelques secondes pour comprendre quoi. Puis j'ai vu : la bague. Au lieu d'un rubis, il y avait une émeraude. Au lieu de la bague de fiançailles que je portais depuis le jour où Karl m'avait fait sa demande à la bibliothèque, j'avais au doigt celle que j'avais refusée au restaurant Raj Pavilion, près de l'université de Hull, toutes ces années auparavant. Celle que j'avais vue sur la plage impossible.

L'adrénaline a surgi en moi. Soudain, j'étais en alerte, épouvantée.

J'ai eu tout à coup besoin de suivre Alberto.

Donc je me suis levée, tandis que la réceptionniste était encore au téléphone, et j'ai marché d'un pas vif vers la sortie. Un homme en uniforme vert franchissait les portes automatiques. C'était l'agent de la Guardia Civil que j'avais rencontré. Taciturne, sourcils froncés. J'ai évité son regard, mais en le croisant, j'ai su qu'il s'appelait Carlos Guerrero. J'ai su qu'il était à l'hôpital parce qu'il avait reçu un appel à propos d'une femme amenée par Alberto Ribas après un accident de plongée. J'ai su qu'il aimait regarder les jeux télévisés tous les soirs en buvant une bière. J'ai su qu'il avait dans son appartement un canapé dont il n'avait pas retiré la housse de polyéthylène parce qu'il n'aimait pas la saleté. J'ai su qu'il adorait le FC Barcelona autant qu'il détestait le Real Madrid, mais qu'à un autre niveau, cela lui était égal. J'ai su que l'intérieur de ses cuisses le démangeait à cause de la chaleur et qu'il avait des douleurs dans le dos à cause d'une sciatique. J'ai su qu'il faisait le rêve récurrent qu'un lion lui urinait dessus tandis qu'il était couché sous l'animal, trop apeuré pour bouger – parfois, ce rêve avait une dimension sexuelle terrifiante, et il se réveillait en sueur. J'ai su qu'il avait parlé à Alberto et l'avait exclu des suspects. Mais j'ai su également qu'il avait touché un pot-de-vin. Je l'ai vu dans une villa hors de prix qui n'était pas à lui, recevant une enveloppe d'un individu sans visage. L'individu avait évidemment un visage, mais je ne pouvais pas le voir.

— *Disculpe*, *señora*, a-t-il dit en me croisant.

Je ne suis pas celle que vous croyez, ai-je pensé avec une telle force que cela semble être aussi devenu sa pensée à lui, car il a secoué la tête et a continué à mâcher son chewing-gum, avant de se diriger vers l'accueil.

Les instructions

— ÉCOUTEZ-MOI, A DIT ALBERTO en me déposant à la maison comme un parent soucieux, vous allez constater quelques changements au cours des prochains jours.

— J'ai soixante-douze ans. J'ai l'habitude des changements.

— Ceux-là seront surprenants, et peut-être violents.

— Il va me pousser des cornes ? ai-je demandé, ne plaisantant qu'à demi.

Il a secoué la tête, mais sans sourire. Lui ne plaisantait pas du tout.

— Non, pas de cornes. Aucune différence dans votre aspect physique. Mais vous allez changer. Tous ceux qui en sont touchés changent.

Il était très doué pour le mélodrame. Je finirais par découvrir qu'il n'était jamais complètement ici, qu'il était toujours un observateur détaché, comme s'il était éternellement coincé à l'intérieur d'un plus vaste tableau.

— Comment ? Comment vais-je changer ?

Il a haussé les épaules.

— *Quién sabe !* C'est difficile à dire, exactement. Ça se manifeste différemment d'une personne à l'autre. Mais à présent, vous êtes en partie salacienne. Cela vous confère les talents salaciens, et à la façon dont elle vous a atteinte, j'imagine que le changement va être très significatif. Mais voici l'essentiel : ne le révélez pas. Pas tout de suite. Pas tant que vous ne maîtrisez pas tout. N'en parlez à personne, ne le montrez à personne. Que ça ne se voie pas. C'est très important.

Je pourrais consacrer un livre entier à décrire ce que je ressentais alors.

Après avoir appris, en substance, que j'étais à moitié extraterrestre et que j'avais des capacités paranormales. Le choc. La stupeur. Mais surtout, j'étais dans le déni. Je ne voulais rien croire de tout ça.

Cela faisait longtemps qu'on ne m'avait plus traitée comme un enfant. J'ai senti l'indignation monter en moi comme la lave dans un volcan.

— J'ai failli mourir à cause de vous. Pourquoi devrais-je écouter un seul mot de ce que vous dites ?

— Parce que vous êtes obligée. OK ? Si vous ne me faisiez pas confiance, vous n'auriez pas fui l'hôpital avec moi. Bon, je m'en vais, on se verra demain. Vous avez à boire et à manger ?

J'ai hoché la tête et j'ai plissé les yeux à cause du soleil. Il faisait vraiment très chaud. Le genre de journée où on se sentait la peau cuire en temps réel.

— Bien. Restez à la maison. Pour vous protéger.

— Me protéger de quoi ?

J'ai cru qu'il allait m'éclairer. Mais non. Il a simplement dit :

— Vous protéger contre vous-même.

— Pourquoi ? Qu'est-ce que je vais me faire ?

— Vous avez reçu des talents auxquels vous ne vous êtes pas encore adaptée. C'est une période dangereuse pour vous. Tout peut arriver. Mais je viendrai vous voir demain.

— Je ne veux pas.

Ce que je voulais vraiment, c'était que les choses soient normales. Je voulais soustraire tout ce qui venait d'être ajouté. Alberto inclus. En bref, j'étais plus qu'un peu effrayée. Et à cause de la peur, ma réaction était le déni.

Il m'a remis un bout de papier où il avait griffonné un numéro.

— Pour quand vous changerez d'avis.

Pas *si*, mais *quand* je changerais d'avis.

Puis il est parti, et j'ai regardé l'affiche de l'hôtel Merveille du Monde, avec sa petite photo d'une chambre d'hôtel immaculée. Elle semblait parfaite, mais sa perfection me troublait maintenant. Je me suis demandé pourquoi je m'en préoccupais, alors que j'avais tant d'autres choses à assimiler. Pourtant, cette perfection m'a perturbée. Jusqu'au moment où je me suis retournée pour entrer dans la maison.

L'hôtel Infini

Quand mon ancien prof de maths, M. Sole, m'avait appris qu'il y avait quelque chose de plus grand que l'infini, j'avais ri. Il m'avait alors proposé une expérience mentale pour expliquer la théorie des ensembles. J'en parlais probablement en cours. C'est cette histoire d'hôtel qu'avait inventée David Hilbert, ce génie allemand mort il y a bien longtemps, afin de faire comprendre les nombres transfinis de Cantor. Un exercice qui a fait exploser plus d'un cerveau. À la fois d'une simplicité enfantine et d'une complexité diabolique. Fondamentalement, il prouve que l'esprit ne peut pas appréhender un véritable infini. Voici à peu près de quoi il s'agit :

Imaginez un hôtel disposant d'une infinité de chambres. Chaque chambre porte un numéro, ce qui est normal dans les hôtels. La chambre 1, la chambre 2, la chambre 3, la chambre 4… Et ainsi de suite, pour l'éternité. Imaginez maintenant que chacune de ces chambres est occupée – oui, c'est un hôtel très apprécié. Un nombre infini de gens occupent un nombre infini de chambres. Mais voilà qu'une nouvelle cliente arrive. Appelons-la Marjorie. Elle est fatiguée, elle a fait un long voyage. Elle a les jambes douloureuses, ses veines lui jouent des tours. Elle a besoin d'une chambre.

Que lui dit le réceptionniste ? Il ne peut pas lui annoncer que l'hôtel Infini n'a plus aucune chambre disponible, pas vrai ? Marjorie risquerait de mettre ce commentaire fatal sur Tripadvisor : « ILS OSENT S'APPELER L'HÔTEL INFINI ?! PLUTÔT L'HÔTEL FINI ! QUELLE BLAGUE ! » (Une étoile.)

Non. Le réceptionniste décale tout le monde d'une chambre. Le type de la 1 part dans la 2, les jeunes mariés de la 2 vont dans la 3. OK, ce n'est pas la meilleure solution, mais tant pis. Le résultat, c'est que ça libère une chambre pour Marjorie, et que tous les autres ont encore une chambre. L'hôtel est donc maintenant l'infini plus un :

$$\infty + 1 = \text{l'hôtel Infini}$$

Au départ, l'hôtel n'était pas assez grand, il y avait des limites à son infinité. Mais si de nouveaux clients arrivaient ? Et si une autre infinité de gens descendaient d'un avion infini et étaient conduits à l'hôtel par une infinité de taxis ? Alors nous aurions :

$$\infty + \infty + 1 = \text{l'hôtel Infini}$$

Conclusion : l'infini existe par ensembles. Il peut y avoir un infini plus grand. L'infini peut être doublé, triplé, quadruplé, quintuplé, etc. Il peut y avoir une infinité d'infinis. Même sans nouveaux clients, l'hôtel Infini a différentes tailles d'infinis. Un hôtel infini doit bien avoir un nombre infini de chambres impaires, mais il a aussi une infinité de chambres paires, et dans tous les hôtels le nombre total de chambres est supérieur au nombre total de chambres paires (ou impaires). On peut *vraiment* aller au-delà de l'infini.

Pourquoi m'étendre sur ce sujet ? Parce que c'est étonnant à quelle vitesse un système de croyances peut changer. Et parce que croire en une vie extraterrestre sur Terre était pour moi au-delà de l'infini. Quand on parvient à mon âge, on a l'impression de ne plus avoir grand-chose à apprendre. On a accumulé tout le savoir utile. On a rempli son hôtel. J'avais atteint mes limites. Et je n'étais tout simplement pas prête pour cette chambre supplémentaire. Cela m'a fait l'effet d'un tremblement de terre intérieur, comparable seulement au deuil. Mais le deuil est lié à la mort d'une personne, et là, c'était la mort de tout ce que j'avais considéré comme réel. À mesure qu'on vieillit, comme vous l'avez écrit dans votre lettre, il devient plus difficile de rompre avec ses habitudes. J'étais donc dans les décombres. Je ne savais plus qui j'étais ni dans quel monde je vivais. Comme si je venais de renaître. Et de même que tous les bébés, j'avais envie de pleurer. Ou de crier.

Les particularités

JE DÉAMBULAIS DANS LA PETITE MAISON.

Fait inhabituel pour moi, je n'avais pas besoin de m'asseoir toutes les deux minutes. J'avais de l'énergie. Comme si je venais de renaître, mais pas tout à fait – j'avais encore assez de douleurs sourdes et de craquements dans les articulations pour sentir que j'étais toujours septuagénaire. Cependant, j'étais plus alerte, plus vivante que depuis des années.

C'est une période dangereuse pour vous.

J'ai allumé la télévision pour essayer de chasser Alberto de mon esprit. Je suis tombée sur une chaîne d'information en anglais. Je n'avais encore jamais vu le présentateur, mais j'ai su qu'il était en plein divorce. Il parlait de feux de forêt à des milliers de kilomètres d'ici.

C'était une nouvelle terrible, bien sûr, mais comme j'en avais déjà vu dix mille fois. En temps normal, je serais restée bouche bée devant ces images, mais cette fois, tout en regardant les pelleteuses jaunes et les rondins dépouillés de leurs branches, j'ai éprouvé une nausée sans précédent. J'avais une étrange sensation de faim et d'écœurement, et ma bouche s'est tout à coup remplie de salive. J'avais l'impression qu'on m'avait forcée à avaler une savonnette. J'ai éteint la télé et j'ai couru jusqu'à la minuscule salle de bains mouchetée de moisissure pour me pencher au-dessus du lavabo.

J'ai réellement vomi.

Pas à cause de ce que j'avais mangé, mais simplement d'avoir regardé les actualités, comme si le paysage dévasté que je venais de voir à l'écran avait provoqué une réaction interne directe. Dans mon pavillon, j'avais du rince-bouche pour chasser le goût. Pas ici. Je me suis brossé les dents.

Désolée, j'aurais dû vous prévenir avant de raconter tout ça. Mais après avoir vomi, je me suis à nouveau sentie bien et en bonne santé.

Puis il m'est arrivé une autre chose bizarre. J'ai remarqué que chacune des voitures qui passaient sur la route avait son propre son. Je ne m'étais jamais intéressée aux automobiles. À cinq ans, mon fils Daniel pouvait distinguer les différents phares de voiture. Même dans le noir, il reconnaissait les marques quand nous revenions de chez sa grand-mère. « Ford Cortina, marmonnait-il sur le siège arrière, comme en transe. Vauxhall Cavalier… Metro… Ford Sierra… »

J'étais incapable d'identifier les modèles comme Daniel l'aurait fait, mais je me représentais chaque voiture. Leur forme, leur couleur.

Je ne sais pas si cela venait véritablement du son. On pourrait plutôt parler d'un sentiment de déjà-vu. Mais à l'envers.

Je me suis donc mise à la fenêtre, j'ai pensé : *voiture jaune*, et j'ai évidemment vu passer une voiture jaune. *Voiture bleue ?*

J'ai vu une voiture bleue. *Taxi blanc ?* Taxi blanc. *Gros bus rouge et jaune luisant ?* Gros bus rouge et jaune luisant. C'était très, très bizarre, et très, très au-delà de tout ce que je pouvais expliquer. Puis j'ai eu un peu soif. Je suis donc allée chercher la bouteille de jus d'orange dans le frigo. Dit comme ça, ça paraît normal. Mais pas du tout. C'était tout à fait inhabituel. En fait, c'était tellement inhabituel que je vais y consacrer un chapitre à part.

Le plaisir infini du jus d'orange

J'ai bu quelques gorgées et j'ai fermé les yeux, avec autant de ferveur qu'un loup hurlant à la lune. Il m'est arrivé de boire du jus d'orange au cours de mes soixante-douze années de vie – et même du jus d'orange fraîchement pressé, à de nombreuses occasions –, mais je peux honnêtement dire que je n'y avais jamais vraiment prêté attention. Je trouvais que le jus d'orange était un peu l'eau plate des jus de fruits. Il existait, simplement. Dans la catégorie des aliments charmants mais neutres, allant de soi, comme la glace à la vanille et le thé avec pain grillé.

Mais cette fois, c'était différent. C'était la plus merveilleuse des boissons. L'équilibre entre les saveurs conflictuelles, douceur et amertume, était aussi complexe que dans le meilleur zinfandel. J'ai savouré chaque bouchée. J'ai fini par vider toute la bouteille.

Le plus bizarre, c'est que jusque-là, ce jus m'avait paru bon mais parfaitement oubliable. À présent, c'était l'ambroisie des dieux. Comme si le but de la vie était de connaître l'expérience consistant à verser dans ma bouche le liquide extrait de la pulpe d'un agrume divin. Un immense soulagement, une libération. Ma soif était encore mieux étanchée que par le grand verre d'eau que j'avalais enfant, après avoir joué au tennis avec ma vieille amie Sarah, en plein mois de juillet.

Ce jus d'orange était la meilleure chose que j'aie jamais goûtée.

— C'était bien agréable, me suis-je dit tout haut, parce que cela me semblait si important qu'il fallait l'extérioriser.

Puis j'ai admis ce fait : je prenais plaisir à quelque chose, un vrai plaisir, pour la première fois depuis des mois. Des années, même. Bien sûr, j'avais été divertie – par de vieux films, par des mots croisés, par les parties d'échecs en ligne, un documentaire à l'occasion, et je m'étais assurément distraite depuis mon arrivée à Ibiza. Mais le plaisir, c'était autre chose. Mon anhédonie était terminée, grâce à un seul verre de jus d'orange. J'ai ensuite mangé un biscuit. Il n'était pas aussi bon que le jus d'orange, je l'avoue, mais il était quand même assez spectaculaire.

Le livre

RICHARD FEYNMAN EST UN PHYSICIEN AMÉRICAIN érudit qui a aussi beaucoup écrit sur les mathématiques. J'avais lu plusieurs de ses livres qui rendaient assez abordables des disciplines très intimidantes, comme la mécanique quantique. En tout cas, il a dit une chose à laquelle je repense souvent ces derniers temps : « Presque tout est vraiment intéressant si on y entre assez en profondeur. »

Presque tout est vraiment intéressant si on y entre assez en profondeur.

C'est vrai. Et c'est fondamentalement ce qui était en train de m'arriver. J'entrais en profondeur dans tout, sans même essayer. Le jus d'orange, les bruits de la circulation, l'aboiement d'un chien au loin. Tout avait soudain une richesse et une complexité infinies, ou bien j'avais soudain accès à la richesse et à la complexité qui étaient là depuis toujours. Le chien qui aboyait était sans doute le plus intéressant. Je fermais les yeux en l'écoutant, et je voyais dans ma tête cet animal, un grand chien de chasse sans race identifiable, attaché à côté d'une écurie. Je voyais même le cheval auquel ses cris s'adressaient.

J'ai essayé de me concentrer sur autre chose.

J'ai ouvert *La vida imposible* et j'ai eu l'impression que ce livre n'était pas en langue étrangère. Je pouvais le lire. Pas aussi bien que je lisais l'anglais, mais je comprenais la plupart des mots. Je me suis rappelé un documentaire à la radio, sur un homme qui pouvait apprendre des langues rien qu'en les regardant. Il me semblait que j'avais désormais cette capacité. J'ai lu que les eaux entourant l'île d'Ibiza avaient été choisies comme base sur Terre par les habitants avancés d'un autre monde. Je suis sortie pour voir à nouveau la fleur, celle qui était censée être éteinte. Je savais tout sur elle. Je savais que l'espèce avait disparu lorsque le dernier spécimen avait été anéanti pour construire un hôtel. Je suis restée un moment subjuguée. C'était la nuit, mais cela ne semblait pas faire de différence. Je regardais la plante, je la comprenais sans aucun effort. Je comprenais son ambition tranquille. Sa volonté d'exister simplement pour exister.

Tout à coup, je me suis rendu compte qu'il était une heure du matin. C'était si bizarre, que j'aie soudain une conscience aiguë de tant de choses, tout en oubliant des faits importants – l'heure, ou même le jour que nous étions (le 17 ? le 18, le 19 ? samedi ? dimanche ? lundi ?). J'ai inhalé. Le parfum d'une fleur n'était plus pour moi une simple odeur. C'était tout un langage, une déclaration de vie.

Je me suis préparée pour me coucher. Puis, une fois dans mon lit, j'ai contemplé le plafond en écoutant les voitures.

Taxi blanc.

Bus de nuit.

Véhicule de location transportant un couple qui se dispute.

Je n'étais pas du tout fatiguée. C'était rare, pour moi. Je n'avais jamais été insomniaque. Même dans ma jeunesse, le sommeil était mon état par défaut. Je n'avais pas toujours eu le sommeil facile, mais j'avais toujours pu dormir. À présent, j'étais éveillée, parfaitement éveillée.

Je me suis levée.

J'ai examiné la photo de la jeune Christina et de l'homme aux longs cheveux, avec le kart de plage derrière. Je me suis aperçue que je comprenais tout sur le mariage de Christina juste en regardant cette image sur le mur. C'était l'homme qu'elle avait épousé. Johan. Un hippie et musicien contrarié qui se comportait obstinément comme si, en 1987, on était encore en 1967. Il était tombé amoureux de Christina un soir hors saison où elle chantait de vieilles chansons des Carpenters et de Carole King pour la clientèle avinée de l'hôtel Buenavista de Santa Eulalia. Elle s'y était installée un mois après leur séparation, car elle n'avait pas les moyens de rester dans leur maison en ville. Johan n'avait jamais été riche, mais il gagnait de quoi vivre en se chargeant de l'entretien de piscines.

En bon Néerlandais, Johan était doué pour les langues. L'anglais, l'espagnol, le français, l'allemand, un peu de portugais. Il avait même appris le catalan, qu'il mélangeait à l'espagnol comme les locaux. Ils faisaient de la musique ensemble. Ils avaient eu un bébé, Lieke, qui deviendrait elle aussi polyglotte et qui réussirait dans la musique, là où ses parents avaient échoué. La petite fille des photos, avec son nounours et son sourire crispé. Très loin de la superstar forte et farouche des affiches.

Johan et Christina savaient s'amuser à leur manière, ils aimaient tous les deux la musique, la danse et la vie, mais ils se disputaient beaucoup et étaient assez impulsifs. Il aurait fallu que l'un d'eux soit responsable, mais ni l'un ni l'autre ne correspondaient à ce profil. Chacun avait eu des liaisons avec des tiers, et même les bons moments se noyaient souvent dans le flou de la marijuana ou de l'alcool. Ils auraient dû divorcer plus tôt. C'était le verdict rétrospectif, surtout pour Lieke, fragile ado de treize ans lorsqu'ils s'étaient séparés, et qui était allée vivre avec son père à Amsterdam. Johan n'avait plus jamais revu Christina. Lieke était venue à Ibiza, mais pas très souvent, parce qu'elle était gênée par les étranges croyances auxquelles sa mère s'était mise à adhérer.

On dit que l'amour est une chose rare. Je n'en suis pas si sûre. Ce qui est rare, c'est une chose encore plus précieuse : la compréhension. À quoi bon être aimé si on ne vous comprend pas ? L'autre aime simplement l'idée qu'il s'est faite de vous. Il est amoureux de l'amour. Il est amoureux de sa façon d'aimer. Alors qu'être *compris*... Et être apprécié quand vous êtes compris. Voilà ce qui compte. Malheureusement, Christina et Johan n'avaient rien de tel. Chacun était amoureux de l'idée qu'il se faisait de l'autre, chacun avait une vision de ce que leur famille pourrait être, mais avec leur enfant était venue la réalité, et jamais la réalité n'aurait pu être à la hauteur de leur idéal.

Fleetwood Mac

J'ai eu envie d'écouter de la musique.

La vieille stéréo des années 1980 avait un lecteur de cassettes. J'ai regardé dans la collection de Christina. Blondie (bien sûr). Les Carpenters. Bob Marley. Fleetwood Mac. J'ai choisi la cassette de Fleetwood Mac.

J'ai écouté *Everywhere*.

Je n'avais jamais rien entendu de plus beau, sensuel et élaboré. Sans trop savoir pourquoi, je me suis allongée par terre dans le salon, tandis que l'eau du bocal à olives brillait à nouveau. Sa lueur changeante était assortie à la symphonie des sentiments, un parcours à travers toutes les émotions positives que j'avais ressenties un jour. La musique me parvenait comme des couleurs, comme des sensations tactiles, je pouvais la voir et la toucher autant que l'écouter.

J'ai observé un livre sur l'étagère. *Le Train bleu*, d'Agatha Christie. Lettres blanches sur fond bleu. J'avais la conviction de pouvoir déplacer ce volume. Enfin, de le déplacer sans le déplacer physiquement. Ou plutôt, j'ai su que mon imagination avait le pouvoir de manipuler la réalité. À travers le rideau entrouvert, je voyais la publicité pour l'hôtel Merveille du Monde, de l'autre côté de la rue. « Visualisez vos rêves et réalisez-les. » C'est ce que j'ai fait. Le livre a quitté l'étagère, un centimètre à la fois, avant de tomber mais sans percuter le sol ; il est resté suspendu en l'air, *tenu*, car je sentais son poids en moi – le genre de poids caché qu'on ressent quand on se rend compte qu'on a dit une chose qu'il aurait mieux valu éviter. Le volume s'est mis à tourner en rond et cela m'a fait mal à la tête, donc je l'ai lâché et il est tombé sur les dalles, tandis que Christine McVie continuait à chanter, d'une voix si parfaite qu'elle en était délicieusement douloureuse. Complexe, terrienne et éthérée à la fois.

Mon mal de tête s'est résorbé, une autre chanson a commencé. Je me suis assise, j'ai regardé le livre par terre, sans savoir s'il fallait rire ou pleurer de ce qui venait de se produire, alors j'ai fait les deux. Puis la lumière du bocal a diminué, j'ai regagné mon lit et j'y suis restée éveillée jusqu'au matin.

L'agent de la Guardia Civil l'avait conservée, mais je me suis rappelé la lettre que Christina m'avait écrite, chaque mot et chaque signe de ponctuation, et je lui ai découvert un sens nouveau. En particulier ce passage :

Ah, et le plus important : présentez-vous chez Atlantis Scuba, à Cala d'Hort. Dites à Alberto que c'est moi qui vous envoie. Il ne vous fera rien payer. Plongez voir la prairie sous-marine. C'est le plus vieil organisme vivant sur Terre.

Et, s'il vous plaît, tant que vous êtes là, gardez l'esprit ouvert. Tous les changements qui se produiront seront pour le mieux. Faites-moi confiance.

Après me l'être répété pour la dixième fois, j'ai fermé les yeux. Dans ma tête, j'ai vu un homard courir à travers le sable.

Pastèque au soleil

Le lendemain matin, assise en terrasse du café végan de Santa Gertrudis, je pensais encore à ma vision du homard et à ce qu'elle pouvait signifier.

Alberto m'avait dit de ne pas quitter la maison, mais j'éprouvais le *besoin* de sortir. Si j'étais un danger pour moi-même, peu importait où je me trouvais. Car j'étais toujours avec ma dangereuse personne.

Et puis je ne savais toujours pas si je pouvais me fier à ce qu'il racontait. Ce dont j'étais sûre, c'était de mon besoin profond et urgent d'explorer, de comprendre ce qui m'était arrivé, et ce qui était arrivé à Christina. Je sentais que les réponses étaient hors de la maison. Et puis, étrangement, j'avais envie d'être dehors. C'était inhabituel. Depuis la mort de Karl, je n'avais plus éprouvé aucun désir de sortir ou de faire quoi que ce soit. À présent, je débordais d'une curiosité si forte que je la sentais ronronner doucement dans mes entrailles comme un moteur.

Assise au soleil, je savais que j'avais fait le bon choix. On m'a servi ma salade de fruits, et j'ai admiré l'assiette comme on admirerait un tableau de Matisse. J'étais fascinée par chaque forme, chaque couleur. Les croissants d'orange, si tentants. Le vert intense du kiwi. Les petites sphères des myrtilles, comme des planètes éparpillées dans un système solaire, en orbite autour d'un fruit de la Passion. Les cubes de papaye. Le triangle rouge-rose d'une tranche de pastèque, parsemé de graines noires, semblait particulièrement ravissant. Manger de la pastèque au soleil était si merveilleux que je me demandais pourquoi je n'avais pas passé ma vie à le faire. Je me demandais pourquoi ce n'était pas l'aspiration de tous. Je me demandais pourquoi tous les grands hommes d'affaires de la planète continuaient à travailler dans des bureaux, le nez collé à des ordinateurs, alors qu'ils auraient pu tout lâcher pour manger de la pastèque au soleil jusqu'à la fin de leurs jours.

Cependant, des pensées s'introduisaient dans mon esprit. Des pensées qui n'étaient pas les miennes. Les pensées nostalgiques du serveur, qui regrettait ses amis de Murcie. Celles d'une autre cliente, une autochtone qui lisait un article de journal sur les températures record partout dans le monde. Je sentais son inquiétude, non seulement au sujet du climat, mais aussi de la santé déclinante de sa mère. J'éprouvais cette inquiétude comme si elle était mienne. Elle me traversait comme un nuage. Même chose pour le bonheur hésitant de trois garçons qui venaient de l'arrêt de bus et se rendaient à l'école internationale voisine.

Tout cela était bien étrange. Alberto avait raison. Il avait dit : « Le changement va être très significatif », et c'était le cas. Mon cœur battait à tout rompre. Mon corps tremblait. C'était à la fois euphorisant et terrifiant, et je me demandais si je risquais d'en mourir.

Il est difficile de traduire tout cela en mots, car les mots sont généralement faits pour les cinq sens, et non pour le sixième, septième, ou trente-huitième, quel qu'ait été le sens en question. Je suppose que c'était une sorte de *familiarité* profonde mais inexplicable. Comme si je connaissais le monde entier et son contenu, aussi bien qu'un parent proche. Comme si je connaissais les êtres et les choses seulement en leur jetant un coup d'œil. Les liens innombrables unissant toutes les choses entre elles devenaient visibles. Tout est là quand on sait comment le voir.

Un des faits les plus intéressants et les plus émouvants, qui m'a toujours ravie, est que nous sommes tous de la poussière d'étoiles. Tout l'univers est en nous. Tous les éléments qui nous constituent ont été fabriqués sur une étoile – l'azote, le calcium, l'hydrogène, l'oxygène, le phosphore et le reste. Nous sommes faits d'espace et de temps profonds, nous avons été forgés dans des supernovas (des supernovae, si on veut être prétentieux). Un élément, comme vous le savez sûrement, c'est de la matière qui ne peut être décomposée en substances plus simples. Ce sont les bases du cosmos.

Nous sommes faits d'éléments.

Nous avons en nous l'indécomposable et l'éternel.

Nous avons l'univers dans notre sang et dans nos os.

Dès lors que j'avais été en contact avec la Presencia, c'était comme si j'avais été tirée d'un sommeil. J'étais sortie du cocon et je m'étais envolée dans un nouveau monde sensible où je pouvais tout voir et comprendre. Cela paraissait ridicule et parfaitement logique en même temps. C'était à peine moins ridicule que le fait de naître, je suppose. Passer du rien à quelque chose est probablement encore plus un miracle, mais quand un miracle est accompli par chacun de nous, il perd de sa valeur. C'est la loi de l'offre et de la demande.

J'ai mangé la dernière myrtille. J'ai laissé un peu d'argent sur la table. Puis je me suis dirigée vers la voiture, sachant que le jour où je connaîtrais entièrement cette île, je comprendrais pourquoi j'avais été amenée ici. Car il y avait indubitablement une raison. J'en étais sûre. En prenant le volant, j'ai revu le homard, dans ma tête, et je l'en ai chassé tout en mettant le contact.

J'étais la vie

J'ÉTAIS SUR UNE PLANÈTE COMPLÈTEMENT NOUVELLE. Techniquement, c'était toujours la même, bien sûr. La même île espagnole, ici, sur Terre. Mais elle était aussi toute neuve.

Tout me semblait devenu prodigieusement intense. Cette sensation que je n'avais connue qu'à de rares occasions jusque-là – à la vue d'un renard ou d'un vol de sansonnets –, je l'éprouvais maintenant avec *tout*. Pas seulement le jus d'orange et les pastèques (même si les fruits en particulier avaient soudain un caractère sublime que je n'avais jamais remarqué). Mais toutes les catégories de la nature, y compris l'humain.

Rien n'avait changé, en apparence. Le monde était le même que l'année précédente, et que l'année d'avant. Et l'île était la même qu'hier.

Voyez-vous, si vous voulez visiter un nouveau monde, pas besoin de vaisseau spatial. Il vous suffit de changer votre esprit.

Et mon esprit était absolument transformé.

Tout était d'une beauté accrue. Le ciel bleu dur. Le parfum des pins. Le chant des cigales. La vibration de chaleur là où la route rencontrait le ciel. Tout cela était à la fois réel et magique.

J'ai allumé la radio. Encore de la musique électro, et j'ai aussitôt su, sans aide extérieure, qu'elle était d'un DJ brésilien nommé Alok, dont je n'avais évidemment jamais entendu parler, mais la voiture captait très mal donc je suis revenue à la chaîne pop espagnole. Ils diffusaient une chanson du rappeur 21 Savage et ça m'a plu. J'ai monté le son et j'ai hoché la tête en rythme comme quelqu'un qui n'avait ni mon âge, ni ma vie, ni ma psychologie.

Il y a des schémas partout. Une chose que vous avez observée dans le passé – une conversation dans un avion, par exemple – vous revient dans le présent, légèrement déformée. Une chanteuse sur le T-shirt d'une femme devient une mélodie que vous entendez. La radio a diffusé une chanson plus ancienne, de Taylor Swift, intitulée *Mirrorball*, et j'étais à la fois toutes les personnes qui avaient un jour apprécié cette chanson dans toutes les situations. Je me suis rendu compte que j'étais moi aussi une sorte de *mirrorball*, de boule à facettes, mais inversée. Les miroirs étaient tournés vers l'intérieur. Ce n'était pas moi qui me reflétais sur toutes les facettes aux yeux du monde, c'était le monde qui se reflétait sur une boule dont j'occupais le centre, et je le voyais scintiller de partout à la fois, tout entier, ce qui peut sembler terrifiant, mais qui m'a paru enthousiasmant, sur le moment. La chanson s'est terminée, il y a eu une pause publicitaire, et ces annonces – comme les informations – avaient le potentiel de m'inspirer une légère nausée, donc je suis passée à une chaîne radio qui programmait des classiques du rock – c'était *You Shook Me All Night Long* d'AC/DC. Je l'avais déjà écoutée, à cause de Karl, et je lui avais demandé de baisser le volume parce que ça me donnait mal à la tête. Cette fois, j'ai monté le son. Au maximum. Et j'ai chanté, la vitre baissée ; je trouvais à la fois ridicule et triste de ne jamais avoir chanté en voiture. C'était une action d'une force si simple, dont j'aurais aimé pouvoir parler à Karl. C'était la vie. AC/DC était la vie. J'étais la vie.

Tout peut être beau, perçu par les bons yeux et les bonnes oreilles, Maurice. Tous les genres de musique. Les tristesses et les plaisirs. Les inspirations et les expirations. Tous les solos de guitare. Toutes les voix. Toutes les plantes au bord du macadam.

J'ai pensé à une phrase de Mary Shelley dans *Frankenstein*, mon deuxième roman préféré, après *Le Comte de Monte Cristo*. « Une chose est à l'œuvre dans mon âme, que je ne comprends pas. »

J'ai baissé le son quand je suis arrivée sur la place de l'église blanchie à la chaux, où j'ai vu quelques vieux hippies riches et souriants, la peau tannée par le soleil, vêtus de jupes et de pantalons en batik bariolé, affalés sur des chaises en rotin devant un café où ils buvaient des smoothies bleus. En passant devant eux, j'ai ressenti leur satisfaction détendue comme si c'était la mienne ; elle est entrée dans mon esprit comme un souffle. Un vieil homme se tenait sur le seuil d'une porte, fixant sur le monde des yeux plissés, désemparés. Je l'ai vu jouer dans cette même rue quand il était enfant, probablement dans les années 1950, poussant sur les pavés un jouet métallique, une petite moto avec side-car, sous le regard vigilant d'un sévère membre de la Guardia Civil, en uniforme militaire. Pas un seul café végan à l'horizon.

En sortant de Santa Gertrudis, j'ai opté pour la chaîne de musique classique. Radio Clásica. Ils jouaient le premier mouvement du concerto pour violoncelle en mi mineur d'Elgar. Ça aussi, je l'avais déjà entendu. À la maison, j'écoutais souvent de la musique classique, mais à présent, je la sentais avec tout mon corps. Le son des cordes était comme une marée montante, je flottais très haut, sans attache, rien en dessous de moi, portée par un courant émotionnel sans rien à quoi me raccrocher à part la conscience d'être en vie.

Je suis arrivée devant un garage où deux ouvriers tentaient d'insérer un matelas à l'arrière d'une camionnette qui n'était pas vraiment prévue pour ça. Ils riaient et j'ai senti leur joie m'envahir au passage.

Chat

IL Y AVAIT UN CHAT SAUVAGE SUR LA ROUTE, qui marchait à pas lents, l'esprit étonnamment calme et oublieux du concept même de route. C'était un animal superbe, majestueux, magnifique, et je me suis arrêtée pour le laisser passer.

Camion

PUIS MON HUMEUR A CHANGÉ.

Je ne sais pas comment c'est arrivé, mais alors que j'attendais le bon plaisir du chat, j'ai été assaillie par des souvenirs qui n'étaient pas les miens. Toute une avalanche.

Les pouvoirs, les « talents », ou ce qu'on voudra, devenaient plus puissants. À un point vertigineux. Je sentais Christina. Non pas dans la voiture, mais sur une plage, je goûtais sa fureur alors qu'elle se disputait avec son mari, et sa culpabilité alors que sa petite fille qui construisait un château de sable s'est mise à pleurer puis à démolir son édifice, réduit à néant.

J'ai ensuite vu Christina à une période beaucoup plus récente, accompagnée d'une femme à lunettes et aux cheveux noirs en désordre. Elles étaient dans la voiture que je conduisais maintenant. Elles parlaient de l'hôtel prévu sur Es Vedrà.

— Qui est derrière tout ça ? demandait la femme.

Christina n'en savait rien.

— Je ne les vois pas. Ils ne sont pas là.

— Mais tu vois tout.

— Ça, je ne le vois pas.

Une autre scène s'est enchaînée. Je voyais Christina parler avec un homme dont le visage était invisible. Tout comme était resté invisible le visage de l'homme soudoyant l'agent de la Guardia Civil. C'était la même personne, néanmoins, j'en avais la certitude.

J'étais tellement perdue dans ce souvenir qu'il m'a fallu un moment pour m'apercevoir qu'un camion me suivait, klaxonnant comme une oie en colère.

J'ai continué à rouler. J'ai essayé de chasser Christina de mon esprit et de me concentrer sur la route, mais c'était difficile. Et il n'y avait pas que Christina. J'étais cernée par les informations. Je ne croisais pas seulement des voitures, je croisais des pensées et des sentiments. De l'amour, de la haine et de l'indifférence. J'étais submergée dans l'océan entier de la vie. J'ai vu des agents de la Guardia Civil qui fouillaient un véhicule censé cacher de la drogue, et le conducteur inquiet qui espérait qu'ils ne vérifieraient pas derrière les ventilations. J'ai vu un chien et j'ai senti sa solitude. J'ai vu un arbre et j'ai su qu'il avait 86 427 feuilles, tout comme je savais qu'il y avait 123 210 cheveux sur mon crâne, principalement blancs.

Mais lentement, la terreur s'est atténuée.

J'ai vu une Jeep décapotée et j'ai su qui la conduisait. J'ignore si je l'ai su grâce à mes nouveaux talents ou simplement parce que je la reconnaissais grâce aux affiches. Mais c'était elle, incontestablement. Lieke. La fille de Christina. Elle se garait devant une grande jardinerie – Eiviss Garden – donc j'ai fait demi-tour et me suis garée aussi avant d'avoir eu le temps de vraiment réfléchir à ce que je faisais.

Lieke

Elle était en train de regarder une large gamme de plantes grasses en pot.

— Bonjour. Je suis désolée de vous déranger. Mais vous êtes bien Lieke ?

Elle était grande, plus grande que sa mère, elle portait des lunettes de soleil, une tunique sans manches, et on devinait ses cheveux décolorés sous un béret que la chaleur ne justifiait guère. Un piercing dans le nez et le mot « Silence » tatoué dans le cou, choix étrange pour une DJ. Elle avait les yeux de sa mère, mais avec une vigueur que je n'avais pas connue chez Christina. Elle semblait dure, solide. Je sentais que c'était une façade – elle était aussi fragile que n'importe qui. Son esprit, lui, ne mentait pas, et il émettait des notes douces-amères, de défi et de tristesse.

Elle a acquiescé, sans un mot.

Elle avait l'habitude d'être reconnue, mais pas forcément par des gens comme moi.

— Je m'appelle Grace. Grace Winters. J'ai connu votre mère, brièvement, il y a des années.

Sa tristesse s'est garnie d'épines. De toute évidence, elle ne souhaitait pas me parler. J'ai regretté de l'avoir abordée. Mais il était trop tard. Donc j'ai dit ce que j'avais à dire, aussi vite que possible :

— Votre mère m'a légué sa maison et cela me gêne un peu. Vous savez, ça ne me paraît pas correct alors qu'elle avait de la famille. Qu'elle me l'ait léguée à moi. Alors, ce que je voulais vous dire, c'est que si jamais vous en avez besoin, ou que vous voulez y habiter, elle est là. Ou si vous voulez qu'on en discute…

— Nous étions brouillées, m'a-t-elle interrompue tout en touchant la feuille d'un arbre de jade, épaisse et parfaite dans sa robustesse. J'ai ma propre maison, désormais. Dans les collines. Elle est très bien. Vous n'avez rien à vous reprocher.

Son accent était curieux. Quelque part dans l'intersection de plusieurs ensembles, « américain », « anglais », « néerlandais », « espagnol » et « nulle part ».

Je voyais sa maison dans les collines. J'avais accès à l'image qu'elle en avait tout en parlant. Je la voyais nager dans la piscine, son petit ami l'observant depuis un hamac.

C'est là que j'aurais dû m'en aller. C'est certainement là que serait partie celle que j'étais auparavant. Mais celle que j'étais désormais éprouvait un intérêt intense pour tout. Dans ce nouvel esprit de sollicitude, j'ai demandé :

— Pourquoi étiez-vous brouillées ?

C'était une question personnelle et impolie, mais j'avais besoin de savoir, et il y avait trop de pensées enchevêtrées pour que j'y accède. Quand on veut aller quelque part, il faut prendre le chemin le plus direct.

— Elle n'était pas facile à vivre.

— Elle avait des idées très arrêtées ?

— Pas seulement des idées. Et ce n'était pas tout le tabac marocain qu'elle fumait. C'était la réalité, putain. Elle était sous emprise.

— Sous emprise ?

Elle a soupiré. Comme un bégaiement. Rien qu'un souffle. Puis tout est venu, comme une déferlante :

— Elle a eu une expérience. Dans l'océan. Après, elle a été happée. Elle ne pouvait plus fonctionner comme un être humain normal. Je ne pouvais pas lui dire deux mots sans qu'elle me parle de mon avenir. Et c'était toujours exact, ce qui aggravait encore son cas. Putain, comment vivre sa vie si on sait tout ce qui va arriver ? Moi, je ne voulais rien savoir. Je lui ai demandé d'arrêter, de vivre comme un être humain normal, merde.

— Ça ne se trouve pas facilement, un être humain normal, lui ai-je dit. Mais je suis désolée. Vos relations n'ont pas dû être faciles.

— Nos relations avaient toujours été difficiles. Elle était nulle, comme mère. Pour apprendre ça, j'ai payé un psy dix mille euros, putain. Mais qu'elle soit nulle, je pouvais le supporter. Ce que je ne supportais pas, c'est qu'elle veuille toujours me dicter ma conduite parce qu'elle connaissait l'avenir, vous voyez ?

— C'était comme avoir Dieu pour mère. Personne n'a envie d'avoir Dieu pour mère, pas vrai ?

— Si vous avez Dieu pour mère, vous n'avez pas le choix, vous êtes forcément l'ange déchu. C'est devenu impossible. Elle ne me disait pas simplement qu'elle n'aimait pas ma musique, ma façon de gagner ma vie, ou mon copain. Elle me volait tout ce qui fait que la vie est la vie. Vous savez, *l'imprévisible*. Et quand elle m'a annoncé qu'elle vous laissait la maison, j'ai répondu que ça m'allait très bien, que je n'avais pas envie de sa petite baraque de merde, et ça ne lui a pas plu du tout. Elle m'a expliqué qu'elle aidait à organiser une manifestation contre un projet immobilier à Es Vedrà, et elle m'en a voulu parce que je m'en foutais… (Sa voix est restée ferme, bien que gonflée de regret.) Ça s'est mal terminé…

Ses pensées étaient d'un rouge brûlant, malgré son visage impassible. Je me suis autorisée un instant à me demander si elle avait voulu nuire à sa propre mère. Je suis entrée dans son esprit et tout ce que j'ai vu, c'est Christina la giflant à la fin d'une dispute. C'était difficile à imaginer. Christina. La paisible, la musicale Christina.

— C'est dur. Vous ne vous êtes plus parlé ensuite ?

— Non.

— Vous pensez qu'elle a été assassinée ?

— Elle l'avait prédit. Mais elle prétendait avoir un plan. Elle avait toujours un putain de plan. C'est la dernière chose qu'elle m'a dite. Elle allait disparaître dans un monde meilleur, et peu lui importait celui qu'elle quittait. Elle ne s'est jamais vraiment fait de souci pour moi. Donc j'ai tâché de lui rendre la pareille.

— Quand elle parlait d'un monde meilleur, elle voulait parler du ciel ?

Lieke a secoué la tête.

— Non. Elle parlait d'une autre planète. Elle pensait pouvoir accéder à une autre planète.

Elle a écarquillé les yeux, et j'ai senti la pensée qui inspirait cette mimique. Une pensée simple : *Toute cette histoire est dingue, je sais.*

Elle s'est détournée. A déposé une plante dans son Caddie. Elle voulait que je m'en aille.

— Je suis désolée de vous avoir rappelé de mauvais souvenirs.

Alors, elle s'est radoucie. C'était comme le soleil à travers le feuillage.

— Pas grave.

J'avais dans l'esprit une information solide, comme un galet, une certitude que j'avais besoin de partager.

— Votre mère vous aimait.

— Oui, je sais. Et elle vous aimait aussi.

J'ai ri tant cela me paraissait ridicule.

— Elle ne me connaissait pas vraiment.

— Elle parlait beaucoup de vous. Quand j'étais petite. Elle prétendait que vous lui aviez sauvé la vie.

— Je n'ai fait que lui offrir un peu de compagnie.

Lieke a eu un sourire d'une infinie complexité.

— Il n'en faut parfois pas plus.

— Oui. Bien. Au revoir.

Alors que je m'éloignais, elle a repris la parole :

— Elle ne vous a pas donné la maison pour rien. C'était une façon de vous enrôler. Un piège. Vous êtes là pour la remplacer. Évitez simplement de devenir elle, d'accord ?

— Je ferai de mon mieux.

— Et je ne sais pas si les DJ de techno, c'est votre truc, mais si ça vous tente, je peux vous inscrire sur la liste des invités, demain, à l'Amnesia.

J'aimais la façon dont elle me parlait, comme si je n'étais pas définie par mon âge et mon apparence. Elle était cette chose rarissime : un être humain sans préjugés.

— Il y aura aussi Carl Cox, Amelie Lens et Adam Beyer… Paco Osuna sur la terrasse. Des DJ géniaux. Ce sera la nuit à ne pas manquer cet été. Je peux vous procurer plusieurs places. Grace Winters et deux invités.

La pensée de danser m'est venue en tête. Ce n'était pas entièrement désagréable. Je ne savais pas du tout comment on s'habillait pour l'Amnesia. Je me demandais si mon pantalon Marks & Spencer et mon chemisier brodé feraient l'affaire.

Pour une raison impénétrable, moi, votre prof de maths en retraite, j'ai dit :

— Oh, merci. Ce serait formidable.

Plus grand que la pensée

Ensuite, je suis allée à Cala d'Hort. Je me suis garée sur le parking poussiéreux et je suis passée devant un panneau, à la fenêtre d'un restaurant : « S'il vous plaît, ne laissez pas d'objets de valeur dans votre voiture, risque de vols. »

J'ai marché jusqu'à Atlantis Scuba et j'ai cherché Alberto mais il n'était pas là. Il n'y avait que Nostradamus, le bouc noir et blanc à grosses cornes.

L'animal se tenait devant la cabane et mangeait son bol d'avoine sur le chemin de terre ocre. Alberto avait raison de dire que Nostradamus était un misanthrope. Sa misanthropie est venue jusqu'à moi avec son odeur musquée.

J'ai constaté avec un certain désarroi que je le comprenais. Les pensées d'un bouc sont difficiles à traduire en langage humain. Je dirais néanmoins que la misanthropie le rend grincheux, mais avec une certaine dose d'humour. Les boucs voient toujours tout de biais. Comme s'ils ne s'intégraient pas vraiment, sans que ça les empêche de vivre. C'est aussi par ironie qu'Alberto l'avait baptisé Nostradamus. Les boucs se moquaient de l'avenir. L'avenir et le passé ne comptaient pas pour eux. Ils étaient toujours dans l'insatisfaction de l'instant présent. Je l'ai laissé dévorer ses céréales et suis allée sur la plage. Je me suis assise tout habillée sur le sable, près d'un des restaurants.

Partout où je posais les yeux, je voyais des gens dont je ressentais les pensées et les émotions. J'aurais aimé que Karl soit là pour que je puisse lui en parler. Voilà ce qui est bien lorsqu'on a de la compagnie : elle absorbe le choc que cause la folie du vécu. Et aucun vécu n'était plus fou que celui qui était alors le mien.

Un garçon qui jouait dans le sable se demandait qui aurait gagné le combat, entre cinq cents petits chats ou un seul tigre. Sa mère fantasmait sur un jeune homme marchant dans le sable, tandis que son mari tentait de se concentrer sur le polar qu'il lisait – un agent ripou de la CIA complotait pour tuer le président.

J'ai dirigé mes regards vers le rocher d'Es Vedrà, et son îlot jumeau, Es Vedranell, moins étendu, plus plat. La grande île dominait la petite comme un parent protecteur.

J'ai contemplé l'eau tout autour.

Alors que mon esprit semblait désormais savoir presque tout, seule la mer n'était pas immédiatement connaissable. Elle conservait son mystère, et l'observer avait quelque chose d'apaisant. Elle seule paraissait plus vaste que mes pensées.

Une vie impossible

Assise sur le sable, je me suis permis de ricaner en songeant à quel point ma vie était devenue invraisemblable. À moins qu'elle ait toujours été invraisemblable. Voilà peut-être ce qui était réellement ridicule, la façon dont nous acceptons sans sourciller la pure improbabilité de notre existence, sur ce roc qui tournoie dans l'espace. La façon dont nous surgissons du néant, la façon dont tout l'univers surgit du néant, et nous voilà, ce *quelque chose* impossible qui a produit l'existence à partir du vide. Une vie impossible. Un coup de chance qu'il faut chérir.

L'incident de la chèvre

Je me trouvais tout près d'un des restaurants, et très vite, j'ai été distraite par les différentes conversations des dîneurs, ruisseau gazouillant de langues variées dont l'écume se mêlait. J'ai entendu deux voix plus âgées que j'ai aussitôt reconnues. C'était le couple qui étudiait le guide des promenades à Ibiza, dans l'avion. Ils dégustaient un ragoût de poisson, assis à côté d'un aquarium à homards. Ils prévoyaient d'aller visiter une colonie romaine voisine, cet après-midi-là.

La femme a lu un paragraphe de leur guide. Même s'ils ne prononçaient pas leurs prénoms, je savais qu'ils s'appelaient Olive et Michael et qu'ils venaient d'un village des Cotswolds. Ils avaient passé le plus clair de leur vie ensemble, et Olive s'efforçait de ne pas penser aux résultats de biopsie de Michael qu'ils découvriraient à leur retour en Angleterre. Michael essayait de ne pas y penser non plus, mais il avait un mauvais pressentiment – il tâchait de conserver son sang-froid, ce qui l'épuisait. J'ai vu l'amour qui les unissait, qui semblait avoir une couleur orange brûlé, comme un coucher de soleil, chaud et rendu d'autant plus beau qu'il décline à l'horizon. *Je m'imagine peut-être tout ça*, me suis-je dit. Oui. Je m'étais peut-être tout imaginé. Mais si je l'imaginais, pourquoi étais-je aussi en train de le *prédire* ? Comme je l'avais fait pour les voitures. Chacune de leurs phrases à venir. Le moment où le serveur viendrait. Je me représentais le serveur, puis je me retournais et il était là. Si c'était mon imagination, alors le monde entier en dépendait aussi.

En réalité, c'était tout à fait effrayant, ce sens nouveau. J'ai tenté de me focaliser sur la mer, mais j'ai entendu une détonation. Très lointaine, très faible, personne d'autre n'y a prêté attention. J'ai senti mon estomac se nouer. J'ai vu un bateau au-delà des pédalos. À mes yeux, ce n'était qu'un point blanc dans le lointain, au-delà du rocher d'Es Vedrà. Mais je me le suis représenté plus clairement, comme si je flottais juste à côté. Il avait une petite cabine avec les mots *Merveille du Monde* sur le côté. Je me suis rappelé la publicité en face de la maison. Pour un hôtel Merveille du Monde à Cala Llonga, à quelques kilomètres d'ici.

Un homme se tenait sur le pont du bateau. À l'œil nu, il était presque impossible de le voir. C'était comme tenter d'isoler une mèche de cheveux sur quelqu'un qui se trouve à bonne distance.

Néanmoins, je pouvais voir l'homme. De la même manière que nous voyons les souvenirs sans véritablement les voir. C'était le souvenir de ce qui était en train d'arriver, et pas à moi. Il plissait les yeux face au soleil alors qu'il regardait dans le viseur de son fusil, par-dessus l'eau, en direction d'une chèvre qui se tenait parmi les pentes abruptes de ce mystérieux rocher calcaire, Es Vedrà. La chèvre n'était pas de la même couleur que Nostradamus, marron et blanche, plutôt que noire et blanche, et ses cornes étaient plus petites. L'homme voyait à travers le téléobjectif que la chèvre l'observait. L'animal en avait vu mourir un autre et il avait compris ce qui se passait.

L'homme s'appelait Nicolau. Il était profondément troublé. Il pensait à ce que sa petite amie allait dire. Mais elle n'en saurait peut-être rien. Après tout, il avait reçu l'ordre très strict de n'en parler à personne.

Nicolau avait lu quelque part sur Internet que les chèvres étaient des bêtes très intelligentes, capables de reconnaître les visages et les expressions humaines. Il espérait être assez loin pour que son visage soit invisible. Il n'avait pas envie de tuer ces animaux, mais son employeur payait bien, et cette action était approuvée par les autorités locales. Il fallait éliminer la faune du rocher. L'homme ne savait pas pourquoi, car son patron ne le lui avait pas dit. Mais c'était évidemment lié au projet immobilier – même s'il n'imaginait pas comment on pourrait construire un hôtel sur un site aussi inhospitalier. Et donc, sentant sur son épaule la main de son collègue Hugo, il sut ce qu'il allait faire.

Moi aussi, paradoxalement seule sur cette plage bondée, j'ai su ce qu'il allait faire. Et pour une raison inconnue, je ne pouvais pas le laisser agir. Car je savais non seulement ce que l'homme ressentait, mais aussi ce que la chèvre ressentait. Je savais qu'elle pleurait la mort de sa compagne. C'était comme une obscurité vibrante. J'ai fermé les yeux, comme pour faire un vœu.

Et je me suis retrouvée dans l'esprit de Nicolau. Je voyais ses pensées, et j'exerçais un pouvoir sur elles.

Il a retenu sa respiration tandis que son doigt cherchait la détente du fusil. Il a essayé d'appuyer, mais il n'a pas pu. Il s'est demandé si son arme avait un défaut. Il a vérifié, au cas où il aurait laissé la sécurité, mais non. Il a réessayé, et cette fois il a compris que le fusil n'était pas en cause.

L'autre, Hugo, se moquait de lui. Il voulait savoir où était le problème.

Hugo a secoué la tête et s'est emparé de l'arme, mais c'est devenu plus difficile pour moi. Je ne pouvais pas m'introduire dans son esprit. La porte était fermée.

Ne fais pas ça, lui ai-je dit. La voix de sa conscience. *N'appuie pas sur la détente. Laisse la chèvre en vie.*

Il a battu des paupières, à plusieurs reprises, secouant la tête pour m'en chasser, sans comprendre d'où lui venait cet obstacle soudain. Puis je me suis laissé distraire. Le petit garçon s'est mis à gémir parce que sa sœur avait démoli son château dc sable d'un coup de pied.

Alors le coup de feu a retenti. Même si j'avais eu la meilleure vision au monde, je ne l'aurais pas *vu*, puisque c'était de l'autre côté d'Es Vedrà. Pourtant, je l'ai vu, je l'ai perçu dans mon esprit plus nettement que la plage et le château de sable écroulé. La chèvre est tombée de la falaise, très vite, percutant lourdement le rocher deux fois avant le plongeon final.

J'ai senti mon estomac se nouer à nouveau.

Et Hugo a simplement contemplé l'eau un instant de plus, perdu dans ses propres remords.

Les homards

J'ÉTAIS FÂCHÉE CONTRE MOI. J'avais essayé d'empêcher la mort d'un animal et j'avais échoué. Et tandis que je regardais le château de sable effondré, les voix du restaurant ont commencé à me revenir. J'entendais des paroles espagnoles, catalanes, anglaises, néerlandaises, je sentais les pensées et les souvenirs les entourant ou contenues en elles, comme si chaque mot était un paquet enveloppant une pensée, que je pouvais déballer instantanément. Mais il y avait une voix, un esprit, qui se détachait des autres. Une voix âpre, friable, britannique. Les pensées étaient âpres aussi ; je les sentais dériver vers moi comme de la fumée.

— Excusez-moi, a dit la voix, venant d'un homme assis à deux tables du couple des Cotswolds, nous avons découvert ceci dans notre paella.

Le serveur l'a regardé, confus. L'homme a soutenu son regard.

— C'est un cheveu, a expliqué l'homme, dont j'ai su qu'il se prénommait Brian.

Il tenait le poil comme s'il s'agissait d'un objet historique, comme s'il venait de le rapporter de la crypte funéraire de Cléopâtre.

— Et vous voyez, ce n'est pas un de nos cheveux.

Brian ne cédait pas, tout comme il n'avait pas cédé lorsqu'il avait exigé des licenciements dans le cabinet d'assurance pour lequel il travaillait, à Londres.

— Ah, monsieur, je suis désolé. J'en parlerai au cuisinier.

Le serveur s'appelait Vicente. Une tristesse s'attachait à lui. Une sorte de nostalgie qui était déjà en lui avant qu'il ne quitte l'Équateur pour venir en Espagne. Une incapacité à s'ancrer où que ce soit. J'ai fermé les yeux et j'ai vu un de ses souvenirs récents, de la veille, lorsqu'il était dans sa cuisine de Cala Bassa, dans l'ouest de l'île, le bruit d'un chantier lui parvenant par sa fenêtre alors qu'il déchiffrait la lettre de sa propriétaire disant qu'elle vendait le petit immeuble à une agence de voyages et qu'il devrait se trouver un autre logement. J'ai su tout cela avant même de me retourner pour voir sa grande carcasse maigre se pencher en une sorte de révérence, comme un courtisan face à un roi tyrannique.

— Nous ne pourrons pas manger ça. Nous ne paierons pas pour ça.

— Bien sûr. Je suis infiniment désolé.

— Vos excuses ne suffiront pas, je le crains.

Vicente n'a pas eu l'air de comprendre. Cela a rendu Brian furieux. Il a serré la mâchoire, il était en colère, mais c'était une étrange forme de colère, que mon esprit voyait comme un nuage violet, un nuage de grandiloquence, de supériorité et de désir de blesser.

— Vous m'entendez ?

La femme de Brian a posé sa main sur le bras de Brian qui agitait sa fourchette. J'ai tenté d'accéder à son esprit à elle, mais c'était comme si j'avais voulu voir une personne tapie dans l'ombre.

— Oui, tout à fait. Je vais transmettre en cuisine, et…

— Et quoi ?

Je sentais la colère en moi. Elle tournoyait dans mon esprit, et normalement ce genre d'émotion n'a nulle part où aller. Elle stagne, elle tourne en rond, elle soulève les feuilles mortes. Mais bien sûr, je n'étais plus normale. Mon esprit équivalait désormais à un corps, et tout comme les corps peuvent se déplacer dans l'espace physique, mon esprit semblait soudain capable de parcourir d'autres lieux, ignorant les barrières comme le vent ignore les feux de signalisation. En d'autres termes, l'information que j'obtenais n'était pas simplement reçue. Je pouvais jouer avec. Je pouvais m'y opposer. Comme si l'énergie d'un vœu s'accompagnait maintenant de puissance.

Tandis que Brian continuait à pérorer, agitant sa fourchette sous le nez du pauvre serveur – il voulait voir le directeur, il parlait de règles d'hygiène et de santé, il refuserait de payer le repas dans son intégralité, il laisserait un commentaire à une seule étoile sur Tripadvisor, Vicente devrait être honteux de travailler dans un endroit pareil –, j'ai senti un vœu s'élever en moi.

Ce vœu était : *Ta gueule, Brian.*

C'était un vœu très persistant. *Ta gueule ta gueule ta gueule ta gueule ta gueule, Brian. Ta gueule.*

— Parce que, vraiment, poursuivait Brian alors que je ne voyais dans mon esprit que du violet, ça ne se fait pas, on ne peut pas espérer que les gens payent dix-sept euros pour un…

C'est alors que le violet s'est changé en bleu océan. Brian s'est tu. Je ne saurais trop souligner à quel point c'était stupéfiant. Mes pensées devenues manifestes, efficientes.

Ses lèvres étaient closes, scellées. Il tentait de parler mais il ne pouvait pas. Il s'est mis à émettre un étrange bourdonnement, comme s'il était atteint de constipation sévère.

— Brian ? a dit sa femme. Brian, ça va ? Brian ?

Charlotte. Elle s'appelait Charlotte. Ça m'est venu, fugitivement, au milieu de tout l'émoi que je causais.

Mais ça n'allait pas du tout pour Brian, car la fourchette qu'il avait à la main semblait maintenant animée d'une vie propre. Il luttait avec elle tout comme il paraissait lutter pour parler. Comme si l'objet était un être vivant, qui s'opposait à lui.

À l'époque, j'ignorais tout de la télékinésie. Je ne savais pas que le fer est un matériau particulièrement réceptif pour les pouvoirs télékinétiques, et comme l'acier inoxydable est un alliage constitué essentiellement de fer, un couvert léger comme une fourchette est facile à manipuler. C'était une surprise. La fourchette avec laquelle il avait menacé le serveur fut alors plantée, par sa propre main, dans sa cuisse. *Oh non. Pauvre Brian.*

Dans le restaurant, tout le monde s'est arrêté de boire son vin et a cessé de tremper son pain dans l'aïoli. Tout le monde les dévisageait.

Charlotte, l'épouse de Brian, était un curieux mélange de choc, d'inquiétude et de colère.

— Mais Brian, enfin, qu'est-ce que tu fais ?

C'est là que j'ai lâché. Brian a lâché aussi, sa bouche se desserrant et s'ouvrant toute grande pour hurler alors qu'il contemplait la fourchette dépassant de sa jambe.

— Faaaaaaagggggghhhh, a-t-il dit.

Et tandis qu'il criait de douleur, j'ai senti mon propre cri interne en voyant Brian enfant. Il était tombé dans un buisson d'orties. Non. Non, on l'avait poussé. Et je voyais les autres enfants se moquer de lui alors qu'il s'efforçait de se lever, ils l'accablaient de sarcasmes, et alors que je voyais ça, la fourchette s'est détachée de sa cuisse, a volé à terre. La femme de Brian et le serveur essayaient de le calmer. Je me sentais coupable. Mais j'étais aussi distraite par autre chose. Un sentiment de peur totale, de claustrophobie et d'angoisse. Et j'ai compris que ça ne venait pas de moi. Ça ne venait même pas de Brian, ou du serveur.

Ça venait de l'aquarium à homards.

La terreur s'est accumulée en moi, mon cœur battait à tout rompre et ma respiration est tout à coup devenue très laborieuse. J'ai un jour entendu une émission de radio où l'on expliquait que les crustacés, dont les homards, étaient sensibles à la douleur, et qu'ils cherchaient un refuge quand ils étaient stressés.

La seule fois où mon corps avait subi une telle intensité à cause de mon esprit, c'est lorsque je m'étais agenouillée sur la chaussée, dans Wragby Road, hurlant et priant pour que Daniel soit encore en vie.

Je me suis levée et j'ai retraversé la plage vers la voiture, mais le sentiment qui me venait des animaux de l'aquarium devenait insupportable. L'émotion d'un homard dans son vivier est un mélange de panique et d'une terrible sensation d'interruption. Ils ont une enzyme qui protège leur ADN. La télomérase. Je ne sais pas pourquoi je le savais, mais je le savais. Surtout, je ressentais leur tragédie. Ce sont des animaux qui ne vieillissent pas. Ils pourraient être immortels si nous les laissions en paix. Ils ne s'affaiblissent pas avec l'âge. Leur infini leur a été dérobé, et personne n'a envie qu'on lui dérobe son infini. Ils voulaient être libres. Et je voulais qu'ils soient libres. Je sentais leur aspiration et leur impuissance. Accablée par tout cela, je suis repartie vers le restaurant. Sur le chemin entre la salle à manger et la plage, je contemplais les habitants de l'aquarium, comme en transe. Je devais avoir l'air d'une folle.

Le sentiment montait, montait, prenait de l'ampleur. Puis la vitre s'est fissurée et a éclaté. Un torrent s'est répandu sur le sol carrelé, charriant des éclats de verre et une douzaine de décapodes à carapace dure, soudain animés.

Les clients, déjà un peu troublés par la scène de Brian et de sa fourchette, étaient maintenant clairement sous le choc. Ils se sont levés, quelques-uns ont même grimpé sur leur chaise pour échapper aux homards.

Au milieu de tout ce chaos, les crustacés se sont mis à marcher sur leurs fines pattes, vers la place. Leurs pinces, enfin libérées de leurs liens, leurs antennes s'agitant follement. La voie leur était ouverte, car les serveurs s'occupaient de calmer Brian et différents enfants qui gémissaient, tout en essayant de ramener un peu d'ordre dans leur pittoresque restaurant de bord de mer, à grand renfort de balais et de serpillières. J'ai vu un des homards exactement comme je l'avais vu dans mon esprit, courant sur le sable.

Qu'ai-je donc fait ? me suis-je demandé en m'arrachant à ma transe.

— C'est trop, a dit une voix derrière moi.

En me retournant, j'ai vu Alberto, debout dans le passage. Short en jean miteux et sourire de vieux diable. Il contemplait un homard qui détalait à travers la plage.

— Maintenant, s'il vous plaît, suivez-moi. Cette fois, pas de questions.

J'étais sur le point d'en poser une, mais il s'en allait déjà.

Le parfum d'Alberto Ribas

Nous étions dans la Fiat. Je suivais les brusques gestes de la main qui tenaient lieu d'indications de la part d'Alberto. Pourtant, je savais où aller, et je pouvais appréhender tout le paysage d'un coup d'œil.

— Ça n'a aucun sens. Ça n'a aucun sens, répétais-je.

— Et pourtant, a répondu Alberto en tapotant sa poitrine velue sous sa chemise ouverte, ça a un sens.

— Je ne veux pas de ça. Je ne veux pas de ce pouvoir. Pourquoi faut-il que je ressente tout ça ? Il y a deux jours, j'étais morte à l'intérieur. Vide. Je ne sentais rien. Maintenant, c'est le contraire. Je sens *tout*. Et je n'ai pas fermé l'œil de la nuit.

— Oui, c'est un effet secondaire courant. Depuis quinze ans, je ne dors pas plus d'une heure par nuit. Très souvent, je ne dors pas du tout. Christina dormait dix minutes par nuit. C'est comme si nous étions des dauphins, désormais.

— Des dauphins ?

— Oui. Des dauphins. Je les ai étudiés. Ce qui caractérise les dauphins, c'est qu'ils divisent leur cerveau en deux.

Une partie dort pendant que l'autre est éveillée. Sommeil unihémisphérique à ondes lentes. En fait, c'est le cas de la plupart des mammifères marins. Et les humains sont du côté somnolent des mammifères. Les éléphants et les girafes dorment à peine. Mais il n'y a pas de quoi s'inquiéter. En chiffres réels, vous avez simplement augmenté votre vie éveillée d'environ un tiers. C'est une bonne nouvelle, non ?

— Vous ne croyez pas que vous auriez dû me prévenir ? Vous savez, m'en parler avant ?

— J'ai été très clair. Je vous ai alertée. Je m'en souviens.

Je m'en souvenais aussi. Bien sûr. Je me souvenais de tout. Sa voix résonnait dans mon esprit.

« Si vous voulez rester un être humain normal, vous devriez partir tout de suite. Parce que cette expérience n'aura rien de normal. »

J'ai froncé les sourcils.

— C'était complètement vague. Ça ressemblait à du marketing générique. Vous auriez dû être plus explicite.

— Et là, vous m'auriez cru ?

Je contemplais le bas frangé de son short en jean. Je supposais qu'il n'avait jamais connu la machine à laver. Et je sentais son odeur, soit dit en passant. Alberto Ribas avait un parfum spécifique. Un bouquet pas très délicat de musc, d'eau de mer, de mauvaise haleine, de bouc et d'odeur corporelle, avec une note secondaire de crème solaire (note incongrue, puisque son esthétique générale semblait se situer entre l'homme des cavernes et le pirate). J'ai tenté de l'ignorer. Ce qui n'était pas évident pour quelqu'un qui était doté de sens surnaturels, et enfermé dans une minuscule Fiat Panda dont la clim fonctionnait mal.

— Je ne sais pas ce que j'aurais cru.

Toutefois, c'était vrai, je n'en aurais pas cru un seul mot.

— Il y avait une raison, vous savez. La Presencia ne vient pas à vous sans raison. Quand je l'ai rencontrée, j'étais un vieil ivrogne. J'avais toutes sortes de problèmes après la mort de ma femme, Julia, et j'ai été aidé. J'ai reçu ce dont j'avais besoin pour arrêter de boire. Voilà pourquoi j'ai toujours ça sur moi. (Il a fouillé dans la poche de son short en jean et en a sorti son minuscule flacon de rhum rempli d'eau de mer. De l'eau de mer qui n'était pas simplement de l'eau de mer, puisque je voyais sa douce lueur.) Ça vient de la Presencia. Voilà pourquoi Christina avait le bocal à olives. Elle voulait être toujours à proximité. Je veux être à proximité. Près de la Presencia, avec ses mystérieux photons. Elle sent mes moments de faiblesse. Elle brille et me donne de la force. Voyez-vous, rien de tout ça n'est un hasard. Vous êtes venue ici, vous êtes venue me voir, vous êtes allée dans l'eau. La Presencia vous voulait. Christina vous voulait. Les changements vont vous aider. Les talents. Ils se renforcent, n'est-ce pas ? Ils se renforcent pendant quelques jours. À la fin, vous pourrez les maîtriser. Je vous ai dit que vous alliez les développer. Vous vous rappelez ? À l'hôpital. Maintenant, tous ceux que touche la Presencia n'obtiennent pas les mêmes pouvoirs de la même façon, donc j'ai besoin de savoir… Qu'est-ce qui se dégage pour le moment ? Quels talents extrasensoriels ? Télépathie ? Télékinésie ? Voyance ? Prémonition ?

Ces mots étaient ridicules. La vérité l'était plus encore. J'ai pensé au homard. Celui que j'avais vu en avance.

— Oui, oui, oui, et… je pense, oui.

— Aucune de ces compétences n'est exceptionnelle, a dit Alberto. Tout le monde sur Terre les possède. Vous savez, quand deux personnes se croisent dans la rue et que l'une dit : « Justement, je pensais à toi. » La *precognición*... la prémonition. Ça arrive. Tout le temps. Ou quand nous sentons que quelqu'un nous regarde depuis une fenêtre avant de le voir. La télépathie. Ça arrive tout le temps. À chaque impression de déjà-vu, chaque fois que nous pensons à un mot et que ce même mot est prononcé à la radio. C'est bien plus qu'une simple coïncidence. Vous connaissez Jung ?

— Le psychiatre ? Oui.

— Il parlait de « *la coincidencia significativa* », la coïncidence significative. Le monde de la psychiatrie n'était pas prêt à l'entendre, mais le phénomène existait, il l'a observé à de nombreuses reprises chez ses patients. *La actividad paranormal es normal.* Nous ajoutons « para- » parce que nous sommes gênés par ce que nous ne comprenons pas en nous. Ce qui se passe avec la Presencia, c'est que toutes ces capacités sont libérées et amplifiées. Nous devenons enfin nous-mêmes.

— Hum. Et la télékinésie ? Vous êtes en train de me dire que la plupart des gens déplacent des choses grâce à la force de leur esprit ?

— *No. Es verdad.* Vous avez raison. La télékinésie est moins courante. Malgré tout, ça arrive parfois, quand l'esprit est assez puissant et que l'objet est petit. Un père qui veut aider son fils à souffler toutes ses bougies d'anniversaire ajoute ses forces s'il pense que l'enfant n'y parviendra pas tout seul... La télékinésie... elle est là. (Il s'est tapoté le côté du crâne.) Elle est là chez tout le monde. Et chez vous, elle a pris vie. L'esprit humain est un océan obscur. Une fosse des Mariannes. *La Presencia* y apporte la lumière.

Particules de lumière

RIDICULE, AI-JE PENSÉ. Même si, bien sûr, je n'ai pas pu garder cette réflexion pour moi.

— Oui, je suis d'accord, a dit Alberto. Vraiment. C'est ridicule, en effet. Comme tant de choses ont pu le paraître dans le passé. Comme la Terre qui tourne autour du Soleil. Comme les animaux qui ont une intelligence. Mais la science est partout.

Il est alors entré dans de sérieux détails scientifiques.

Il m'a parlé d'une étude réalisée en 2011 à la Cornell University, qui montrait que la prémonition et la télépathie peuvent être mesurées en laboratoire. Il m'a raconté que les humains sont des êtres essentiellement télépathiques et que nos pensées silencieuses ne sont pas plus enfermées dans notre esprit que la lumière n'est enfermée dans une ampoule électrique. Il a dit que l'institution scientifique vit encore à l'époque d'Aristote, et juge encore blasphématoire de contester les vieilles notions de cause et d'effet, surtout en relation avec le temps. Il a parlé de physique quantique et d'enchevêtrement quantique. Il a parlé de rétrocausalité – comment le futur interagit avec le passé, de même que le passé a un impact sur le futur. Il a parlé des photons, les particules de lumière, connues pour désobéir aux règles antérieures de l'espace et du temps. La lumière est fondamentalement atemporelle, et nous avons ces particules dans notre corps. Nos corps créent une lumière intérieure, les biophotons, avec lesquels interagissent les photons bioluminescents de la Presencia, parce que la lumière pénètre tout. En déclenchant une réaction hormonale terriblement compliquée et une sorte de transfert biologique d'informations, ces nouveaux photons révèlent notre potentiel. Cela se manifeste de différentes manières, selon la personne, mais cela rend en général visible les choses cachées – les esprits, l'avenir, les plaisirs et les sensations qui étaient jusque-là masqués ou bloqués.

— Et quand ça arrive, *amiga mía*, c'est le meilleur des mondes qui nous attend.

Son petit ton content de lui m'agaçait. Ou bien c'était la chaleur et l'air étouffant de la voiture, et le fait que je n'aimais pas que l'on mette en doute ma vision de la réalité. Non. Je pense que c'était lui.

— Vous savez d'où vient l'expression « meilleur des mondes » ? lui ai-je demandé.

— Oui, bien sûr. Aldous Huxley. Le dieu des hippies.

J'ai secoué la tête.

— William Shakespeare. Dans *La Tempête*. Une pièce où il est question d'une île magique habitée par un vieux fou manipulateur qui aime le son de sa propre voix et qui fait beaucoup de mal parce qu'il a une vengeance à satisfaire.

— *Muy bien*, a-t-il répondu en arrachant un poil blanc sur sa poitrine. *Muy bien.* C'est moi. Fou, manipulateur… J'ai entendu pire. (Il désigna un virage qui approchait.) Là. *A la derecha.* Vers Es Cubells.

— Où allons-nous ?

Il a souri.

— À l'église. Donc vous avez intérêt à avoir été sage.

Dans ma vie, je n'ai eu envie de gifler quelqu'un que deux fois. Dans les deux cas, la cible était Alberto Ribas.

Faute de pouvoir frapper Alberto, je pouvais peut-être trouver un point sensible. Je cherchais à accéder à son esprit, mais je n'arrivais pas à grand-chose. En fait, il était presque aussi indéchiffrable que lors de notre première rencontre. Je ne pouvais toujours pas connaître son âge, ses amours, ses craintes, ses souvenirs. La seule différence – et ce qui m'inspirait un peu plus confiance –, était que je détectais à présent une douce tristesse qu'il ne laissait pas transparaître. Pas une tristesse coupable, mais quelque chose de plus existentiel. Une sorte de chagrin continu qui suintait de lui, que je visualisais dans des teintes sourdes de vert et de gris, comme du chou bouilli, en total contraste avec le sourire permanent de son visage tanné et de sa barbe de Jupiter.

En l'absence de compréhension psychique, j'étais obligée de lui poser des questions. La plus évidente étant :

— *Pourquoi* allons-nous à l'église ?

La route était étroite, sinueuse et calme. Nous sommes passés devant un bar à tapas isolé et désert.

— Pour une recherche très importante. Nous allons pouvoir approfondir notre compréhension.

— De quoi ?

— La Presencia.

— Je ne veux pas comprendre la Presencia. Je ne veux pas planter des fourchettes dans les gens. (J'ai pensé aux créatures vaporeuses, semi-solides, qui ressemblaient à des aquarelles.) Je ne veux pas être en partie salacienne. Je ne veux pas prendre la défense héroïque des homards. Je veux comprendre ce qui est arrivé à mon amie.

— C'est la même chose. Comprendre la Presencia, c'est comprendre ce qui est arrivé à votre amie.

— Donc, ça l'a tuée ? Cette chose dans l'océan l'a tuée ? Et vous m'avez fait plonger pour que je sois tuée aussi ?

Alberto a soupiré comme une porte qui grince.

— Je ne voulais pas vous tuer, Grace. Vous pouvez être prodigieusement agaçante, oui, mais je ne voulais pas vous tuer. La Presencia n'était pas là pour vous faire du mal. La Presencia veut aider et la Presencia veut être aidée. Elle vous a recrutée, comme Christina le prévoyait.

— Combien d'autres personnes sont entrées en contact avec ça ?

— J'ai fait beaucoup de recherches… pour le livre… *La vida imposible*… Interrogé un tas de gens… Lu beaucoup de témoignages… On pense qu'il y en a très peu. À part vous, Christina et moi, on n'en connaît que quelques-uns. Il y a eu un pêcheur, Joan Bonanova, dans les années 1930. Et comme vous verrez, il y a eu une rencontre au XIXe siècle. Et plus récemment, de mémoire d'homme, il y a eu un incident il y a quarante ans, mais c'était différent…

— Différent pourquoi ?

— Eh bien, d'abord, c'était en pleine journée. La seule fois où la Presencia s'est rendue visible en plein jour. Et ce n'était pas un adulte, mais un enfant. Un petit Anglais. Il était en vacances ici. Il a failli se noyer. Il a nagé trop loin de la plage, et personne n'a pu le rattraper. Son père l'a vu, mais trop tard. Il a coulé. Il est resté sous l'eau pendant sept minutes. Il était techniquement mort…

J'ai pensé à Daniel. J'ai pensé à lui, étendu sur le macadam. J'ai pensé au rouge de la bicyclette et du sang.

— Que s'est-il passé ?

— La lumière, a répondu Alberto. C'est ce que les témoins ont vu. Dont le père du garçon. Ils ont vu un cercle de lumière bleue sous l'eau. Puis, au bout de sept minutes, l'enfant est revenu à la surface. Il était vivant.

— Que lui était-il arrivé ?

Alberto a haussé les épaules.

— Il est reparti en Angleterre. Et s'il a reçu des pouvoirs, il ne les a pas utilisés… Mais c'était une situation totalement différente. Vous, Grace, vous avez été choisie. Vous n'étiez pas en danger.

J'ai soupiré.

— Je ne comprends pas pourquoi nous devons aller à l'église.

— Il y a un manuscrit dans cette église. Un manuscrit très important, de Francisco Palau, un homme très important. Il était prêtre et… (Il a mimé le fait d'avoir un capuchon sur la tête.) moine… il est venu sur l'île et il a passé du temps dans une grotte d'Es Vedrà…

Comme la route devenait plus accidentée, j'ai ralenti. Les pneus grognaient sur la terre rouge et les cailloux. Je me suis rappelé qu'à l'épicerie, Rosella m'avait parlé de l'ermite. « Il y a des années, un ermite y a vécu, dans une grotte. Un homme pieux, un prêtre. Il a décrit les lumières qu'il voyait dans l'eau, des lumières qui éclairaient toute la mer. »

Alberto a souri. Il savait que j'avais fait le lien. L'écart entre ses dents était comme l'entrée d'une grotte mystérieuse. Puis il m'a fait signe de m'arrêter devant une superbe église cubique, blanchie à la chaux.

— *Mira*, Grace. Nous y sommes. C'est beau, non ?

L'église

IL AVAIT RAISON.

L'église d'Es Cubells était un chef-d'œuvre de beauté géométrique. Avec des contreforts triangulaires de part et d'autre de son corps cubique, elle était si blanche qu'elle en était éblouissante. De conception très simple et perchée au-dessus de la mer, elle dégageait un calme transcendant et j'aurais pu rester des heures à la contempler au soleil de l'après-midi.

Alors que je sortais de la voiture, Alberto s'est dirigé vers un buisson.

— J'ai vraiment besoin de, comment dites-vous en anglais… faire pleurer le colosse.

Je me suis détournée.

— Personne ne dit ça. Absolument personne.

— Lâcher les écluses, vous savez ? a-t-il continué, nullement découragé.

Je n'avais jamais rencontré d'homme qui soit aussi proche d'un animal. Lorsqu'il a eu fini d'uriner, il m'a rejointe sur le chemin poussiéreux.

Avant d'atteindre la porte de l'église, j'ai remarqué un lézard à mes pieds. Totalement immobile, comme seuls les lézards peuvent l'être, et j'ai senti son état d'esprit paradoxal. Tout comme certains mots existent dans une langue et pas dans une autre, certaines émotions inconnues des humains sont connues chez certaines espèces. Un lézard, par exemple, semble toujours être à la fois à l'affût du moindre danger et totalement détendu, en totale harmonie avec son environnement, à la fois terrorisé par ce qui l'entoure et calmement épris de cet entourage.

Tu approches, me disait le lézard, mystérieusement. *Tu y es presque.*

— Vous voyez ? a dit Alberto. Maintenant, vous comprenez les pensées des animaux. C'est un don, oui ?

— Pourtant, monsieur Ribas, je ne connais toujours pas les vôtres. C'est intéressant, non ? Auriez-vous plus à cacher qu'un reptile ?

— Vous dites ça comme si c'était insultant d'être comparé à un reptile. Les reptiles sont les plus sincères, les plus nobles et les plus pures de toutes les créatures. Ils sont pleins d'une sagesse ancienne. Ils savent vivre. Quand ils vous disent une chose, ils vous en disent beaucoup, beaucoup, beaucoup. Leurs pensées sont plus précises qu'un haïku. Ils...

Il est resté là un bon moment, sur le sol poussiéreux et sous la chaleur brûlante, à me faire un cours sur les lézards. Son accent oscillait entre l'espagnol, l'américain, une sorte d'anglais britannique et quelque chose de propre à Alberto. Toutes les perceptions extrasensorielles du monde n'auraient pu me permettre de me concentrer sur ce qu'il débitait. J'ai donc contemplé le lointain. Au-delà de la falaise, au-delà des buissons de genévrier, vers la mer et ses mystères. Il a fini par se taire et s'est remis à marcher.

J'ai su que la porte était fermée à clé avant même de la toucher. Donc je lui ai dit :

— C'est fermé à clé.

Il le savait sans doute aussi. Il a froncé les sourcils. Comme pour intimider la porte. Je me suis rendu compte, et cela m'a bien amusée, qu'il essayait véritablement d'ouvrir par la force de son esprit.

— Écoutez, a-t-il bredouillé, autrefois je savais très bien ouvrir les serrures. Mais depuis peu, mon talent s'émousse. (Il avait l'air tout penaud. Comme s'il avait envie de me confier quelque chose.) Ça nous rend plus puissants, mais pas pour toujours. Ça ne nous rend pas immortels.

C'était une faille infime dans ses défenses. Je pouvais presque entrer dans son psychisme, mais pas tout à fait. Il a soupiré, puis s'est ressaisi.

— Mais, croyez-moi, c'est la plus importante recherche qu'il y ait à faire, et vous êtes la seule personne à pouvoir vous en charger, donc nous devons ouvrir cette porte…

— Alors, je suis ici pour faire des recherches à votre place ?

— Oui. (Puis il s'est à nouveau concentré. Sourcils froncés, fâché contre lui-même. Il grimaçait, et pas seulement parce qu'il avait le soleil dans les yeux.) *Non*. La recherche est importante, bien sûr. Parce que la Presencia est importante. Mais ça ne servirait à rien que je vous dise ce que je sais, parce que je ne sais même pas ce que je sais.

— Mais vous m'avez dit que j'allais savoir. Savoir tout ce qui est arrivé à Christina. C'est uniquement pour ça que je vous ai rejoint sur la plage à minuit.

Il a tendu en avant sa lèvre inférieure.

— Ah vraiment ? J'ai cru que c'était mon charme magnétique.

— Curieusement, non.

— Oh.

Il a eu l'air si dépité que j'ai presque eu pitié de lui. Presque.

— Je suis allée plonger parce que je voulais des réponses. Vous m'aviez promis des réponses. Et tout ce que j'ai, c'est : « Elle a disparu en mer »...

— Je croyais que la Presencia allait vous le dire. (Il a consulté sa montre.) Il faut se dépêcher. On doit être partis avant qu'ils ouvrent l'église. (Il a chassé un moustique obsessionnel.) Écoutez, oui, je me sers de vous, Grace. Je me sers de vous, je l'admets. Vous avez un immense talent, et vous pouvez aider. Christina n'était pas capable d'accéder à l'esprit des morts, de Francisco Palau, mais vous pourriez...

— C'est pour ça qu'elle est morte ? Parce qu'elle ne pouvait plus vous être utile ? Elle ne pouvait pas vous aider dans vos recherches ?

Il semblait exaspéré. Il avait la même expression irritée qu'adoptait Bernard, notre vieux loulou de Poméranie, chaque fois qu'on lui remettait sa laisse.

— Vous êtes une personne très stupide, a-t-il grommelé.

— Oui, j'en ai bien conscience. Je suis la femme la plus stupide au monde. Sans ça, je ne me serais jamais adressée à vous pour obtenir des réponses.

J'étais tellement énervée que je l'ai planté là. Avez-vous déjà fait ça ? Avez-vous déjà été si énervé que vous avez tourné les talons ? Après, on est obligé de faire comme si n'avait aucun regret, alors qu'on se dit qu'il aurait fallu rester immobile et inspirer profondément. Parce que je n'avais nulle part où aller, à part au bord de la falaise ou dans une voiture-fournaise dont j'étais ravie d'être sortie.

— Vous êtes une femme cartésienne. Vous voulez des réponses, non ?

— Oui. De vraies réponses.

Tirer du sang d'une pierre aurait été plus facile que de tirer une réponse d'Alberto. Mais je sentais qu'il allait céder. Alors j'ai continué à lui tourner le dos, à regarder la mer et les buissons.

— Christina a disparu dans l'océan par une nuit sans lune. Vous savez qui d'autre a fait ça ? Francisco Palau… Et il y a dans cette église trois cents pages couvertes de son écriture. Et, oui, je veux en savoir plus sur la Presencia, bien sûr que oui. Mais faire des recherches sur la Presencia, ça revient exactement à faire des recherches sur ce qui est arrivé à Christina. Maintenant, s'il vous plaît. Si vous pouvez libérer les homards, vous pouvez ouvrir les serrures. Entrons.

Croire en davantage

À L'INTÉRIEUR, IL FAISAIT FRAIS. Le sol était couvert de dalles luisantes. Des carrés inclinés à quarante-cinq degrés, en losange. Des bancs bien espacés, le long de la nef, avec un large couloir central. Toute cette sérénité me faisait regretter de ne pas être allée plus souvent à l'église ces dernières années.

Je pense que je m'étais fait désirer. Par Dieu. Je voulais qu'Il vienne à moi. Pour me prouver qu'Il était là. Mais je comprenais maintenant que ça ne marche pas comme ça. Nous fabriquons notre foi tout comme nous fabriquons notre propre histoire. Nous croyons en ce que nous voulons, mais cela exige des efforts.

— Je suis venu quand j'étais enfant, a raconté Alberto. Ma mère était très pieuse. J'ai assisté à une messe dans chacune des églises de l'île, mais nous allions surtout à celle de Santa Agnès de Corona, notre village. Nous habitions juste en face. À l'époque, j'avais un crapaud apprivoisé. Un crapaud vert des Baléares, tacheté. Je l'appelais El Capitán. Je l'emportais partout. Dans ma poche.

— Pauvre crapaud.

— *Sí. Es verdad.* Depuis, j'ai parlé à des crapauds, et ils n'aiment pas beaucoup les sermons. Ni les poches.

— Vous êtes croyant ?

— Je pense. Mais s'il y a un dieu, ce n'est pas en allant à l'église qu'on le rencontre. Plutôt dans l'océan ou dans les bois. J'ai beaucoup appris du crapaud.

Au nom de mon éducation catholique, je l'ai réprimandé :

— Moi, j'aime les églises. Elles sont calmes, silencieuses et sérieuses. Elles auraient des choses à vous apprendre.

À part un grand portrait du Christ au-dessus de l'autel, cette église était simple, minimaliste, et il ne nous a donc pas fallu longtemps pour localiser le manuscrit. Il était dans une vitrine, à côté du bénitier, près de l'entrée. C'était le seul objet présenté dans la vitrine, qui était fermée à clé, bien entendu. Comme pour la porte de l'église, je l'ai ouverte avec une facilité déconcertante. J'ai senti la serrure dans mon esprit, et je n'ai eu qu'à imaginer avec assurance qu'elle s'ouvrait pour qu'elle s'ouvre en effet. Puis j'ai pris le manuscrit jauni, aux pages reliées par des rubans glissés dans des trous d'aiguille. C'était le document rédigé par Francisco Palau en octobre 1855, selon la date inscrite en haut de la première page.

— Mettez vos doigts sur les mots, a dit Alberto. Lisez-les, mais placez aussi vos doigts dessus. C'est comme ça que l'on procède… ça s'appelle la psychométrie, la faculté de lire dans l'esprit de quelqu'un rien qu'en touchant un objet qu'il a touché. C'est une forme très profonde et très intense de lecture des pensées, qui peut même franchir la limite entre les vivants et les morts. On ne lit pas seulement dans l'esprit de la personne, ce qui implique plusieurs de vos sens, mais on *devient* presque cette personne. À son époque. C'est un peu un voyage dans le temps…

— Vous pourriez vous taire, s'il vous plaît ?

— Regardez les mots, a murmuré Alberto.

— Chut.

J'ai fixé mes yeux sur les mots. Le récit du prêtre, rédigé dans un catalan vieilli. Son arrivée à Ibiza depuis la métropole. Son exil ici.

L'écriture était élégante, les lettres un peu penchées en arrière, comme balayées par le vent, se débattant avec la rapidité de sa plume. Comme s'il savait qu'il disposait de peu de temps.

— Non, a dit Alberto. Pas cette partie-là. Feuilletez vers la fin. Vers son dernier voyage à Es Vedrà.

Je promenais le bout de mes doigts sur les mots, attendant que démarre la psychométrie ou, plus scientifiquement, que mes capacités biophotoniques soient activées.

En fermant les yeux, j'ai perçu le bruit de la mer. Il était difficile de déterminer si c'était la mer réelle, celle qui était tout près, qui léchait le pied de la falaise. Ou si c'était le souvenir de la mer. Le bruit de la mer ressemble toujours au bruit de la mer, après tout.

— Entendez-vous la mer ? ai-je demandé à Alberto.

— Non. Je n'entends rien du tout. La mer réelle est trop discrète pour qu'on l'entende. Vous entendez autre chose. Vous entendez quelque chose *qui n'est pas ici*. Je suis à côté de vous, mais vous allez m'abandonner un moment. Vous allez rencontrer quelqu'un d'autre, à une autre époque. Juste un moment. *Buen viaje !*

Ses mots se sont estompés, inaudibles.

La mer est devenue agitée. J'entendais la houle se briser sur les rochers, et je me suis aperçue que je lâchais prise sur le temps et sur mon identité, pour me glisser dans la fluidité de la vie pure et englobante. J'ai eu un bref instant de libération, comme si j'avais enlevé un casque qui me comprimait. J'étais ailleurs, j'étais quelqu'un d'autre.

Les palais

Eh bien, Maurice, de tout ce qui m'était arrivé jusque-là, je crois que c'était le plus bizarre. À cause de ça, je pense que ce sera le plus difficile à vous décrire. Je suppose que, comme les talents que j'avais, c'était une amplification d'une chose que j'avais déjà vécue dans ma vie normale. Par exemple, chaque fois que je lis une autobiographie – Maya Angelou, Anne Frank, Richard Feynman, ou n'importe qui –, je ressens une sorte d'empathie, et une toute petite partie de moi devient brièvement la personne dont je découvre la vie.

Cela doit être l'un des buts de la lecture, elle nous aide à vivre d'autres vies que la nôtre. Elle transforme en palais notre cellule mentale.

Bref, chaque lecture est une forme de télépathie, et de voyage dans le temps. Elle nous connecte à tous les êtres, tous les lieux, tous les temps et tous les rêves.

Maintenant, imaginez un curseur, un bouton qui sert à régler non pas le son, mais l'empathie. Et si le fait de lire un livre normal vous fait passer du cran un au cran deux ou trois, alors l'expérience de regarder et de toucher le manuscrit de Francisco Palau a fait monter le curseur jusqu'à dix. C'était une immersion totale et complète.

Je ne ressentais pas seulement les mots écrits, je ressentais la vie autour d'eux. Les mots n'étaient que des semences qui grandissaient en une expérience sensorielle.

L'église où je me trouvais a entièrement disparu. J'étais de retour en 1855, si tant est qu'on puisse parler de « retour ». Je sentais le vent chaud sur mon visage. J'entendais la mer.

La tierce personne

J'AVAIS DISPARU.
J'étais cet homme.
J'étais lui.
J'étais la tierce personne.

La lune qui tombe

J'ÉTAIS FRANCISCO PALAU. Bien sûr, physiquement, j'étais encore Grace Winters et je me trouvais dans une église, mais dans cette transe psychométrique, je pouvais ressentir tout ce qu'il avait ressenti. Je n'avais aucune faculté d'agir, je ne pouvais modifier cette expérience passée que j'observais, mais en même temps, je sentais que j'étais davantage que témoin. J'étais pleinement à l'intérieur de son esprit et de son temps, assise dans une barque entre Cala d'Hort et Es Vedrà. Mais il était évident que ce n'était pas Cala d'Hort au XXIe siècle. Il n'y avait pas de constructions le long de la côte. Pas de cabanes sur la plage. Pas de restaurants. Pas d'autres bateaux. Pas d'Atlantis Scuba. Rien que le sable, les rochers et la nature.

Le passeur qui lui faisait face était un impie au visage dur, qui dégageait une forte odeur l'alcool, prénommé Miquel. Il avait d'abord refusé de le convoyer à une heure aussi tardive, mais Francisco lui avait proposé trois reales pour que le jeu en vaille la chandelle.

— Je ne suis pas comme vous, mon père, déclara Miquel en catalan. Je suis un pécheur. Dieu ne m'accorde pas la même protection. Je ne pourrais pas survivre à une nuit sur ce rocher.

— Que veux-tu dire ?

— Il y a des choses à Ibiza et à Es Vedrà qui ne sont pas dans la nature. Des choses qui sont hors de Dieu.

— Rien n'est hors de Dieu.

— Eh bien, si ces choses-là sont en Dieu, alors Dieu est à redouter.

— À redouter, oui. Mais la peur n'est qu'une des voies qui mènent à Lui. Qui mènent à Son amour. C'est dans le livre de Matthieu. « Ne les craignez donc point ; car il n'y a rien de caché qui ne doive être découvert, ni de secret qui ne doive être connu… Ne craignez pas ceux qui tuent le corps et qui ne peuvent tuer l'âme ; craignez plutôt celui qui peut faire périr l'âme et le corps en enfer. »

Miquel digéra la leçon alors qu'il immergeait les rames dans l'eau noire et légèrement agitée.

— Maintenant, j'ai une autre raison d'avoir peur en plus de la première, mon Père.

Et Francisco rit, sèchement, sans rien ajouter. Miquel avait raison. Il n'était pas comme lui. Il était perdu, comme tant d'autres, songea le prêtre. Esclave de ses peurs, et de tous les autres élans, un affreux mélange de superstitions variées qui les infectaient encore depuis l'époque des Phéniciens, associées aux diverses formes de la crédulité populaire.

Il estimait que, de tous les habitants superstitieux de cette île, les marins étaient les plus résolus. Peut-être cela venait-il de l'étrange liqueur à base d'herbes qu'ils buvaient, dont

Miquel avait un tonneau à ses pieds. Peut-être cette décoction d'alcool, de fenouil, de genévrier, et de Dieu sait ce qu'ils y mettaient, leur prêtait-elle des visions hallucinatoires et une imagination fiévreuse.

Il était aussi allé à Majorque, travailler avec les moines. Il semblait que la population des Baléares habitait un monde inversé, où plus une histoire était abracadabrante, plus elle avait de chances qu'on y croie. Mais les Ibicencos étaient particulièrement enclins à ce genre de délire, et ils avaient même de nombreuses fêtes où l'on célébrait et honorait avec ferveur toutes sortes de superstitions, avec cette danse autour des puits où les hommes lançaient en l'air leur béret rouge par-dessus les femmes couvertes de bijoux, au son des tambours, des flûtes et des castagnettes. Il éprouvait un profond dégoût pour ces manifestations païennes, mais il faisait de son mieux pour ne pas le montrer aux autochtones.

Puis il y eut *quelque chose.*

Le passeur vit quelque chose dans l'eau. Après quoi Francisco le vit aussi. Une lumière rayonnante. Une sorte de reflet.

— Je pensais qu'il n'y aurait pas de lune ce soir, dit le prêtre, un peu nerveux.

Il leva les yeux et vit dans le ciel un objet lumineux qui s'avançait vers eux. Ce ne fut d'abord qu'un rai de lumière qui, à mesure qu'il se rapprochait de la Terre, se transforma en une sphère brillante.

— Elle tombe du ciel, dit Miquel, abasourdi. La Lune. La Lune tombe du ciel.

— Ce n'est pas la Lune. C'est trop bleu pour être la Lune. C'est autre chose. Sa forme change.

La lumière venait de plus en plus près. Une lueur d'un blanc bleuté, une sphère se rétrécissant en une baguette lumineuse d'une longueur indéfinie, qui frappa à peine l'eau, puis disparut tout à coup. Dans l'eau. Un instant après, la lumière revint, au fond de la mer. Un nuage radieux, qui devenait une sphère, puis redevenait un nuage.

Miquel but à son tonnelet, puis proposa à boire au prêtre, qui avala l'alcool sans hésitation.

1855

— VOUS L'AVEZ SENTI.

C'est la voix d'Alberto qui me tira de ma transe. Tout à coup, j'étais à nouveau dans l'église.

— Que ça venait, lâcha-t-il bien plus fort que l'on n'est censé parler dans une église. C'était la Presencia qui nous atteignait. Il l'a vue. Il l'a vue dans le ciel. Il n'a pas écrit qu'il l'avait vue arriver… Il a simplement parlé de lumières dans l'eau… Sans dire qu'elles *arrivaient*. (Il était incroyablement excité.) Mais il était là quand elle s'est posée. Il était là. Elle est arrivée ici en 1855. C'est un *détail incroyable*. C'est une véritable avancée. Je pensais qu'elle aurait pu arriver avant. Je pensais qu'elle aurait pu être là depuis les Phéniciens. Mais non. 1855. Mille. Huit cent. Cinquante-cinq. Vous savez ce que ça signifie ?

— Ça signifie que je suis votre assistante de recherches déçue ?

— *Non. Non. Non.* Ça signifie qu'elle est venue pour une raison. Comme nous le pensions. Elle est venue ici au moment où notre planète devenait complètement folle. Les guerres, les colonies, les chemins de fer et le véritable début de cette, vous savez, destruction de l'environnement. (Lorsqu'il s'animait, son accent et sa grammaire espagnole prenaient le dessus. C'était presque charmant.) C'est dans les années 1850 que le nombre d'espèces disparues a fait… (Sa main est devenue une fusée. Il a imité le son du décollage.) Quatre fois plus d'espèces se sont éteintes que pendant la décennie précédente. C'était le commencement de la fin. L'air était plein de fumée dans les villes, tout le monde toussait. Vous savez comment se comportent les êtres humains dans une crise. Donc, vous avez tous les grands écrivains qui écrivent leurs œuvres géniales parce que c'est la merde partout. Dickens, Flaubert, et peu après notre M. Galdós à nous. C'était le début du mouvement écologique. Et puis la Presencia arrive. Une force de guérison… Pourquoi à ce moment-là ? N'est-il pas possible qu'elle soit venue nous aider ? Qu'elle soit venue de Salacia – envoyée par les Salaciens – parce qu'ils voyaient la vie sur Terre en danger, et qu'ils voulaient la préserver ? Continuez… encore… lisez ses autres voyages à Es Vedrà…

J'ai donc replacé mes doigts sur le texte et je me suis une fois de plus glissée dans le passé. Francisco Palau était de retour à Es Vedrà, il grimpait vers sa grotte alors que le jour déclinait.

Le salut

Cela devait maintenant faire plus d'une heure que Francisco gravissait le sentier abrupt, mais il savait qu'il n'était pas loin de la grotte. Il s'arrêta donc un instant, contempla la vue, prit sa gourde et but un peu d'eau.

Le ciel resplendissait de couleurs. Rose, violet, orange et or décoraient de minces rubans de nuage parallèles, comme les sillons d'un champ céleste. Il empoigna les perles de son chapelet et offrit en silence une prière de gratitude. Il avait parcouru toute l'Espagne, bien loin de sa Catalogne natale. Il était allé d'un endroit à l'autre, à cause de la guerre, de la faim ou des persécutions. Il avait bien connu le ciel dans sa vie, et lui avait envoyé maintes prières. Mais rien de comparable à celui-ci.

Enfant, à la ferme, des années avant d'être exilé loin du continent, il admirait le coucher de soleil derrière la petite église carrée d'Aitona, et se sentait proche du Père éternel en personne. Pourtant, le ciel d'Ibiza était autre chose. Sa beauté était écrasante. La proximité avec Dieu induisait une intimité qu'il ressentait dans sa poitrine. Aucune cathédrale ne lui avait jamais inspiré un tel sentiment. Cela l'aidait à respirer, lui donnait de la force et rendait ce voyage possible. Elle le soutiendrait pendant ces trois jours dans la grotte, passés à méditer, observer et écrire. C'était presque suffisant pour lui faire oublier tout ce qu'il avait vu d'épouvantable.

En regardant au-delà du petit rocher d'Es Vedranell, vers la baie d'où il venait, il aperçut un cormoran qui volait bas. Il adorait ces oiseaux et aurait aimé le voir mieux. Un magnifique volatile d'un noir luisant, plein de majesté. Dans la pénombre, il distinguait à peine la tache brune de la barque du passeur, solidement amarrée près des rochers de Cala d'Hort.

C'est alors que le prêtre remarqua quelque chose qui remuait à ses pieds.

Un lézard.

Rien d'inhabituel. C'était l'espère courante, noire et verte, qu'il avait souvent vue à Ibiza. Le lézard marqua une pause, avant de détaler vers l'un des rares arbustes vigoureux qui s'accrochaient au rocher.

Mais il y en avait un autre. Exactement le même. Et un autre, et encore un autre. Il tenta de les inventorier, mais perdit le compte au bout de huit. Ils partaient tous dans la même direction. Vers le bas. Alors que le prêtre, lui, montait.

La dernière fois qu'il était venu, il avait repéré deux boucs. Ils avaient peut-être effrayé les lézards. Mais il ne voyait plus aucun bouc, à présent.

Pendant un instant, il éprouva un frisson de peur irrationnelle.

Peur doublement irrationnelle car l'un des avantages d'Ibiza, et sans doute aussi de l'îlot voisin, était l'absence d'animaux redoutables ou meurtriers. Pas de plantes toxiques. Pas de serpents venimeux. Dieu en avait fait un sanctuaire de paix, un lieu protégé.

Le prêtre chassa son inquiétude, laissa retomber la gourde pendue à sa ceinture, et reprit sa marche vers la grotte. Il continua à chercher des yeux les lézards, mais ils n'étaient nulle part. Il vit cependant un faucon tournoyer dans les airs, alors que le jour se mourait.

Lorsqu'il fut presque arrivé, à mi-chemin entre la mer et le sommet de l'îlot, le ciel était devenu très noir, sans aucun clair de lune, le sentier était étroit, et il avait sur sa droite une falaise verticale.

Debout devant l'ouverture de la caverne, il regarda à nouveau autour de lui. D'ici, Es Vedrà semblait ne solliciter aucun des cinq sens. Le bruit de la mer était trop loin en contrebas pour être entendu. Rien. Rien que la paix de Dieu.

Puis il discerna quelque chose, tout en bas.

C'était à nouveau une lumière. Exactement comme celle qu'il avait vu tomber dans l'océan. Cette lueur semblait émaner de loin sous la surface, plus près d'Es Vedrà que de la plage de Cala d'Hort. Une sorte de phosphorescence transparente, brillante et luisante. Ce soir-là, c'était presque le bleu outremer du châle de la Vierge, mais rayonnant, mobile, animé, comme une méduse géante, en constante métamorphose, d'une beauté irréelle.

Le prêtre fut impressionné, subjugué. Le coucher de soleil était une splendeur, mais il s'agissait cette fois de bien autre chose. Il se rappela cette phrase de l'Évangile selon saint Jean et la murmura sans vraiment réfléchir :

— La lumière luit dans les ténèbres, et les ténèbres ne l'ont point reçue.

Et il se rendit compte que les lézards se dirigeaient vers elle.

Francisco ressentit une fragmentation étrange mais bienheureuse, comme s'il n'était plus Francisco Palau, le prêtre, ancien moine et ermite occasionnel, le fondateur de l'École de vertu de Barcelone. Il n'était plus une personne, un exilé, une identité ayant le souvenir de ses frères moines tués par l'armée espagnole dans l'incendie d'un monastère. Pendant ce moment d'extase, il n'était plus lui-même. Il n'y avait plus de frontière entre l'homme et l'univers, entre la chair et l'infini.

Il était le passé, le présent et l'avenir.

Il était, tout simplement, la vie même.

Mais alors il se produisit quelque chose. Il perdit pied sur le mince sentier. Il tomba, dégringolant du haut du rocher calcaire avec une force si intense qu'il perdit connaissance avant même de plonger dans l'eau, et la mer se remplit entièrement de lumière, d'Ibiza jusqu'à Es Vedrà. Lorsqu'il reprit conscience, il était dans l'océan, il baignait dans cette lumière, hébété, à bout de souffle, mais en vie. Curieusement, il ne souffrait plus. Il y avait devant lui le nuage-sphère, vers lequel il nagea tout droit, imaginant que c'était Dieu ou le salut. Et lorsqu'il l'atteignit, la sphère conserva sa forme, se dilata et un trou s'y forma, à travers lequel il passa, jusqu'à se retrouver tout à fait ailleurs. Il était sur une plage au sable orange, entre une forêt aux feuilles blanches et une mer différente, dont la luminosité ne diminuait jamais. Inhalant cet air suave, il vit des créatures de chair et de vapeur, telles qu'il n'en avait jamais vues, et l'une d'elles vint à lui pour lui communiquer un message.

Tu es en sécurité ici. Tu seras à jamais protégé.

Dans chaque atome et chaque fibre de son être, il sut que ces mots étaient vrais. Il pleura de gratitude et marcha vers ces créatures – des anges, il en était sûr –, prêt pour le salut.

La vue depuis la porte de l'église

Je me suis réveillée sur les dalles de l'église. Je me sentais faible, légèrement délirante. Ma tête me faisait mal. En levant les yeux, j'ai vu le visage d'Alberto, déformé par une émotion intense, en larmes.

— Tout va bien. Je n'ai rien. Ce n'est qu'une blessure potentielle au crâne.

— Oh, ne vous en faites pas. Je ne pleure pas pour vous.

— Bien sûr que non. Merci. Alors pourquoi pleurez-vous ?

Les larmes s'accompagnaient maintenant d'un sourire aussi ouvert que sa chemise.

— Parce que Christina avait raison. Ce n'est pas seulement une présence. C'est un portail.

— Un portail ?

Il hocha la tête comme un petit coq enthousiaste.

— Oui. C'est un portail qui mène là d'où elle vient. À Salacia. Et vous savez ce que ça signifie, non ?

— Pas du tout.

— Ça signifie qu'elle a réussi !

— Réussi ?

Il continua à rire et à pleurer, devant l'autel et la peinture de Jésus descendant de sa croix. Son cri résonna dans toute l'église comme un tintement de cloche :

— Elle n'est pas morte ! Elle est allée où elle voulait aller ! Elle est arrivée à Salacia !

Une équation sans solution

JE SUIS MAINTENANT CERTAINE que vous êtes aussi désorienté que je l'étais. Ne vous inquiétez pas, la désorientation a son utilité.

En effet, je comprends désormais que, pour mener une existence accomplie, il faut être prêt à se laisser désorienter. Le désir de simplicité peut devenir une sorte de prison, réellement, parce que l'on finit par rester prisonnier d'une idée des choses telles qu'elles devraient être au lieu de les accueillir telles qu'elles *pourraient être.* On finit par se fermer. On condamne les portes sur tant de possibilités. J'avais été attirée par les mathématiques à cause de leurs certitudes, parce que je souhaitais des portes closes et de la simplicité, mais la vie n'est pas comme ça. Et les mathématiques non plus, en fin de compte. On ne peut pas toujours réduire l'arc-en-ciel à sept couleurs distinctes, parce que les mathématiques, la science et la vérité essentielle ne sont pas privées de magie et de mystère. Elles *sont* la magie et le mystère. Ne croyez donc pas que je me détournais des mathématiques au profit du mysticisme. Ce n'était pas le voyage que j'avais entrepris. Je n'abandonnais pas la vérité mathématique. Je la découvrais à un niveau plus profond.

Comme vous le savez, les mathématiques conventionnelles ont tendance à tout simplifier. Nous formulons des algorithmes, des modèles, des formules reposant sur l'idée que tout le reste est fixe ; des mathématiques plus complexes comprennent que, dans un univers en perpétuel changement, très peu de choses restent simples ou fixes.

Vous avez peut-être entendu parler de la « science du complexe ». Cet hybride de science et de mathématiques se penche sur les questions les plus délicates. Je ne parle pas d'ingénierie spatiale, pour laquelle les mathématiques conventionnelles suffisent. Non, la science du complexe vise à comprendre les éléments mathématiques présents dans la nature, par exemple, la manière dont les organismes se développent, elle cherche à prédire l'évolution du climat, elle étudie les interactions entre atomes. Et en science du complexe, il existe le concept d'« universalité », qui nous apprend que, même au sein de la complexité de la vie, des similitudes universelles unissent différents systèmes. La véritable magie est donc mathématique. C'est celle qui n'oppose pas la simplicité à la complexité, mais qui découvre un ordre plus vrai au sein de la complexité. Au sein de la pagaille. Au sein de ce superbe désordre entropique, en spirale, que nous appelons la vie.

Envisager la vie comme un sujet d'examen, vouloir y introduire un ordre net et étroit, c'est la base du désespoir mental. Parce que c'est une illusion. Nous sommes dans ce monde, nous *sommes* le sujet d'examen. Nous sommes un agent mobile dans un monde mouvant, à l'intérieur d'un cosmos en expansion constante.

Il me semble que si vous voulez la vérité, si vous voulez vivre de façon pleine et consciente, vous devez vous orienter vers le possible, vers le mystère et le mouvement, vers le voyage ou le changement, parce qu'en y trouvant l'universalité, vous vous trouvez vous-même. Votre moi en mouvement constant. C'est en partant que vous arrivez. En restant toujours ouvert à la possibilité que les choses simples que nous nous racontons soient complètement fausses.

Je vais donc vous offrir quelques réponses d'un genre différent. Des réponses qui sont aussi des questions. Je vais vous dire tout ce que j'ai appris après m'être relevée sur les dalles froides de cette église. Une fois encore : vous n'êtes pas obligé d'y croire, si ça ne vous convient pas. Être ouvert au possible, c'est être ouvert à la souffrance, à l'échec, à la déception, à la tentation de se recroqueviller comme un tatou. Et c'est parfaitement compréhensible. Parfois, il est plus simple de laisser notre tête métaphorique dans notre postérieur métaphorique, au lieu de regarder l'univers. Être humain, c'est avoir peur de notre côté naturellement ridicule, et donc tout faire pour le réduire. Nous habillons notre corps, nous procréons derrière des portes fermées, nous cachons toutes nos fonctions corporelles, nous ne pleurons pas dans les magasins, nous ne chantons pas dans la rue, et nous tentons de conformer nos idées à ce qu'on nous dit que nous devons penser.

Mais la vie n'est que pagaille et confusion, pleine de réalités gênantes et honteuses.

Bien sûr, nous fabriquons tous nos propres croyances en ce monde, et parfois en changer paraît effrayant. Si vous voulez vraiment faire de merveilleuses découvertes, comme le sait tout bon tatou, on finit par devoir retirer sa tête de son postérieur pour regarder la lumière éclatante du jour qui nous désoriente. Pour accéder à la gloire cachée, aux mathématiques profondes, à la réalité ultime. À la vie.

Trou de ver

Nous étions remontés dans la voiture. Vitres baissées. À l'arrêt.

— La théorie, a dit lentement Alberto, comme si j'avais sept ans, c'est que la Presencia est une présence très réelle, pleine de photons puissants, mais aussi un trou de ver. Un trou de ver est une connexion entre deux points de l'espace-temps. Au cours de mes recherches, j'ai été contacté par des descendants de Joan Bonanova, le pêcheur sauvé par la Presencia. Il a raconté à sa fille qu'il s'en allait vers un autre monde et qu'il ne serait pas en mesure de revenir. Il voyait son propre avenir sur Salacia. Et il a disparu un soir, quand il était vieux et malade, il est descendu vers la Presencia et n'est jamais revenu. Donc, pour autant que nous le sachions, il est possible de traverser la Presencia, mais pas de faire marche arrière. Et si Christina est allée sur Salacia, c'était avec un billet aller simple.

Ça faisait beaucoup de choses à assimiler. Mon esprit était plus perplexe que lorsqu'il avait pour la première fois rencontré le calcul différentiel. Mais l'essentiel était là : Christina était probablement – ou du moins *très possiblement* – encore en vie sur une autre planète.

Bien sûr, j'ignorais si je pouvais me fier à Alberto Ribas. Mais j'avais besoin de lui. Il était la seule personne au monde à savoir ce que j'étais devenue.

— Je veux vous montrer quelque chose, a-t-il dit.

Il a sorti son téléphone de son short en jean et il m'a fait regarder une vidéo. J'ai vu une femme sur un bateau. Il m'a fallu un moment pour comprendre que c'était le bateau d'Alberto. Et que la femme que je regardais – cette femme à cheveux gris, gracieuse, vaguement ensorcelante – était Christina en personne.

Ce que Christina disait sur le bateau où le vent la décoiffait doucement

Bonjour, Grace. Ça en fait, du temps. C'est moi, votre vieille amie Christina. Je suppose que je ne ressemble plus vraiment à votre souvenir. J'ai même un tatouage. Regardez ! Un soleil. Quoi de mieux que le soleil ?

Quand vous verrez cette vidéo, dans un mois – le 26 juin, dans la voiture avec Alberto –, je ne serai plus là. Non, je ne veux pas dire que je serai morte. Même si je vois déjà ma mort, j'espère l'éviter. Quelqu'un essaye de me tuer, mais je ne sais pas qui. Je sais que ça paraît un peu mélodramatique, mais ma vie est ainsi, ces derniers temps. Avec un peu de chance, je serai sur Salacia. Je vois une bonne partie de l'avenir, mais je ne peux pas voir ça de façon certaine. Donc je dois y croire. Comme vous, j'en ai eu un aperçu quand j'ai été touchée pour la première fois. La plage, les arbres, l'air suave. C'est censé être un paradis, un royaume d'abondance. On y vit très longtemps, on jouit de la paix et de la santé. Peut-être à jamais. Les Salaciens nous aiment. Voilà pourquoi ils nous ont envoyé la Presencia. Je pose parfois le bocal à olives à côté de mon lit. Juste à côté de ma tête. Si vous faites ça, elle vous apprend des choses dans vos rêves. Des choses que vous avez besoin d'entendre. On fait alors les rêves les plus frappants. Et ils sont pleins du genre de vérité qui guérit.

En théorie, si vous plongez directement vers la Presencia, droit comme une flèche, au lieu d'attendre qu'elle vienne à vous, vous lui indiquez que vous voulez fuir. Et moi, je ne *veux* pas fuir, je le *dois*. Sinon je serai tuée.

Je l'ai dit, je ne suis pas sûre de l'identité de mon assassin. Comme vous, je ne vois pas dans l'esprit de tout le monde. Certaines personnes sont plus difficiles à atteindre. Et je sais ce que vous pensez. Vous pensez que ça pourrait être Alberto. Après tout, vous avez beaucoup de mal à entrer dans son esprit. Mais non. Croyez quelqu'un qui l'a connu avant qu'il remonte le pont-levis. Ce n'est pas Alberto. Il est beaucoup, beaucoup de choses – exaspérantes pour une bonne moitié d'entre elles –, mais ce n'est pas un assassin.

Bon, je sais que je vous ai laissé une lettre, mais je ne pouvais pas tout y expliquer, parce que cela vous aurait mise en danger. Vous devrez faire preuve de discrétion. Je sens bien que si j'avais été plus discrète, si je n'avais jamais tenu un stand sur le marché, je ne serais pas devenue une cible. Je dirai donc ici ce que je n'ai pas pu écrire dans ce message.

Vous êtes une personne à part. Je l'ai toujours su. Je l'ai su quand j'étais totalement solitaire et que vous m'avez offert votre compagnie. Mais je ne savais pas exactement *en quoi* vous étiez à part. Quand la Presencia est venue à moi dans l'océan, cela m'a conféré certains talents, mais vous en avez reçu davantage. J'ai connu beaucoup de gens dans ma vie, tant en Angleterre qu'en Espagne, mais vous êtes la seule à qui la Presencia aurait pu donner autant. Croyez-moi, je le sais. Vous étiez celle qu'elle voulait. Celle qu'elle appelait, à travers moi. Le seul obstacle que vous rencontrerez, c'est vous-même. Puisse la Presencia vous guérir.

Le véritable talent qu'elle vous a donné, c'est celui d'apprécier la vie. Il est difficile d'en expliquer le sens réel, du moins en anglais. Les Espagnols ont le mot « *duende* ». Une de ses connotations vient du poète Lorca. C'est ce qu'on ressent lorsqu'on se connecte véritablement à l'essence sublime de la vie, à sa tragédie et à sa beauté, dans l'art, le flamenco ou la nature. Vous savez, comme quand, dans un musée, vous avez vu un tableau qui vous plonge dans la terreur ou dans l'extase, mais à présent, ce ne sera plus simplement une œuvre d'art ou un coucher de soleil. Ça pourra être tout et n'importe quoi. Une brise tiède, ou le simple parfum des pins sur cette île.

Je sais que vous avez ressenti le vide. Mais vous allez connaître la plénitude. Peut-être pour la première fois depuis votre petite enfance. À présent, vous allez vivre. Vous allez savourer entièrement chaque expérience. Vous serez présente ici. Cette présence est meilleure que n'importe quelle drogue, et croyez-moi, j'en ai essayé pas mal au cours de ma vie. Vous serez aussi vivante qu'il est possible de l'être.

En comprenant le présent aussi profondément, vous comprendrez aussi l'avenir, tout comme un requin peut prévoir un ouragan lorsqu'il entend un changement de pression dans l'eau.

Vous n'avez peut-être pas encore l'impression que c'est un cadeau, mais c'en est un, je vous le promets. Ces talents sont un cadeau. Alberto les a, mais il est en train de les perdre. Je les avais, mais je suis partie. Il y a eu d'autres personnes que la Presencia a touchées. Mais avec vous, le changement sera des plus spectaculaires.

Je sais que vous êtes sceptique par nature, et j'ai donc dû semer des miettes pour vous conduire jusqu'ici. Voilà pourquoi je vous ai légué la maison. Pourquoi je vous ai écrit la lettre. Pourquoi j'ai parlé de vous à Rosella, la vendeuse du magasin de Santa Gertrudis. Voilà pourquoi je vous ai dit d'aller voir Sabine sur le marché hippie, Sabine qui déteste ce pauvre Alberto, parce que je savais qu'elle vous rendrait méfiante. Et bien sûr, il y a cet objet que j'ai à la main. Le cadeau que vous m'avez fait. Le collier avec le pendentif de saint Christophe.

Ce collier a été la clé, Grace. C'est comme ça que j'ai su. *La psychométrie.* Cela m'a permis de vous connaître. En tenant cet objet. En me souvenant de vous. J'ai su combien vous pourriez être forte. Combien les talents pourraient être puissants en vous. J'ai su que vous pourriez arrêter la destruction, sauver l'île, ainsi que les animaux, la mer et même les gens. Que vous seriez un cadeau pour la nature.

Je suis sur le point de le lâcher dans l'océan. Et dans quelques minutes, Marta, la fille d'Alberto, plongera pour le photographier et téléchargera l'image sur le site Internet d'Atlantis Scuba. Quand vous avez vu la photo de votre collier, vous avez pensé que c'était un hasard, qu'il y avait une chance sur un million, mais pas du tout. Parce que nous voulions que vous le voyiez. Et nous avions prédit que vous consulteriez le site, après avoir vu Rosella, une fois vos soupçons éveillés. Cela aura suffi pour que vous alliez trouver Alberto. Et la suite… Vous la connaissez, la suite.

Vous voyez, vous êtes désormais une protectrice. Parce qu'il est impossible de ressentir la vie aussi profondément sans vouloir la protéger. Vous allez vous surprendre à vouloir aider les humains et les animaux.

Moi aussi, j'ai été une protectrice. J'ai essayé de protéger les animaux, l'environnement. J'ai tenté de protéger les gens contre l'avenir, sur mon stand du marché hippie. J'ai déguisé cette science en voyance mystique, et les autorités m'ont laissée tranquille. Mais il y a évidemment quelqu'un que ça a dû contrarier. Je pense avoir aidé les gens, ou du moins j'ai essayé. Ma fille ne serait peut-être pas d'accord. Mais je pense que vous pourrez aider encore plus.

Bien sûr, un don est aussi une malédiction. Vous devez être consciente que ces talents s'accompagnent de danger, comme je ne le sais que trop, à présent. Mais j'ai été obligée de vous choisir, Grace. J'ai été obligée de choisir quelqu'un pour continuer mon travail. Vous n'avez pas à dire la bonne aventure comme je l'ai fait. Mais vous protégerez la vie, vous protégerez la nature, vous protégerez cette île magnifique.

Dans les années 1930, un pêcheur nommé Joan Bonanova a été sauvé par la Presencia. Alberto vous a déjà parlé de lui. Il avait l'âme si pure, exempte de culpabilité et de péché, qu'il a pu développer des talents puissants. Un soir, lors de l'invasion par les fascistes de Franco, il a envoyé un signal à tous les animaux de l'île pour demander leur aide, et l'on a bientôt appris que des boucs et d'autres créatures attaquaient les soldats nationalistes. Je crois sincèrement que, si vous le voulez, vous pourrez être comme Joan Bonanova. Vous pourrez avoir des talents bien au-delà de tout ce que l'on a pu connaître depuis des décennies.

Et je veux vraiment que vous démasquiez celui qui voulait m'assassiner. Pas pour moi. Je serai en sécurité, j'en suis certaine. Mais pour les autres. Il rôde encore. Je veux que vous l'empêchiez de nuire, parce que d'autres sont en danger. Et surtout, je vous ai amenée ici pour sauver non pas la vie des autres, mais la vôtre. Je veux que vous viviez, Grace. Je veux que vous puissiez lâcher prise sur votre passé et *vivre*. Vous en avez besoin. Pour le bien de tout. Vous m'entendez ?

Au revoir, mon amie.

Grace la bonne à rien

— Oh, mon Dieu, ai-je soupiré quand la vidéo s'est terminée.

Je n'aimais pas ça. J'avais l'impression d'être à nouveau victime d'une escroquerie. Comme si on m'avait mis dans la main une montre dont je ne voulais pas, pour me forcer maintenant à la payer.

J'ai cru avoir une crise de panique et, comme je l'avais souvent fait dans ma vie, j'ai ressenti le besoin de faire des calculs pour me réconforter.

La vidéo durait trois minutes vingt-deux secondes. *22 divisé par 3 égale 7,33. La racine carrée de 3 est 1,73…*

Alberto a rangé son téléphone. La chaleur qui régnait dans la voiture n'arrangeait rien. De toutes les choses bizarres que je venais d'entendre, dans toute cette démence absolue, la chose qui continuait à sonner dans mes oreilles était l'expression « mon amie ». Si j'étais tellement son amie, pourquoi ne m'avait-elle jamais recontactée en plus de quarante ans ? Quand Daniel est mort, quand j'ai perdu Karl, quand j'avais besoin d'une amie, où était-elle ? Je repensais à Lieke dans ce rayon de la jardinerie.

« Elle ne vous a pas donné la maison pour rien. C'était une façon de vous enrôler. Un piège. Vous êtes là pour la remplacer. »

— Ah, c'est trop ! me suis-je exclamée. Je n'ai pas choisi ça. Pourquoi ai-je besoin de ce don ?

— Il est rare d'être choisi, je n'en sais pas plus. Et c'est une chance que ce soit vous… Christina savait que ça devait être vous. Elle avait vu l'avenir.

Et voilà. Voilà le moment. Voilà quand tout a basculé. Voilà quand j'ai entièrement oublié le goût rehaussé du jus d'orange et les nouveaux prodiges qui m'entouraient. Voilà quand j'ai compris que Christina n'avait pas agi par pure générosité altruiste.

— C'est comme une secte, ai-je dit. Un genre de secte sinistre.

— Ah, écoutez, je n'approuvais pas forcément les méthodes de Christina…

— C'étaient aussi les vôtres. Vous auriez pu le préciser.

— Je n'aurais eu aucun mal à vous renvoyer d'où vous veniez. Je vous ai avertie. Mais vous vouliez connaître la vérité. Je vous ai dit que vous en sortiriez changée. La vérité, c'est que ce n'est pas Christina qui vous a choisie, ni moi, mais la Presencia elle-même. Simplement, Christina l'a vu. Sur les milliers de gens qu'elle avait pu rencontrer dans sa vie, vous étiez la seule que la Presencia voulait. Mes pouvoirs sont faibles à côté des vôtres. Ils l'étaient aussi comparés à ceux de Christina. Autrefois, ils étaient puissants, mais ils ont diminué. Ils ont reculé comme la marée basse. Mais vous êtes différente. Voyez ce que vous avez réussi à faire, dans l'église…

— Je ne suis pas différente. (Ces cinq mots étaient les plus faciles que j'aie jamais prononcés. La voix d'un sentiment que j'avais depuis soixante-douze ans, une conscience profonde de ma propre médiocrité.) Pourquoi serais-je à part ? Je suis une vieille Anglaise grincheuse. Je suis une prof de maths retraitée, qui vit au milieu de nulle part. Je ne suis rien du tout, voilà ce que je suis. Un grand nada. Non, même pas ça. Je ne suis pas un zéro, je suis un moins. Je suis une personne sans intérêt qui n'a eu aucun impact sur le monde. Sauf parfois pour le pire. Mon adorable fils Daniel est mort parce que je l'ai laissé sortir à vélo sous une pluie battante alors que je lisais un foutu catalogue, parce qu'apparemment je trouvais ça plus intéressant que de l'emmener en ville. Il est mort sous les roues d'un camion de la poste. Je suis celle qui n'est jamais arrivée à rien. Celle qui lâche les gens face au dernier obstacle. Celle qui laisse les malheurs se produire. Celle qui se contente de peu parce que c'est ce qu'elle mérite. Qui n'a jamais décroché le poste qu'elle voulait à l'université. Qui est devenue une prof ordinaire qui a sans doute dégoûté les gens de sa discipline. Celle qui a trompé son mari. Quantité de fois, j'ai été inutile. Je suis incapable de faire ça. Il y a erreur. Je ne suis pas exempte de culpabilité et de péché, comme votre putain de Joan Bonanova. Je suis une mauvaise personne. Je ne serai jamais douée pour ça. Je ne serai jamais capable d'envoyer un signal magique à tous les animaux. Et je ne crois pas en avoir envie. (Mon cœur battait à toute allure.) Je. Ne. Suis. Pas. Différente.

— Bien au contraire, a répliqué Alberto, toujours aussi content de lui. Christina a essayé de se rappeler tous ceux qu'elle avait connus. Tous ceux qu'elle avait pu rencontrer. Et elle connaissait *un tas* de gens. Elle pouvait prédire tous les scénarios, toutes les possibilités. Il y en avait d'autres que la Presencia aurait pu atteindre, mais aucun n'aurait eu la même réaction. Voilà pourquoi vous avez perdu conscience sous l'eau. C'est confirmé par le fait que vous avez pu remonter en 1855, briser l'aquarium à homards et planter une fourchette dans une cuisse rien qu'avec votre esprit. Tout ça est inhabituel – *muy, muy raro*…

— Je n'aurais pas dû planter une fourchette dans la cuisse de cet homme, ai-je marmonné avec remords. Il n'était pas entièrement mauvais.

— Non. Peut-être pas. Mais si vous aviez *vraiment* affaire à quelqu'un d'entièrement mauvais ? Et si c'était un meurtrier ? Et s'il avait prévu d'assassiner votre amie ? Et si vous pouviez l'empêcher de tuer…

— Je connaissais à peine Christina. Elle n'était pas mon amie !

Alberto a hoché la tête. Comme si je lui avais bel et bien mis une gifle.

— Eh bien, peut-être. Mais elle était *mon* amie. C'était une bonne personne. Compliquée ? Oui. Pas très douée pour la maternité ? Peut-être. Mais c'était une personne bonne, et rare.

J'ai cru une seconde qu'il allait pleurer, et à ma grande honte, cela a plutôt aggravé qu'atténué ma colère. J'ai répété, comme une folle :

— Je ne suis pas différente. Je suis quelqu'un d'égoïste. J'ai échoué à accomplir la seule chose dont une mère devrait être capable. Je suis Grace la bonne à rien. Je ne sauve pas les gens, je les laisse mourir. Comme j'ai laissé mon petit Daniel mourir. Je n'ai jamais rien fait de courageux. À part venir m'installer à Ibiza. Ce qui était la plus grave de mes erreurs, je le comprends maintenant.

— Vous étiez enseignante. Quoi de mieux ? (Alberto ne renonçait pas. Sa tête à claques continuait de parler.) La Presencia a vu quelque chose en vous. Non pas qui vous avez été, mais qui vous pourriez être. Elle ne s'intéresse pas aux surfaces, mais aux profondeurs.

— Je suis septuagénaire. Je suis trop vieille pour les théories sentimentales dignes d'un magnet de frigo, et je suis beaucoup trop vieille pour devenir ce que je *pourrais* être.

Alberto a eu une moue dubitative.

— Eh bien, moi, j'ai soixante-dix-neuf ans. Et je ne possède pas de frigo. Et j'adore les théories sentimentales. Je suis un grand sentimental. Et je me suis inscrit à mon premier cours de samba mardi prochain. Après, j'irai à Cova Santa danser dans une grotte et boire de la limonade. On est à Ibiza. L'âge n'est rien.

— On est peut-être à Ibiza, mais moi, je n'ai rien à faire ici.

— Je pense parfois que les gens qui n'aiment pas les histoires sentimentales n'aiment pas les sentiments, en fait. Ils préfèrent regarder le monde entier avec mépris.

— Peu m'importe ce que vous pensez. J'étais très bien tant que je ne ressentais rien du tout. Je ne *veux pas* ressentir quoi que ce soit. Et vous n'avez pas le droit de m'y forcer.

Tout cela n'avait été qu'un piège. La maison. La photo du collier. Chacun des mots qui étaient sortis de la bouche d'Alberto.

Et puis, je serais incapable de sauver quelqu'un. Avec moi, les choses ne feraient qu'empirer. J'étais comme ça.

— J'en ai assez, ai-je dit en faisant démarrer la voiture. Je rentre chez moi. Avec mes talents, je peux aider les gens chez moi. Je pars pour l'aéroport…

— Mes recherches suggèrent que plus on s'éloigne de la Presencia, moins on a de…

— Ça m'est égal.

— Et si nous attendions demain, pour vous laisser le temps de digérer ?

Je ne voulais pas qu'il y ait un lendemain. Je voulais partir. J'aurais préféré ne jamais découvrir la joie infinie du jus d'orange plutôt que de subir tout ça. Je ne voulais pas danser dans une grotte. Je voulais m'asseoir sur mon canapé et comater devant un jeu télévisé. Si je m'autorisais à ressentir la joie infinie, cela finirait par me conduire à la souffrance infinie. Je l'avais déjà connue et je ne voulais pas y revenir. Tout à coup, j'aspirais au vide familier, dénué de tout événement. L'anhédonie me manquait.

— Non. Je rentre *chez moi. Chez moi. Chez moi.*

Ces mots m'ont réconfortée. Ils semblaient solides. Comme un rocher dans l'océan.

— Mais l'île a besoin de vous. Les humains et les animaux d'ici ont besoin de vous. Vous pourrez faire le bien. Pas seulement pour… les homards… mais en général. Et il y a encore ici un tueur potentiel. Humain ou pas. Que vous pourriez empêcher de nuire. De chez vous, ce sera impossible. Plus loin vous serez, moins vous aurez de pouvoirs.

Je l'ai ignoré. J'ai tenté de ne pas entendre ses paroles, tout comme j'arrive à ne pas entendre mes acouphènes. Tout en roulant, j'éprouvais un seul sentiment.

J'ai hâte de quitter cette île.

Cheval

LE TRAJET JUSQU'À L'AÉROPORT prenait vingt minutes, mais j'ai essayé de le couvrir en dix. Alberto m'accompagnait. Pour une seule raison : parce que je ne pouvais pas l'abandonner à Es Cubells. Et parce qu'il voulait m'accompagner. Et puis il fallait bien que quelqu'un récupère la voiture de Christina.

Nous filions vers l'intérieur des terres et nous avons croisé un homme qui souriait au soleil, monté sur un vélo électrique. Un vélo rouge. J'ai énuméré les premiers nombres de la suite de Fibonacci.

0, 1, 1, 2, 3, 5, 8, 13, 21, 34…

J'ai compris que mon séjour sur l'île avait ressemblé à ça. Une accumulation d'incidents, chacun plus absurde que le précédent, une montée en flèche vers la démence.

En roulant, nous sommes passés devant une immense affiche du visage de Lieke. C'était comme regarder une illusion. Je me rappelais sa souffrance, sa fragilité intérieure et sa rage extérieure, et elle était là, dominant l'horizon comme quelque chose de plus fort que les sentiments.

En regardant son visage, j'ai vu les yeux de sa mère.

J'ai continué à rouler. Sans tenir compte d'Alberto. J'avançais sous ce ciel bleu sans nuage, serrant le volant si fort qu'il m'est revenu un autre souvenir de Christina.

Elle était devant un hôtel. Il y avait un groupe de manifestants sur un chantier. Dans mon esprit, j'ai vu un panneau : « Merveille du Monde, Cala Llonga, bientôt. » Christina était avec une femme à lunettes, aux cheveux noirs en désordre. Je connaissais cette femme. Elle était apparue dans une vision. La femme assise dans cette même voiture, avec Christina. Et j'ai alors compris. Je l'avais vue auparavant. À l'aéroport. C'était la première personne que j'avais vue sur l'île. La femme au T-shirt Einstein qui m'avait souri. Mais à l'instant où je l'ai reconnue, la vision s'est brouillée.

Le jour est devenu la nuit, l'air est devenu de l'eau.

Elle était maintenant dans la mer.

Christina, je veux dire.

Elle nageait de plus en plus bas, à travers l'eau sombre, vers la sphère rayonnante qui ne se changeait pas en nuage, cette fois, mais qui gardait sa forme, grandissait, jusqu'à ce qu'un trou se forme en son centre. Une ouverture qui s'élargissait, permettant de traverser la sphère. C'est devenu un tunnel, encore plus lumineux que la sphère, d'un éclat argenté, irréel. Elle est passée à travers, elle a traversé le portail à la nage, en pensant à sa fille et en espérant qu'elle ne courait aucun danger.

Quand je suis sortie de cette microtranse, la main d'Alberto était sur mon bras. Il criait mon nom aussi fort que mon père, autrefois. Il y avait devant nous un grand cheval alezan et quelqu'un dessus. J'ai failli les percuter, mais j'ai fait une embardée à temps. La jument a rué, toutefois la cavalière est restée en selle, les pieds cramponnés aux étriers. J'ai senti la panique de l'animal résonner en moi comme un tambour.

— Tout va bien, a dit Alberto, sa voix retombant comme une vague alors que je me concentrais sur la route. Tout va bien, tout va bien, tout va bien…

Aéroport

— Le prochain vol pour n'importe où en Angleterre, ai-je demandé à la femme au sourire crispé, derrière le guichet.

Son badge m'apprenait qu'elle se prénommait Gabriela, mais cela ne me disait pas qu'elle se sentait un peu ballonnée, qu'elle avait des crampes et qu'elle regrettait de ne pas avoir de pastilles à la menthe. Ni qu'elle avait pris son service six heures et demie auparavant. J'aurais vraiment voulu ne pas en savoir plus que son prénom.

— Il y a un vol pour Gatwick ce soir. Il décolle à 19 h 50. Je peux vérifier s'il reste des places.

— Oui, très bien. Ce serait parfait.

Je n'avais aucun plan. Je regagnerais le pavillon. Je mettrais en vente la maison de Christina, je donnerais l'argent aux bonnes œuvres. Mais c'était fini. Cette condition ne figurait pas dans la lettre du notaire. Mes « talents » n'en étaient pas vraiment. Ils ne pourraient causer que plus de mal. Tandis que Gabriela s'affairait sur son ordinateur, j'ai pensé au pauvre cheval et à sa cavalière que j'avais failli renverser. J'ai pensé à une fourchette plantée dans une cuisse. Christina s'était trompée. Je ne rendrais aucun service ici. Je ne pourrais que les desservir. Comme toujours.

J'ai regardé autour de moi en me demandant si Alberto était déjà parti. Il avait dit qu'il attendrait un moment sur le parking, « au cas où ». J'ai senti un pincement au cœur. Un chagrin minuscule. Une étrange partie de moi aurait voulu être encore avec lui. *Ça suffit, Grace. Tu as fait le bon choix.*

Il y avait une mère tenant dans ses bras un bambin fatigué et une petite valise en guise de bagage à main. Elle a embrassé le front de l'enfant. J'ai vu un amour couleur indigo. J'ai vite regardé ailleurs, car je ne voulais pas en savoir trop à leur sujet, et je ne voulais certainement pas ressentir ce qu'ils ressentaient. Je ne voulais rien ressentir. J'ai maudit Christina et cette *plénitude* qu'elle m'avait donnée. Ce *duende*. Je ne voulais éprouver d'attachement pour rien.

Il y avait des esprits partout, leurs pensées éparpillées dans l'air comme du pollen. Il y avait une jeune femme seule, qui guettait sa famille. J'aurais tellement voulu que Karl m'attende à la maison. Qu'il m'embrasse à Gatwick. Qu'il me dise que je lui avais manqué et que tout allait bien se passer.

Mes yeux sont tombés sur une image numérique que j'ai reconnue, car elle était presque identique à l'affiche face à la maison. L'hôtel de luxe, avec la petite photo d'une chambre.

« Maintenant ouvert. Le tout dernier hôtel-spa de la chaîne Merveille du Monde, Cala Llonga, Ibiza. Visualisez vos rêves et réalisez-les. »

Cela a déclenché une pensée. Un souvenir de choses que l'on m'avait dites. Le chauffeur de taxi. Sabine. Tout a commencé à se mettre en place. J'ai vu Christina et Marta, côte à côte. J'ai pensé à la manifestation. La publicité qui ressemblait presque à un avertissement.

D'autres sont en danger...

Un homme regardait l'affiche. J'ai senti sa fierté. Il avait une valise posée à ses pieds et portait un costume en lin. Il avait les cheveux plaqués en arrière. Il était assez jeune – moins de quarante ans. Mais en fait, tout le monde était assez jeune. (Quand on a soixante-dix ans, le monde entier n'est fondamentalement qu'une grande crèche, peuplée de nourrissons abandonnés.) Ce n'étaient ni ses vêtements, ni ses cheveux, ni son visage, ni sa jeunesse qui m'intéressaient. Ni même son esprit fatigué et troublé, plein de réflexions hétéroclites et perturbées par l'aéroport. C'était le magazine *DJ*. Avec une photo de Lieke en couverture. « La nouvelle reine d'Ibiza monte sur le trône. »

— Je vérifie quel siège je peux vous proposer, a dit Gabriela avec une efficacité cordiale.

J'ai vu son visage se concentrer, ses yeux se plisser face à l'écran de l'ordinateur. Je l'ai vue serrer ses enfants dans ses bras, dans son immeuble de Santa Eulalia. Elle semblait à peine plus âgée, à part une ou deux mèches grises. Elle essayait de rassurer les enfants.

Arrête, me suis-je dit.

— Tout va bien ? m'a demandé Gabriela d'un air inquiet.

— Oui. Désolée. Oui. C'est juste que l'avion me rend toujours nerveuse.

— Oh. Je suis désolée de l'apprendre. Pourtant, c'est réellement le mode de transport le plus sûr. Bon, il reste des places libres dans ce vol pour Gatwick. Vous voulez un siège couloir ou hublot ?

Je n'écoutais pas vraiment.

— Vous ne pouvez pas l'épouser.

— Pardon ?

— Dans deux mois, vous allez confier vos enfants à votre père, vous irez à Londres et vous tomberez amoureuse d'un homme – un banquier qui est sur le point de prendre sa retraite à quarante-deux ans. Il viendra avec vous à Ibiza et vous finirez par l'épouser. Vous ne pouvez pas épouser cet homme. S'il vous plaît. Croyez-moi. Vous penserez qu'il est celui qu'il vous faut, mais ce ne sera pas le cas…

Elle m'a dévisagée avec un sourire perplexe.

— Comment savez-vous que je vais à Londres ?

— S'il vous plaît. Croyez-moi, simplement.

Puis je l'ai vue dans un avenir différent, heureuse, sur la piste de kart avec ses enfants, et j'ai compris pourquoi Christina avait voulu aider les gens comme elle l'avait fait. Quand on a la capacité d'aider les gens, on en a peut-être aussi l'obligation. Même si je n'avais pas demandé cette compétence, je ne pouvais pas la refuser.

J'ai alors aperçu une femme que j'ai vaguement reconnue, qui se dirigeait vers les arrivées. Une femme grande, au visage solennel, aux cheveux ébouriffés comme un pissenlit à moitié défait par le vent. C'était la médecin qui avait provoqué l'agitation d'Alberto et lui avait inspiré le désir de fuir l'hôpital. Elle sirotait un café, elle venait chercher sa mère qui arrivait de Bilbao. Et c'est là que j'ai vu l'image d'Alberto avec elle. Dans un petit bureau du service oncologie, un mois auparavant. « *El cáncer es agresivo* », lui disait-elle avant d'énumérer les options de traitement, et Alberto la dévisageait, abasourdi. Puis la docteure a disparu.

— Excusez-moi, *señora* ? a dit Gabriela, voyant que j'étais comme en transe. *Señora ?* Vous voulez toujours ce vol ?

J'ai souri à Gabriela. Puis j'ai saisi la poignée de ma valise.

— Je… Je suis obligée de vous laisser…

Peine perdue. Je savais que je restais. Du moins tant que je n'aurais pas élucidé le mystère d'Alberto.

Protection

Je ne cessais de penser à ce que Christina avait dit. « Il est impossible de ressentir la vie aussi profondément sans vouloir la protéger… » Je ne pouvais nier la transformation survenue en moi. Maintenant que je comprenais des choses cachées jusque-là – les pensées, l'avenir –, je ne pouvais me bercer de l'illusion triste mais réconfortante selon laquelle le monde n'avait plus que faire de moi. L'idée que je pourrais m'éloigner et m'éteindre sans que cela change quoi que ce soit.

On ne peut pas rester immobile dans un univers en mouvement. La transformation avait eu lieu. On m'avait retiré le refuge du chagrin et de l'auto-apitoiement. Je ne pouvais me protéger en ne faisant rien. La protection est une chose qu'on peut seulement donner, pas une chose qu'on peut toujours recevoir. Et j'allais faire mon possible pour aider ceux qui en avaient besoin.

La porte fermée

Je suis montée dans la voiture, qui était garée à une dizaine de mètres du terminal.

Alberto avait allumé la radio. Il agitait la tête au rythme de voix espagnoles qui chantaient du rap.

— C'est du reggaeton, a expliqué Alberto comme si j'étais revenue pour une leçon sur les genres musicaux. Ça existe depuis une éternité, mais à présent les gens se passionnent pour ça comme jamais auparavant… Il y a une certaine énergie sensuelle, non ?

— Du moment que vous la gardez pour vous, cette énergie sensuelle, ai-je répondu sèchement.

Alberto a consulté sa montre et a haussé les épaules.

— Quoi ?

— C'est intéressant, a-t-il dit, commentant ma décision de sortir de l'aéroport. Je pensais que ça vous prendrait vingt minutes de moins.

— J'étais vraiment prête à partir, vous savez.

— Alors pourquoi êtes-vous revenue ?

Mais il a entrevu la raison, dans mes pensées. Je l'ai aidé :

— J'ai vu une femme que j'ai reconnue. Une médecin. De l'hôpital. Cancérologue.

On aurait cru que je lui avais balancé un coup de poing. Il avait le souffle coupé. Il a éteint la radio. Nous sommes restés garés pendant que les voitures circulaient, à la recherche d'un emplacement libre.

— Je suis désolée, je ne voulais pas être indiscrète.

Il s'est mordu la lèvre. Nerveux. Affolé.

— C'est juste que je suis censé avoir des pouvoirs extrasensoriels supérieurs à quiconque, ai-je poursuivi, et pourtant je ne peux accéder à rien vous concernant. Vous êtes une porte fermée. Je ne vois rien. Je comprends mieux un homard, un lézard ou un cheval que je ne vous comprends, vous. Pourquoi ne me laissez-vous pas entrer ? Je veux aider. Si quelque chose ne va pas en vous, je veux être là. Comme… comme… comme *amie*. Et je sais qu'il y a d'autres dangers. Il y a d'autres personnes à protéger. Donc je reste. Mais je ne pourrai pas vous aider si je ne sais pas à qui me fier. Et je dois pouvoir me fier à vous.

Il est resté un moment sans bouger. Il semblait soupeser quelque chose. Une voiture a klaxonné. Alberto a baissé la vitre et adressé une insulte au conducteur.

— OK, a-t-il dit en se calmant. Avant d'aller voir Marta, j'ai quelque chose à vous expliquer. Je connais un petit café sur le bord de la route. Un endroit tranquille… Ils servent un jus d'orange délicieux. Fraîchement pressé.

Le jus oublié

Nous nous sommes assis dans un café sans prétention, à côté d'un flipper cassé.

Le mur était tapissé d'affiches pour des fêtes du siècle dernier, dont le texte était un mélange d'espagnol et d'anglais.

Ku presents Fantasy. Domingo 17 de julio de 1980.
Flower Power at Pacha. Fiesta de cierre, 1988.
Moondance at Space, Every Wednesday/Todos los miércoles, 1992.

J'ai pensé à toutes les folles soirées qui avaient eu lieu pendant que Karl et moi nous élevions Daniel, dans notre petit monde familial clos. Quand vous avez un enfant, le monde vous échappe pendant un moment. Vous devenez votre propre planète, et vous oubliez que d'autres choses existent, sauf quand vous faites l'effort de regarder. Que d'autres vies, aussi importantes que la vôtre, se déroulent partout. Certaines dans le cadre prestigieux de night-clubs d'Ibiza.

Alberto aussi contemplait les affiches.

— La grande époque, a-t-il dit pendant que nous attendions notre jus d'orange. Il y avait le Pacha, bien sûr. Une discothèque dans une ferme, en gros. Aujourd'hui encore, ça reste une *casa payesa*. C'est là que la jet-set est allée dès le début, quand ce n'était rien de plus qu'une *finca* avec une discothèque, dans les années 1970. Et puis il y avait Ku. L'excès dans toute sa splendeur. Vous savez, quand Freddie Mercury et Montserrat Caballé ont tourné leur vidéo pour la chanson *Barcelona*, ils l'ont fait à Ku parce que Ku était grand comme un opéra. C'était l'endroit où il fallait être vu. Polysexuel, glamour, éclectique. David Bowie, Grace Jones, Mick Jagger… toutes les stars y étaient. C'était un pôle d'attraction pour toutes les âmes folles, pour tous les créateurs dingues. Une discothèque géante, d'avant-garde, dans les collines du centre de l'île. Vous saviez qu'autrefois, c'était en plein air ? Ku était une sorte de Studio 54 à ciel ouvert. Amnesia était un peu plus dingue, un peu plus… libre. On dansait sous les étoiles pendant toute la nuit. Hippies, stars de cinéma, gourous indiens, artistes, flemmards, musiciens, écrivains, élégants, crasseux, les premiers raveurs, les homos, les hétéros et tout ce qui existe entre les deux extrêmes, avant que tout ça ne devienne une industrie… On allait boire, fumer de l'herbe, consommer des champignons magiques et danser sous les palmiers…

— Vous l'ignorez peut-être, l'ai-je interrompu, surprise par ma propre impatience, et je ne voudrais pas vous alarmer, mais je ne m'intéresse pas particulièrement à l'histoire détaillée des boîtes de nuit d'Ibiza.

Nos jus d'orange sont arrivés.

Je savais que ce serait l'extase, donc j'ai décidé de ne pas boire tant qu'Alberto n'aurait pas révélé la raison pour laquelle nous étions là. C'est peut-être ce que je faisais depuis trop longtemps. Me refuser tout plaisir, me priver d'une vie agréable.

— Et les baleines ? a-t-il demandé.

Je me demandais s'il allait finir par parler de la vision que j'avais eue à l'aéroport, de lui avec la docteure. Cette vision qui m'avait retenue ici.

— Pardon ?

— Oui. Vous ne vous intéressez pas aux folles nuits d'Ibiza. Et les baleines ? Elles vous intéressent ?

Alors j'ai posé la question que tout le monde devait lui poser au cours de chaque conversation :

— Mais qu'est-ce que vous racontez, Alberto ?

La baleine 52 hertz

— Il y a une baleine dans l'océan, m'a-t-il dit après avoir bu une gorgée de jus.

— Il y a beaucoup de baleines dans l'océan.

Il a acquiescé.

— Celle-ci est différente. Celle-ci est une baleine très solitaire.

— Oh. La pauvre baleine.

— Savez-vous pourquoi elle est solitaire ?

J'ai haussé les épaules.

— Elle n'a pas de connexion Internet ?

Il a affiché son large sourire tordu.

— Plus ou moins. C'est à cause de son chant. Les baleines communiquent énormément. Elles chantent tout le temps, mais il faut que ce soit à la bonne fréquence. Celle-ci utilise une fréquence haute, très inhabituelle. Cinquante-deux hertz. C'est la baleine la plus seule au monde parce qu'aucune autre ne comprend les chants à cette fréquence. C'est une baleine bleue, et le chant des baleines bleues a une fréquence beaucoup plus basse. Les baleines bleues sont le Barry White des mammifères marins, de vraies voix de basse. Donc, la pauvre créature à fréquence haute doit nager toute seule dans l'océan, sans pouvoir se faire d'amis, et sans personne pour écouter son chant.

Il souriait, mais ses yeux étaient voilés par la tristesse.

— J'ai été cette baleine. J'écrivais sur des choses incroyables, et personne n'était sur ma longueur d'onde. Personne ne comprenait. On me prenait pour un plaisantin. Comme une baleine à haute fréquence. Même ma fille Marta ne me comprenait plus, à une époque. Mais j'ai continué à faire ce en quoi je croyais. C'était avant même que je n'entre en contact avec la Presencia. Je savais simplement, j'avais l'esprit ouvert…

J'ai secoué la tête.

— Alors, qu'est-ce qui s'est passé ?

— Quoi ?

— Pour vous fermer l'esprit ?

Ma question l'a offensé. Il s'est renfoncé sur sa chaise. Il a marmonné un juron en catalan, oubliant que je pouvais le comprendre.

— Mon esprit est ouvert. J'accepte l'existence de plus d'espèces que…

— Je ne parle pas de ça. Je ne parle pas des espèces. Je parle des pensées. Je parle du mur que vous avez bâti autour de vous. Pourquoi vous y êtes-vous enfermé ?

Il savait de quoi je parlais. Il savait que je ne voyais en lui rien de plus que cette tristesse gris-vert et ses larges sourires de déni.

J'ai désigné un jeune couple qui partait sur un cyclomoteur loué au poste à essence, en direction du distributeur de la CaixaBank voisine.

— Je peux lire leur esprit sans la moindre difficulté. Ils ont tous les deux passé la journée dans des transats confortables, sur le sable pâle de la place d'Es Cavallet, ils ont mangé des calmars grillés et du loup de mer salé au restaurant El Chiringuito, où chacun a subrepticement échangé des regards avec de séduisants inconnus. Leur relation prendra fin dans deux semaines, après leur retour à Berlin. Et ils sont à une bonne centaine de mètres. Alors que vous, vous êtes juste devant moi, mais je ne sais rien de vous.

Mes mots n'étaient que des moucherons dans les airs. Il était ailleurs.

On entendait vaguement de la musique en fond sonore. Alberto est revenu à l'un de ses sujets favoris.

— Vous aimez cette chanson ? Écoutez. C'est *The Last Day of Summer*, par The Cure. Je n'ai jamais été vraiment gothique. J'étais plutôt Rolling Stones. La musique contestataire. La soul, Dylan, Joan Baez, Sam Cooke, Gil Scott-Heron. Vous m'imaginez avec du mascara ? Mais j'ai toujours essayé de garder l'esprit ouvert à la musique qui a suivi. Cette chanson est si belle. Julia, ma femme, elle adorait The Cure. On les a vus au Palau Sant Jordi, à Barcelone. Elle aimait beaucoup cette chanson aussi, qui est très sous-estimée. La musique est un peu triste, pas vraiment mon style, mais écoutez. Écoutez ces guitares, qui créent des formes, comme une forêt. Et puis la voix qui fait son entrée, aussi naturelle qu'un ombre. (Un silence.) Cette chanson est magnifique.

À ce moment, il me rappelait un peu Karl. Sa façon de décrire la musique comme une sorte de bouclier, qui permettait de parler d'émotion sans parler de ses émotions, à lui. J'allais le rappeler au véritable sujet de la conversation, mais je me suis rendu compte que c'était le vrai sujet. En ressentant la musique, en ressentant ses souvenirs et sa mélancolie, il s'ouvrait à moi.

Et lorsqu'il a commencé à s'ouvrir, j'ai senti qu'il souffrait.

— Je suis désolée. Simplement, vous voyez, je pensais que ce serait formidable d'en savoir un peu plus sur vous. (J'allais lui demander directement s'il était malade, mais ça m'a paru trop brutal.) Par exemple, j'aimerais bien savoir ce que vous pensiez de Christina.

Il a poussé un soupir. Lent et douloureux.

— Elle était à part. Elle me donnait l'impression que je n'étais pas une baleine cinquante-deux hertz. Elle était sur ma longueur d'onde.

J'ai haussé le sourcil.

— Intéressant.

— Non. Ça n'était pas ce que vous croyez. (Il a réfléchi, tout en contemplant son verre d'un air philosophique.) Enfin, d'accord, c'était un peu ça. Nous nous entendions à merveille. Ça a démarré comme une liaison. Elle venait de divorcer, et Julia était morte depuis peu de temps. Christina était trop gentille avec moi, et Marta l'aimait bien. Pendant quelques semaines, c'est devenu autre chose. Pourquoi cette question ? C'est parce que je suis plus magnétique qu'Es Vedrà, c'est ça ?

J'ai observé le sourire qui ornait son visage tanné et barbu. Il avait un certain charme. Sauvage, pur, hors du temps. Une opiniâtreté exaspérante mais attirante, qui suggérait qu'il n'était pas simplement la baleine solitaire mais qu'il *voulait* être ainsi.

Il lisait dans mon esprit :

— Quand on s'insère dans la société, on disparaît, pas vrai ?

— Je ne sais pas. J'ai toujours essayé de me fondre dans la masse. Je ne voulais pas aller à contre-courant. C'est trop fatigant.

— Eh bien, vous n'êtes plus la même, Grace. Et croyez-moi, ce n'est pas si mal, d'être unique. Vous savez toujours que vous êtes là. Vous savez qui vous êtes.

J'ai fermé les yeux un instant et j'ai senti quelque chose bouger en lui. Comme si, tout à coup, le grand livre d'Alberto s'ouvrait pour que je le lise. Il m'a pris la main que j'avais posée sur la petite table. Ça n'avait rien d'étrange. C'était le geste naturel d'un ami.

J'ai décidé que le moment était venu alors je me suis lancée :

— Ce jour-là, à l'hôpital, vous avez dit que nous devions partir parce que nous devions garder le secret.

— Oui…

— Oui, mais vous avez voulu vous enfuir. Ça n'avait aucun sens, parce que vous ne cachez jamais vos convictions. Vous avez écrit des livres. Sur les marchés hippies et dans les magasins, les gens vous connaissent, vous et vos « théories farfelues ». Donc, pourquoi devions-nous quitter cet hôpital ?

Il a hésité.

— J'ai vu quelqu'un. Quelqu'un que je connais.

— La docteure. Celle que j'ai vue à l'aéroport ?

Le silence fut long.

— Oui. La Dr Pérez. La cancérologue. Il fallait que je sorte. Désolé. Je ne voulais pas que vous sachiez. Que personne sache. Surtout Marta. Je suis désolé. J'aurais dû être franc avec vous…

— Vous allez vous en tirer ?

— Ils m'ont fait passer tous les tests pour mon pancréas. Prise de sang, ultrasons… Et elle pense que je devrais suivre un traitement, mais elle ne se rend pas compte que je peux prévoir le résultat. Je vois mon propre avenir. Il a été caché pendant un temps, mais maintenant, je sais. Quoi que je fasse, ça ne modifie la date que d'une semaine environ. Trois semaines maximum. Nous voyons l'avenir qui existe si nous ne faisons rien. C'est vrai. Mais parfois, nous ne pouvons rien faire. En ce moment, je vais bien, mais un jour…

Je n'ai pas su quoi dire. Je lui ai tenu la main. Je l'ai serrée. Le mur s'était écroulé. Je voyais tout, à présent. Il ne lui restait que deux mois. Dans le meilleur des cas. Son déclin serait rapide, dans les derniers jours. Il ne savait pas s'il allait suivre Christina dans cet autre monde. J'ai senti sa tristesse se répandre en moi. Mais ce n'était plus seulement de la tristesse. En fait, cette sensation s'atténuait. C'était de la gratitude, du soulagement, et une sorte de contemplation apaisée.

— Je ne voulais faire de peine à personne.

— Mais la Presencia, ai-je insisté. Elle guérit les choses. Elle ne peut pas vous guérir ?

Il a secoué la tête.

— Elle ne vient à vous qu'une fois. Sur Salacia, ce serait peut-être différent. Si je décide d'essayer et de prendre cet aller simple, il se pourrait que je sois guéri. Qui sait ? J'imagine que c'est possible. Je pourrais gagner quelques années. Mais je ne peux pas devenir immortel, pas plus que quiconque. Les Terriens ne sont pas censés être immortels, Grace.

Je me suis rappelé sa réaction lorsqu'il avait appris que Francisco était parti pour Salacia. Voilà pourquoi c'était si important pour lui. Ce pouvait être une issue.

J'ai essayé de ne pas pleurer.

— L'air est doux, là-bas, lui ai-je dit. La mer est merveilleuse. Pouvez-vous imaginer les créatures qui y vivent ?

Il a souri, et son sourire m'a paru totalement sincère.

— Mais pour le moment, je suis ici. Ici aussi, l'air et la mer sont beaux, donc je reste… Et jamais je ne me suis senti plus vivant.

Désormais, je pénétrais complètement son esprit.

Il était grand ouvert.

Comme une prairie.

Je me suis avancée vers lui, dans son esprit, j'étais avec lui, nous sommes restés ainsi sans qu'il soit nécessaire de parler. Nous étions simplement ensemble.

Nous nous comprenions.

Sur la même longueur d'onde.

C'était bon.

Nous buvions du jus d'orange ensemble.

Marta et la deuxième loi de la thermodynamique

Marta habitait une *finca* dans le nord de l'île. C'était un endroit paisible mais légèrement chaotique, avec des figuiers dans le jardin et des chats qui entraient et sortaient de la maison. Si j'avais été Alberto, j'aurais aussitôt accepté sa proposition d'occuper la chambre d'amis. C'était incontestablement préférable à un vieux futon rongé par un bouc, sur le sol de sa cabane de plage.

Marta avait étudié à l'université de Navarre, où elle donnait des cours à distance, à temps partiel. « La meilleure université », avait précisé Alberto avec un orgueil charmant, je devais l'admettre, compte tenu de sa haine pour le milieu qui l'avait exclu.

— Elle n'a aucun talent extrasensoriel, m'avait annoncé Alberto, tout bas, sur le ton du secret. La Presencia n'est jamais venue à elle. Mais elle est super-intelligente. De l'université de Navarre sortent des Premiers ministres, des explorateurs polaires, des réalisateurs de films et les meilleurs scientifiques. Elle est appréciée de tout le monde. Et elle a une vraie curiosité d'esprit. C'est une astrophysicienne brillante, qui découvre de la logique là où personne n'en voit. Nous avons besoin d'elle pour débusquer celui qui a voulu tuer Christina. Elle est plus douée que moi pour ça.

— Mais elle n'est pas au courant ?

— Non, je vais lui parler, a dit Alberto. Pour ma maladie. Promis. Mais pas aujourd'hui.

J'ai soupiré. C'était sa décision. Je suis sortie de la voiture. Le soleil du début de soirée semblait ici encore plus ardent, comme s'il irradiait depuis les collines entourant la vallée tapissée de pins.

— Hola, Grace, bienvenue. Ravie de vous rencontrer.

Marta était très différente de son père – moins exubérante et sociable, plus introvertie. Non, pas introvertie. On ne peut qualifier d'introvertie la militante verte la plus remarquable dans l'histoire d'Ibiza. Quelqu'un qui, je l'apprendrais bientôt, pouvait discourir devant des milliers de personnes sur les dangers de la destruction écologique – sa passion pour l'environnement découlait de son intérêt d'astrophysicienne pour l'univers – et les faire changer d'attitude. Ce que je veux dire, c'est qu'elle était très calme. Elle n'avait pas besoin de bruit inutile. Quand elle parlait, et elle parlait beaucoup, c'était pour une raison. Elle était en train de peindre un grand panneau en carton ; elle avait le grand sourire de son père lorsqu'elle a levé les yeux vers nous.

J'avais déjà croisé Marta. C'était la femme aux lunettes, cheveux en bataille et T-shirt Einstein, que j'avais vue à l'aéroport. Et dans les visions avec Christina. Elle portait un short en jean, comme son père, et un T-shirt décoloré avec le mot « *Space* ». Space était le nom d'une ancienne boîte de nuit, mais le mot convenait aussi à une astrophysicienne. Marta avait une collection de T-shirts superbes, j'allais le découvrir. Elle avait aussi une compagne, une architecte suisse prénommée Lina, mais celle-ci était en voyage. C'était la femme à qui elle disait au revoir la première fois où je l'avais vue.

— Je crois vous avoir vue à l'aéroport…

Marta m'a adressé un sourire étonné.

— Vraiment ?

Il était probablement encore trop tôt pour lui dire qu'elle était également présente dans les visions que j'avais eues en touchant un volant.

Il y avait un chat à trois pattes à qui je semblais plaire. Il a frotté sa tête contre mes mollets, avec de chaleureuses pensées félines.

L'esprit de Marta était plus facile à lire que celui de son père. Chaque sourire était une porte ouverte. C'était pourtant un esprit très encombré, un jardin mental grouillant de plantes, éclairé à contre-jour par un soleil doré, mais avec une nervosité, un sentiment d'incomplétude. Non, ce n'est pas tout à fait ça. Voyez-vous, les gens sont comme des morceaux de musique. Nous n'entendons pas les paroles parce qu'ils les chantent rarement assez fort. Mais les esprits jouent leurs propres notes, et Marta était coincée en mode mineur. Elle avait un thème, comme tout le monde. Mon thème à moi a toujours été la culpabilité. Le sien était l'idée que personne ne s'intéressait à elle, que personne ne la choisissait. Ce que soulignait le fait que la Presencia n'était jamais venue à elle, alors qu'elle plongeait si souvent à proximité et qu'elle lui consacrait une grande partie de ses recherches. Mais Alberto regardait sa fille avec fierté chaque fois qu'elle parlait, ne voyant en elle que pure magie.

Nous nous sommes installés dans le petit jardin, sous l'ombre d'un des figuiers. Marta a apporté une cruche de vin rouge. La musique de la radio nous parvenait par la fenêtre de la cuisine. *Mr Tambourine Man*. Je contemplais les mots qu'elle avait inscrits sur le panneau : « *NOS ALZAMOS COMO EL OCÉANO*. » « Nous nous soulevons comme l'océan. » Il y avait un globe terrestre soigneusement peint en dessous.

— Bob Dylan a vécu quelques années à Formentera, a commencé Alberto. Il habitait le phare...

— Papa, je ne crois pas que Grace a envie de parler de Bob Dylan. (Marta avait la voix douce mais ferme.) Dites-nous, Grace, comment vous sentez-vous ? Je sais tout. Vous avez vécu un moment extraordinaire.

— Franchement, je ne sais pas. Un peu dépassée, je suppose. J'aime bien votre panneau.

— Ahhh, *muchas gracias*. Je ne suis pas une grande artiste. Il va y avoir une manifestation.

— Oui. J'en ai entendu parler.

Une ombre s'est abattue sur son esprit.

— Christina voulait y participer. Ce ne sera pas la même chose, sans elle. Mais elle est sur Salacia, à présent. Je le crois vraiment. Et maintenant vous êtes là.

— Oui.

J'ai bu un peu de vin, qui avait un goût de soleil et de terre.

— Je ne suis pas très à l'aise avec tout ça, ai-je avoué. L'idée de recevoir des pouvoirs extraterrestres... J'ai bien failli rentrer. En Angleterre.

— Qu'est-ce qui vous a retenue ?

Avant que j'aie le temps de répondre, le chat a bondi sur mes genoux.

— C'est Sancho, a dit Marta. Normalement, il n'aime pas les inconnus. Il vous fait un grand honneur.

Je sentais l'amour qui émanait de l'animal. On pense souvent, à tort, que les chats sont moins affectueux que les chiens. Ça n'a aucun sens. L'amour qu'un chat peut vous donner est soudain et chaleureux. Simplement l'amour d'un chat est libre de tout principe moral ou éthique. C'est un amour sans visée ultérieure. Un amour entièrement récréatif. Un amour ici et maintenant. Mais c'est de l'amour, malgré tout.

— La manifestation a lieu contre l'hôtel qu'ils construisent à Es Vedrà ?

— Oui.

Marta s'est remise à sa peinture. Elle s'est attaquée à un deuxième globe terrestre.

— À propos des extraterrestres… Vous connaissez le concept d'« adaptation dissipative » ?

La fille parlait un anglais encore meilleur que le père.

J'ai secoué la tête. Cette expression, « adaptation dissipative », devait se trouver quelque part dans mon cerveau. De même que tout s'y trouvait, désormais. Mais certaines choses exigeaient encore un effort. Et l'astrophysique semblait être la zone de sécurité de Marta, tout comme les mathématiques étaient la mienne.

— Eh bien, il explique que la vie est inévitable. Traditionnellement, on pensait que la vie était une impossibilité générale et que la Terre était l'exception à la règle. L'humanité était un coup de chance. La deuxième loi de la thermodynamique disait que le désordre augmente dans tout système.

— J'ai travaillé dans une école, ai-je dit en observant une figue qui pendait de l'arbre, un superbe bulbe violet. J'ai vu l'application concrète de cette loi.

Marta a souri et remonté ses lunettes sur son nez. Elle avait une minuscule goutte de peinture verte sur le menton.

— La vie paraissait improbable parce qu'elle exige le contraire du désordre. La vie, c'est l'ordre sorti du chaos. La vie, c'est le froid qui devient chaud. La vie extraterrestre semblait donc scientifiquement improbable. Mais alors est apparue une nouvelle hypothèse selon laquelle, à mesure que de la chaleur s'ajoute aux groupes d'atomes, ces atomes *s'organisent* pour recevoir cette énergie. C'est l'ordre, et non le désordre, qui se produit. Ça signifie que la vie est l'ordre des choses. La vie finit par apparaître. La vie est désormais perçue comme logique. Autrefois, les idiots croyaient aux extraterrestres et les intellectuels se moquaient d'eux. Maintenant, c'est le contraire. Vous voyez ? La vie est inévitable si ce processus se répète plusieurs millions de fois. Et la Presencia est en fait une militante intergalactique. Elle est là pour protéger les choses. Elle aussi s'est organisée. Comme nous devons le faire. Voilà ce que sera la manifestation contre ce stupide hôtel, des gens qui s'organisent comme les atomes, au nom de la vie.

— Comme les atomes, a marmonné Alberto.

Sa fille l'a regardé, la mine soucieuse.

— Tu utilises l'écran solaire que je t'ai acheté ?

— Oui. Oui. Je m'en sers tous les jours. Je ne suis pas quelqu'un qui se met de la crème sur le nez, Grace. Je n'ai jamais pris soin de ma peau. La mer est mon bain. Mais

Marta s'inquiète pour moi. Et je me sers de cette crème parce que j'aime l'odeur de la noix de coco.

Cette réponse a contenté sa fille.

— Nous sommes dans une galaxie d'environ cent milliards d'étoiles, chacune ayant au moins une planète en orbite, ce qui fait énormément de planètes, a repris Marta.

Elle s'animait peu à peu. Je sentais son émotion. Je me suis concentrée sur son visage et j'ai vu un souvenir d'elle, de ses camarades de classe se moquant d'elle parce qu'elle lisait un livre sur les ovnis.

— Dix milliards de ces étoiles sont comme notre soleil, et deux milliards ont des exoplanètes qui offrent à la vie à peu près les mêmes conditions que le nôtre. Deux *milliards*.

À présent, Alberto contemplait sa fille non seulement avec orgueil, mais avec autre chose en plus. La tristesse brillait dans ses yeux.

— *¿Papá, estás bien?*

— Oui. Oui, ça va. Ce n'est rien.

La voix d'Alberto crissait d'émotion. Il s'est levé et a détaché une figue de l'arbre. Celle que j'avais observée.

— La *vida imposible* n'est pas si impossible. Les extraterrestres sont partout. Et beaucoup de gens sur Terre les ont vus de leurs yeux. Mais on ne les croit jamais.

Il m'a tendu la figue. Je l'ai examinée.

— Goûtez-la.

C'est ce que j'ai fait.

Une figue

Il n'y a rien de tel que de goûter une figue qui vient d'être cueillie, tendre et chauffée par le soleil. On peut la manger entièrement. La peau, la chair violette, les pépins. Divin. Mangez la figue entière, c'est ce que je vous conseille. Et cueillez-la sur l'arbre, dans l'instant, quand l'occasion se présente.

Elvis Presley et le verre cassé

APRÈS AVOIR SAVOURÉ LA FIGUE, je me suis rappelé une chose dont j'avais entendu parler à la radio.

— La zone Boucle d'or.

— Oui, a aussitôt approuvé Marta, posant son pinceau pour prendre son verre de vin.

J'ai eu un mauvais sentiment.

Je ne comprenais pas du tout, mais je savais que c'était mauvais.

Mes sens étaient en éveil. J'ai senti tout à coup que quelque chose n'allait pas. Alberto a écarquillé les yeux. Je n'étais pas sûre qu'il ressente la même chose que moi, ou qu'il sente que je la sentais.

— Ni trop chaude, ni trop froide…, a continué Marta sans se rendre compte de rien. Exactement comme Boucle d'or aime sa soupe. Deux milliards de planètes dans la zone Boucle d'or, c'est énorme. Rationnellement, il serait beaucoup plus difficile de croire que nous sommes la seule sur deux milliards et ce…

C'est alors qu'il est arrivé quelque chose de bizarre. Au verre qu'elle avait à la main. Un réseau de fissures est apparu, comme une toile d'araignée en cours de tissage. J'ai d'abord cru que Marta serrait le verre trop fort.

— Attention. Le verre.

Mais ce n'était pas ça.

Si elle l'avait trop serré, il se serait immédiatement cassé. C'était autre chose. C'était une *mise en scène* de verre fissuré. C'était *du théâtre*. Comme si ce phénomène contre-nature voulait se faire remarquer, et Marta était si fascinée et perplexe qu'elle contemplait le verre au lieu de le reposer. Puis, à l'instant où Marta a recouvré ses esprits, le verre s'est complètement brisé et le vin rouge a coulé sur le panneau, imbibant le carton.

Marta a sursauté.

— *¿Qué mierda?*

Le panneau était bon à jeter. Le globe terrestre était devenu aussi rouge que Mars.

— Ça va ? avons-nous demandé simultanément, Alberto et moi, dans deux langues différentes.

— Qu'est-ce qui s'est passé ? s'est étonnée Marta.

Alberto a regardé alentour. Pour voir s'il y avait quelqu'un, parmi les buissons ou les figuiers.

Puis il y a eu autre chose.

La radio.

La radio a remplacé la chanson de Bob Dylan par un fort grésillement.

Puis le bruit s'est lentement changé en musique. Une autre chanson. *Heartbreak Hotel* par Elvis Presley. Mais en plein milieu d'un couplet. Sa voix en forme de moue boudeuse flottait par-dessus l'air chaud comme une menace sinistre.

Marta est allée éteindre la radio. Elle est revenue avec un tissu, une pelle à poussière et une brosse, tandis que je ramassais les morceaux de verre.

Alberto contemplait le carton imprégné de vin. Il s'est tourné vers sa fille, le front plissé par l'inquiétude.

— C'est un avertissement. De la part de celui qui voulait tuer Christina. Il veut que tu arrêtes. Tu dois renoncer à cette manifestation, Marta.

— Papa, ne sois pas bête.

J'ai senti que ce n'était pas la première fois qu'elle lui lançait cette remarque.

D'autres sont en danger...

C'est ce que Christina avait dit.

Je n'avais pas peur. En fait, j'étais contente de ne pas avoir pris l'avion. Je sentais qu'on avait besoin de moi ici.

Une pensée tournait en rond dans ma tête tandis que je caressais Sancho.

— Christina voulait participer à la manifestation, n'est-ce pas ?

Marta a balayé les bris de verre.

— Oui, elle a aidé à trouver l'idée.

— Et vous aviez déjà défilé ensemble, pas vrai ?

— Souvent.

— Et vous ne savez pas exactement contre qui vous protestez cette fois ? Vous ne savez pas quelle entreprise construit l'hôtel ?

— Non. C'est tenu très secret. On sait simplement que le plan a été approuvé par les autorités locales.

— Merveille du Monde.

— Eh bien ?

— Vous avez manifesté contre un de leurs hôtels. À Cala Llonga.

Marta m'a regardée. Alberto m'a regardée. C'était une prise de conscience collective.

— Vous êtes au courant, pour les chèvres, non ? leur ai-je demandé à tous les deux. Les chèvres qui ont été tuées sur Es Vedrà, pour l'hôtel.

Alberto a hoché la tête, le visage pommelé par l'ombre.

— Oui. Je l'ai senti au moment où je vous ai vue. Après les homards.

Cette nouvelle a troublé Marta davantage que le verre.

— Pourquoi ne les déplacent-ils pas simplement ?

— Parce que celui qui a donné les ordres s'en moque. (C'était une hypothèse. Je ne pouvais pas en être certaine, mais cela me semblait de plus en plus vraisemblable.) En fait, je pense même qu'il aimait assez l'idée.

— Où cela va-t-il nous mener ? s'est enquis Alberto.

— Eh bien, en fait, ceux qui ont tué les chèvres étaient dans un bateau. Le bateau avait un tout petit logo, mais je l'ai vu.

Marta a manifesté son incompréhension.

— Les autorités locales sont stupides, mais pas à ce point-là. Pas après tous les problèmes qu'il y a eus à Casa Llonga. Merveille du Monde est la pire des entreprises à avoir mis le pied ici. Il n'aurait jamais fallu lui accorder la permission de…

Sa voix a faibli. Elle s'est relevée, tenant la pelle à poussière remplie de verre cassé, l'ombre des branches du figuier sur le visage.

— Un homme qui a rendu visite à Christina, ai-je dit. Il y avait beaucoup de gens, mais l'un d'eux était un riche propriétaire d'hôtels. Le chauffeur de taxi m'en a parlé, le soir où je suis arrivée. Il affirmait que son nom commençait par un A. J'ai d'abord cru que c'était A comme Alberto, mais il a précisé que l'homme était bien habillé.

— Charmant, a grommelé Alberto, baissant les yeux vers son short miteux.

— Il venait d'aller dans le restaurant le plus cher du monde. J'ai essayé d'accéder aux souvenirs que Christina avait de lui mais je ne peux pas. Il y a un blocage.

Les pensées de Marta étaient un chaudron bouillonnant.

— Le restaurant le plus cher au monde… À côté du Hard Rock. Où on porte des lunettes de réalité virtuelle. C'est un gadget pour les touristes riches et les DJ à la mode… Pour les gens qui ont plus d'argent que de bon sens.

J'ai pensé à Karl. Il aurait désapprouvé l'idée. Je me rappelais le mépris qu'il avait éprouvé pour une chaîne de pizzerias qui s'était mise à percer de gros trous au milieu de ses pizzas en les proposant comme des produits de régime. (« Ils prennent vraiment les gens pour des imbéciles ? ») Se plaindre des restaurants avait été un de ses passe-temps. Pour le plaisir de ronchonner.

— Submarine, a dit Alberto. C'est le nom du restaurant.

— Non, a rectifié Marta. Il n'y a pas de restaurant à Ibiza qui s'appelle Submarine. C'est Sublimotion.

— Eh bien, il devrait s'appeler Submarine. Qu'est-ce que ça signifie, Sublimotion ?

Tout l'esprit de Marta a roulé de gros yeux.

— *Papá, por favor*. Concentre-toi.

Alberto a soupiré.

— Écoutez, nous devons surtout éviter les conclusions hâtives. Beaucoup de gens s'intéressaient à Christina parce qu'elle prédisait l'avenir. Presque tous les jours, elle bouleversait des vies. Depuis son stand à Las Dalias. Ou parfois depuis sa maison. J'ai toujours pensé que c'était une mauvaise idée, mais c'était une façon d'aider les gens…

J'ai secoué la tête.

— Celui qui en voulait à la pauvre Christina était très sûr de l'avenir. C'est pour ça qu'il voulait la tuer. Elle allait l'empêcher de faire ce qu'il voulait. Et que voulait-elle empêcher ? La destruction de la nature à Ibiza.

— Oui, a renchéri Marta. Et le pire promoteur, c'est Merveille du Monde. Dirigé par Art Butler.

— Art, ça commence par un A, a murmuré Alberto.

— Des écoretraites, pour ceux qui ont les moyens de s'offrir méditation, cryothérapie, biologie participative et smoothies au charbon actif. Ce sont ces « hôtels verts » complètement hypocrites, avec leurs restaurants « écoresponsables », comme il y en a toujours dans les anciennes réserves naturelles. Ils prêchent le développement durable, et ensuite ils déversent illégalement leurs eaux usées non traitées dans la Méditerranée.

Marta était agenouillée, mais droite. Elle était sérieuse, dans son élément. Elle a replacé une mèche rebelle derrière son oreille.

— Il possède quelques hôtels aux États-Unis. L'an dernier, il en a ouvert un à Bali… Mais c'est à Ibiza qu'il a commencé. Maintenant il en a sept ici. L'île lui a toujours servi de banc d'essai. Ibiza est un site ambitieux. Ce qui fonctionne ici est cloné ailleurs, et perd son âme par la même occasion. Ça a toujours été comme ça. Les discothèques, les clubs de plage, l'agrotourisme, les retraites de ressourcement, et ainsi de suite… Prenez le paradis, commercialisez-le en forfait, et vous vous en mettez plein les poches.

Alberto a acquiescé, se demandant pourquoi il n'avait pas fait le rapprochement. Se demandant quelle force l'avait empêché de comprendre le plus évident : l'individu contre lequel Christina avait manifesté était celui qui l'avait mise en danger. Et s'il n'avait pas fait le rapprochement, supposait-il, c'était parce qu'Art Butler ne le lui avait pas permis.

— Ce gros bonnet d'angliche, a-t-il marmonné. Il faudrait l'arrêter… il faudrait…

— À Ibiza, a poursuivi Marta qui ne l'avait pas entendu, il a sali la mer avec ses eaux usées, il a contribué à faire disparaître des plantes et des oiseaux, il a endommagé l'écosystème, il a roulé les travailleurs dans la farine. Il se fiche de la nature, mais il fait croire le contraire.

— Mais cela signifie-t-il vraiment qu'il prévoyait d'éliminer Christina ? Il y a une marge.

— Butler est un homme très influent. Et qui a beaucoup d'argent. Il a renversé des obstacles que personne d'autre n'aurait pu surmonter. Des zones protégées cessent tout à coup d'être protégées, et il promet toujours de préserver les espèces et les habitats, mais dès que les travaux démarrent, tout est détruit. D'après ce qu'on sait, c'est un humain, mais s'il était humain, Christina aurait pu savoir qu'il allait la tuer. Elle disait qu'il y avait un blocage qui l'empêchait de voir la personne qui menaçait sa vie. Elle n'avait pas de visage…

J'ai pensé à ma vision d'un individu sans visage, qui remettait de l'argent à un agent de la Guardia Civil. J'ai senti que l'humeur de Marta, déjà lugubre, s'assombrissait encore.

— Il y avait ici un homme politique, Ricardo Martínez, qui est mort dans des circonstances mystérieuses après s'être opposé à la demande déposée par Merveille du Monde pour construire un hôtel à côté des marais de Ses Feixes.

— C'est terrible. Mais une simple corrélation n'est pas…

C'est la dernière fois que j'ai eu recours à la logique dans cette conversation. Car à ce moment précis, la réalité telle que je la connaissais s'est entièrement désintégrée, et la logique a dû inclure le surnaturel. Car à cet instant le téléphone de Marta a sonné dans sa poche.

Elle avait reçu un texto qui disait simplement, en anglais : « Pour vivre, arrête. »

Il y a eu un silence effrayant. Nous retenions tous notre respiration. L'air a paru se resserrer autour de nous. La main de Marta tremblait.

— Bordel de merde ! s'est-elle exclamée.

— C'est lui, a dit Alberto, paniqué, tordant le cou comme si Art Butler se cachait derrière un figuier.

— Comment ?

— Je ne sais pas. Mais il n'y a pas que lui. Il se passe quelque chose *d'autre.*

— Il parle de la manif. Il veut que j'arrête la manif.

— Alors, tu devrais l'arrêter, a suggéré Alberto, toujours en panique, sa voix réduite à un filet d'air. Voilà ce que je dis : nous devons arrêter. Il peut sans doute faire tout ce qu'il veut, depuis n'importe où sur cette île. Je pense qu'il serait prudent de suspendre la manif.

Je ne pouvais qu'être d'accord.

— Renoncez à cette manifestation, Marta. Je pense que votre père a raison.

— Papa, tu sais que ce n'est pas possible.

— Le pas possible est toujours possible. De quel numéro venait le texto ? (Alberto s'est rapproché de sa fille pour lire les chiffres sur l'écran.) Ça paraît bizarre. 2, 7, 1, 8, 2, 8, 1…

— Attendez ! (Je l'ai coupé avant qu'il ne les lise tous.) Ce n'est pas un numéro normal. Je connais ce nombre. 2,71828182, etc., à l'infini.

— Je le connais aussi.

Marta était physicienne. Les mathématiques lui étaient familières. J'ai hoché la tête.

— Le nombre d'Euler. Le nombre *e*, la base des logarithmes naturels. Le nombre préféré de tous les hommes d'affaires. On s'en sert pour calculer comment obtenir une croissance exponentielle grâce à l'intérêt composé. Si vous cherchez un nombre mathématique qui explique pourquoi les riches deviennent toujours plus riches, c'est lui. C'est un autre signe. Il sait que nous reconnaîtrons que ce n'est pas un vrai numéro de téléphone… Il nous dit d'être très prudents.

Marta contemplait le panneau mouillé qu'Alberto avait ramassé à terre.

— La croissance exponentielle. Ça le résume bien. C'est lui.

Mon esprit s'est mis à tournoyer :

— Qui a donné l'autorisation ? Pour le chantier d'Es Vedrà ?

— Oh, euh… Eh bien, c'était Sofía Torres. C'est la personnalité politique la plus puissante de l'île…

Alberto essayait de faire partir le vin du panneau.

— Tout le monde la connaît. Elle dîne au même restaurant de poisson tous les soirs.

— Quel restaurant ?

— El Pescador. Dans la vieille ville.

En tant que prof de maths, j'ai pensé au principe d'ordre. C'est un principe très important, qui énonce que, si vous voulez résoudre un problème, il faut le faire dans le bon ordre. Et s'il y a une inconnue et une quantité donnée, il faut commencer par la quantité donnée. Pas par l'inconnue puisqu'elle est, précisément, *inconnue*. Et l'élément connu, c'était Sofía Torres, donc il paraissait normal de commencer par elle.

— Nous devrions aller là-bas, ai-je déclaré avec un sentiment d'urgence. (Je me sentais aventureuse et ridicule. Le Don Quichotte de Marks & Spencer, une fois de plus.) Nous devrions y aller ce soir.

À la pêche aux pensées

J'AI REPRIS LE VOLANT POUR EMMENER tout le monde dans la vieille ville d'Ibiza. Au loin, on voyait les fortifications de Dalt Vila, au sommet d'une colline. Les bâtiments massés les uns contre les autres, perchés derrière les murailles, et les bastions anguleux, sous un ciel sombrant peu à peu dans la nuit.

Sur tout le trajet, Alberto et Marta ont discuté en espagnol, et je comprenais tous les mots qu'ils prononçaient et tous ceux qu'ils auraient voulu dire. Je parlais aussi couramment l'espagnol que si j'étais née ici.

Alberto secouait la tête sans arrêt.

— Demain ne peut pas avoir lieu.

— Ça aura lieu. Tout est organisé.

— Téléphone à tes amis, a-t-il exigé, la voix tendue par l'inquiétude. S'il te plaît, Marta, appelle Adriá et les autres, dis-leur qu'il faut annuler. Publie-le sur Internet. Demande-leur de ne pas venir. Face à Art Butler, on ne fait pas le poids.

— C'est comme ça que tu réagis face aux meurtriers et aux terroristes qui pratiquent l'écocide ? Tu capitules devant leurs exigences ? Non, Papa, je manifesterai.

— Je suis ton père. Et mon devoir est de te protéger.

— Et moi je suis un humain, mon devoir est de protéger la planète.

— Tu es impossible.

— Non. Toi, tu es impossible.

Vous voyez le tableau. C'était une dispute familiale. Leur esprit à tous les deux était plein d'amour et de sollicitude l'un pour l'autre. C'était l'un des avantages de la télépathie, je m'en suis aperçue. Le sous-texte devenait le texte. L'invisible devenait visible. Cela mettait en évidence l'amour et la gentillesse même quand ils étaient enveloppés dans la colère et le mépris. Marta n'avait réellement pas peur.

— Amusons-nous plutôt, a-t-elle dit par défi. C'est une belle soirée. Venez, Grace, partons à l'aventure. Allons sauver le monde.

— À l'aventure ?

Je n'ai rien ajouté, comme si je m'adressais une invitation à moi-même.

En tout cas, Maurice, nous nous sommes garés sur un parking, en bordure de la ville moderne. J'ai fait un créneau, comme Karl me l'avait toujours recommandé, et j'ai imaginé sa satisfaction.

Le plan était d'aller à El Pescador, mais nous nous sommes délibérément arrêtés loin du restaurant. Nous voulions marcher longuement, croiser des gens.

Marta a froncé les sourcils.

— Pourquoi on se gare ici ?

— On doit partir à la pêche aux esprits, a expliqué Alberto. Enfin, Grace s'en chargera. Moi, je ferai ce que je pourrai. Et Ibiza est l'endroit parfait pour ça. Sofía Torres ne doit pas être la seule à connaître les projets d'Art Butler, ni à savoir où on peut le trouver.

C'était une soirée animée, idéale pour notre objectif.

À proximité des promeneurs, j'attrapais leurs pensées comme des papillons. Et, comme les papillons, certaines étaient plus jolies que d'autres.

— Soyez à l'affût de tout ce qui pourrait sembler suspect, a précisé Alberto. L'information dont nous avons besoin pourrait venir de n'importe quel cerveau…

La foule était de plus en plus dense à mesure que nous nous approchions du centre-ville.

Une femme contemplait une robe d'été jaune vif dans une vitrine, elle s'imaginait la portant, et se demandait si elle pourrait repousser un peu sa limite de crédit.

Un homme trouvait sa bedaine trop flasque.

Un autre pensait à la soirée qu'il passerait au casino pour reprendre à son adversaire tout l'argent que celui-ci lui avait raflé la veille.

Une femme se rappelait un orgasme avec un amant plus attentionné que celui dont elle tenait la main.

Un touriste malade se repentait d'avoir commandé des moules.

Un homme était désespéré, bien que souriant.

Une adolescente regardait son téléphone et aurait voulu ressembler à la fille qui dansait sur une vidéo.

Les deux membres d'un jeune couple regrettaient en même temps que leur Airbnb soit si loin de la ville.

Un barman essuyait une table en rêvant d'une femme qu'il avait aimée, qui était repartie pour l'Argentine et qui avait épousé un avocat. Marta le connaissait et l'a salué.

— *¡Hasta mañana!* a-t-il répondu en ajoutant qu'il avait hâte de la retrouver à la manifestation.

— Oui. On se voit demain.

Un chien essayait de faire comprendre à son maître qu'il avait soif.

Un cafard parcourait le sol près d'un bar, levé de bonne heure en prévision d'une nuit consacrée à chercher de la nourriture, l'esprit plein d'un degré quasi humain de peur, de désir et de faim.

Un homme profondément anxieux redoutait de mourir mais sa vie était si facile à lire que j'ai su qu'il avait encore cinquante-trois années à vivre. Et il décéderait sans souffrir, dans son sommeil, dans un hôtel de luxe à Kyoto.

Trois jeunes gens voulaient se défoncer, l'un d'eux espérant en secret qu'il aurait le courage d'avouer à son ami qu'il était amoureux de lui.

Une femme tenant un sac rempli de pommes et de pain craignait de ne pas avoir de quoi payer son loyer.

J'ai croisé quelqu'un qui se sentait coupable d'être en vacances pendant que sa mère était à l'hôpital. Je connaissais ça. Le sentiment de culpabilité parce qu'on s'amuse.

J'ai croisé quelqu'un qui avait exactement mon âge. Une Espagnole en pleine dépression. Qui voulait n'être plus rien.

J'ai pensé aux jours qui avaient suivi l'enterrement de Karl, quand je voulais ne plus exister. J'étais devenue fascinée par le zéro, comme concept et comme chiffre. Les Égyptiens avaient un hiéroglyphe pour le représenter, interchangeable avec le symbole de la beauté. Cela plaisait à l'état d'esprit dans lequel j'étais alors. La beauté, c'était le néant. Dès qu'il existait quelque chose, les ennuis commençaient. Et la souffrance.

Je me devais de me sentir accablée, telle était ma logique. Et si je ne le devais pas au monde, je le devais au moins à mon défunt mari et à mon défunt fils.

J'avais cru alors que je n'étais tout simplement pas *faite* pour être heureuse. Quel soulagement de penser autrement ! Mais même ici, alors que je me promenais dans Ibiza, une légère culpabilité persistait. Comme une tache de vin sur le carton, que la lumière du soleil ne dissiperait jamais tout à fait.

Peines d'amour et gueules de bois

NOUS MARCHIONS TOUJOURS. Je discernais tout ce qui pouvait l'être dans tout ce que nous rencontrions, à la façon dont un grain de sable pourrait parler de l'univers entier, s'il avait l'intelligence nécessaire.

Nous avons emprunté le chemin le plus long pour atteindre la vieille ville, en passant devant la façade jaune beurre frais du Gran Hotel Montesol, dont je *savais* que c'était le plus vieux de l'île, mais comme je le *sentais* aussi, en tournant devant le coin arrondi de ce bâtiment Art déco à plusieurs étages, où une clientèle internationale et sophistiquée observait les badauds, sous les auvents. Les observait sans les comprendre, contrairement à moi.

Car j'avais l'impression de déambuler à travers un bruyant nuage de laisser-aller et de laisser-faire, où les souvenirs suintaient littéralement des bâtiments et des corps. Nous avons pris un détour par le front de mer, devant la boutique du Pacha et les restaurants qui se remplissaient lentement, parmi les gens munis de grands cornets de glace et de petits chiens.

Nous avons croisé peines d'amour et gueules de bois, lassitude et excitation. Nous avons croisé passion et perte, regrets et remords, espérance et désespoir, stress et indigestion, piété et pornographie, aspiration et acceptation. Nous avons croisé des pensées d'argent, de musique, de chagrin, de promeneurs de chiens, de rages de dents, de vessies faibles, de dos douloureux, d'acouphènes et d'abdominaux contractés. Nous avons croisé le plaisir simple de savourer de l'aïoli, du pain de seigle et du *vino de la tierra*. Nous avons croisé une Suédoise qui se demandait si les humains survivraient à la révolution de l'IA. Nous avons croisé des bribes de chansons, de publicités, de vidéos virales, de conversations indésirables collées aux esprits comme un chewing-gum sous une semelle. Des touristes qui pensaient à leur lecture de plage et à leur heure de décollage. Un homme à qui l'on avait dit un jour qu'il ressemblait à Keanu Reeves, qui cherchait dans ses selfies celui où il lui ressemblait vraiment. Une ballerine de Paris qui réfléchissait beaucoup trop à l'art de battre des paupières. Un Ibicenco sous un réverbère, qui jouait aux échecs en ligne, et qui était en train de prendre une reine. Un homme qui s'imaginait DJ à l'Ushuaïa, devant une foule en délire qui dansait autour de la piscine de l'hôtel. Un véritable DJ qui devait se produire au Hï ce soir-là et, vingt-quatre heures plus tard, dans un luxueux endroit appelé le Club Chinois ; ses bijoux étaient brillants mais son esprit terne à cause du décalage horaire, après un vol avec escale depuis Singapour. Il avait laissé à Chicago sa fille de vingt-trois ans, et il calculait quand il pourrait la voir en FaceTime, assis sur un banc, dégustant un burger végétarien acheté chez Burger King, tout en écoutant la voix magnifique d'une chanteuse de rue qui interprétait une chanson dont je savais maintenant qu'elle était d'une nommée Olivia Rodrigo.

Nous avons croisé des pensées dans toutes les langues et des émotions de toutes les couleurs.

Je sais combien cela paraît bizarre. Mais vraiment, cela commençait à me sembler normal. Ou sinon normal, du moins naturel. Cela ne durait que depuis deux jours, mais j'avais l'impression que c'était depuis toujours.

La différence entre un don et une malédiction n'est parfois qu'une question de perspective.

Les îles n'existent pas

J'avais été une île. Et pourtant, grâce à Christina et à la Presencia, je comprenais maintenant qu'il n'y a pas d'îles. Si vous descendez assez profondément, tout est connecté. Ibiza et Lincoln sont reliés par la même terre. Nos esprits se fondent les uns dans les autres comme un million de courants dans la mer. Nous fusionnons, nous convergeons. Tout le monde se répand dans tout le monde sans même s'en rendre compte. Même les cafards jouent leur rôle. Nous ne sommes pas seulement une personne, nous n'avons pas seulement un genre, un âge, une nationalité, nous n'appartenons pas seulement à une espèce. Les murs entre nous sont imaginaires. Les pensées qui sont les nôtres sont superbement uniques, mais se situent aussi dans un spectre continu. Amour, crainte, chagrin, culpabilité, pardon. Ce sont les standards du répertoire. Ce sont les reprises de chanson que nous interprétons. Nous nous croyons solitaires parce que nous sommes souvent aveugles aux connexions. Mais être en vie, c'est être une vie. C'est être la vie. Nous sommes *la vie.*

La même vie en constante évolution. Nous avons besoin les uns des autres. Nous sommes ici les uns pour les autres. Le but de la vie est la vie. Toute la vie. Nous devons nous regarder les uns les autres. Et quand nous avons le sentiment d'être véritablement, profondément seuls, c'est le moment où nous avons le plus besoin de faire quelque chose pour nous rappeler comment nous connecter.

Voilà pourquoi nous acceptons l'invitation à Ibiza, pourquoi nous adressons un courriel à une vieille prof de maths solitaire, pourquoi nous partageons la ridicule vérité à notre propos. Nous ne pouvons rester éternellement dans notre coquille isolée, sans faire de bruit.

Pour nager dans l'océan, il faut parfois se jeter à l'eau très bruyamment.

El Pescador

Nous sommes passés devant d'autres restaurants, d'autres touristes et d'autres promeneurs de chiens avant d'arriver à la plus étroite des ruelles. Celle du petit mais très chic restaurant de poisson El Pescador.

Une rangée de petites tables blanches en bois était perchée à l'extérieur, sur le sol irrégulier. Sofía Torres et son mari – dont j'ai discerné que le prénom était Jorge – occupaient celle qui se trouvait le plus loin sur la pente.

Marta était au téléphone, elle avait mis ses lunettes de soleil et tournait le dos à Sofía pour ne pas être reconnue. Elle bavardait avec une amie et préparait la manifestation. Je l'ai regardée fixement en essayant d'accéder à son avenir, mais il ne voulait pas se révéler à moi, ce qui semblait inhabituel pour un esprit que je pouvais pénétrer. Il était tout à fait inhabituel que je ne puisse *rien* voir de son avenir. Cela signifiait-il que rien n'était encore décidé dans le destin de Marta ? Plusieurs avenirs possibles, tous en suspens ? Ce pouvait être une bonne comme une mauvaise nouvelle, je suppose.

— Et maintenant ? m'a demandé Alberto.

J'aimais l'idée d'être aux commandes. J'ai vu un bar, plus loin dans la rue, avec une table et trois chaises inoccupées.

— Là-bas. Nous allons nous asseoir pour la surveiller, et je vais farfouiller.

— Farfouiller ! s'est exclamé Alberto. Quel beau mot ! (J'y ai réfléchi et j'ai compris qu'il avait raison. *Farfouiller*. C'était vraiment un terme particulier.) C'est presque aussi beau que « levure », ou « enchifrené ». Il faut être fou pour inventer des mots pareils…

— Et il n'y a que les Espagnols pour inverser leurs points d'exclamation, ai-je répliqué.

— Et nos points d'interrogation. Que répondre à ça ? Toute l'Espagne aime faire la fête. Même la ponctuation. Et nous avons la *madrugada*… Encore une chose pour laquelle vous n'avez pas de mot… Le moment qui s'étend entre minuit et l'aube. Un temps particulièrement important et magique. Dans les autres langues, il vous faut un tas de mots pour exprimer ça… En fait, c'est…

Tandis qu'Alberto continuait à discourir, le processus a commencé. Je lançais subrepticement des regards en direction de Sofía Torres et j'ai pu la déchiffrer. C'était comme un enfant qui tâte le cadeau qu'il vient de déballer : je la découvrais peu à peu avant de la voir. Chaque mot qu'elle prononçait, chaque bouchée de nourriture qu'elle avalait, chaque gorgée de vin, chaque geste, autant de panaches de fumée qui me conduisaient au feu brûlant à l'intérieur. La plupart d'entre nous ne dévoilent qu'un seul aspect d'eux-mêmes à chaque instant, mais très peu de gens sont capables de traduire ces indices. Ce ne sont que des signifiants incompris, ce qui explique en partie la solitude qui pèse sur tant de nous autres humains, la solitude des mots étrangers en quête de sens.

En tout cas, nous sommes restés assis pendant une heure dans cette étroite ruelle, à boire de la bière blonde, à harponner des olives et à observer la politicienne qui bavardait avec son mari.

Par chance, elle était là tout entière devant moi. Elle était tournée vers nous, mais ne me voyait pas car j'étais noyée dans l'ombre et elle était perdue dans ses soucis.

Marta m'avait déjà dit que c'était la personnalité politique la plus en vue de l'île, qu'elle avait été initialement un pont entre la droite et la gauche, mais qu'elle avait depuis renoncé à toute prétention écologique. Mais en la regardant, j'en ai appris davantage qu'on ne m'en avait raconté. Comprendre son esprit était aussi simple que de remarquer son tailleur en lin blanc, sa coiffure bouffante avec raie sur le côté, et son sourire figé. J'ai su, même si j'étais trop loin pour le voir, qu'elle ne se concentrait pas sur sa salade à la grenade ou sur son loup de mer.

Malgré son sourire, elle était plongée dans les tracas.

Le tracas est un sentiment incroyablement courant. Encore plus courant qu'on ne l'imagine. C'est l'une des premières choses que m'a apprises la télépathie. Avec la solitude, c'est l'air pollué que respirent la plupart des esprits, qui nous prive de l'instant présent, qui nous piège dans le passé et l'avenir à la fois. Mais ses tracas à elle avaient une profondeur et une immédiateté qui étaient corrosives. Ses tracas, ce jour-là, concernaient avant tout ce qui allait se passer le lendemain. Lors de la manifestation. Pendant un très bref instant, elle a même pensé à Marta Ribas, dont elle devait avoir pas mal entendu parler. Marta avait été l'une des principales instigatrices de la contestation à Cala Llonga, et à Talamanca auparavant. Astrophysicienne et native d'Ibiza, c'était quelqu'un de sérieux, qui s'exprimait bien et qui avait des principes sains – le cauchemar de toute la classe politique. Mais la manifestation du lendemain devait aller bien plus loin encore. Si seulement elle avait pu échanger quelques mots avec elle.

J'ai esquissé un sourire.

— Elle aimerait vous parler, ai-je chuchoté à Marta, qui venait d'éteindre son téléphone.

— Elle sait que je suis ici ?

— Non. Mais elle voudrait vous dire un mot. Elle vous a écrit un courriel mais n'a pas eu de réponse.

Marta s'est levée. Puis s'est ravisée.

— Si je vais la voir maintenant, elle ne pensera plus qu'à ça.

— Exactement. Ça agitera les eaux, ce qui est mauvais pour la pêche.

— Il faut être malin, a ajouté Alberto. Laisse Grace l'observer. Elle pourra tout nous raconter. Si tu vas la voir, tu te mettras encore plus en danger. Tu ne pourras rien lui dire pour l'arrêter... Tu ne feras qu'attirer l'attention sur toi... La manif, c'est ta façon de lui parler.

Nous n'avons donc pas bougé. Marta a gardé la tête baissée et a publié un post sur la manifestation. Moi, je mangeais des olives et je lisais dans l'esprit de Sofía.

Elle ressassait à présent la rencontre qu'elle avait eue avec Art Butler l'année précédente. Le projet d'hôtel sur Es Vedrà allait être révélé à la presse et au public le lendemain, au

Merveille du Monde de Talamanca, pendant que se déroulerait la manifestation.

Un hôtel de luxe sur Es Vedrà, c'était une plaisanterie écœurante, pensait Sofía. Pourtant, elle l'avait accepté. Elle avait même signé l'accord en personne. Elle et ses collègues de Majorque s'étaient montrés bien idéalistes en croyant que la protection d'une réserve naturelle pourrait être sous-traitée et confiée à une entreprise visant le profit comme Art Butler Worldwide.

La manifestation était déjà partout sur Instagram et sur TikTok ; les night-clubbers s'y intéressaient. Et elle se rappelait la contestation des années 1990, quand les insulaires avaient opposé un front uni. Elle avait été là, aux côtés des écologistes. Comme elle avait applaudi quand la zone entourant Cala d'Hort était devenue une réserve naturelle protégée et non un terrain de golf. Et à présent, quelle hypocrite ils verraient en elle !

Dans les blancs de sa conversation avec Jorge, elle repensait à une villa dans les collines boisées près de Cala Jondal où elle n'était pas retournée depuis des mois.

Une villa à vingt millions d'euros, d'un faste dérisoire. Grande, blanche, cubique, luxueuse, avec des murs tout en fenêtres. Autrefois, ç'avait été une *finca*, avec une petite ferme remplie de cochons et de lapins, mais il n'en restait aucune trace. Une piscine à débordement se fondait de manière presque imperceptible avec la Méditerranée, à l'arrière-plan.

— Vous voyez la villa ? ai-je demandé à Alberto qui mâchait une olive.

— Non. Je ne vois rien, a-t-il répondu, se sentant un peu diminué. Je suis trop loin. Je ne peux pas du tout la lire.

Je pourrais vous lire en train de la lire, mais ça causerait des interférences mentales.

— C'est Art Butler. Elle pense à Art Butler. C'est bien lui qui veut construire un hôtel sur Es Vedrà…

— Et voilà ! s'est écriée Marta. *Ahi lo tienes !* Nous avions raison.

Le regard d'Alberto était aussi intense et curieux que celui d'un hibou.

— Où est-il ? Sait-elle où il est ?

— Je ne sais pas. Laissez-moi me concentrer…

Art Butler

J'ÉTAIS DONC DANS L'ESPRIT DE SOFÍA. Dans ce coin précis qui abritait une villa appartenant au propriétaire des hôtels Merveille du Monde. Il lui avait proposé de le rencontrer sur son yacht, amarré en permanence à la Marina Botafoch, à quelques mètres de son lieu de prédilection, le casino situé derrière l'Ibiza Gran Hotel. Mais elle ne s'était pas sentie prête à cela. Elle avait jugé plus confortable de le voir sur la terre ferme, dans la villa qu'elle se remémorait à présent, celle que j'observais. Ce n'était pas réellement la villa. C'était un souvenir de la villa, l'image d'une image de la villa. Un détail changeait toutes les deux secondes. Un vase était déplacé, une chaise disparaissait, puis reparaissait. Mais l'essentiel était stable. C'était huit mois auparavant. Et je le voyais enfin, M. Art Butler. Je le voyais à la fois dans mon esprit et dans celui de Sofía.

Sofía lui avait toujours trouvé une allure étrange, même pour un Britannique excentrique. C'était un petit homme aux bajoues de basset et aux yeux hantés, avec une barbe de trois jours grisonnante et des cheveux ondulés qu'il aimait caresser. Chemise bleue, pantalon de toile et tongs. Il avait quelque chose de boursouflé, de laissé trop longtemps au four. Il devait avoir la cinquantaine, mais il avait un côté fondamentalement enfantin. Avant cette entrevue, elle ne pouvait pas dire qu'il lui déplaisait. Elle le trouvait même attendrissant. Comme un petit garçon égaré qui fait croire qu'il n'est pas du tout perdu et que tout va parfaitement bien.

— Nous allons devoir dire non à votre projet, lui disait-elle avec douceur, comme si elle annonçait la mort d'un proche. Il est impossible, je le crains, ne serait-ce que d'envisager une construction sur Es Vedrà. La contestation serait trop forte. Les temps changent.

Il n'a pas tout de suite répondu. Il a eu son petit sourire.

— Ah, mais Sofía, c'est la *nouvelle* Ibiza. C'est exactement ce que vous souhaitez…

— La nouvelle Ibiza ? C'était quoi, la vieille Ibiza ?

Art a éclaté d'un rire creux.

— Tout ce dont vous avez essayé de vous débarrasser. Vous savez : la drogue, les ivrognes, la musique bruyante, la pagaille, les vacances bon marché, les hordes de vacanciers exposant leurs coups de soleil… La *populace.*

Sofía a riposté par un petit sourire, elle aussi. Pour mieux cacher son tressaillement. *La populace.* Il étalait son mépris avec tant de désinvolture.

— C'est ça, la vieille Ibiza ? Je ne sais pas. (Elle pensait que les Phéniciens et les Carthaginois auraient eu leur mot à dire. Sans parler des Romains, des Arabes et des pirates. Ou de tous ceux qui étaient nés ici.) Vous êtes très britannique. L'Ibiza dont vous parlez n'a jamais été qu'une vue de l'esprit…

Le téléphone d'Art a sonné. Il a décroché.

— Raj, je vous rappelle… Oui. Oui. Les Brésiliens nous ont fourni une estimation, mais c'est encore trop cher. Nous en reparlerons demain…

Sofía n'avait pas voulu être là. Elle avait un tas de problèmes qui s'empilaient – la question des sans-abri obligés de vivre dans des tentes près de la marina, la colère suscitée par les voitures garées illégalement à Playa d'en Bossa, et le discours qu'elle allait prononcer le mardi suivant, à propos du décalage dans le budget de la santé entre Majorque et Ibiza, qui allait sûrement rendre furieux le président du gouvernement des Baléares. Elle n'avait vraiment pas besoin d'Art Butler par-dessus le marché, mais elle devait réparer le gâchis dont elle était la cause. Les manifestations allaient finir par lui coûter son poste. Elle devait revenir sur la décision concernant Es Vedrà.

Art a mis fin à sa conversation téléphonique. Il s'est à nouveau tourné vers Sofía. Elle a remarqué qu'il semblait un peu plus tendu.

— Il s'agit de *se projeter*, a-t-il repris avec de grands gestes dominateurs, comme un chef d'orchestre parvenant au bout d'une symphonie. Il s'agit de voir les choses non pas simplement telles qu'elles sont, mais telles qu'elles pourraient être. Ibiza est en train de se transformer. Le monde se transforme. Et ce sont les gens comme nous qui le transforment.

— On n'est pas à Dubaï, a répondu Sofía. (Je la sentais contrariée, dégoûtée, un peu craintive.) On n'est pas à Las Vegas. Ibiza est un lieu naturel, qui ne peut pas être *transformé* sur le caprice d'un promoteur. Même vous.

— J'apporte des idées nouvelles. J'ajoute de la vie à cet endroit.

— Avec tout le respect que je vous dois, vous n'avez jamais rien apporté de neuf. Les gens fréquentent les hôtels depuis que le Montesol a ouvert dans les années 1930. Ils viennent se soigner, faire du yoga depuis encore plus longtemps. On ne peut pas construire un avenir respectueux de l'environnement en bâtissant dans des zones protégées.

Art a serré la mâchoire.

— Vous devez déprotéger la zone, Sofía. Es Vedrà, son rocher jumeau, l'océan entre eux, et Cala d'Hort. Je sais que ça peut se faire. Pour le bien de la population, de l'économie… Vous voyez, ce n'est que le début. Ça créera un précédent, un modèle de réussite à reproduire ailleurs.

— De quoi parlez-vous ?

— De la protection de terres précieuses.

— La protection ? s'est-elle exclamée. Mon anglais n'est pas aussi bon que le vôtre, mais vous avez bien dit « protection » ?

— Es Vedrà est un symbole, un lieu naturel et sacré. Dès qu'il m'appartiendra, je le rendrai encore plus exceptionnel. Alors, je pourrai le présenter partout, aux gouvernements, en leur disant : « Votre terre n'a rien à craindre entre mes mains. Je veillerai sur elle. »

— Vous n'avez qu'une idée en tête, c'est de racheter la nature ?

— Vous qui êtes dans la politique, vous allez m'apprendre à veiller sur l'environnement ? Votre heure est passée. L'avenir appartient à ceux qui ont une véritable vision. Des hôtels dans la nature, et les touristes qui aident à financer la protection de cette nature. Quand j'aurai Es Vedrà, j'implanterai le concept partout, sur tous les continents. Je prendrai les lieux les plus précieux et je les rendrai accessibles à la visite tout en les protégeant. C'est l'avenir. Le capitalisme et l'écologie, main dans la main. J'ai déjà l'autorisation de construire en plein cœur de l'Amazonie... Et vous savez comment je l'ai obtenue ? Je leur ai raconté ce qui se passait ici, en Espagne. Et je leur ai dit que vous aviez accepté. Vous aviez accepté ?

— Oui, c'est vrai. J'avais donné mon accord verbal. Mais je n'avais pas prévu tous les problèmes. Pourquoi n'allez-vous pas dans les zones développées, comme les autres promoteurs ? Pourquoi faut-il que vous détruisiez les endroits restés purs ?

— Détruire, vous y allez fort.

Sofía a soupiré en se penchant vers l'avant sur un grand fauteuil capitonné qui oscillait entre le rotin et le plastique, selon les moments, à l'intérieur du souvenir.

— Monsieur Butler... Il existe une espèce de fleur, la *Nolletia chrysocomoides*, qui a été vue pour la dernière fois sur Terre à Ibiza, mais qui a disparu quand vous avez ouvert votre premier hôtel à Cala Bassa et que vous avez déversé du ciment sur la végétation sauvage. Et ce n'est pas le seul cas de ce genre. Vous allez dans les endroits fragiles et vous les défigurez.

— Mon père était botaniste, a-t-il dit d'un air mélancolique, le visage voilé de tristesse, et parlant si bas que Sofía a failli ne pas l'entendre.

— Vous n'êtes rien d'autre qu'un danger pour l'environnement. Es Vedrà est un endroit à part. Les gens y sont très attachés. Vous ne pouvez pas simplement y acheminer les touristes par ferry depuis Cala d'Hort toute la journée. Pensez à la pollution. C'est une partie de l'océan où la prairie sous-marine a...

Butler a roulé des yeux.

— Cent mille ans d'âge, oui, je sais. La plus ancienne plante sur Terre. L'habitat le plus important, et blablabla. Nous ferons circuler au-dessus des bateaux-taxis, toute la journée, entre Cala d'Hort et Es Vedranell, avec un pont reliant le petit rocher à Es Vedrà, et des humains – de véritables humains, pas vos chers poissons et vos chères algues – pourront en profiter.

— Vous ne comprenez pas, monsieur Butler. Cette zone est tout à fait à part. La posidonie est déjà endommagée par le tourisme. L'endommager encore plus, c'est aller au-devant de sérieux ennuis.

Art a posé son café à côté d'une statue de Tanit.

— Vous seriez surprise. Je connais ces histoires. Je les connais mieux que la plupart des gens.

C'est à ce moment que, pour Sofía, la conversation a changé du tout au tout. Butler avait désormais une expression féroce et autoritaire. Il la fixait comme un chien observant un lapin.

— Regardez ce que j'ai fait à Cala Llonga. C'était un vieux patelin fatigué avant que nous arrivions. Et maintenant ? Ibiza est un endroit où les gens viennent dépenser de l'argent. Nous attirons une meilleure clientèle, qui dépense plus. Les manifestations ont cessé. Tout le monde les a oubliées dès que nous avons ouvert.

— Vous ne comprenez pas les Ibicencos. Contre ce que vous suggérez, les manifestations ne s'arrêteront jamais… Et regardez la forme d'Es Vedrà. Comment allez-vous y construire un hôtel ? Vous n'avez pas besoin de nous. Vous avez déjà des hôtels partout. Vous pouvez nous laisser tranquilles.

— À coups de dynamite. Nous allons créer une belle surface plate. Nous l'avons déjà fait, à Majorque.

— Mais il y a des oiseaux qui y nichent. Des cormorans.

— Sérieusement, les cormorans comptent plus pour vous que l'économie locale ?

— Je croyais qu'ils comptaient pour vous. Ce n'était pas l'idée ? L'écologie et le capitalisme se donnant la main ? J'ai fait une erreur en autorisant ça. J'ai sous-estimé l'opinion publique. Vous serez confronté à une révolution. Christina van der Berg a beaucoup d'influence, par exemple.

Ce nom l'a agacé. Comme une guêpe qui voltigerait sous son nez. Il a fait le geste de la chasser.

— Sans bergers, les moutons ne suivront pas.

— Ce qui signifie ?

— On retire les meneurs, et c'est fini. Ceux qui ont le pouvoir de tout arrêter seront eux-mêmes arrêtés…

Sofía a étudié son visage froid.

— Les retirer ? Comment *retire*-t-on quelqu'un ?

Elle s'est souvenue de son collègue, Ricardo Martínez. Celui qui était mort deux jours après avoir interdit la création d'un hôtel Merveille du Monde à côté des marais de Ses Feixes. L'enquête avait conclu à un décès accidentel. Son cœur avait lâché, un problème de valve aortique qui n'avait pas été détecté.

— Oui, a-t-il répondu comme s'il lisait dans ses pensées. Ne vous opposez pas au progrès, Sofía. Cela ne vous vaudra rien de bon, ni à vous ni à votre famille.

— Il y a des lois. Il y a la police. Nous sommes en Espagne, vous ne pouvez pas menacer les gens impunément.

Butler a levé un doigt, l'a laissé suspendu, pointé vers Sofía, mais toujours à deux mètres d'elle. Pourtant, elle avait senti quelque chose – elle en était certaine. Elle avait senti ce doigt lui toucher le cou sans vraiment le toucher. Rien qu'une petite sensation de pression, vers le larynx. Elle a porté la main à son cou, vers cette chose invisible qui s'enfonçait dans sa chair. Mais il n'y avait rien, et le doigt de Butler, toujours à la même distance, a cessé de pointer, et elle n'a plus rien senti.

Elle a essayé de calmer sa respiration.

— Qui êtes-vous donc ?

Le sourire qu'il réprimait était encore là.

— La dernière pensée dans la tête de Ricardo Martínez.

— Vous...

Sofía ne retrouvait pas le mot.

— Dites-vous simplement que je suis l'avenir. Aussi inévitable que le coucher du soleil, a répondu Art, la mine triste plutôt qu'intimidante, chargée d'une douleur lointaine mais profonde.

C'est alors que j'ai perdu le souvenir. Et l'esprit. Disparus. J'étais tout à coup entièrement redevenue moi-même, et je me demandais à quoi je venais d'assister.

Les quantités incertaines

— Il a menacé Sofía, ai-je dit en sortant de ma transe, après avoir bu un peu de bière pour me réacclimater à mon propre esprit.

Sofía était partie aux toilettes, voilà pourquoi le souvenir s'était brisé.

J'ai alors murmuré mon rapport à Alberto et à Marta :

— Il a tué quelqu'un. Un homme politique. Peut-être plusieurs personnes. Et il allait tuer Christina. Il a la Guardia Civil dans sa poche, et la classe politique. Voilà pourquoi le projet d'Es Vedrà est maintenu. Et ce n'est que le début d'une nouvelle phase de développement. Il veut construire dans les zones les plus protégées au monde. Il commence donc par celle-ci. Il veut salir tout ce qu'il reste de beauté sur Terre, je pense.

— Pourquoi ? s'est demandé Alberto.

— C'est peut-être un défi qui l'excite, a suggéré Marta. Il voit ça comme un jeu. Il fait semblant de s'intéresser à l'environnement pour mieux le détruire.

— Parfois les gens ne connaissent pas la raison de leurs actes, ai-je dit en pensant à Aidan Jenkins et moi dans la réserve de l'école. Ils sont poussés à faire le mal parce qu'ils croient exister pour ça. C'est une routine dans laquelle ils s'enferment quand ils ne savent pas comment aimer réellement. Ils ont accepté de lui céder non seulement le rocher, mais la mer alentour. Et Butler a des pouvoirs – c'est ainsi qu'il a tué. Et il y a en lui quelque chose qui n'est pas du tout humain. Voilà pourquoi Christina ne pouvait pas le voir. Il avait peut-être les talents… Il est peut-être entré en contact avec la Presencia.

Alberto a secoué la tête.

— La Presencia n'aide que le bien. Elle n'aurait jamais aidé un être capable de faire le mal.

— Ne sommes-nous pas tous capables de faire le mal ?

Marta s'est pincé la main, puis a regardé la marque laissée par ses ongles, et a souri de satisfaction. Elle avait une légère tendance masochiste.

— Non, m'a-t-elle répondu. Pas sur une pareille échelle. Mais vous avez raison au sujet des politiciens. Il a dû menacer aussi d'autres membres du Parlement. Sûrement, sinon ils n'auraient pas cédé aussi facilement.

Je leur ai fait part d'une autre information recueillie dans l'esprit de Sofía :

— C'est demain qu'ils annonceront la construction de l'hôtel.

— Le jour de la manifestation ? Il est fou ?

— Peut-être, a soupiré Alberto. Mais toi aussi, tu es folle, si tu penses que la contestation est encore possible. Nous sommes les requins qui détectent l'ouragan avant qu'il ne frappe.

— Oui. Mais contrairement aux requins, nous avons les moyens d'empêcher l'ouragan, a déclaré Marta.

Autour de nous, le bar était un pôle d'activité, un joyeux mélange de touristes et d'autochtones. Deux femmes sont entrées pour déposer sur les tables des flyers pour Lieke à l'Amnesia. Alberto m'avait dit que les tracts, bien qu'on en distribue encore à Ibiza, étaient « les réseaux sociaux à l'ancienne, d'avant TikTok ». Elles ont repéré Marta, qui semblait ravie de les voir.

— *Hola*, Marta.

— Salut, les filles. Vous êtes au courant pour la manif de demain ? Pour empêcher de construire sur Es Vedrà ? On se retrouve devant le Mar y Sol.

— Ah, désolées, on adorerait y aller, a répondu l'une d'elles. Mais mon frère joue dans une fête près de Cala Comte, et j'ai dit que j'irais l'écouter.

Le sourire de Marta s'est changé en grimace.

— *No importa… chao…*

Une fois les deux femmes sorties, Alberto a regardé tendrement sa fille et a haussé les épaules.

— Écoute, ça ne changera rien. Les enjeux sont trop élevés. Annule la manif.

— Papa, je t'en prie. Je sais que tu essayes de me protéger, mais si Art Butler met la main sur Es Vedrà, plus personne ne sera en sécurité. Ça ne fera que le rendre plus puissant. C'est maintenant qu'il faut résister. Allez… Tu dis toujours que ce que tu aimes chez les chèvres, c'est qu'elles résistent obstinément et qu'elles font ce qui est bon pour elles. Sois comme elles, Papa. Tu l'as toujours été. Ne faiblis pas maintenant.

Les yeux d'Alberto luisaient de tristesse. Il avait tellement envie de lui parler de son cancer. Il allait le faire. Il était sur le point de lui révéler qu'il souffrait d'une maladie qui allait le tuer. Il allait lui dévoiler la raison pour laquelle ses talents s'étaient estompés.

Il a compris qu'il devait prendre le parti de Marta. Il voulait protéger tout le monde parce qu'il ne pouvait pas assurer sa propre sécurité. Sa fille allait avoir trente ans. Il devait la laisser être l'adulte qu'elle était. Il ne pourrait pas la protéger en lui ordonnant de ne pas être elle-même. Elle connaissait les risques et elle était prête à agir quand même. Aucun père n'aurait pu être plus fier que lui. Elle avait toujours voulu être choisie par la Presencia mais ne l'avait jamais été. C'était l'occasion de prendre le pouvoir pour améliorer les choses, et il n'allait pas l'en empêcher.

J'étais impressionnée par le changement que je sentais en lui. Comme quand la brise s'arrête, qu'il n'y a plus que le soleil, et qu'on s'aperçoit qu'il fait chaud.

— *Tienes razón, mi vida*. Il faut que notre ami Nostradamus soit content de nous. Soyons des chèvres.

Marta adressa à son père le plus complexe des sourires, qui contenait de l'espoir, de la crainte, du défi et de l'amour.

— Merci, Papa.

J'avoue que j'ai alors ressenti un peu de jalousie, en les voyant si unis. Ce n'était pas mon chagrin habituel lié à Daniel, mais une envie de famille, d'appartenance, de ne plus être une vieille solitaire.

Mais j'étais aussi pleine d'admiration pour le courage de Marta lorsqu'elle s'est levée et s'est avancée vers le restaurant.

— *Mierda*, a juré Alberto en suivant sa fille. Elle est folle.

Et je l'ai suivi à mon tour. Quand nous avons rejoint Marta, elle présentait ses excuses à Jorge et à Sofía pour les avoir dérangés, mais elle est allée droit au but :

— La manifestation aura bien lieu demain, leur a-t-elle dit en espagnol alors que les autres clients assis tout autour se taisaient.

Sofía a adressé un sourire calme à Marta. J'ai compris que son visage et son esprit étaient deux entités entièrement distinctes. C'était peut-être un aspect essentiel de l'exercice de la politique. Avoir un visage qui ne laisse rien deviner de l'esprit qui se cache derrière.

— Ça n'y changera rien, a-t-elle répondu. Il n'y aura jamais assez de gens dans la rue pour empêcher ça.

— Quand les gens sauront qu'Art Butler est dans le coup, ils viendront. Surtout après ce qu'il a fait à Casa Llonga. Es Vedrà, c'est différent. L'eau qui l'entoure est différente aussi. Ce n'est pas seulement une question d'environnement, c'est un symbole. C'est l'âme de l'île. Personne ne veut qu'Art Butler dérobe cette âme. Ibiza n'est pas à vendre.

J'ai senti la panique de Sofía. Voilà pourquoi ils avaient dû tenir secrète cette information. Pour éviter d'offrir aux contestataires un paratonnerre pour leur énergie.

— Permettez-moi de vous dire, mademoiselle Ribas, que vous ne savez pas vraiment à qui vous avez affaire. Je vous conseille vivement d'alerter les réseaux sociaux et de tout annuler. Dans votre propre intérêt. Tous les partis sont d'accord pour donner leur feu vert à ce projet.

Alberto a soupiré :

— Mais vous avez de l'influence. Vous êtes députée du parti majoritaire, Sofía, c'est vous la cheffe, vous pourriez arrêter tout ça.

La jambe de Marta vibrait sous l'effet de l'adrénaline. Elle avait maintenant un auditoire. Et comme nous l'encadrions, Alberto et moi, chacun de nous avait un auditoire. Tout le restaurant avait les yeux sur nous.

— Combien ? a demandé Marta.

— *Quoi ?*

— Vous dites qu'il n'y aura jamais assez de gens dans la rue pour empêcher la construction d'un hôtel sur Es Vedrà. Combien en faudrait-il, d'après vous ?

Le mari de Sofía a tenté d'intervenir. Il a ouvert la bouche pour parler, pour remettre Marta à sa place. *Ferme-la, Jorge*, a ordonné mon esprit. Et c'est ce qui est arrivé. C'était la situation de Brian qui recommençait. Il avait la bouche close comme une huître bien fermée, et on pouvait lire l'incrédulité dans ses yeux.

Sofía a failli sourire, mais pas tout à fait.

— De quoi parlez-vous ?

Marta ne s'est pas laissé désarçonner.

— Vous avez dit qu'il n'y aurait jamais assez de gens dans la rue. Donc, je me demande quel serait le nombre suffisant.

C'est là qu'Alberto est intervenu, par-derrière l'épaule de sa fille :

— Dix mille ? Nous étions dix mille en 1999. Vous vous en souvenez, Sofía ? On y était tous les deux, vous et moi. Vous étiez jeune, alors, vous ne vous foutiez pas de l'environnement. Et nous les avons arrêtés. En janvier. Nous les avons empêchés de transformer la nature en terrain de golf, et une réserve naturelle a été créée. Vous vous rappelez ? Cala d'Hort. « *Golf ? No !* » Tout le monde avait ces autocollants. Alors il faudrait qu'on soit combien, demain ? Dix mille ?

Sofía a laissé entendre un petit rire. Mais à l'intérieur, elle était soudain fragile. Comme un œuf qui se fend.

— Vous n'arriverez jamais à faire descendre dix mille personnes dans la rue. Et même si vous en étiez capable… Non, c'est impossible.

— Et vingt mille ? a dit Alberto, le pire négociateur qui soit.

— Papa !

Marta lui a doucement enfoncé un coude dans le ventre. Je savais à quoi elle pensait. Elle se disait : jamais la manifestation ne rassemblera vingt mille personnes. Elle espérait mille participants, au maximum.

Le rire de Sofía était maintenant presque authentique.

— Vingt mille ? Vingt mille personnes, ça fait plus de dix pour cent de la population. Vous pensez sérieusement attirer vingt mille personnes ? J'ai vu les réactions sur les réseaux sociaux. Ça n'intéresse personne. On n'est pas en janvier, mais en juin. Les gens sont là pour s'amuser.

Alberto est devenu plus ferme. Je voyais de qui tenait sa fille.

— Mais si on y arrivait ? Ça arrêterait le projet ? Vous seriez bien obligée, non ? Vous écouteriez la population ? C'est pour ça que vous avez été élue, pas vrai ?

— Et selon ce scénario hypothétique, qui paierait les frais d'avocat ?

Alberto a hoché la tête.

— Quarante mille euros. Je sais combien ces choses-là coûtent à détricoter.

— Plutôt quatre-vingt mille. (Sofía souriait. Elle savait que Marta et Alberto n'avaient pas cette somme-là sous le coude. Elle a remarqué qu'un autre client du restaurant enregistrait la scène sur son iPhone.) Donc, oui, bien sûr. Je suis à l'écoute. Je le dirai devant tous ces témoins. Si vous pouvez couvrir les frais juridiques qui, autrement, seront remboursés par le contribuable, et si vous pouvez réunir vingt mille personnes pour votre manifestation de demain après-midi, nous sommes d'accord… Alors, je retirerai mon soutien au projet.

— Nous pouvons le faire, a déclaré Alberto. Nous pouvons rassembler autant de gens et trouver cet argent.

Le sourire de Sofía n'a pas vacillé.

— Très bien. Et je suis une femme de parole. Si vous réussissez, j'honorerai ma promesse.

Alors que nous partions, Alberto a déposé sur la table devant le bar son dernier billet de dix euros, et Marta l'a regardé.

— Qu'est-ce que tu as en tête ?

Il a essayé de prendre la chose à la légère :

— Ne t'en fais pas. Nous pouvons y arriver. J'ai quelques idées excellentes.

Toutes les excellentes idées alors présentes dans la tête d'Alberto

Flyer

En longeant la table, j'ai vu le flyer.

— L'Amnesia attire beaucoup de gens ? ai-je demandé.

Marta a réfléchi tandis que nous passions devant une chanteuse qui interprétait une mélodie populaire en catalan.

— L'été, environ cinq mille personnes tous les soirs de la semaine.

— Cinq mille, ce n'est pas vingt mille, a protesté Alberto.

— Merci pour ce rappel mathématique.

— Attends, elle a raison. (Marta calculait tout haut.) Le mercredi, l'Amnesia attire plus de locaux que de touristes. Ils s'intéressent vraiment aux choses comme Es Vedrà. Et ils connaissent du monde. Les réseaux sociaux, ça existe, Papa.

Alberto a souri. Il était heureux même quand sa fille se moquait de lui. Surtout quand elle se moquait de lui.

— Donc, vous dites que vous voulez aller à l'Amnesia ?

J'ai hoché la tête, puis j'ai de mon mieux imité Alberto pour ragaillardir Marta :

— On est à Ibiza. Personne n'est trop vieux pour quoi que ce soit. Il y a une femme de quatre-vingt-dix ans qui danse tous les soirs au Pacha…

— OK. Vous avez raison. Vous n'êtes pas trop vieille. Je ne suis pas trop vieux. Et Marta n'est clairement pas trop vieille. Nous irons à l'Amnesia.

Il a défait un bouton de sa chemise, comme par anticipation. Sa fille a froncé les sourcils.

— C'est trop ? lui a-t-il demandé. Je devrais garder ça pour OnlyFans ?

Marta semblait horrifiée pour deux raisons : que son père sache ce qu'était OnlyFans et son ignorance totale de ce que je prévoyais de faire.

— Mais quel est le plan ? a-t-elle voulu savoir.

— Lieke. Le plan, c'est Lieke.

Alberto a bâillé. Moi aussi. Télépathie de la mâchoire.

— La nuit va être longue. Nous devrions faire une sieste. Nous n'avons pas besoin de beaucoup d'heures de sommeil par jour, mais nous devons dormir. Sinon les pouvoirs n'opéreront pas.

Marta a acquiescé :

— Oui. Une disco-sieste. Il nous faut une disco-sieste.

— Une disco-sieste ?

— Une sieste avant d'aller en discothèque, a expliqué Marta avec l'innocence souriante d'une monitrice de maternelle. Lieke est tête d'affiche, donc elle passera vers deux heures du matin. Au plus tôt.

— Quel genre de soirée ne commence qu'à deux heures du matin ? ai-je demandé.

— Une soirée à Ibiza, a ricané Alberto. Venez. Profitez de la *madrugada*… Il est temps de vous sentir en vie, Grace.

Un objectif

ET VOILÀ. Retour à la case départ. Retour dans ma nouvelle minuscule maison sur Carretera Santa Eulalia, avec les voitures qui filaient dans les deux sens. Il était vingt-deux heures et deux minutes. La circulation était toujours aussi abondante. Pourtant, quelque chose avait changé, Maurice. Je ne détestais plus cet endroit. Je commençais à m'y sentir chez moi.

Je ne sais pas pourquoi j'avais désormais cette impression. Rien n'avait vraiment changé, à part la superbe fleur qui poussait au milieu de l'allée, évidemment. Il y avait encore ce vestibule étroit, ce salon étriqué, le vieux canapé et le tissu bohème jeté par-dessus. Le tapis avait toujours besoin d'être shampooiné, le grand ventilateur du salon était encore plein de poussière, et à ma grande honte, je n'avais pas passé la serpillière sur le carrelage. Le piano près de la fenêtre occupait toujours la moitié de la pièce. La vieille chaîne hi-fi et les alignements de disques et de cassettes semblaient encore sortis d'un musée. L'air restait épais, humide et lourd. Mais c'était différent, désormais. Je me sentais soulagée d'être là.

Pour qu'on se sente chez soi, il faut une raison. Et il y avait maintenant une raison, un but à ma présence. J'éprouvais à nouveau ce que j'avais éprouvé à l'aéroport. J'avais compris pourquoi Christina avait voulu aider les gens. Et j'étais désormais une *protectrice*, pour reprendre la formule de Christina. Je devais protéger les lieux et les êtres autour de moi. N'était-ce pas l'objectif suprême ? Après tant d'années à me sentir inutile à l'univers, j'avais le sentiment qu'on avait vraiment besoin de moi.

Et c'est agréable de sentir qu'on a besoin de vous. Vraiment.

Le signal

J'APPRÉCIAIS MAINTENANT la constellation d'images accrochées au mur. Les portraits de mon amie disparue. Son sourire me semblait celui d'une sœur. Je n'avais jamais eu de sœur, donc cela me plaisait.

J'ai regardé la photo de la très jeune Lieke tenant son ours en peluche.

— Tu l'aimais, ai-je dit.

Je ne savais vraiment pas à qui je m'adressais – à Lieke ou à Christina. Peut-être aux deux.

J'ai senti un élancement de douleur mentale, soudain mais familier. J'ai pensé à mon fils qui, dans les années 1980, jouait avec ses figurines de Luke Skywalker et Han Solo en faisant des bruits de sabre laser. Ce souvenir était une sorte de crampe de l'esprit. Parce qu'il n'arrivait jamais de façon neutre, mais toujours filtré au prisme de ma honte et de ma haine de moi. Alors, oui, l'endroit semblait différent, et je me sentais différente, mais pas *complètement.*

Même le plaisir que m'inspirait à présent cette maison s'accompagnait de culpabilité, parce que Karl n'était pas là. C'était mon problème, la culpabilité escortait toujours le bonheur, ou le suivait de près.

J'ai contemplé la photo de Christina avec Freddie Mercury au Pikes Hotel, pour tâcher de me sentir à nouveau bien. Elle avait fait partie des numéros de la soirée. J'éprouvais faiblement l'euphorie que Christina avait connue. Et la solitude accablante du lendemain. Ç'avait été une époque de montagnes russes sur le plan affectif, mais ensuite la Presencia était venue et avait repéré son potentiel.

Avant de me coucher, j'ai examiné les livres et j'ai pris *La vida imposible* d'Alberto Ribas. *La Vie impossible.* Ce titre convenait tellement bien à Alberto. Grandiloquent, sentimental et ridicule. Il rêvait grand.

J'ai reconnu l'illustration de couverture : la mer et Es Vedrà vus de Cala d'Hort. Les lignes sortant de l'eau étaient censées représenter la Presencia.

Je l'ai ouvert à la page 153 et j'ai traduit automatiquement de l'espagnol :

« Et même quand les preuves étaient incontestables, comme dans le cas de l'incident de Manises, attestées par de nombreux témoins de première main et figurant dans des archives déclassifiées de l'armée de l'air espagnole, les gens préféraient ne pas y croire parce qu'il est plus facile de refuser une idée que de risquer un changement radical de notre vision du monde… »

J'ai feuilleté quelques pages :

« Depuis son arrivée, il apparaît que la Presencia a eu un comportement étrange pour sauver l'environnement naturel d'Ibiza. Par exemple, un pêcheur déclare avoir été sauvé par "une lumière dans l'océan" et a ensuite acquis des facultés paranormales. Pendant un raid aérien mené en 1936 par les forces franquistes, il se sentait protégé par ses capacités qui s'étaient renforcées. Ce pêcheur s'appelait Joan Bonanova. Il a signalé avoir vu une lumière bleue circuler dans ses veines, et il a déclaré à un journaliste qu'il se sentait connecté à tous les animaux d'Ibiza, auxquels il avait pu envoyer un signal. D'autres ont corroboré ses dires, car ils avaient vu les bêtes agir de façon étrange cette nuit-là. Les animaux de toutes espèces s'étaient tous dirigés vers l'intérieur des terres, d'un même mouvement, pour fuir le bombardement sur la ville d'Ibiza et le long de la côte. On a même parlé – dix ans après – d'un troupeau de chèvres qui avait attaqué et tué un soldat devant l'*Església de la Mare de Déu de Jesús*, mais le gouvernement de Franco a démenti cette "propagande antinationaliste". »

J'ai reposé le livre.

Un signal, me suis-je dit. Comme ceux auxquels Christina faisait allusion dans son message. Ça, c'était intéressant. J'ai osé me demander s'il y avait en moi un tel pouvoir, et ce qu'il faudrait pour le libérer. Le pouvoir de parler aux animaux, comme Tarzan ou le Dr Dolittle. De communiquer avec des milliers d'entre eux, simultanément. De réunir la nature afin de défendre la nature. C'était un beau défi. Alberto commençait à m'inspirer de la sympathie, mais je ne voulais pas l'accueillir dans mon lit, même sous forme de livre. Donc, j'ai pris *Le Comte de Monte-Cristo*. Comme je l'ai précisé précédemment, j'avais lu et relu ce roman quand j'étais jeune. Je n'avais même plus besoin de le relire. Je le connaissais à fond.

Une semaine auparavant, j'aurais été incapable d'en citer une seule phrase. À présent, j'aurais pu le réciter par cœur. Je pouvais en citer n'importe quel passage aussi facilement que je pouvais m'arracher un cheveu.

« Il n'y a ni bonheur ni malheur en ce monde, il y a la comparaison d'un état à un autre, voilà tout. Celui-là seul qui a éprouvé l'extrême infortune est apte à ressentir l'extrême félicité… »

J'ai pu constater que c'était vrai, Maurice. Tout est relatif. En mathématiques, les nombres reçoivent leur valeur de leur infériorité ou de leur supériorité par rapport à leurs voisins, tandis qu'en art, Léonard de Vinci a besoin de toute l'obscurité environnante pour que la lumière paraisse sacrée sur la tête de saint Jean-Baptiste – le clair-obscur, comme disent les spécialistes. (Je connais le mot depuis toujours, pour avoir regardé une émission sur la Renaissance il y a des années, mais j'ignorais que je le connaissais jusqu'à ce que la Presencia le fasse ressortir.) Le contraste entre ombre et lumière. La vie n'est que clair-obscur. Son sens dérive de la différence relative.

En tout cas, j'ai remis M. Dumas en place et j'ai pris un volume que j'étais sûre de n'avoir jamais lu. *Le Grand Guide des pouvoirs psychiques*, tome 8.

J'ai ouvert une page au hasard. Ou bien pas du tout au hasard. Parce que je suis tombée sur le chapitre intitulé « Culpabilité et ingérence ».

J'ai lu une phrase : « Pour réellement rehausser vos capacités, et atteindre le niveau suivant, votre esprit doit être libre de toute pollution mentale. Et rien ne pollue et n'obstrue un esprit autant que la culpabilité… »

C'est tout ce que j'ai lu, mais cela m'a suffi. Parce que ça m'a incitée à penser à ce que Christina avait dit du bocal à olives. « Je pose parfois le bocal à olives à côté de mon lit. Juste à côté de ma tête. Si vous faites ça, elle vous apprend des choses dans vos rêves. Des choses que vous avez besoin d'entendre. On fait alors les rêves les plus frappants. Et ils sont pleins du genre de vérité qui guérit. »

Les derniers mots, surtout, résonnaient fortement en moi. « Le genre de vérité qui guérit. » C'était précisément ce qu'il me fallait. Si je voulais offrir la sécurité à tout le monde, si je voulais protéger Es Vedrà et Ibiza contre les destructeurs de vie comme Art Butler, j'allais devoir accomplir ce dont je n'avais jamais été capable. J'allais devoir affronter directement ma culpabilité.

Il était temps de faire face à la vérité.

Disco-sieste

J'ai pris le bocal plein d'extrait de la Presencia, j'ai dévissé le couvercle et je l'ai posé sur la petite commode. Mais avant, j'ai versé un peu d'eau sur la plante en pot, la fleur de lune fanée, puis je me suis glissée sous les draps. Et alors que j'avais tant à réfléchir, je me suis endormie.

Le rêve est venu tout à coup.

J'étais à nouveau dans l'océan. J'y étais *réellement*, dans l'eau froide, mais sans tenue de plongée, cette fois. Et j'ai vu ce que j'avais vu la première fois, avec Alberto. Le bras de lumière de la Presencia. Il passait à travers les barracudas, les dynamisait, leurs pensées étaient un grognement de soulagement collectif, et il m'atteignait, m'entourant de sa lueur bleue et changeante.

Il s'est accroché autour de mes chevilles, m'a tirée très vite à travers l'eau, en direction de la sphère-nuage radieuse et vibrante, jusqu'à ce que je sois dedans. Mais dès que j'y suis entrée, je me suis retrouvée ailleurs. À un endroit où j'étais déjà allée. La plage orange qui n'était pas une plage, à côté de la mer luisante qui n'était pas une mer, et de ces arbres à feuilles blanches. À présent, je pouvais respirer, ou je sentais que je pouvais respirer, et l'air était pur et suave.

Mais dans ce rêve, dans ce rêve trop réel, je sentais mon corps faiblir d'une seconde à l'autre. Je sentais une torpeur physique envahissante, tandis que ma souffrance mentale augmentait avec la voix incessante de la culpabilité. Celle avec laquelle je vivais depuis trop longtemps.

Je suis une mauvaise personne. J'ai commis de mauvaises actions. Je suis une mauvaise personne. J'ai commis de mauvaises actions. Je suis une mauvaise personne…

Quelqu'un que j'ai reconnu

Un instant après, Dieu sait comment, j'étais parmi les arbres. Ils étaient hauts comme des séquoias, mais avec le tronc lisse, et des fleurs jaunes surgissaient parmi leurs feuilles blanches. Au loin je distinguais le profil flou et nuageux de deux enfants salaciens qui jouaient et riaient.

Puis j'ai vu une table. Une table comme on en a sur Terre. Quelqu'un y était assis. Longs cheveux, sourire aimable, les yeux brillants comme des pièces d'or dans un puits. Quelqu'un que j'ai immédiatement reconnu, comme si nous nous étions quittées la veille.

C'était Christina.

La meilleure personne que j'aie connue

C'ÉTAIT LA JEUNE CHRISTINA. Un croisement entre Carly Simon et Nana Mouskouri. Christina Papadakis, pas la Christina van der Berg qu'elle allait devenir. Celle qui chantait *Rainy Days and Mondays* devant des écoliers bouche bée.

Elle avait encore cette aura de séduction, et portait toujours un collier de perles. Assise à la table, elle tambourinait le bois avec ses ongles couleur terracotta. La table était au milieu de la forêt, entourée d'arbres, avec les enfants qui jouaient plus loin.

J'ai remarqué une lampe sur la table, avec une base en porcelaine, en forme d'ananas. Il y avait aussi une demi-bouteille de mousseux.

— Bonjour, Grace.

Les pieds dans le sable qui semblait aussi réel que tout le reste, épuisée, j'ai marché jusqu'à la table et je me suis effondrée sur une chaise en face de mon amie.

— Christina ? C'est bien vrai ? Vous êtes là ?

— Oui, a-t-elle dit. Et non.

J'étais faible, perplexe.

— Comment ça ?

— Nous sommes sur Salacia. Vous voyez Salacia et il y a ici des Salaciens. Ils ont été gentils et ils veillent sur moi. Je suis dans ce monde-là. J'ai réussi à l'atteindre. Je ne serai pas immortelle, mais je serai en aussi bonne santé que possible pendant aussi longtemps que possible. Cette planète est très belle. Les habitants vivent là-bas, derrière ces arbres. Et ils s'occupent si bien des nouveaux arrivés. Ils sont si bons, Grace. Ils veillent sur l'univers entier, comme vous avez jadis veillé sur moi…

J'étais à peine capable de parler.

— Je suis sur une autre planète ?

— Non. Vous n'êtes pas ici. Mais peu importe. Ce que vous voyez, c'est la vérité. La Presencia vous offre ce don. Ce n'est pas un rêve, Grace, au sens normal du terme. C'est *la vérité*.

— Alors pourquoi est-ce en train d'arriver ? À quoi sert cette vérité ?

— La Presencia a voulu que vous veniez à Ibiza parce qu'elle savait de quoi vous étiez capable. Elle savait que vous seriez essentielle pour préserver le vivant. Je le savais aussi. C'est pour ça que je vous ai choisie. Je savais que vous pourriez sauver des vies et je savais que vous pourriez sauver l'île. Et voici comment faire. Voici comment devenir protectrice. En vous libérant d'abord vous-même.

Christina m'a tendu un bol. Un bol plein de tranches d'ananas. Dans ma confusion, j'ai essayé de déterminer s'il venait d'apparaître.

Elle a désigné la mer luisante, translucide :

— Vous libérer du doute. De la culpabilité. Vous libérer de ce que vous avez fait. Vous devez être aussi claire que cette mer. Vous êtes douée pour résoudre les problèmes, Grace. Ce que vous devez maintenant résoudre, c'est vous. Vous êtes encore bloquée dans votre passé.

— Mais…

— Vous comprenez les mathématiques, Grace. La négativité a plus de force que la positivité. Quand vous multipliez un positif par un négatif, le résultat est toujours négatif. Vous devez voir les choses différemment. Vous devez transformer le moins en plus.

— C'est impossible.

— Tant de choses que vous pensiez impossibles sont devenues possibles. C'est la dernière.

— Il ne s'agit pas seulement de Daniel, ai-je murmuré. Je ne suis pas bonne. J'ai été mauvaise épouse autant que mauvaise mère.

— Vous avez été une bonne épouse. Et une encore meilleure mère. (Elle a eu un petit rire, mélodieux et doux. Elle a piqué délicatement un morceau d'ananas avec une fourchette.) J'aurais pu choisir n'importe qui. Mais je vous ai choisie, vous. Vous êtes la meilleure personne que j'aie connue.

— Vous ne me connaissiez pas.

— Je vous connaissais mieux que vous ne pensez. Je vous ai vue tout entière. J'ai vu votre avenir. J'ai vu ce que vous pourriez être.

— J'ai soixante-douze ans. Il me reste si peu de temps.

— Faux. Vous êtes triste et solitaire depuis longtemps, Grace. Mais rien ne vous oblige à le rester.

J'ai repensé à ma vie en Angleterre. Celle que personne ne voyait, celle où j'existais à peine. Celle où j'étais l'arbre invisible tombant dans la forêt.

— Je suis pleine de défauts.

— Grace, tout le monde a des défauts. C'est le propre des humains.

— Pas tout le monde.

— Si, a-t-elle aussitôt répliqué. Tout le monde. *Todo. El. Mundo.*

Puis elle m'a mis quelque chose dans la main. Le collier de saint Christophe.

— Il est temps de vous le rendre pour de bon.

Et j'ai regardé le pendentif.

Quand j'ai relevé les yeux, il n'y avait plus de bol d'ananas. Plus de Christina. Sur la table, il y avait le menu d'un restaurant, le Raj Pavilion. Le restaurant où nous allions, Karl et moi, quand nous étions étudiants à Hull. Celui où il m'a fait sa première demande en mariage.

L'imperfection parfaite

La table était maintenant mise pour deux personnes, avec les couverts sur les serviettes, comme dans les restaurants.

J'ai consulté le menu posé sur la nappe. Et quand j'ai levé les yeux, il était assis, lui aussi. Karl. Le jeune Karl. Celui qui aimait Jimi Hendrix et qui voulait être guitariste principal de Black Sabbath. Celui qui avait les cheveux noirs, des rouflaquettes, le corps maigrelet et une énergie bondissante qui lui interdisait de tenir en place, agitant toujours un peu la tête comme s'il tricotait avec son nez.

— Les *bhaji* aux oignons sont bons, non ? a-t-il dit en prenant le menu.

Un serveur a surgi de nulle part.

— Vous êtes prêts à commander ou je vous laisse encore un moment ?

— Laissez-nous encore un moment, ai-je dit.

Une créature à plumes indigo a traversé le ciel au-dessus de nous et deux enfants salaciens continuaient à jouer à l'arrière-plan. Je voyais la réalité de Salacia superposée à celle de ma mémoire et de mon psychisme. Le tout uni autour de la force de la vérité, imprégnant mon rêve qui n'était pas un rêve par le biais des forces photoniques du bocal à olives. Bref, il y avait de quoi être *désorienté*. Pourtant, je me focalisais sur Karl. Il y a très longtemps, après un tour à la fête foraine, on m'avait dit que pour éviter le vertige, il fallait fixer un point devant soi. Karl était mon point. Je me suis focalisée sur lui et tout le reste s'est immobilisé.

Il a eu le genre de sourire romantique qui existait dans nos jeunes années, les yeux brillants comme ceux de Paul Newman.

— Les moments sont importants, a-t-il déclaré. Ils passent si vite qu'on ne les voit pas toujours.

— Je n'ai pas été une bonne épouse pour toi, Karl.

Il a regardé la bague que j'avais au doigt. Une minuscule émeraude sur un étroit anneau d'argent.

— Tu savais comment on voit si une émeraude est authentique ? a-t-il demandé.

— Aux imperfections.

— Oui. Exactement. C'est ce qu'a dit la vendeuse, à la bijouterie. C'est le contraire des autres pierres précieuses. Avec une émeraude, plus il y a de choses dedans, plus il y a de fêlures et d'imperfections, plus c'est beau. Une émeraude authentique est belle à cause de ses défauts. Ils appellent ça « l'imperfection parfaite ». Il n'y a que les fausses émeraudes pour avoir la perfection conventionnelle.

— Parfois, il y a trop d'imperfections.

— Qu'est-ce que tu veux dire, mon amour ?

— Qu'est-ce qui se passe quand on ne voit plus que ça ? Quand ne voit plus la pierre, mais seulement ses défauts ?

(Il m'a regardée sans comprendre, donc j'ai fait un effort pour être plus explicite.) Tu as été très bon pour moi, mais je n'ai pas été bonne pour toi.

— De quoi parles-tu ? C'est à propos de Daniel ? Ce n'est pas ta faute s'il a pris son vélo.

— J'aurais pu le conduire en ville. Comme il le voulait. J'étais trop occupée à lire un catalogue.

— Moi aussi, j'aurais pu. Mais j'étais au pub. Trop occupé à boire une pinte de bière.

— Il pleuvait. Je n'aurais pas dû le laisser partir.

— Tu n'as jamais vu personne faire du vélo sous la pluie ? Il adorait ce vélo. Il passait sa vie dessus.

Ses mots ne pénétraient pas vraiment mon esprit. Il y avait une partie de moi qui voulait rester coupable, ou qui en avait besoin.

— Je parle d'Aidan Jenkins.

— Ton collègue ?

— Oui. J'ai couché avec lui dans la réserve. Et ça m'a vraiment plu. Mais depuis, je n'ai plus de goût à rien. Parce que je t'aime. Et je n'aurais jamais pu l'aimer, lui.

Il a hoché la tête nonchalamment.

— Oh, oui. J'étais au courant.

— Quoi ?

— Il a téléphoné, un jour.

— *Téléphoné ?*

— Ivre.

— *Ivre ?*

— Je me suis senti mieux, pour être franc.

— *Mieux ? Pourquoi ?*

— Tu te rappelles Deborah ? La fille que je t'ai présentée au bar du syndicat ?

J'avais un vague souvenir, encore là après plusieurs décennies. Une blonde à la frange lourde et au sourire timide.

— Mouais.

— Je la sautais tous les mardis. Et tous les jeudis.

Il m'a fallu une seconde.

— Quoi ? Mais c'est moi que tu as demandée en mariage.

— Oui. C'est bizarre, je suis d'accord. Complètement dingue. Je pense que c'est la culpabilité. Elle nous fait faire de drôles de choses. En tout cas, je suis un peu un salaud, à ce moment de notre passé commun, Grace. Je vais chez elle pendant que tu me crois au pub, on partage une bouteille de vin dégueulasse et on fume, parce que c'est les années 1970, et neuf fois sur dix on baise. Toi, tu passes l'après-midi avec Claudette. Un jour, tu as failli nous surprendre, tu te souviens ?

— Pourquoi me racontes-tu ça ?

— Parce que c'est la vérité. La vérité imparfaite de notre amour, parfait dans sa symétrie abîmée. Je t'aime, Grace Winters, et les erreurs qu'on a faites n'enlèvent rien à notre amour.

— Karl…

— Il faut que tu passes à autre chose. Écoute. Regarde-moi. Regarde le jeune moi. C'est une version plus âgée qui t'épouse. Et nous nous aimons, il y a de vraiment bons moments et de vraiment mauvais moments, et des moments entre les deux. On essaye d'avoir des enfants et on n'y arrive pas, jusqu'au jour où on en a un, je deviens un peu inattentif, irritable, j'en ai marre de mon boulot, je bois trop et je me mets à ronfler très fort. Toi, tu as ton travail, qui est au moins aussi stressant que le mien, pourtant je compte sur toi pour élever notre enfant, et tu le fais. Et tu le fais bien. Et on fait semblant d'être heureux jusqu'au jour où nous le perdons. *Nous*, Grace. *Nous*. Nous n'étions avec lui ni l'un ni l'autre. Il est mort. C'est une tragédie, mais c'est aussi un accident, comme beaucoup de choses. Et je ne suis pas doué pour le chagrin. Je gueule parfois, je donne des coups de poing dans le mur et je me barre. Je t'ai négligée et tu as fait une connerie. Tôt ou tard, tout le monde fait des conneries... Quand c'est fait, toute la culpabilité du monde n'y change plus rien. Ça ne me fera pas revenir non plus. Je suis parti. Et je veux que tu vives. Je veux que tu vives.

— Où est Daniel ? lui ai-je demandé en répétant plus fort dans l'espoir que Christina entendrait. Où est Daniel ? Est-ce que je peux parler à Daniel comme je te parle à toi ? Je sais que ce ne serait pas réellement lui, tout comme tu n'es pas réellement toi. Mais ce serait la vérité de Daniel. J'ai besoin de la vérité. J'ai besoin de voir son visage. Il est là ?

Karl a secoué la tête.

— Tu ne peux pas le voir. Tu es encore trop... *triste*. Cette partie-là de la vérité est la plus difficile à atteindre. Mais ma vérité, c'est que je t'ai toujours aimée pour ce que tu étais. Tout entière. Tes erreurs et le reste.

Ces mots étaient puissants. Je les ai sentis trembler en moi.

— Moi aussi, je t'ai toujours aimé, ai-je dit en réussissant à ne pas pleurer.

Il a joint les mains, presque en prière.

— Je l'ai toujours su, Grace. Tu me disais tout. Même quand tu ne disais rien. Mais je suis là pour te faire comprendre que je n'étais pas parfait non plus. J'ai vécu avec mes erreurs et je me suis pardonné ; tu dois en faire autant. On a besoin de toi. Je t'aime, Grace. Je t'ai toujours aimée et je t'aimerai toujours. L'amour ne disparaît pas simplement. C'est comme la lumière. Il continue à se déplacer. Mais tu as besoin de passer à autre chose. Tu ne te souviens pas de moi. Ta culpabilité obscurcit toujours ta vision. Pour te souvenir de nous, pour te souvenir du bon, tu dois lâcher prise, Grace. Tu dois vivre.

— Je t'aime, Karl.

— Alors, s'il te plaît, lâche… Tu n'es pas ici pour être parfaite. Aucun de nous n'est parfait. Tu es ici pour vivre. Alors laisse-moi partir…

— Avant, je veux juste dire que j'aurais dû te laisser jouer ta musique plus fort. C'était formidable. J'aurais dû essayer de l'écouter.

Il a eu un large sourire. Ses yeux brillaient comme des soleils lointains. Ça m'avait fait du bien de le voir, mais maintenant je savais ce que j'allais faire. Et il le savait aussi.

— Vas-y, maintenant. Vas-y.

Il était temps.

L’enfant qui s’éveille

LA PRESENCIA RANIMAIT LES CHOSES. Elle guérissait les blessures et ressuscitait ce qui était éteint. Voilà ce qui se passait. Je fleurissais à travers les fissures. Je renaissais.

À cet instant précis, j’ai senti de l’eau couler à mes pieds. J’ai baissé les yeux. Elle luisait de ce bleu indescriptible, et elle montait très vite, plus vite que toutes les marées.

Quand je me suis retournée, tout avait disparu. La table. La plage. Les arbres. Les gens. Tout sauf moi. Qui étais portée à l’intérieur de cette lumière pure, toujours plus haut, jusqu’à l’air libre. Droite, éveillée dans mon lit. Prête à vivre et à aider les autres à vivre.

La brillance

Il était une heure du matin, et je me suis réveillée de ma sieste aussi agitée qu'un chiot.

Le bocal brillait comme il n'avait encore jamais brillé.

Toute la pièce était illuminée. Avec un éclat dont on devrait normalement se détourner, mais curieusement je n'en éprouvais pas le besoin. Les périls étaient grands, c'est vrai. Art Butler était encore en liberté. Nous courions tous un risque à cause de cet homme qui n'était peut-être même pas un homme. Mais je vais vous dire une chose. Je peux supporter n'importe quel orage à l'extérieur plus facilement qu'une tempête intérieure qui vous embrume la vue. Et cette brume s'était maintenant dissipée. Je me suis posé une question rhétorique : que pouvait-il y avoir de mieux qu'un foyer plein de chaleur humaine, légué par une amie lointaine, sur l'île la plus exaltante au monde ?

Il m'a fallu quelques secondes pour remarquer, dans toute cette lumière, que la fleur de lune à côté du lit n'était plus sèche et mourante. Ses feuilles étaient d'un vert riche et profond. Je sentais son existence. Pas exactement ses *pensées*. Les plantes ne pensent pas de la même façon que nous.

Le plus remarquable était néanmoins l'objet que je tenais dans ma main. Le collier et son pendentif de saint Christophe, au creux de ma paume. Le cadeau que j'avais offert et qui m'était rendu. Je sentais la silhouette gravée du saint portant l'enfant Jésus à travers la rivière. Je l'ai serré comme le trésor perdu qu'il était et je me suis tournée vers le bocal à olives pour dire :

— Merci.

Puis j'ai pris une douche, j'ai mis le collier et des vêtements propres. Un élégant pantalon plissé et un chemisier en mousseline. Je me suis regardée dans le miroir. Je me sentais prête.

— Allez, Grace, me suis-je dit. Il est temps de vivre.

Grace Winters et deux invités

L'ÎLE ÉTAIT PLEINE DE BRUITS.

L'Amnesia se trouvait à côté de la route principale reliant la ville d'Ibiza, à l'est, à San Antonio, à l'ouest. Comme tant de boîtes de nuit ici, c'était un bâtiment d'une immensité absurde. De la taille d'une cathédrale ou d'un hangar pour avion. Et je dois avouer que c'était un peu excitant.

Je n'étais plus sortie en boîte depuis 1980 – le Roxy, à Lincoln, où une femme saoule avait vomi sur mes chaussures au son de Kool & the Gang.

Dans la file d'attente, beaucoup de night-clubbers arboraient des tenues extravagantes. S'il y avait un *dress code*, il était difficile à comprendre. Une femme portait un bikini vert cru et des baskets vert cru. Une autre avait mis une longue robe rouge, d'une parfaite élégance. Un jeune homme avait opté pour un haut en filet noir et un sac à main. Il y avait un couple très chic, en noir, qui se tenait par la main en se demandant si c'était son dernier soir ensemble. On voyait beaucoup de lunettes de soleil pas tout à fait nécessaires. Il y avait plus de couleurs que dans un massif d'hortensias. Alberto avait gardé son short déchiré, ses tongs et une chemise hawaïenne qui ne masquait guère l'inconvenante toison de sa poitrine. Sa fille portait un de ses T-shirts malicieux – un blanc avec une minuscule planète Terre au milieu. « Point bleu pâle », disait le slogan. Je savais – car à présent je savais presque tout – que c'était une référence au discours de Carl Sagan qui évoquait la photo de la Terre prise par la sonde spatiale *Voyager 1*.

Elle avait mis des tennis jaunes et un pantalon vert et blanc, à rayures comme une plante-araignée. Elle étincelait littéralement, grâce aux paillettes écologiques biodégradables dont elle avait saupoudré ses joues. Et ses cheveux frisés étaient si extraordinairement hérissés qu'en plissant les yeux on l'aurait prise pour une sorte de Méduse gentille. Bref, elle était superbe. Et au lieu de ressentir ce que j'éprouvais d'habitude à côté d'une personne à la mode et ayant la moitié de mon âge, je ne me trouvais ni mal habillée, ni gênée. Je la trouvais cool, tout simplement.

Nous avons longé la longue file d'attente devant le bâtiment, éclairé par des spots multicolores mobiles et par l'enseigne de l'Amnesia jaune jonquille, jusqu'au plus costaud des agents de sécurité. L'iPad qu'il avait dans les mains semblait grand comme un timbre-poste.

— Rafael !

L'agent a souri, le visage éclairé en bleu.

— Salut, Alberto.

Rafael a donné l'accolade à Alberto.

— Papa était DJ ici, m'a expliqué Marta à l'oreille, dans l'ancien temps. Rafael le connaît depuis toujours. Il lui a appris à plonger. C'est une petite île.

— Merci pour le serpent, a dit Rafael. Ma fille était enchantée.

— Ah, je t'en prie. C'est un serpent très philosophe, un sage qui avait besoin de bonne compagnie…

Rafael écoutait docilement son vieil ami. J'étais contente d'apprendre que le serpent avait quitté son tiroir pour un gîte plus hospitalier. Mais le garde ne s'écartait pas. Il restait planté devant nous comme une porte fermée.

Le sourire d'Alberto était désormais servi avec sa garniture de perplexité.

— Donc… tu nous laisses entrer ?

— Non, a répondu Rafael tout en conservant sa mine réjouie.

Marta a lancé une série de jurons très inventifs, que j'ai compris mais que je ne répéterai pas. Je me demandais si Alberto allait utiliser ses pouvoirs. Et si je devais recourir aux miens. Mais j'ai alors compris que c'était tout à fait inutile.

J'ai adressé à Rafael un petit salut poli, très anglais.

Il a tenté de dissimuler l'amusement que lui inspiraient ma présence et mon aspect général, ce qui était très aimable à lui.

— *Sí, señora ?*

— Bonsoir, je crois que je suis sur la liste des invités.

Il m'a regardée, perplexe. Alberto et Marta aussi, je dois dire.

— Oui. J'ai croisé Lieke dans une jardinerie et elle a très gentiment proposé de m'inscrire. Mon nom est Grace Winters. Et deux invités.

Il a dû consulter son iPad. Puis il a hoché la tête.

— Oui. Vous êtes juste là. (Puis il nous a fait signe de passer.) Bonne soirée.

Alberto était un peu déconcerté et a marmonné des politesses qui ont vite été noyées par le mur de son vers lequel nous marchions.

L'atelier des oublieux

NOUS MARCHIONS SUR DES DALLES en terre cuite, à travers la foule majoritairement espagnole réunie près de l'entrée. Les gens se criaient dans les oreilles pour se faire entendre. Les corps transpiraient. Les pensées voltigeaient tout autour, pleines d'une joie frénétique et de désirs aiguisés. Je me sentais trop vieille d'au moins deux siècles pour être ici, mais Alberto a dû lire dans mon esprit car il a désigné un vieillard en T-shirt orné d'une feuille de marijuana.

— C'est Diego. Il est du continent. Il est venu à l'été 1988, et depuis, il revient chaque année. Il est plus vieux que nous tous.

J'ai brièvement eu accès au cerveau de Diego, mais c'était une étrange brume psychédélique pleine de pensées abstraites qui tourbillonnaient comme des vaches dans un cyclone, donc je m'en suis vite retirée.

La boîte de nuit se composait en réalité de deux lieux. Une grande salle caverneuse et sombre, et une autre, tout aussi vaste, mais plus éclairée, qui donnait davantage une sensation de plein air, appelée « la Terraza ». Lieke serait dans la salle principale d'ici une demi-heure, mais nous nous sommes d'abord dirigés vers une zone relativement calme, près de la terrasse.

Alberto a montré du doigt le plafond vitré pendant que Marta faisait la queue au bar.

— Avant, tout était à ciel ouvert. C'était fou. C'était comme un film de Fellini... une ferme où les gens dansaient sur toutes les musiques... Les Rolling Stones, jazz, hip-hop, rock mystique, Manuel Göttsching, Prince, Art of Noise, Chicago house, reggae, new wave, vieux tango argentin, Fleetwood Mac, Kate Bush, Cyndi Lauper, Talk Talk. J'adore Talk Talk. (Il est devenu très excité et s'est mis à chanter *It's my life!*, les larmes aux yeux.) Tout et n'importe quoi. Le beat des Baléares. *Todo vale*, c'était le concept. Tout est bon à prendre. Pas de frontières. Pas de frontières entre les musiques ou les peuples. Trouver le rythme partagé. Toutes les classes, les cultures, les identités et les sexualités. Pas de genres étroitement définis. Pas de divisions. Pas de cliques. C'était naturel, pur et fun. Trouver l'universel dans tout. Même dans le générique de *Capitaine Furillo*.

— Le générique de *Capitaine Furillo* ?

J'ai pensé à Daniel qui demandait à se coucher tard pour regarder les rediffusions. Comme il adorait ce générique. Il se penchait en avant, assis sur le canapé. Cette joie était réelle, elle l'était restée, et elle était stockée quelque part dans la mémoire de l'univers.

Alberto a acquiescé.

— Oui. La série avec des flics. Mon ami – le légendaire Alfredo, d'Argentine – le jouait souvent en fin de soirée.

Il n'y a rien de plus typique des Baléares que le générique de *Capitaine Furillo*...

Maintenant que l'esprit d'Alberto m'était ouvert, je voyais tout. Il était revenu sur cette île en 1976, moins d'un an après la mort de Franco. Il avait abandonné ses études, était devenu pacifiste. Il prévoyait de retourner à la biologie marine, mais il voulait juste prendre du bon temps. Il m'a surprise en train de lire ses pensées. Donc il m'a fourni quelques notes de bas de page.

— Un philosophe de Madrid avait décidé de transformer une vieille *finca* perdue dans la campagne en discothèque à ciel ouvert. Il l'a baptisée El Taller de los Olvidadizos – l'Atelier des oublieux. C'était un peu trop long, donc on l'a abrégé en Amnesia. Toujours choisir le chemin le plus court ! Tous ceux qui y allaient avaient quelque chose à oublier. Comme si le monde entier avait été traumatisé. Franco, le Vietnam, la perspective d'une bombe nucléaire qui nous anéantirait tous. Il valait mieux danser... Danser, ce n'était pas seulement danser. C'était un symbole de liberté... Qui que vous soyez, vous étiez en sécurité sur la piste de danse.

Marta est revenue avec des verres, tandis que de fascinants hexagones de lumière clignotaient derrière elle.

— *Nada de plástico*. Pas de plastique. Le plastique, c'est le diable. Ça détruit la Terre avant d'exister et après. Ces petites saletés de microplastiques. Qui foutent les poissons en l'air. Et nous avec. (La seule fois où Marta a dit un gros mot pour défendre les poissons.) Enfin, voilà vos jus d'orange.

Il était presque deux heures du matin, donc nous nous sommes faufilés à travers la foule jusqu'à la salle principale. J'ai croisé les filles que j'avais vues dans l'avion. Elles dansaient et aimaient la vie, leur esprit rayonnant de plaisir. Contrairement à d'autres ici, elles n'avaient même pas pris de stimulants artificiels. Elles avaient dormi avant de venir et elles se débarrassaient de leurs soucis grâce à la danse, fermant les yeux et remuant leur corps comme dans le cadre d'un merveilleux exorcisme collectif.

Même s'il faisait indiscutablement très chaud dans cet espace bondé et bruyant – les trois choses dont je ne raffolais pas, d'ordinaire –, je m'amusais vraiment. Je n'avais pas mal aux jambes, mes hanches n'étaient pas tout à fait raides, et si j'avais des acouphènes, je ne pouvais pas les entendre. J'étais tellement prise dans l'énergie collective que j'ai failli oublier pourquoi j'étais là.

La joie de compter sans compter

MARTA M'A DONNÉ UN COUP DE COUDE. Et a désigné la cabine du DJ. Elle était là, la déesse intouchable des affiches. La fille désemparée de la jardinerie. Dans l'immense cabine, adulée par le public comme jadis l'empereur au Colisée.

Elle bavardait avec le précédent DJ tout en manipulant la console, la musique emplissant la salle comme le martèlement de sabots d'un troupeau invisible. J'avais la vue bouchée par un grand jeune homme couvert de tatouages d'animaux variés – serpent, guépard, tortue. Il s'appelait Stefano, c'était un touriste italien de Bologne qui faisait des études de vétérinaire après une rupture douloureuse. *Déplace-toi vers la gauche, vers la gauche, vers la gauche…*

Quelques secondes plus tard, il a fait trois pas vers la gauche tout en continuant à danser, et m'a permis d'observer Lieke. Mais il y avait entre elle et moi tant d'espace, tant de gens, tant de pensées, d'émotions et de sensations qui encombraient l'air, c'était comme si j'avais voulu isoler une abeille parmi un essaim.

J'ai découvert que la musique de Lieke me plaisait réellement – de la techno, semblait-il. Ce qui était étonnant, car en temps normal je détestais la musique électronique. Enfin, j'avais aimé *Good Vibrations* des Beach Boys quand j'étais jeune, et dans cette chanson il y avait du thérémine, qui est un instrument électronique. Mais vous voyez ce que je veux dire. La musique qui a l'air d'être jouée par un robot paniqué. La musique bip-bip. Mais j'étais passée à côté de quelque chose.

Cette musique avait une beauté mathématique. Je me tenais sur le bord de la piste où des milliers de corps s'agitaient comme de simples entités réactives, subordonnées à la force de la musique.

Fait extraordinaire, j'ai aussitôt compris cette musique, et j'ai senti l'amour collectif qu'elle suscitait, pur et doré. Sous la mélodie des claviers, il y avait une basse répétitive qui marquait le rythme imperturbablement. *Douf douf douf douf.* Un battement de cœur. Puis il y avait une autre pulsation, plus légère, par-dessus, deux fois plus rapide. Et une autre, encore plus faible, précisément deux fois plus rapide que l'autre. Quatre battements par mesure. Un ratio parfait, qui divisait le temps en parts égales à chaque section. L'algorithme d'Euclide prenant vie.

On dit souvent que la musique est la joie ressentie quand on compte sans s'apercevoir que l'on compte. Je me suis rendu compte que c'était exactement ce dont j'étais témoin, alors que je scrutais la foule en agitant la tête – l'euphorie collective provoquée par l'harmonie mathématique dans un monde imparfait.

Euclide aurait adoré danser à l'Amnesia, j'en étais sûre. Et j'adorais ça aussi. J'adorais être parmi ces gens qui dansaient, ces corps qui se libéraient. J'adorais les deux hommes amoureux qui s'embrassaient tendrement au bar. Les gens montés sur échasses. Cet espace où chacun semblait pouvoir être son véritable moi indéfini, se livrer à toutes les expériences vestimentaires, capillaires, corporelles, s'abandonner à ses pulsions sexuelles, résister aux règles et aux rythmes circadiens. J'adorais les lumières et les lasers.

J'ai levé les yeux vers les balcons qui faisaient le tour de la salle, la zone VIP, sur laquelle planait une brume psychique un peu triste, avec tous ces gens debout près de leur table, dansant d'un air embarrassé autour de leurs seaux à glace et de leurs bouteilles de champagne vides.

Puis je me suis à nouveau concentrée sur la DJ. Et j'ai à peu près réussi à saisir quelque chose. Une obscurité tendre. Du chagrin, peut-être. Je me suis un peu rapprochée d'elle, à travers la foule, en tâchant d'éviter tous ces coudes enthousiastes. Je l'ai vue à la lumière du jour, regagnant l'appartement qu'elle louait à la marina. Elle écoutait de la musique, mais pas comme celle qu'elle jouait. Des guitares espagnoles distillant de douces mélopées.

Puis tout à coup, dans l'instant présent de la boîte de nuit, elle a regardé la foule et elle m'a repérée. En toute franchise, je devais être visible comme un hamster au milieu d'une exposition féline, mais elle m'a adressé un sourire. Elle m'avait reconnue. En retour, je lui ai offert une pensée. Un souvenir, pour être exact. Le souvenir contenu dans la photo de la petite fille tenant son ours en peluche. Le jour de ses sept ans. Amour et affection. Lumière dans le noir.

Non. Là encore, je me trompe. Je ne lui ai rien offert. Je lui ai révélé ce qui était déjà là. Et c'était facile. Aussi facile que d'obliger l'homme à se planter une fourchette dans la cuisse. Une fois ce souvenir révélé, d'autres ont suivi, qui se ramifiaient, et elle allait passer à la piste suivante quand elle a senti le besoin croissant d'accomplir un acte. Le besoin d'exaucer le vœu de sa mère en mettant sa tribune au service du bien. Elle a donc choisi une musique différente. *Memories of Green*, de Vangelis, extrait de la bande-son de *Blade Runner*, que ses parents lui faisaient écouter quand elle était enfant.

Puis elle a demandé un micro, et alors que personne ne s'y attendait, elle a pris la parole par-dessus la musique. Alberto m'a regardée :

— C'est en train d'arriver…

J'ai hoché la tête.

C'était en train d'arriver, incontestablement.

— Bonsoir tout le monde, a-t-elle dit aux night-clubbers déconcertés, dans son anglais à l'accent curieux. Normalement, je ne fais jamais ça. Normalement, je ne parle pas sur la musique. Je ne veux pas vous interrompre. Mais j'ai simplement quelque chose d'important à vous dire. Il y a un mois, ma mère est morte…

Ce n'était évidemment pas le genre de soirée que les gens prévoyaient. La plupart d'entre eux avaient pris leur téléphone pour filmer son discours.

— Je n'ai pas toujours eu de bonnes relations avec elle… Mais c'était quelqu'un de bien. Elle se faisait du souci pour notre planète, elle pensait qu'il fallait protéger Ibiza, et Es Vedrà… Vous connaissez Es Vedrà, non ? C'est le rocher trop cool qu'on voit de l'avion. Eh bien, c'est important…

Une folle acclamation a parcouru la salle.

— C'est un endroit sacré. Il fait partie de la mythologie de l'île, et aujourd'hui des promoteurs veulent construire dessus, détruire toute la vie sur cette île… Ils veulent tout posséder, jusqu'à Cala d'Hort… La mer entière, jusqu'au plus ancien organisme vivant, une herbe marine qui existe depuis des milliers et des milliers d'années. Une herbe marine qui protège l'océan, qui protège la côte, qui protège l'air que nous respirons. (C'était impressionnant. Elle faisait un discours sur le puits de carbone marin qui semblait motivant.) Mais ça ne va pas se passer comme ça. Parce que, demain, nous allons manifester, nous défendrons la liberté d'Es Vedrà. Ma mère était spéciale à plus d'un titre, vous ne me croiriez pas si je vous racontais tout, mais son véritable super-pouvoir, c'était qu'elle aimait les gens, la nature et la vie, les choses qui sont précieuses. Nous devons protéger ce qui est précieux. On se retrouve au café Mar y Sol, à trois heures demain après-midi, et on défilera dans les rues, pour les empêcher de détruire chaque centimètre carré de cette île… Qui y sera avec moi ? Qui va en parler sur les réseaux ? Qui va m'aider à réaliser le rêve de ma mère ?

Nouveau rugissement enthousiaste. Lieke m'a souri.

— Parlez-en à tous ceux que vous connaissez ! À demain !

Là-dessus, elle a enchaîné avec une musique plus rapide, et le rythme martelé a recommencé. Le titre était *Meteorite*.

— Cette chanson, c'est pour l'amie de ma mère qui est ici ce soir. (Elle m'a montrée du doigt.) Nous allons tous saluer Grace Winters !

— Waouh ! s'est exclamée Marta en me tapotant l'épaule alors que la salle entière me faisait une ovation enrouée.

Les filles de l'avion m'ont reconnue et ont applaudi au-dessus de leur tête, en hurlant plus fort que tout le monde.

Alberto m'a adressé un sourire de conspirateur, plein de fierté.

— Et maintenant, a crié Lieke dans le micro, dansons comme s'il n'y avait pas de lendemain !

C'est ce que nous avons fait, Maurice. Nous avons dansé. *J'ai* dansé. Là, en chemisier de mousseline, au milieu de l'Amnesia. J'ai agité mes bras et mes jambes pas si fatigués, au son de la musique, avec mes deux nouveaux amis.

Et très honnêtement, ça faisait longtemps que je ne m'étais pas autant amusée.

Hermana

MARTA ET ALBERTO ÉTAIENT DES PERSONNES très chaleureuses. Alberto dansait avec l'énergie désordonnée d'un gorille à qui on a tiré une balle dans le postérieur, exhibant sans retenue sa poitrine velue, tandis que sa fille manifestait le même abandon mais avec un sens du rythme nettement plus aigu. Elle était charmante, soit dit en passant. Quand vous devenez septuagénaire, les jeunes se montrent indifférents ou condescendants avec vous. Marta n'était ni l'un ni l'autre. Elle me traitait comme une véritable amie, et ça faisait longtemps que ça ne m'était plus arrivé.

Nous avons dansé encore un moment, mais notre mission était accomplie. Enfin, à moitié accomplie. Nous n'aurions pas pu faire davantage pour que l'information circule, mais il nous fallait encore autre chose. Pas seulement vingt mille personnes, mais quatre-vingt mille euros. D'ici le lendemain. Enfin, on était déjà le lendemain. Il était trois heures et demie du matin. Une heure où je n'étais jamais éveillée que lorsqu'il me venait un besoin pressant en pleine nuit.

Mais j'avais un plan. Vous vous rappelez peut-être que j'étais un de ces profs qui faisaient n'importe quoi pour que les élèves de cinquième connaissent le frisson de la plus noble des disciplines. J'enseignais donc un cours sur les mathématiques des jeux de cartes. Le solitaire, Pyramide, Fraction War, utiliser la règle d'ordre des opérations pour s'approcher d'un certain nombre avec quatre cartes, et bien sûr, le préféré de tous les mathématiciens, le black jack (ou le vingt et un, mais même la fan des chiffres que je suis ne voit pas pourquoi on l'appellerait comme ça puisque le nom de ce jeu est le black jack).

— Ibiza a un casino, non ? ai-je demandé à Alberto et Marta alors que nous partions vers les taxis.

Une brise fraîche soufflait, c'était merveilleux. Le temps idéal à Ibiza l'été, on le savoure à trois heures et demie du matin.

— Oui, a dit Marta, un peu lasse, et méfiante face à ma question. À la marina, en ville. J'y suis allée une fois et j'y ai laissé tout mon salaire de l'université.

— Mais vous ne m'aviez pas avec vous. Nous devons y aller.

Alberto m'a dévisagée comme si j'étais une espèce nouvelle qu'il n'avait jamais rencontrée.

— Pour gagner *quatre-vingt mille* euros ?

J'ai laissé sa question en suspens. Dans le calme relatif, j'ai remarqué que mes acouphènes étaient plus forts que jamais. Mais ça n'avait aucune importance. Les acouphènes causés par une soirée de musique joyeuse étaient sans rapport avec les acouphènes existant sans raison. Un négatif sans cause est une source d'affliction. Mais si vous pouvez donner à ce négatif une cause positive de valeur égale, vous pouvez le transformer en zéro.

Au bout de huit secondes, j'ai répondu à Alberto :

— Hmm. Oui. Je sais que, dans des circonstances normales, il ne serait pas tout à fait moral d'utiliser mes pouvoirs ainsi. Mais les circonstances n'ont pratiquement plus rien de normal. Rentrez chez vous, tous les deux... Il est tard, et demain sera un grand jour.

Marta a secoué la tête en réprimant un rot. Elle était un peu ivre et avait un confetti collé sur le front. Je le lui ai décollé.

— *Gracias, hermana.* (« Merci, ma sœur », j'aimais cette idée.) J'ai fait ma sieste tout à l'heure. Il ne m'en faut pas plus. Je n'ai jamais reçu la bénédiction de la Presencia, mais je suis née à Ibiza. Mes rythmes circadiens sont négociables.

Nous sommes donc montés dans le taxi, et Marta a donné les instructions.

— *Hello, taxi driver*, a-t-elle dit en se faisant passer pour une Anglaise afin de m'amuser. Casino de Ibiza, *please, sir.*

Et nous sommes partis, avec en poche la somme grandiose de quarante-sept euros à nous trois.

Laurier

Le casino d'Ibiza était situé dans le quartier riche appelé le « kilomètre d'or ». J'ai inhalé l'air parfumé, j'ai contemplé les immeubles de standing et les yachts encore plus hors de prix, des palmiers bordant la route à intervalles réguliers, séparés par des parterres manucurés et des pelouses impeccablement tondues.

Après que nous avons payé le taxi, un chat a surgi de sous une haie et s'est avancé vers Alberto. Un chat de gouttière, blanc, noir et orange. Un chat plein de questions, de philosophie et de curiosité. Les animaux adoraient Alberto. Il était un aimant pour eux. Il s'est accroupi en tressaillant, à cause de ses vieux genoux, pour caresser l'animal et avoir avec lui un brin de conversation.

Marta, comme toujours, était un peu contrariée :

— Papa, ce n'est pas le moment de te prendre pour le Dr Dolittle.

— Le chat me parle du plaisir qu'il y a à regarder les phares des voitures. Il aime observer le déplacement des lumières, tout en étant rafraîchi par la brise…

Mais il a fait ses adieux, en souhaitant à l'animal bonne chance dans sa chasse aux souris.

Au début, je l'avais cru fou, mais je me suis aperçue qu'il comprenait des choses qui échappaient aux autres, voilà tout. C'était peut-être la définition de la folie : la solitude de celui qui comprend ce que les autres ne peuvent pas comprendre.

Le casino était en accord avec l'esthétique générale évaluée en milliards d'euros. Architecture moderniste. Un laurier en pot, si parfaitement taillé qu'on aurait cru le gagnant d'un concours d'arbustes sculptés. L'extérieur était en acier patiné, avec une façade habilement rouillée. On ne voyait pas l'intérieur, mais l'éclairage suggérait que l'édifice abritait une sorte de paradis décadent.

Je n'avais jamais mis les pieds dans un casino. J'étais allée un jour dans une salle de bingo, avec Angela de la boutique de charité, mais c'était différent. Le portier – cheveux plaqués en arrière, costume élégant, symbole de l'infini tatoué sur le poignet – nous a annoncé que nous ne pouvions pas entrer.

— Je suis désolé, nous sommes complets. Et vous n'êtes pas assez bien habillés. (Il a regardé Marta et ses paillettes sur les joues. Puis il a désigné Alberto, son short déchiré, ses tongs, sa chemise hawaïenne déboutonnée et sa forêt de poils sur la poitrine.) Vous surtout. C'est un endroit raffiné, ici.

Marta s'est mise à lui parler en espagnol, avec beaucoup de sérieux et de très grands gestes, mais la conversation semblait mal engagée.

— Changez-lui l'esprit, m'a chuchoté Alberto. C'est trop dur pour moi. Il est serré comme… (Il cherchait une comparaison poétique.) Comme l'anus d'un lapin.

J'ai donc essayé à mon tour de *desserrer* l'esprit du portier. Il était bien plus facile d'y pénétrer que dans le casino.

Il s'appelait Javier et venait de Cadix. Il aimait nager, regarder des combats de free-fight et manger du porc aux piments de Padrón. Il avait récemment trompé sa femme avec une touriste écossaise rencontrée sur la plage de Playa d'en Bossa. Une nommée Alice.

J'ai donc fait comme si je venais seulement de le reconnaître.

— Javier ! Ça alors ! C'est bien vous, n'est-ce pas ?

Il m'a regardée d'un air suspicieux. Son esprit était un désert orange de perplexité.

— Euh... Oui.

— Quelle chance de vous retrouver ! C'est moi, Helen !

Javier a froncé les sourcils.

— Helen ? Je ne connais aucune Helen. Bon, écartez-vous, s'il vous plaît.

— Je suis la maman d'Alice. *La madre de Alice*, ai-je ajouté, très sûre de moi.

C'est comme si je l'avais giflé. Il était muet.

— Elle m'a montré la photo que vous avez prise ensemble, ai-je poursuivi en jouant de mon mieux le rôle de la mère idiote, dans cette discothèque de jour. Oh, et puis celle où vous buvez des caïpirinhas dans un café au bord de la mer, à San Antonio. Le Café Mambo. Elle vous a trouvé adorable. Vous avez très bien pris soin d'elle.

Javier n'en revenait pas. Son collègue, homme trapu qui émettait une vibration sarcastique et grisâtre, le regardait avec intérêt.

— Je ne sais pas de quoi vous parlez, madame.

— La pauvre Alice. (Je commençais à m'amuser beaucoup.) Elle est folle de vous. Elle parle de votre histoire à la terre entière. (Je lui ai tapoté la poitrine pour murmurer sur un ton complice.) Mais je lui ai dit que *peut-être* vous ne teniez pas à ce que la terre entière soit au courant. Surtout *une certaine personne.*

Il a dégluti. Acquiescé. Compris.

— Qu'est-ce que vous voulez ?

J'ai inspiré, et j'ai déclaré de la façon la plus raisonnable :

— J'aimerais beaucoup que mes deux amis et moi nous puissions assister à une partie de poker.

Javier semblait vaincu. Je n'avais vu cette expression qu'une fois dans ma vie – dans les yeux de notre loulou de Poméranie récemment castré.

Le malheureux nous a fait signe d'entrer.

Marta a étouffé un gloussement. Son esprit somnolent a tout à coup été aussi animé qu'un ciel éclairé par un feu d'artifice.

— Regardez-nous, la fine équipe.

— OK, soyez cool, a dit Alberto, qui était aussi cool qu'un sauna. Au travail.

Roulette

À L'INTÉRIEUR RÉGNAIT une atmosphère solennelle et silencieuse. Comme dans une église. Les gens assis aux tables ou penchés au-dessus des roulettes formaient des prières muettes.

Nous sommes passés devant la table de black jack et Marta m'a interrogée du regard, mais j'ai secoué la tête. Inutile de tenter de gagner de l'argent au black jack, puisque n'importe quel joueur ayant un peu de détermination et capable de faire des additions et des soustractions peut apprendre à y tricher en comptant les cartes. Parmi les cartes distribuées, vous ajoutez 1 à celles qui sont inférieures à 7, et vous retranchez 1 à celles qui sont supérieures à 7, et vous pouvez calculer la probabilité que la prochaine carte soit forte ou faible. Les casinos sont toujours à l'affût des clients qui procèdent ainsi. La roulette était plus sûre. C'est donc là que nous sommes allés.

Tout le monde pariait sans grand risque, sur le noir ou le rouge ou des rangées, mais cette méthode n'était pas la bonne pour nous. Un pari sur une couleur ne ferait que doubler notre mise, alors que parier sur un nombre précis pouvait nous valoir un retour de 35-1. Et 35 x 47 nous rapporterait 1 645 euros. Mille six cent quarante-cinq est un joli nombre, aussi me suis-je assise à la table de roulette avec une certaine assurance.

Nous avons d'abord observé le jeu, et Alberto s'est rendu compte qu'il ne pouvait prévoir le résultat qu'une fois la roue en marche, alors que je pouvais le prévoir avec deux, trois ou même quatre jeux d'avance. C'était donc à moi d'agir. À la grande surprise des autres joueurs, j'ai placé tous mes jetons sur le nombre que je voyais dans ma tête, qui était le trente-trois.

— C'est mon anniversaire ! a expliqué Marta en espagnol, m'embrassant pour fêter ce grand jour improvisé. *Tengo treinta y tres años.*

— C'est vrai, ai-je ajouté. Et c'est mon amie porte-bonheur. Donc je parie sur le trente-trois !

La roue a tourné, la petite boule s'est mise à voltiger, et je n'étais même pas inquiète. Je connaissais la minute à venir aussi bien que la minute écoulée.

Tout s'est passé comme prévu. La boule s'est arrêtée sur la case trente-trois. Ce bon vieux trente-trois.

Nous avons rejoué, mais je savais que si je misais sur le bon nombre, j'éveillerais la méfiance. Après tout, les chances de gagner une fois sont de une sur trente-sept, ce qui est encore réaliste. Mais trouver le bon nombre deux fois de suite est beaucoup plus difficile, puisque

1/37^2 = 1/1369

Ce qui est beau, à la roulette, c'est le choix disponible. On peut miser sur un seul nombre, ou sur deux nombres adjacents, sur trois nombres horizontaux comme on les voit sur le tapis, sur une colonne entière, sur douze nombres à la fois, sur la première ou la seconde moitié, sur tous les rouges ou tous les noirs. Cette variété est bien tentante. Comme dans la vie, on peut soupeser les risques et les récompenses, et agir en conséquence. Ce jeu séduit les esprits conservateurs autant que les esprits audacieux.

Donc, sur le conseil d'Alberto, j'ai choisi de parier sur des couleurs plutôt que sur des nombres. Puis, alors que Marta se rendait aux toilettes, j'ai délibérément fait un pari perdant, pour une faible somme, sur deux nombres adjacents. Puis un gros pari sur les douze premiers nombres. Nous avons alors gagné plus de quinze mille euros et nous étions devenus très visibles.

— Nous devons être des poissons-lunes, pas des poissons-clowns, a grommelé Alberto. Tout le monde nous regarde.

Mais j'ai repensé à l'homme que j'avais croisé dans Ibiza. Il n'avait pas perdu que la veille au soir – quand j'avais essayé de voir face à qui il avait perdu, son adversaire ressemblait étrangement à Art Butler.

— Poker, ai-je murmuré à Alberto.

À cet instant précis, Marta est revenue des toilettes, l'air épouvanté, comme si elle avait vu un fantôme. Je me suis tournée vers elle, Alberto s'est tourné vers elle, et nous avons su aussitôt.

Elle venait de croiser Art Butler. Il était dans le casino. Dans la salle de poker.

Le tournant et la rivière

NOUS AVONS PRIS NOS JETONS et nous sommes dirigés vers le saint des saints, la salle de poker.

— Attendez, ai-je dit avant d'entrer.

Marta a penché la tête.

— Qu'on attende quoi ?

— Vous ne devriez pas m'accompagner.

Alberto m'a soutenue :

— Grace a raison. Elvis Presley. La radio. Le verre de vin. C'était un avertissement pour toi. Tu dois garder tes distances…

— Et vous devez rester avec elle, lui ai-je dit alors que des applaudissements éclataient à la table de baccara. Il faut que vous puissiez vous assurer que tout va bien.

Marta n'a pas apprécié.

— Mais on ne peut pas vous laisser y aller toute seule.

— Je suis une grande fille. Tout ira bien.

Avec un grognement de réticence, Alberto m'a confié ses jetons. Sa fille l'a imité.

— OK, a-t-il soupiré. Mais nous ne serons pas loin.

Là-dessus, je me suis dirigée vers le silence tendu de la salle de poker et vers le terrifiant mystère d'Art Butler.

Arborant une chemise en lin froissée et un front également plissé, Art était assis avec les autres joueurs. Il fixait ses cartes d'un air concentré. À part ça, je ne percevais pas grand-chose de ses pensées. C'était comme si j'avais voulu reconnaître l'image de quelque chose dans une peinture de Jackson Pollock. Tout était trop emmêlé et bardé de force prohibitive.

Voilà pourquoi Christina n'avait jamais pu savoir qui voulait la tuer. Parce qu'il était presque impossible à percer. Son esprit était une forteresse imprenable.

Une femme munie d'un éventail couleur mandarine s'appuyait sur son épaule, mais il semblait à peine la remarquer. Il paraissait aussi fatigué qu'une bougie fondue, néanmoins il était visiblement motivé par le désir de gagner. Et il a en effet gagné.

J'ai pris un siège et j'ai déposé sur le velours vert un jeton noir valant cent euros.

Art m'a toisée. J'ignorais encore ce qu'il pensait, mais il agissait certainement comme s'il ne mijotait rien de particulier.

Mon plan était de gagner un peu d'argent *et* de lire dans les pensées d'Art.

D'une pierre deux coups.

Avant de continuer, je dois avouer que je n'avais encore jamais joué au poker. Cela ne faisait pas partie de mon cours pour les élèves de cinquième, et je n'étais jamais allée au casino. Pourtant, j'ai su tout à coup que j'étais capable d'y jouer. J'avais vu assez de films et lu assez de livres où figurait une partie de poker pour pouvoir me débrouiller, grâce à mes capacités mentales renforcées, même sans lire dans l'esprit de personne.

Donc. Texas Hold'em.

Outre Art Butler et moi, il y avait six autres joueurs. La riche avocate anglo-américaine quinquagénaire, spécialiste du secteur musical et conseillère bien-être sur Internet, défoncée à la cocaïne. José, restaurateur âgé de quatre-vingt-un ans. Un ex-milliardaire allemand récemment divorcé, prénommé Dietmar, qui avait hérité une société pharmaceutique et qui n'avait que quelques pas à faire pour retourner à son yacht. Un Américain légèrement ivre, très sentimental, originaire d'Atlanta, prénommé Benjamin, à qui son employeur avait offert un séjour dans l'hôtel-spa d'Art Butler, et qui venait de danser au Pacha voisin mais qui regrettait ses chiens, sa mère et son copain laissés à Milan. Anne, la Parisienne insomniaque, administratrice de biens, auteure de poèmes érotiques qu'elle ne montrait à personne, qui n'arrivait pas à se concentrer sur le roman qu'elle lisait dans son lit, à l'hôtel, et qui ne voulait pas rester éveillée et déprimée à côté de son mari endormi. Et un marchand d'art italien, Flavio, dont les triceps avaient été sculptés par Michel-Ange. C'était l'homme que j'avais croisé tout à l'heure. Celui qui avait perdu contre Art la veille et qui en redemandait. Et puis, bien sûr, il y avait Art Butler en personne.

Qui était à la fois présent et totalement distant.

Au premier tour, je n'avais rien et j'ai très vite plié mes cartes. Au deuxième, c'était à peu près pareil, et Art a gagné gros grâce à une couleur de pique. J'ai à nouveau essayé de lire en lui, en vain. Aucune information, aucune émotion, aucun texte ou contexte psychique. Je savais que je devais le battre, parce que je sentais bien que la vulnérabilité serait le point d'entrée, mais il n'y avait pour le moment aucune vulnérabilité en évidence, pas plus qu'autre chose, d'ailleurs.

Au troisième tour, c'est devenu plus intéressant.

Après le flop, j'avais deux six. Puis la quatrième et la cinquième cartes ont été révélées sur la table. Le tournant et la rivière (non seulement je connaissais les règles du poker, mais aussi ses expressions poétiques). J'avais aussi deux rois, à présent.

Une main assez forte.

J'ai sondé le reste de la table.

Melissa avait une paire de trois. Dietmar avait une main forte – une quinte – et il était assez sûr de lui lorsqu'il a avancé une jolie pile de jetons pour augmenter la mise. Nous jouions maintenant pour mille quatre cents euros. J'allais devoir au moins égaler Dietmar, sinon je n'aurais qu'à me coucher. J'ai donc misé autant. Anne, Benjamin et José n'avaient rien, et tous se sont couchés. Flavio avait un huit en main, face au huit sur la table. Il a réfléchi un moment, puis s'est couché lui aussi. Art a relancé, et Melissa a augmenté sa mise d'autant.

L'heure avait sonné de semer le doute dans l'esprit de Dietmar. Ce n'était pas compliqué. Son esprit était le plus mou et le plus malléable que j'aie pénétré depuis celui du pauvre Brian au restaurant de la plage. Et le doute que je lui ai instillé était simple : *Il y a un truc qui cloche.*

Soudain, il est devenu si nerveux qu'il a abandonné, à son propre étonnement.

— Pourquoi ai-je fait ça ? s'est-il exclamé.

Il ne restait donc plus que Melissa, Art et moi.

Melissa commençait déjà à se sentir paranoïaque et agitée, parce que l'effet de la cocaïne retombait, et elle se jurait de faire une semaine entière de yoga ashtanga et de jus de légumes après ces vacances, donc elle a laissé tomber. Il n'y avait plus qu'Art et moi. Il m'a regardée. J'ai soutenu son regard. Et pour la première fois depuis que je m'étais assise à cette table, j'ai discerné une ouverture, une minuscule déchirure dans son tissu mental. Je n'ai pas perdu de temps et je me suis introduite comme un cambrioleur par une fenêtre.

Tandis qu'il sirotait son whisky, j'ai constaté qu'il avait une main semblable à la mienne. Deux paires. Deux quatre et, comme moi, deux six. La différence était que mes deux rois l'emportaient sur sa paire moins forte. Mais ce n'étaient pas seulement les cartes que je voulais lire. Alors je suis allée plus en profondeur.

Contradictions

L'ESPRIT D'ART BUTLER était une forêt de contradictions. Il n'y avait rien de particulièrement bon dedans, mais il contenait beaucoup de forces antagonistes.

Il était plein d'orgueil et de honte, d'assurance et d'insécurité, de froid et de chaud, de peur et de détermination, d'apathie et de passion, de réserve et d'impulsivité, de tout et de rien. C'était un paradoxe vivant. Une forme de vie atteinte de défauts rédhibitoires. Bref, c'était un humain.

Mais. *Mais*. Il se passait aussi autre chose. Son esprit ne se limitait pas à ce que je pouvais atteindre. Il y avait quelque chose qui était là sans être là. Un élément invisible, qui brouillait la lumière et les ténèbres, une pénombre mystérieuse rôdant dans la cave de son psychisme. Quelque chose de douloureux, de triste et de tendre.

Je ne veux pas lui donner l'air trop énigmatique ou charismatique. C'était un tueur. Il avait tué Ricardo Martínez, l'homme politique. Peut-être d'autres. Et il aurait tué Christina. Et il était prêt à tuer Marta. Mais connaître, c'est conquérir. Et je voulais le connaître.

Un autre aspect qui m'a frappée, c'est qu'il était plein d'aspirations mentales. Je me les représentais comme un trou qui ne cessait de s'agrandir à mesure qu'il tentait de le combler. Il était dedans. Dans le trou. En chute libre, à tout jamais. Il valait huit cent quatre-vingt-neuf millions de livres sterling, et il était impatient d'atteindre le milliard. Il avait un très grand yacht. Il voyageait partout, buvait et consommait sans compter. Mais en réalité, je sentais qu'il ne vivait pas. Il avait remplacé l'idée de vivre par autre chose, par un genre de faim qui n'est jamais rassasiée.

Il a posé ses cartes et j'ai posé les miennes. Sa défaite lui a inspiré la même réaction que tout le reste : il y a vu une attaque personnelle. J'ai rassemblé les jetons et sa colère s'est accrue. Je le sentais dans mes pensées comme l'ombre sur une pelouse.

Nous avons rejoué. J'ai à nouveau gagné. Les six n'étaient plus que cinq, Melissa ayant quitté la salle. Puis quatre, quand Dietmar est parti en bâillant, vaincu.

Comme je pouvais lire mentalement les cartes de tout le monde, je savais quand jouer et quand me coucher. J'avais l'impression de m'être emparé des clés de l'existence. Je savais quelles mains jouer, quelles mains abandonner. Et quelles mauvaises mains je pouvais jouer pour gagner quand même. Je n'essayais même pas de prendre de précautions. Je voulais l'affaiblir, le rendre vulnérable. Il y avait un risque qu'il s'énerve, mais le risque était encore plus grand si je le lâchais. Donc j'ai continué.

Mais je dois être honnête.

Je *m'amusais*. Et ce n'était pas rien.

La joie !

Moi. Moi qui ne m'étais jamais acheté un ticket de loterie. Je sais qu'il est probablement affreux qu'un ancien professeur parle à son ancien élève des joies du poker à cinq heures du matin, mais ce n'était pas l'argent en jeu qui m'excitait. C'était la sensation de faire quelque chose que les veuves de mon âge ne sont pas censées faire. Je me croyais César franchissant le Rubicon. *Le tournant et la rivière*. Comme si j'avais pris des risques en laissant en arrière l'ancienne version de moi-même pour élargir le territoire de ce que j'étais. Il faut parfois briser les règles qui décident qui nous sommes censés être. Il faut parfois obéir à quelque chose de plus profond. Je me suis demandé si Karl aurait approuvé ou désapprouvé ma présence à Ibiza, mon utilisation de mes nouveaux dons paranormaux pour jouer au poker avec un psychopathe, puis je me suis rendu compte que ça n'avait aucune importance. Je m'étais affranchie de la tyrannie des fantômes. C'était bien agréable de braver les interdits, surtout quand le péché commis était en fait une bonne action déguisée. En moins d'une heure, j'avais accumulé cinquante-six mille euros, en plus de nos gains précédents au casino. Autrement dit, j'avais plus de la moitié de la somme nécessaire. J'avais l'impression non seulement de dominer le jeu, mais aussi de dominer le mystérieux Art Butler.

Le donneur – un homme grand, qui avait des problèmes avec sa mère – me souriait. Il n'aimait pas beaucoup Art Butler. Et Art restait là sans dire un mot. Il y avait foule, à présent.

Tout se passait bien.

Mais après qu'il a perdu le dernier tour, j'ai vu Art me sourire. J'ai alors éprouvé une soudaine terreur, le sentiment d'être tombée dans un piège dont je ne soupçonnais pas même l'existence.

— C'est drôle, a-t-il dit, prenant la parole pour la première fois tout en me dévisageant par-dessus la table. Au poker, il faut découvrir les faiblesses de chacun des autres joueurs. Trouver ce qui les distraira. Je pense que j'ai découvert la vôtre. Elle se tient dans l'autre salle.

Puis son visage a changé, et il a foudroyé du regard la porte de la pièce. Même les autres joueurs l'ont remarqué. Mais ils ne pouvaient évidemment pas comprendre ce qui se passait.

C'était le moment.

C'est là que j'ai entendu l'agitation dans la salle voisine. Quelqu'un a poussé un cri. Puis j'ai senti la force de la peur émanant de l'esprit d'Alberto. Aussi clairement que si j'avais pu la voir, en détecter l'odeur, ou entendre une sirène de panique.

Puis sa voix au loin.

— Marta !

Beaucoup à digérer

Simplement parce que quelque chose s'est passé, vous n'êtes pas obligé d'y croire. Je présenterai les faits tels que je me les rappelle, et je vous laisserai les interpréter à votre guise. Tout ce que je vous demande, c'est de ne pas fermer votre esprit à cette possibilité. Lorsqu'il s'agit de comprendre, nous n'en sommes jamais à la ligne d'arrivée. Dans la vie et dans l'univers, il reste toujours des découvertes à faire. C'est la grande leçon que j'ai apprise. À tout moment, notre existence peut bifurquer. Nous avons tellement l'habitude qu'elle avance en ligne droite que nous n'imaginons pas que notre vie puisse tout à coup devenir sinueuse ou prendre un brusque virage à angle droit.

Donc, voici ce qui s'est passé, tel que je m'en souviens.

J'ai quitté la table de poker et suis retournée dans la pièce voisine.

Quand je suis entrée, j'ai vu Marta allongée sur le dos, sur la moquette à losanges, avec son pantalon rayé et son T-shirt au petit point bleu, incapable de respirer. Un attroupement s'était formé autour d'elle. Je me suis frayé un chemin. Elle avait les joues violacées, ses cheveux encore plus en désordre que d'ordinaire, comme si elle s'était battue. Alberto était agenouillé près d'elle, les yeux écarquillés, pleins d'une peur enfantine.

— Grace, il s'est emparé d'elle... Faites quelque chose... J'ai essayé... Il est trop fort...

— Marta ?

Elle se tenait le cou à deux mains. Je sentais son gosier resserré. Les gens avaient alerté la direction. Un membre du personnel, encore debout à la table de black jack, appelait une ambulance. Mais tout à coup, le téléphone est devenu brûlant dans ses mains et il l'a instinctivement lâché en secouant le bras. L'appareil s'est écrasé au sol et s'est entièrement consumé.

C'était Butler. Il était là, toujours assis à la table de poker et se servait de ses capacités mentales pour faire tout ce qu'il voulait. C'était terrifiant. Affronter ce genre de puissance meurtrière, cette nonchalance souriante. Voir à quel point le mal pouvait se libérer quand les barrières du droit et de la réalité n'existaient pas vraiment.

Je me suis mise à genoux.

— Marta, tout va bien, tout va bien...

C'était une phrase ridicule dans ces circonstances. Mais si mon esprit pouvait obliger des hommes à se planter des fourchettes dans la cuisse et faire éclater des aquariums à homards, j'étais à peu près sûre qu'il pourrait opérer sur une échelle plus petite et plus proche, comme élargir une trachée comprimée qui se trouvait littéralement à quelques centimètres de moi. Je savais qu'il fallait agir vite. Je savais que si on l'emmenait en ambulance, elle ne reviendrait peut-être jamais.

J'avais le choix. Je pouvais retourner dans la salle de poker et régler son compte à Butler, ou rester avec Marta. Pousser ou tirer. L'un ou l'autre. Je suis restée avec Marta.

Je sais ce que je vous ai raconté avant, sur mon esprit qui équivalait désormais à un corps. Et tout comme un corps peut se déplacer dans l'espace physique, mon esprit semblait soudain capable d'évoluer librement dans d'autres lieux en ignorant les barrières ; j'avais le sentiment que l'énergie d'un vœu s'accompagnait maintenant de pouvoir.

Mais c'était dur. C'était plus dur que tout. Je souhaitais de toutes mes forces que Marta respire librement, mais c'était comme si j'avais mentalement poussé un mur. Non. Mauvaise analogie. C'était plutôt une bataille. Je progressais un peu – elle haletait –, puis je me sentais trop faible pour l'aider.

Parce que, bien sûr, une force contraire s'opposait à chaque vœu, poussant dans la direction inverse.

C'est alors que toute la salle s'est tue. Il n'y avait plus de voix, plus de pensées grouillant dans l'air. Tout le monde s'était écroulé à terre. Ils ne luttaient pas pour reprendre leur souffle comme Marta. Simplement, leur conscience avait été momentanément désactivée. Vous savez, comme un hypnotiste qui vous endort. Mais en groupe, et sans qu'on leur parle. La seule exception était Alberto qui, grâce aux talents qu'il avait encore, était un peu plus dur à maîtriser. Il était malgré tout chassé loin de Marta, comme si un ouragan le repoussait, et il a fini plaqué contre une machine à sous.

— Il me tient, a réussi à articuler Marta, sa main pressant la mienne, puis faiblissant à nouveau.

Sa voix n'était guère plus qu'un râle. Ses doigts s'ouvraient comme des pétales. Le plan de Butler était clair. Il allait tuer Marta, impunément. Je ne pouvais le permettre.

J'ai donc changé de tactique. Au lieu de me focaliser sur ses voies respiratoires, j'ai tourné mon regard vers la salle de poker et je me suis concentrée pour éloigner Art. Mais il n'était plus dans cette salle.

Il était à côté de nous, dominant la foule des corps effondrés. Il tenait son verre de whisky, son sourire s'incurvant comme la queue d'un chat.

— Bonjour, Grace, a-t-il dit. Comment allez-vous ?

La bouteille miniature

LE SOUFFLE DE MARTA déclinait à côté de moi. Alberto était toujours plaqué contre la machine à sous, le visage douloureux alors qu'il tentait de lutter contre le pouvoir de Butler.

— Vous avez commis une grave erreur, a déclaré Art d'une voix de sollicitude presque sincère. Vous n'auriez jamais dû venir à Ibiza. Vous auriez dû rester où vous étiez, la vieille. Sur votre canapé.

Je le dévisageais. Je creusais maintenant en lui. Je voyais la vérité. Les hommes politiques et les contestataires qu'il avait menacés, blessés, tués. Son indifférence à la vie chaque fois qu'il choisissait un nouveau terrain. Mais je voyais aussi la douleur. Une plaie béante, découpée. Une invisibilité luisante. Un souvenir qui ne le quittait pas. Son père mort, tel qu'il l'avait trouvé dans le garage.

Je me suis rappelé ce qu'Alberto avait dit.

La seule fois où la Presencia s'est rendue visible en plein jour. Et ce n'était pas un adulte, mais un enfant. Un petit Anglais.

Il était en vacances ici. Il a failli se noyer. Il a nagé trop loin de la plage, et personne n'a pu le rattraper. Son père l'a vu, mais trop tard. Il a coulé. Il est resté sous l'eau pendant sept minutes. Il était techniquement mort…

Je me représentais Art enfant, sur la plage. Il était Arthur, alors. Artie. La plage était celle de Cala d'Hort. Sa mère avait le nez dans un roman, son père lisait le *Times* et il en avait assez de creuser des trous pour attraper les vagues. Alors il était parti nager.

Je l'ai vu nager de plus en plus loin, s'imaginant pouvoir atteindre Es Vedrà. Je l'ai vu regarder autour de lui et comprendre qu'il avait perdu pied, que le courant était trop fort pour qu'il regagne la plage. J'ai senti le poids dans ses jeunes bras à peine capables de nager plus longtemps. Je l'ai senti lutter, pris de panique, alors que son menton glissait sous la ligne d'eau. Il appelait ses parents… Son père a fini par le voir. Il a levé la tête, s'est appuyé d'une main sur le sable et a couru jusqu'à la mer. Il a foncé en crawl, désespérément, mais il était trop tard. Artie n'avait jamais pardonné à son père de ne pas avoir regardé plus tôt. « Je serais mort si ça ne tenait qu'à toi. » Et son père n'avait pas pu affronter ce qui avait failli arriver, et ce qui était arrivé. Il s'était senti devenir fou. Il s'était mis à boire, et avait fini par se pendre. Artie avait ressenti une douleur si profonde qu'il avait toujours sur lui une boîte d'allumettes afin de pouvoir en enflammer une sous sa paume afin de penser à autre chose.

En regardant Art siroter son whisky, j'ai pensé qu'il ne pouvait en être ainsi. La Presencia n'aurait pas accordé ses dons à quelqu'un qui les mettrait au service du mal.

— C'est là que vous vous trompez, a dit Art, penché au-dessus de moi tandis que Marta sombrait dans l'inconscience, prononçant avec sa bouche des mots que je sentais dans mon esprit. Voyez-vous, je sais que vous pensez être différente, Grace. Je sais ce qu'on vous a raconté. Que vos talents sont les meilleurs qu'ils aient vus depuis au moins Joan Bonanova. Mais c'est une invention. Ce n'est pas vrai. Voyez-vous, à côté des miens, vos pouvoirs sont tout à fait médiocres. La Presencia est venue à moi quand j'étais enfant. J'ai passé sept minutes entières avec elle pendant que mes parents me croyaient mort. L'océan entier brillait sous l'effort. Elle est en moi. Elle m'a choisi. Mes parents ne m'ont pas protégé, mais la Presencia, oui. Elle m'a sauvé parce qu'elle a vu mon potentiel. Elle a vu ce que je pourrais être. Je rapporte de l'argent à cette île. Je le restitue. J'offre l'expérience de la beauté…

Il prononçait ces mots avec sa bouche, mais je le sentais présent dans mon esprit. Et quand je lui ai répondu, j'ai vu dans son esprit tout ce que je disais. Tout s'éclairait comme une mer sombre.

— Non. Vous prenez la vie. Voilà ce que vous faites. Vous voulez tuer Marta parce que vous savez que, demain, grâce à la manifestation, elle empêchera la construction de votre hôtel sur Es Vedrà. Tout comme vous saviez que Christina l'empêcherait. Vous avez tué Ricardo Martínez lorsqu'il a bloqué l'autorisation d'un de vos hôtels. Vous utilisez ce pouvoir que l'océan vous a donné pour commettre des actes atroces. Vous choisissez les lieux les plus précieux et les habitats les plus sensibles parce que ça vous donne l'impression d'être aux commandes. Ça vous donne l'impression de n'avoir rien senti quand vos parents n'étaient pas là pour vous sauver.

— Et vous vous y connaissez, en matière de parents négligents, Grace…

Marta ne respirait plus. Elle était inerte. Cette immobilité terrifiante que je ne connaissais que trop bien.

— Ne pleurez pas pour elle. Elle n'avait rien de spécial. Même la Presencia le savait. Pauvre Marta, qui n'avait pas été choisie…

Il voulait me faire dire quelque chose. Il voulait que je communique avec lui. La haine désire la haine. Mais j'ai compris que je n'y étais pas obligée. Je n'étais pas obligée de parler avec haine. Parce que j'ai compris ce qu'Alberto tenait dans sa main. La bouteille de rhum. Je me suis rappelé ma première rencontre avec Alberto, lorsqu'il m'avait montré son flacon de rhum miniature. Il m'avait expliqué que cela l'avait aidé à devenir sobre après la mort de sa femme. Il l'avait à présent. Il l'avait tiré de sa poche. Il ne pouvait bouger la main pour me le montrer, parce qu'il était bloqué par Art. Mais ce n'était pas grave, car je voyais la lueur à travers ses doigts. Je savais ce que c'était. Extrait de la Presencia.

Je ne me suis donc focalisée ni sur Art ni sur Marta, mais sur les vieux doigts épais et tannés d'Alberto. Et je les ai ouverts. La bouteille est tombée, et elle ne s'est pas brisée sur la moquette, mais Art l'avait entendue ou aperçue, et son attention a été détournée pendant une seconde. J'ai donc brisé le verre avec mon esprit, libérant la Presencia. Elle était là, une petite flaque luisante qui refusait de se laisser absorber, et qui se déplaçait maintenant vers Marta.

— Stop, a ordonné Art. *Stop !*

Mais elle ne s'est pas arrêtée. Elle rampait comme une créature lumineuse, de plus en plus brillante, puis, lorsqu'elle a atteint Marta, elle s'est élevée à travers ses cheveux, sur sa peau et jusqu'à sa bouche. Un instant après, la fille d'Alberto s'est mise à tousser et ses yeux se sont ouverts. Elle était revenue à la vie.

Ses yeux fixaient Art, tout comme je fixais Art et tout comme Alberto, contre la machine à sous, fixait Art. Nous étions là. Tous désormais munis des pouvoirs que la Presencia avait choisi de nous offrir.

Et il y a eu quelque chose d'encore plus incroyable. Le corps de Marta est devenu *lumineux*. La lueur n'était pas très forte, mais incontestable ; elle n'a pas duré très longtemps, mais suffisamment. Une lumière bleue, vacillante, avec de petits points brillants qui se déplaçaient dans ses veines comme les éclairages d'une grande ville. Ou comme un millier de poissons-lanternes dans l'océan, ainsi que l'a dit plus tard Alberto.

Puis j'ai senti en moi quelque chose d'étrange. Une impression de *calme* total. C'était d'autant plus absurde que j'étais entourée de corps effondrés au milieu d'un casino, et que je faisais face à un psychopathe assassin doté de pouvoirs inhumains. Ce calme s'accompagnait d'une sensation de chaleur intérieure et de communauté. Comme si quelque chose qui manquait jusque-là était apparu. J'ai regardé ma main et j'ai vu les minuscules points lumineux dans mes veines aussi. Même chose pour Alberto. Il riait en regardant ses mains, incrédule.

— Nous sommes connectés… Nous agissons ensemble !

Se rappelant le slogan de son panneau, Marta s'est levée, la lumière de la Presencia parcourant encore son corps comme des lucioles.

— *Nos alzamos como el océano.*

Art était un mélange de confusion et de consternation. Il a baissé les yeux vers ses propres mains, et il a été soulagé d'y voir également les lumières mouvantes.

— Vous ne pouvez pas me toucher !

Il était malgré tout inquiet. Il sentait que ce n'était pas le moment de frapper. Et cette inquiétude était telle qu'il a préféré battre en retraite. Il est parti, tandis que la Presencia s'estompait en chacun de nous.

— Demain, a-t-il lancé en nous montrant du doigt, comme si ce mot contenait tout ce que le destin lui-même a de plus redoutable. Demain, ce sera la fin.

Dans le casino, tout le monde reprenait connaissance et se levait, hébété, les yeux hagards. Le brouhaha avait repris dans la salle, entrecoupé de hoquets de stupeur et de questions marmonnées.

Alberto a froncé les sourcils.

— Nous ne pouvons pas le laisser partir. Il vient d'essayer de tuer ma fille… C'est un assassin.

— Nous pouvons empêcher la construction de l'hôtel, a répondu Marta. Il y a aura assez de gens. Et nous pouvons obtenir l'argent, il ne nous en faut pas beaucoup plus. Nous pouvons le gagner. Le casino ne ferme pas…

Quand Art Butler fut sur le seuil, il regarda tous les humains qui tournaient les yeux vers lui. Il s'apprêtait à dire autre chose. Je sentais un grand monologue, à demi formé, en attente derrière ses lèvres agitées. Mais il y a réfléchi à deux fois, et même une troisième. Puis il est simplement sorti, dans le vestibule, dépassant les agents de sécurité dans le jour qui naissait.

Nous l'avons regardé s'éloigner, sans rien faire à cause de tous les témoins. Je suis repartie dans la salle de poker récupérer mes jetons, en pensant : *C'était un peu trop facile.*

Car c'était trop beau.

Le rassemblement

MARTA PARLAIT PRÈS D'UN LAC, dans la chaleur scintillante. Le soleil éparpillait la lumière à la surface de l'eau comme un millier de pierres précieuses.

C'était un petit lac, dans le parc de la Pau, où nous étions arrivés, ainsi que tous les manifestants, après avoir parcouru lentement et bruyamment les rues d'Ibiza.

Le *Diario de Ibiza* affirmerait par la suite que plus de vingt mille protestataires s'étaient réunis dans les rues d'Ibiza, ce jeudi après-midi. En fait, nous étions exactement vingt-sept mille quatre cent cinquante-deux.

Il y avait là tous les types d'individus qu'on peut croiser dans Ibiza. Des vieux et des jeunes. Des hippies et des hommes d'affaires. Des locaux et des étrangers. Des riches et des pauvres. Des night-clubbers et des yogis. Des modernistes et des traditionalistes. Des radicaux et des réactionnaires. Des gens hyper sains et des ivrognes. Des braillards et des silencieux. Des gagnants et des perdants. Des familles, des amis et des solitaires. Et des tambours. Plein de tambours. J'aurais pu me passer des tambours, pour être franche.

Voici un extrait grossièrement traduit du discours de Marta :

« Quand mon amie Christina et moi avons demandé aux gens de manifester contre le projet de construction sur Es Vedrà, je m'attendais à une centaine de personnes. Nous voir tous ici est vraiment remarquable. Ibiza est un endroit à part. Et j'aurais voulu que Christina soit là aujourd'hui. Elle aurait adoré ce spectacle. Elle aurait voulu vous remercier tous d'être venus. Aujourd'hui, nous nous exprimons et nous disons à ceux qui ont le pouvoir que la nature est une chose que nous voulons protéger… Parce que s'ils détruisent la nature, c'est une partie de nous qu'ils détruisent. Aujourd'hui, nous disons à Sofía Torres que nous ne voulons pas que des fleurs s'éteignent. Nous ne voulons pas qu'on abatte les chèvres. Nous ne voulons plus d'accords pour détruire les parties les plus précieuses de cette île. Nous ne voulons plus d'Art Butler et de ses hôtels Merveille du Monde partout sur cette île. Parce que ce qui est bon pour cette île est bon aussi pour nous. Nous continuerons à protéger ce qui rend cet endroit exceptionnel. Nous continuerons à nous lever comme la mer… Et nous nous sommes levés. Nous irons trouver Sofía Torres et Art Butler et nous veillerons à ce qu'elle tienne sa promesse : si nous étions plus de vingt mille avant le début de sa conférence de presse et si nous apportions quatre-vingt mille euros, elle retirerait son soutien à l'accord Es Vedrà. Ce qui signifierait que son parti en ferait autant. Ce qui signifierait qu'il n'y aurait pas d'accord du tout. Voilà ce que nous allons faire ! Nous allons défiler jusqu'à l'hôtel Merveille du

Monde de Talamanca, à côté de la plage de Talamanca, et nous… »

Elle était douée pour ça. Elle marchait de long en large, agitant les poings comme une rock star. La foule l'acclamait aux bons moments. Tout allait bien. Et nous avions quatre-vingt mille euros en liquide dans mon sac de plage.

Là encore, je m'amusais. On a tendance à imaginer les manifestations comme des moments de colère, ou d'espoir sérieux, mais ça peut aussi être une occasion de méditation et de guérison. Il s'agit de faire partie de quelque chose de plus grand, d'un tout où les ego ne comptent plus. C'est ce que doit ressentir un hareng lorsqu'il se déplace en banc avec ses semblables.

Il suffisait d'emmener la foule à l'hôtel de Talamanca avant que la conférence de presse de Merveille du Monde ne commence à dix-sept heures, de montrer à Sofía Torres l'argent et les milliers de personnes, et elle tiendrait sa promesse, ou elle s'exposerait au courroux de toute l'île.

Mais quelque chose n'allait pas dans ce plan. Une note discordante se faisait entendre.

Je m'en suis aperçue uniquement parce que je me tenais à côté d'une journaliste – Rosa Piera, trente-huit ans, malade imaginaire, récemment divorcée, l'esprit en pagaille comme une fête foraine sous la pluie. Elle venait de recevoir un message WhatsApp d'une collègue lui disant que la conférence de presse aurait lieu une demi-heure plus tard à Cala d'Hort. Sur la plage proprement dite.

Alberto a compris.

— Il faut prévenir tout le monde.

— Non. Réfléchissez. C'est à vingt minutes en voiture. Si tout le monde prend la route, nous n'y arriverons jamais. Il y aura un embouteillage monstre. Et si Art s'en prend aux manifestants ? C'est trop risqué. Attendons Marta et partons.

Alberto a soupiré. Je savais ce qu'il pensait. Il avait entendu le discours de Marta, qui était *long*.

— Il faut y aller *maintenant*. Tout de suite. Laissons Marta ici. Nous pouvons gérer ça. Plus de vingt mille personnes sont déjà là, donc sur ce plan-là, c'est bon. Il suffit de montrer l'argent à Sofía et de nous filmer en train de le faire. Si Art pose un problème, on s'en occupera. *¡Vamos! ¡A la playa!*

Un sac de sable

LA CONFÉRENCE DE PRESSE était sur le point de démarrer. Une petite scène avait été dressée sur la plage, les journalistes étaient assis sur des chaises disposées sur le sable, avec une allée centrale. Comme pour un mariage. Ou un enterrement. Es Vedrà dominait l'arrière-plan, sombre, puissant et beau, comme une vérité incontournable.

Sofía Torres et Art Butler occupaient la scène, derrière une table garnie de papiers et de bouteilles d'eau, tandis que la chargée de relations publiques d'Art Butler, une petite personne à l'esprit fragile prénommée Alison, s'affairait autour d'eux. Sofía consultait sa montre.

Alison dirigea son regard vers un agent de sécurité assis au dernier rang et claqua des doigts.

— Paco ?

— Je ne suis pas là pour causer des ennuis, continuait Alberto alors que j'essayais de le rattraper. J'ai simplement quelque chose d'important à dire à Sofía Torres. Il y a une vidéo d'elle sur Internet où elle accepte d'empêcher la construction d'un hôtel sur Es Vedrà si nous rassemblons vingt mille manifestants et quatre-vingt mille euros. Eh bien, je peux confirmer qu'il y a actuellement bien plus de gens que ça qui défilent dans les rues d'Ibiza. Et dans le sac de mon amie nous avons quatre-vingt-un mille euros en liquide, ce qui…

Sofía était extrêmement mal à l'aise. Elle a ouvert sa bouteille d'eau.

— Nous en discuterons après.

— Non, a dit Alberto en s'avançant. *Nous en discutons maintenant.* Vous avez promis.

La poignée de journalistes présents nous observait. Je sentais leur attention sur moi comme une fleur mise sous presse, mais j'ai tenu bon. J'ai regardé autour de moi. Il n'y avait personne sur la plage, ai-je remarqué. La boutique de souvenirs était vide. Même le restaurant était désert. J'ai vu le nouvel aquarium. Et les nouveaux homards. Le bateau d'Alberto était là, cependant. Le vieux *Neptuno* branlant. Qui flottait sur l'eau. Et sa barque encore plus ancienne, qui avait appartenu à sa grand-mère, perchée en haut de la plage, au loin.

Sofía s'est tournée vers Art :

— Je suis désolée pour tout ça.

Art a souri. Ce sourire m'a déconcertée. Je ne le comprenais pas. La veille, il m'avait fallu une heure pour pénétrer son esprit. Mais j'étais à peu près sûre que le sourire était authentique. Je me rappelais qu'il avait délibérément quitté le casino hier soir. Trop facilement. C'était un piège.

— C'est fini, madame Winters.

N'en pouvant plus, j'ai foncé vers la scène et j'ai déposé mon sac sur leur table. Je l'ai ouvert pour leur montrer l'argent.

— Tout est là.

— Il est trop tard, a dit Sofía, la main couvrant le micro. L'accord a été signé.

— Non, a protesté Alberto qui croyait m'offrir un renfort en ajoutant un autre « non » inutile. Nous avons l'argent. *Nous avons l'argent*, Sofía.

— Malheureusement, non, a-t-elle répondu.

— Quoi ?

— Le casino veut le récupérer. Ils pensent qu'il a été gagné par un moyen illégal. Plusieurs témoins ont déclaré vous avoir vus apporter vos propres cartes à la table de poker.

J'ai secoué la tête.

— C'est faux. Art a introduit cette idée dans leur esprit. Voilà ce qui se passe.

Sofía a haussé les épaules.

— Je suis désolée. Mais vous devez vous en aller.

Alberto a continué à la dévisager.

— Vous ne le savez pas, mais je suis du nord de cette île, moi aussi. Nous venons du même village, Sofía. Santa Agnès de Corona. J'étais déjà adulte quand vous êtes née, mais j'étais là. Dans la petite maison en face de l'église. La maison avec l'amandier devant la fenêtre.

— Je la connais...

Je me suis demandé un instant où Alberto voulait en venir. Puis j'ai vu le souvenir dans l'esprit de Sofía. Elle était enfant, elle regardait le cercueil de la grand-mère d'Alberto que l'on portait jusqu'à l'église.

— Je suis de cette île autant que vous, disait-il. Et comme vous, et contrairement à *cet homme là-bas*, je veux le meilleur pour elle. Je me rappelle l'époque où, pour la traverser du nord au sud, il fallait une demi-journée et non une demi-heure. J'aimais ça. Il fallait respecter la forme de l'île. La topographie. Il fallait respecter les collines. Les pins et le sol. Tout ça. Et cela nous aidait à préserver notre propre intégrité. Si vous détruisez la nature autour de vous, vous en arrivez très vite à détruire la nature en vous.

— Nous vivons à une autre époque, a dit Sofía tout bas, les yeux tournés vers un agent de la Guardia Civil de l'autre côté de la plage.

C'était l'homme auquel j'avais parlé, un type difficile, qui fronçait les sourcils. Il marchait vers moi. Carlos Guerrero. Celui qui faisait le rêve récurrent qu'un lion lui urinait dessus.

— Tricher au casino est illégal, disait Art. Ils prennent ça très au sérieux, à Ibiza. Et ils ont bien raison.

Je me sentais lamentable, faible et inutile, debout sous cette chaleur.

Alberto semblait contrarié plutôt que fâché, il restait planté sur la plage, à contempler la mer derrière Art Butler.

— *Hijo de puta.*

— Je dirai la vérité, ai-je lancé à Butler sur un ton de défi intrépide que je n'avais encore jamais eu. Je la dirai à la police. Et je la dirai à tout le monde. Je ne cesserai de la répéter jusqu'à ce qu'on me croie. Et j'ai les moyens de les convaincre.

Art n'a pas tenu compte de mes propos et a continué à m'observer sans quitter sa chaise.

— Vous avez l'air malade. Vous avez l'air fatiguée. Vous voulez vous asseoir ?

Il était en train de faire quelque chose. Je savais qu'il faisait quelque chose. Je me suis rendu compte qu'à chaque fois où nous avions cru avoir le dessus – comme la veille au casino – c'était uniquement parce qu'il avait *voulu que nous ayons l'impression de l'emporter sur lui.*

— Grace ?

La voix d'Alberto circulait autour de ma tête. Sofía s'est levée. J'ai entendu sa voix alors qu'elle s'approchait de moi.

— Tout va bien ? Vous voulez vous asseoir ?

— Je…

Brusquement, tout m'a paru très lourd, comme si le ciel commençait juste au-dessus de mes épaules et avait un poids réel. L'univers s'est mis à tourbillonner, j'ai titubé, tâchant de reprendre mon équilibre, mes yeux fixant ceux d'Art, suivant la pente de la plage jusqu'à ce que je sois presque dans la mer. C'est là que je me suis écroulée.

Salacia

J'ÉTAIS ENTRE LES GRANDS ARBRES et la mer lumineuse, prisonnière de cet autre monde.

La plage de la vérité

— Pourquoi suis-je à nouveau ici ?

J'étais si faible qu'il m'a fallu un moment pour remarquer le vélo rouge posé dans le sable. Je connaissais ce vélo. Je connaissais le modèle. C'était la seule bicyclette au monde que je connaissais aussi bien. Un vieux BMX rouge des années 1980.

Puis j'ai remarqué les traces de pas sur le sable.

Qui partaient du vélo, vers les arbres.

J'ai suivi les empreintes dans la forêt, chaque enjambée me coûtait un effort croissant, mais je marchais malgré tout. Je voulais cette vérité que Christina m'avait promise.

J'ai fini par le rejoindre. Un garçon assis en tailleur sur le sol. Il était dans l'ombre. En m'avançant, j'ai vu qu'il portait sa chemise en cachemire qu'il avait fabriquée en cours de travail manuel et que la peau de son visage luisait de sang noir. Ses cheveux étaient emmêlés. Mais il souriait quand il m'a vue.

C'était lui. Je le voyais enfin. Il n'était pas à Salacia. Mais il était dans cette vision salacienne qui, comme toutes les précédentes, tentaient de me montrer la réalité d'une chose que j'avais longtemps niée.

Notre fils. Notre fils si cher et si beau.

— Daniel.

J'ai couru l'embrasser.

— Ne pleure pas, Maman. S'il te plaît, ne pleure pas.

C'était sa voix. C'était exactement sa voix. Intacte, comme si trente-deux ans ne s'étaient pas écoulés.

— Daniel, je suis désolée. C'est ma faute. J'aurais dû veiller sur toi. Je n'aurais pas dû te laisser sortir à vélo sous cette pluie.

— Ce n'est pas ta faute, Maman. Ce n'est la faute de personne. J'étais en colère sans raison particulière…

— Tu voulais faire les magasins avec moi et je n'y suis pas allée. Parce qu'il pleuvait.

Il a secoué la tête. Catégorique.

— Non. Non. Je ne voulais pas que tu m'accompagnes. Je voulais être seul. Je suis parti tout seul. Je suis désolé, Maman, mais je me sentais plus libre sans toi.

— Je… Je… (On ne lâche pas facilement sa culpabilité. J'ai donc bégayé un moment.) Je n'aurais quand même pas dû te laisser sortir sous cette averse.

— Je ne t'ai pas laissé le temps de me dire de ne pas sortir. Je fonçais déjà dans Wragby Road avant que tu saches que j'étais là-bas.

C'était vrai. Tout était vrai. Mais curieusement, cela ne s'était jamais inscrit dans le souvenir.

— Tu avais une vie entière devant toi. Quel gâchis ! Je pense à toi tous les jours, Daniel.

— Rien n'impose que ce soit comme ça. Tu n'as aucune raison de te sentir coupable. Pas plus que n'importe qui d'autre.

— Tu me manques tellement.

Il a retroussé le nez.

— Je te manque, mais tu ne me vois pas. Tu ne vois que ta culpabilité. Tu ne vois que des versions de moi adulte qui n'auraient sans doute jamais existé.

Je n'avais rien à riposter, car c'était vrai. Évidemment : il n'y avait ici que la vérité.

— Les autres ont besoin de toi, Maman. Tu peux à nouveau être heureuse. Tu n'es pas obligée de laisser tout se changer en sable. Tu étais si heureuse, autrefois. Tu peux le redevenir.

Autrefois.

— Elle est tout au fond de moi. La culpabilité. J'étais ta mère. J'aurais dû te protéger.

— Je ne veux pas être ta culpabilité. Je veux être ton fils. S'il te plaît… il est temps.

— Oui. Il est grand temps.

Puis le sang a commencé à s'effacer.

Ses grands yeux et son visage souriant, celui qui était toujours prêt à se transformer au moindre changement d'humeur, celui qui se chiffonnait comme un œuf qu'on frappe avec une cuillère chaque fois qu'il pleurait. Il semblait aussi heureux et en bonne santé que sur sa dernière photographie de classe.

— C'est comme ça que tu te souviendras de moi, désormais. Pas comme un moment, mais comme une personne. Tu sauras que ce n'était pas ta faute. Maintenant, s'il te plaît, va-t'en. Tu es pure, à présent. Tu peux être le signal dont tu as entendu parler. Tu peux sauver les autres et te sauver toi-même. Ils ont besoin de toi.

Puis il a disparu entre les arbres, et je suis restée là une seconde de plus, tandis qu'un merlebleu solitaire voltigeait et dansait dans l'air.

Le signal peut se produire maintenant

J'ai ouvert les yeux. La mer léchait mes cheveux. J'ai vu Sofía s'interposer devant Art. Elle lui parlait. Art semblait désemparé. Oui, c'est le mot. *Désemparé.* Ni en colère, ni froid, ni malfaisant.

— Je suis…

Il n'a jamais terminé sa phrase. Le mot en suspens serait à jamais un mystère. Mais ce n'était pas le moment de jouer aux devinettes, alors qu'il fixait Sofía de ses yeux perçants. Il allait lui faire du mal. Il savait que, si elle n'avait pas réagi, je serais déjà morte.

Sofía s'exprimait avec assurance.

— Tout cela était une erreur. C'est moi qui ai commis une erreur. L'île ne veut pas de vous.

J'ai vu une petite fille aider son grand-père arthritique à se lever de sa chaise.

Art allait faire du mal à Sofía. Je ne pouvais pas le laisser faire.

Alberto était à côté de moi.

— Grace, vous êtes plus forte, à présent. Vous l'avez reçu pendant que vous étiez couchée là. Le signal peut se produire maintenant. Vous pouvez l'émettre. Il vous suffit de vous rendre compte que vous êtes connectée à tout. À tout le reste. Vous pouvez le faire, Grace.

Je me suis rappelé le paragraphe qu'il avait écrit dans *La vida imposible*.

« Ce pêcheur s'appelait Joan Bonanova… Il a déclaré à un journaliste qu'il se sentait connecté à tous les animaux d'Ibiza, auxquels il avait pu envoyer un signal. D'autres ont corroboré ses dires, car ils avaient vu les bêtes agir de façon étrange cette nuit-là. Les animaux de toutes espèces s'étaient tous dirigés vers l'intérieur des terres, d'un même mouvement… »

— Regardez, Grace… Regardez la mer… Elle vous a guérie.

Alors, j'ai regardé la mer. En fait, tout le monde regardait la mer, à présent. Parce que dès qu'on la voyait, il était impossible de ne pas la regarder.

Elle brillait de ce bleu irréel. Plus vive et plus large que jamais. Presque tout le long de la plage jusqu'à Es Vedrà. Et comme la première fois où j'avais vu la lueur de la Presencia, c'était comme si je contemplais un sentiment. Mais cette fois, ce sentiment était plus fort que jamais. C'était un espoir si ferme qu'il devenait une certitude.

— J'ai déjà vu ça, s'est exclamé Art, stupéfait.

Il se rappelait le jour où la Presencia l'avait sauvé et l'avait ramené sur cette même plage. Pendant un moment, il a eu l'impression d'avoir à nouveau onze ans.

Je me suis levée, et j'ai compris que tout était différent. J'ai pensé à Joan Bonanova, le pêcheur sauvé par la Presencia. Celui qui ne figurait pas seulement dans le livre d'Alberto mais aussi dans le message de Christina. Celui qu'elle avait décrit comme ayant « l'âme si pure, *exempte de culpabilité* et de péché ». Celui qui avait envoyé un signal à tous les animaux de l'île pour combattre les soldats fascistes.

Sans la culpabilité, le chagrin et la douleur pour m'emprisonner, je me suis rendu compte que j'étais partout. J'étais nous. J'étais la somme des infinis. J'étais dans chaque esprit. J'étais dans chaque grain de sable. J'étais dans chaque goutte d'eau. La forteresse isolée du moi n'existait plus. J'étais encore moi, mais j'étais aussi tous les autres. Comme l'unité reste une entité en soi, en étant présente dans tous les autres nombres. J'étais grande ouverte. Il n'y avait aucune limite entre les autres et moi, entre les humains et les animaux, entre les animaux et les plantes. Tout n'était qu'un même fil de connexion dans la tapisserie de la vie. Je jouissais alors d'un pouvoir infini. Un pouvoir qui m'était accordé par l'océan, par la Presencia. Je n'étais pas là pour *sauver la planète. J'étais la planète.* Tout comme nous sommes la planète. La différence, c'était que j'étais autorisée à le sentir vraiment. C'était comme si j'avais une ligne téléphonique me reliant à toutes les créatures sur Terre.

Et j'appelais à l'aide. J'envoyais bel et bien un signal.

— Putain, c'est quoi ? s'est demandé tout haut Art Butler.

Il ne parlait plus de la lumière de la Presencia. Il parlait de quelque chose qui semblait à la fois sublime et ridicule, comme les miracles ont tendance à l'être. Il parlait du ciel rempli d'oiseaux.

Je n'avais pas besoin de suivre son regard, comme le faisaient tous les autres. Je savais que les cormorans volaient vers lui, répondant à mon espoir silencieux, leurs ailes noires et luisantes battant avec urgence, leurs longs cous tous tendus selon le même angle.

— Des cormorans, laissa échapper Art, se rappelant sa conversation avec Sofía à propos de leurs nids sur Es Vedrà.

Mais ils n'étaient pas seuls dans le ciel.

Il y avait aussi des mouettes. Deux faucons crécerelles, un milan isolé et maintenant, fait remarquable, tout un vol de flamants au rose flamboyant, qui venaient de migrer vers les lacs voisins de Ses Salines pour l'été. Leurs ailes étaient encore plus larges que celles des cormorans, elles frappaient le ciel, rejetées en arrière comme des pointes de flèche.

Je me suis rappelé que le chauffeur de taxi m'en avait parlé dès mon premier jour sur l'île. *Il faut les voir.*

— Je les vois en ce moment, Pau. Je les vois, ai-je murmuré.

Art est parti à reculons. Il a trébuché sur une pierre et a atterri sur un bouc. La bête venait d'au-delà du parking, de l'ombre voisine d'Atlantis Scuba et de son écuelle désolante car vide. C'était Nostradamus, qui sautillait sur ses sabots fendus, la détermination et l'espoir agrémentant sa misanthropie habituelle. En fait, tous les animaux sur un kilomètre à la ronde convergeaient comme les globules blancs vers une infection, fonçaient vers le promoteur qui tentait de se relever.

Dans le restaurant, les homards ont à nouveau jailli de leur aquarium pour se diriger vers la plage.

Un dauphin souffleur a bondi hors de l'eau puis a replongé dans la mer, se dirigeant très vite vers nous.

Des lapins sautillaient à travers le sable, dans la même direction que les geckos, les lézards et les serpents.

Papillons et mites voletaient et dansaient vers le rivage, et l'air entre eux était criblé de moustiques et d'un nuage de cigales. Tous filaient résolument vers Art, comme de la limaille de fer vers un aimant.

Sofía a essayé de s'adresser à la foule, demandant aux gens de quitter les lieux dans leur propre intérêt, mais personne ne l'écoutait. Enfin, personne sauf l'agent de la Guardia Civil, qui se replia vers le parking, à cause de sa peur des bêtes sauvages.

Alberto m'a lancé un regard entendu.

— Vous l'avez fait, Grace. Vous avez envoyé le signal.

Et en me retournant, j'ai vu Art qui tentait de courir sur la plage, mais le premier cormoran l'avait rattrapé et lui donnait des coups de bec, l'attaquant avec l'intention de le repousser vers l'océan. Sans se laisser démonter, Art s'est servi de son esprit pour chasser le pauvre oiseau et lui a tordu le cou. Le cormoran mort est tombé lourdement sur le sable. Art a ensuite donné un coup de pied à un lapin et piétiné toutes sortes d'insectes. « Crève », criait-il en essayant de se réconforter par ce mot qu'il proférait comme un ordre. « Crève, crève, crève, crève, crève… » On était très loin de son discours sur le développement durable et le tourisme responsable qu'il avait prévu de prononcer devant l'assemblée de journalistes et de blogueurs spécialistes du voyage, qui observaient pour la plupart un silence choqué alors que les animaux couraient, volaient et rampaient autour d'eux.

Mais il était maintenant trop tard pour Art. Une couleuvre de Montpellier, semblable à celle qu'Alberto avait offert au portier de l'Amnesia, lui mordait la cheville. La lumière qu'il avait reçue de la Presencia lui était peu à peu retirée. Elle suintait par la blessure qu'avait causée le serpent, et se diffusait visiblement dans l'eau.

— Non ! a glapi Art d'une voix sonore mais brisée et fragile. Reviens ! Reviens ! *Reviens !*

Il est entré dans l'eau avec son costume en lin. Il a pris de l'eau salée dans ses mains et l'a avalée, comme s'il voulait faire rentrer la Presencia en lui.

Toute la plage grouillait désormais d'animaux qui formaient comme une armée. Une armée animale, étrange et éclectique.

Mais en fin de compte, ce ne sont pas les animaux terrestres qui posaient problème à Art. C'était plutôt une physalie, une de ces méduses qu'on appelle « galères portugaises », comme on n'en avait plus vu dans les eaux d'Ibiza depuis plus de sept ans, dont les longs tentacules garnis de nématocystes contenant une dose exceptionnelle de venin s'étaient enroulés autour de lui et l'avaient piqué de nombreuses fois au mollet et à l'intérieur de la cuisse.

— J'étais mieux ! a hurlé Art, l'esprit rempli du souvenir lointain et peut-être attristé d'avoir torturé un cloporte, avant que la douleur ne devienne trop forte et qu'il chute dans la mer.

« J'étais mieux. » C'était une déclaration ambiguë. Elle pouvait renvoyer à beaucoup de choses, et son état émotionnel, mélange de crainte, de rage et de regret, ne livrait pas un aperçu très clair de sa signification. Sa bouche émit un autre son avant que son corps ne soit saisi par le choc et ne s'écroule à plat ventre dans l'eau.

Le corps a été ramené sur la plage par les humains. Alberto et moi nous sommes joints à l'effort. Je ne voulais pas qu'Art meure. Je vous le promets. Même s'il avait voulu tuer discrètement Marta et tous ceux qui se dressaient sur son chemin, je ne voulais pas être la cause d'un décès. Alberto a même tenté de le ressusciter. Mais il s'avère que la nature avait une autre idée. En moins d'une minute, ses organes vitaux ont cessé de fonctionner. J'ai essayé de lire son esprit dans ses derniers instants, mais c'était impossible. Comme si on voulait déchiffrer des mots écrits à l'encre que la pluie a brouillés.

Tous les animaux – à part les humains, pétrifiés et muets – ont repris leur indifférence habituelle envers l'humanité. Le rayonnement de la Presencia qui s'était diffusé dans toute la mer entre la plage et Es Vedrà s'est contracté jusqu'à ce qu'il ne reste plus qu'une vague lueur à l'endroit où je l'avais rencontrée. Puis il a entièrement disparu, absorbé par la sphère-nuage qui planait au-dessus de la prairie sous-marine, en attendant sa prochaine intervention nécessaire. À voir la surface de la mer, on aurait cru qu'il ne s'était rien passé : vagues calmes et reflets ordinaires du soleil.

Le ciel s'est bientôt vidé de tout oiseau, les cigales ne dansaient plus dans les airs, et les serpents s'éloignèrent de la plage. Le cormoran mort était là, ses plumes d'un noir de jais offrant un contraste frappant avec le sable doré, son cou plié selon un angle anormal, sa tête pointant vers la mer, vers Es Vedrà, vers la Presencia.

Seul le bouc, Nostradamus, semblait manifester un réel intérêt.

Il est resté là quelques secondes, contemplant l'humain mort avec ce que j'interprétais comme de la curiosité et du soulagement. Puis il a repris son air de misanthrope et s'est éloigné de l'agitation et des humains, pour aller chercher la paix ailleurs.

En vie

BIEN SÛR, vous saviez que je n'étais pas morte. Je vous avais divulgâché la fin. Comment aurais-je pu écrire cette histoire si j'étais morte ?

J'adore ce mot « divulgâcher », pas vous ? L'idée que si nous savons ce qui va arriver, cela nous prive du plaisir.

C'est si curieux que nous ne voulions jamais connaître d'avance la fin d'une histoire, mais que nous voulions connaître l'avenir dans notre vie. Nous voulons savoir si nous tomberons amoureux, si nous serons en bonne santé, si nous obtiendrons brillamment notre diplôme, décrocherons un bon emploi ou toucherons une retraite confortable. Nous voulons la solution. Nous voulons que tout soit annoncé. Nous voulons savoir que tout finira bien. Nous voulons que l'on nous *divulgâche* tout, avec le moins de mystère possible. Mais ça n'a plus rien d'amusant. Croyez quelqu'un qui a un don de prescience supérieur à toute la population mondiale : on ne peut jamais vraiment prédire l'avenir. L'observateur a toujours un effet sur ce qu'il observe. Il y a toujours une variable inconnue, qui est souvent vous-même. Acceptez le mystère, voilà mon conseil.

Acceptez l'impossibilité de tout cela.

Savourez votre ignorance de l'avenir.

Ne foncez pas tête baissée vers le mariage, la mort ou l'amen.

Mais, bien sûr, ce n'est pas un fantôme qui rédige ce récit. Je suis bien de ce monde et tout à fait en vie. Je suis même plus en vie que jamais.

Le destin que nous construisons

Voilà comment Es Vedrà est resté précisément tel que la nature le voulait. On n'y a plus tué de chèvres. On n'en a pas dynamité le calcaire. Aucun habitat n'a été détruit. Aucun service de bateaux-taxis n'a été autorisé au-dessus de la posidonie.

Sofía Torres s'en est retournée au parlement régional de Palma et, après avoir déclaré que l'accord conclu avec Merveille du Monde était caduc, à la suite de la mort d'Art Butler, elle a eu le courage de soutenir un projet de loi bipartite stipulant que plus aucun hôtel ne serait construit dans les zones « d'importance écologique ou culturelle ». Le texte a été adopté.

Le casino a décidé de renoncer à ses accusations contre nous, car les témoins affirmaient maintenant n'avoir vu personne tricher et ils se demandaient pourquoi ils avaient d'abord cru cela. Les frais juridiques étaient bien moins élevés que prévu, et nous avons donné plus de la moitié de l'argent restant au Fonds de préservation d'Ibiza, même si j'en ai gardé un peu pour mon shopping, et pour m'acheter un nouveau tapis, un canapé et un ventilateur qui fonctionne correctement.

Détail intéressant, parmi les journalistes qui avaient assisté à la conférence de presse, un seul a décrit fidèlement ce qu'il avait vu – mais il a rapidement été limogé et on lui a recommandé d'obtenir une aide psychiatrique pour soigner ses « pensées délirantes ». Deux ou trois reporters avaient réussi, malgré le choc, à tout filmer sur leur téléphone, dont le ciel et la plage remplis d'animaux hostiles. Mais les usagers d'Internet ont commenté par la suite que ces images illustraient le degré de sophistication auxquels l'intelligence artificielle était parvenue.

La version officielle est vite devenue que le célèbre promoteur Art Butler avait subi une sorte de dépression nerveuse et qu'il s'était avancé dans la mer où il avait été piqué par une méduse. Il n'a jamais été question de la Presencia ou de la mer lumineuse. Alberto dit que les expériences extraterrestres sont toujours traitées ainsi – « Ils commencent par un pain de vérité pour ne garder qu'une seule miette. »

En tout cas, je dois ajouter une précision concernant cet après-midi à la plage.

Marta est arrivée alors que le corps d'Art venait d'être emporté. Grâce aux pouvoirs dont elle bénéficiait depuis peu – aussi puissants que les miens, je pense –, elle savait exactement ce qui s'était passé, et dès qu'elle l'avait pu, elle avait pris la route de Cala d'Hort.

La plage semblait redevenue normale, avec seulement quelques lapins et lézards supplémentaires, ainsi que des journalistes traumatisés.

— Ça a marché, non ? m'a-t-elle demandé dès qu'elle nous a trouvés. Le signal.

— Oui. Oui, je crois que ça a marché. Mais je… je ne voulais pas qu'il meure.

Alberto a secoué la tête.

— Non. Non, vous ne le vouliez pas. Et vous ne l'avez pas tué. C'est la méduse qui l'a tué. Ou c'est la Presencia. Et oui, la Presencia est en vous comme elle est en moi et en Marta, mais elle a agi à travers vous pour sauver l'île. Vous avez aidé à sauver Es Vedrà, et vous avez aussi sauvé l'avenir d'Ibiza. C'était un tueur, Grace. S'il était resté ici, il nous aurait probablement tués aussi. (Alberto a placé un bras sur les épaules de Marta.) Tu as fait un beau discours, aujourd'hui.

— Merci, Papa.

Alberto lui a adressé son grand sourire broussailleux.

— Quelle famille, hein ?

J'ai souri moi aussi, tandis que les lumières diminuaient dans l'océan.

— Oui, vous êtes une sacrée famille.

— Grace, pour quelqu'un qui lit dans les esprits, vous ne comprenez pas vite. Je voulais parler de *nous*. Nous sommes de la même famille, à présent. Vous, Marta, moi, l'océan. Même Nostradamus. (Il s'est tourné vers le sentier de poussière rouge, où le bouc attendait son avoine.) Nous formons une équipe.

Et pour la première fois depuis longtemps, j'ai eu le sentiment, très clair et plein d'espoir, que tout était exactement comme c'était censé être. Pourtant, ce sentiment a été éphémère. Car c'est aussi le moment où l'humeur d'Alberto a changé. Il souriait encore, mais tout en fronçant les sourcils. Il a ramassé un peu de sable et l'a regardé glisser entre ses doigts.

— Papa, qu'y a-t-il ?

Mais Marta a tout vu avant qu'il ne dise un mot. Tout comme je l'avais vu. Le don de la Presencia était aussi une malédiction. Sa première émotion était la plus facile à détecter sur le visage douloureux : la colère.

— Papa, tu ne m'en as pas parlé. Comment as-tu pu garder ça pour toi ? Tu ne peux pas être mourant. Tu ne peux pas…

Son incrédulité ne m'a pas surprise. Les gens qu'on aime deviennent comme les éléments. Apprendre qu'ils ne seront plus là, c'est comme apprendre que l'air ou l'océan vont disparaître. C'est une perturbation de l'univers entier.

Alberto a fait la grimace, comme s'il retirait des éclats de verre d'une plaie.

— *Lo siento mucho, cielo*. Je ne voulais pas t'inspirer de la pitié. Tant que je suis ici, je veux être vivant devant toi. Pourtant tu méritais de savoir.

— Je t'aime, Papa.

— Je n'échapperai pas à ce qui m'attend. Mais pour le moment, vivons.

Marta a sangloté un moment. Il a sangloté aussi. Je suis allée m'asseoir plus loin, sur un muret, et j'ai contemplé la mer. Je ne sais pas pourquoi, mais j'ai pensé au très jeune Daniel, lors d'une promenade dans les bois il y a bien des années, qui soufflait sur un pissenlit et qui riait au soleil.

C'est la vie

Nous étions à bord du *Neptuno*, en mer, au petit matin. Au loin, Ibiza avait l'air d'un rêve vert et blanc. Alberto était en tenue de plongée, mais il n'avait pas encore baissé son masque ni placé l'embout du tuba dans sa bouche, parce qu'il fixait le téléphone de sa fille pendant qu'elle le filmait. Il avait encore quelques jours de vie devant lui, mais c'était peut-être le dernier où il aurait encore la force de plonger. Bref, c'était sa dernière chance.

— Ça tourne ?

Elle a hoché la tête. Marta était assise sur une glacière et braquait la caméra vers lui.

— Maintenant ?

— Oui.

Il a fait de son mieux pour sourire. Il a prononcé son message d'abord en espagnol, puis en anglais, pour être sûr que le maximum de gens le comprendraient.

— Je m'appelle Alberto Ribas, a-t-il dit.

Installée sur le pont, je sentais sa tristesse. Mais pas vraiment dans sa voix. Son ton était tout à fait officiel, presque comme s'il donnait une conférence. Pourtant, il y avait en lui une faiblesse, une lassitude. Qui n'était peut-être pas entièrement attribuable à sa maladie.

— Je suis spécialiste de biologie marine, et je suis l'auteur de *La vida imposible*. J'ai la conviction qu'une vie intelligente existe ailleurs dans l'univers. J'affirme également que les preuves de ses manifestations sur l'île d'Ibiza ont été négligées. J'en suis persuadé, et cette certitude m'a coûté mon emploi et ma réputation dans le milieu universitaire. (Il s'est interrompu, a respiré. Sa voix craquait un peu.) Je suis en train de mourir. Mais en dessous de moi, dans la Méditerranée, se trouve une entité extraterrestre qui est arrivée dans l'océan au XIXe siècle. Nous l'appelons la Presencia. (Il a attendu un instant, le temps qu'un avion passe dans le ciel.) La Presencia est une force bienveillante et salvatrice, envoyée par une planète que nous avons baptisée Salacia, du nom de la déesse romaine de la Mer. Elle est venue dans l'océan parce que c'est là qu'est la vie : quatre-vingt-dix-neuf pour cent des espaces de vie sur Terre, calculés en mètres cubes. Voilà pourquoi nous devons veiller sur la mer. Et voilà pourquoi la Presencia est ici. Pour nous aider à protéger la vie. Tout comme la prairie sous-marine, elle protège la vie. Toutes les vies. Même si les humains ont tendance à imaginer l'existence d'une vie extraterrestre comme une menace prédatrice, ce qui reflète notre propre nature prédatrice bien davantage que la réalité de cette vie méconnue que nous avons rencontrée.

Il a marqué une pause et a tourné les yeux vers Ibiza, le sable doré de Cala d'Hort et les collines bordées d'arbres.

— J'enregistre ce message parce que je veux qu'aucun mystère n'entoure ma disparition. Je crois que la Presencia est là pour nous aider à protéger notre monde, mais que ses forces photoniques sont aussi un portail. Franchir ce portail pour atteindre Salacia est pour moi le seul moyen d'être guéri et d'avoir une chance de rester en vie sous une forme ou une autre, et j'ai donc décidé…

Il s'est à nouveau arrêté. Plus longtemps, cette fois.

— Papa ?

Marta le regardait de derrière son téléphone. Elle sentait déjà le changement, et moi aussi.

— En fait, non, a-t-il dit en secouant la tête, en pleine discussion avec lui-même. Non. Non. Je ne vais pas raconter ça. Je ne vais pas faire ça. C'est n'importe quoi.

— Papa ? Qu'est-ce qui se passe ?

Il a repris son souffle. Il a fermé les yeux pour savourer l'air. Puis, quand il les a rouverts, il a simplement contemplé l'énorme rocher vertigineux derrière nous. La caméra ne l'intéressait plus.

— Regardez. Regardez Es Vedrà. Il est exactement tel qu'il doit être. Grâce à nous. Nous l'avons préservé. Tel qu'il devrait être. Regardez sa forme. Cette silhouette. Elle est si complète. Il n'est ni trop grand ni trop petit. Comme ma vie l'a été. Complète. Tu as aidé à la rendre complète, Marta. Et ta mère aussi. Et vous aussi, Grace, vous en faites partie également. Je n'ai aucun désir d'avoir plus qu'on ne m'a donné, parce que l'on m'a donné tant. Ma vie a une forme étrange, mais j'en suis content. Elle a la forme qu'elle devait prendre. Je sais que Salacia pourrait être belle. Mais je ne suis pas un Salacien. Ma place est ici. Sur Terre. Et j'ai de la chance d'avoir parcouru cette belle planète. Je suis un humain. Je ne veux pas être l'œuf de serpent dans l'olivier, niché dans un écosystème qui n'est pas fait pour lui.

Marta ne savait pas quoi dire.

— Mais si vous allez sur Salacia, nous aurons peut-être une chance de nous revoir, ai-je dit. Quand notre heure viendra. Vous pouvez vous laisser cette possibilité. Là où il y a de la vie, il y a du possible.

Il s'est un peu moqué de moi :

— Qui s'exprime comme un magnet de frigo, à présent, Grace ?

— Eh bien, je me suis ralliée aux magnets de frigo. Tout comme vous êtes fier d'être un homme sentimental, je suis désormais fière d'être une femme sentimentale. (Puis je me suis rappelé une chose que je devais lui dire.) Christina affirme qu'on s'occupe bien d'elle. Qu'elle est en aussi bonne santé que possible. Ça pourrait aussi être votre cas.

Il m'a souri comme si je n'avais pas saisi l'essentiel.

— Notre place est ici. Pas dans une autre galaxie. Christina a eu raison de partir pour Salacia. Elle ne savait pas par qui ou par quoi elle était poursuivie. Sa vie naturelle aurait été amputée de plusieurs années. Elle avait davantage en elle. Pas moi. Je n'ai pas besoin de m'exiler. Tout est accompli. J'ai dansé, plongé, aimé plus que la plupart des gens. J'ai été fidèle à moi-même. Les prochaines semaines vont être dures. Mais je dois rester ici. Je dois rester avec vous deux. Et savourer ce qu'il me reste. Je préfère une seule journée sur Terre plutôt qu'une vie entière ailleurs. Mon paradis est ici.

Ses propos étaient définitifs. Solides. Indiscutables. Comme le calcaire surgissant de l'océan.

Il s'est assis, fatigué. Il a regardé la glacière de Marta.

— Bon. *Por favor, cielo.* J'ai vraiment envie d'une limonade.

Vive por mí

DIX JOURS PLUS TARD, nous étions à l'hôpital. Marta lui a tenu la main pendant qu'il mourait. Il a souffert, ce dernier jour, mais à la toute fin, il nous a offert son habituel sourire à trous. Et c'était sincère. Tout en lui souriait, et la gratitude qu'il éprouvait emplissait la pièce.

Ils se sont dit qu'ils s'aimaient.

Il avait aussi réussi à me demander de veiller sur Marta, si je restais à Ibiza. Je le lui ai promis.

— *Vive por mí*, a-t-il demandé à sa fille.

Puis il m'a regardée et l'a répété. C'était son dernier souhait pour nous. « Vivez pour moi. »

Marta a pleuré. Sa compagne, Lina, était de retour à Ibiza, elles se sont étreintes pendant plusieurs minutes tandis que Marta pleurait sur son épaule. Puis elles m'ont fait signe de les rejoindre, j'ai obéi, et j'ai senti la douleur de Marta, si vive et si réelle, alors que son corps était secoué de convulsions. Elle ressentait tout. Elle n'a pas reculé face à la souffrance. Dans cet hôpital stérile, elle a hurlé comme un loup hurle à la lune, faisant étrangement écho au cri de son père la première fois que je l'avais rencontré. Tendres animaux. Et j'ai silencieusement confirmé la promesse que je venais de faire à Alberto. *Je serai là pour toi, Marta. Je ferai tout ce que je pourrai*. Nous sommes restées là et l'avons laissée pleurer. C'est parfois tout ce qu'il y a à faire.

Les cendres

NOUS AVONS DISPERSÉ SES CENDRES dans l'océan, à la nuit tombée. L'eau luisait un peu. Une vibration lumineuse émanait du fond de la mer. Je me suis autorisé une pensée qui me faisait plaisir : peut-être la Presencia allait-elle malgré tout l'emmener sur Salacia. Qu'il le veuille ou non. Pour reconfigurer ses atomes et l'envoyer à travers le trou de ver. Ou bien elle lui disait simplement au revoir, comme nous.

Nous sommes restées un moment sur le bateau. Marta avait apporté une petite stéréo et elle avait préparé une playlist de chansons qui comptaient beaucoup pour lui. Il y avait *Redemption Song*, de Bob Marley, une vieille chanson catalane absolument superbe, *Per una cançó*, par Maria del Mar Bonet, *It's My Life* par Talk Talk, *The Last Day of Summer* par The Cure, *Landslide* de Fleetwood Mac, *Beast of Burden* des Rolling Stones et un air intitulé *Promised Land*, sur lequel Marta et Lina ont dansé.

Toutes les deux m'ont obligée à me lever.

— Venez, Grace, a dit Marta, dont l'esprit était un univers entier d'émotions. Dansons.

Et nous avons dansé. L'eau était assez calme pour que je garde l'équilibre. Après la fin de la musique, elle s'est tournée vers moi et a dit :

— Je ne veux pas l'oublier.

— Ça n'arrivera pas. Mon fils et mon mari me manquent tous les jours, mais je les vois plus nettement que jamais. Je me rappelle les bons moments et je suis heureuse de les avoir vécus.

— Je vous aime, Grace. Merci.

Nous nous sommes embrassées, et j'ai senti un souvenir de son père qui les emmenait en bateau, sa mère et elle, à Formentera, en chantant.

— Vous devriez y aller, a-t-elle dit, puisqu'elle savait ce que mon esprit voyait. À Formentera. Vous adoreriez.

Il se passe moi

NOUS NOUS SOMMES MISES D'ACCORD, Marta et moi, pour nourrir Nostradamus à tour de rôle. Tous les matins, je monte dans la Fiat Panda et je vais lui verser de l'avoine dans son bol, ce dont il m'est aussi reconnaissant que peut l'être un bouc. C'est-à-dire pas beaucoup, mais c'est déjà ça.

Un matin, j'ai remarqué une chose en sortant de la maison. Non seulement que la plante – la *Nolletia chrysocomoides* – avait grandi et qu'elle était couverte des plus splendides fleurs jaunes en forme de cœur. Mais aussi qu'il y en avait une autre, sur le patio, qui avait poussé entre les fissures des dalles. Et une autre encore à proximité. Et une autre, et une autre. Neuf en tout.

C'était un mardi.

Tous les mardis, d'ailleurs, je prends le bateau d'Ibiza pour Formentera et j'y passe la journée, comme Marta me l'a recommandé. Simplement pour m'en aller. Le voyage dure moins d'une heure, donc ça me laisse tout le temps après avoir nourri le bouc. Et à Formentera, il ne se passe rien. C'est tout l'intérêt. Enfin, je veux dire, rien de trop déplaisant. Bien sûr, en réalité, il s'y passe ce qu'il se passe partout ailleurs. L'air. Les cafés solitaires. Les buissons de genévrier. Les champs de blé. Les dunes de sable. Les marais salants. Les moutons. Les lagons. Moi.

Alberto voulait que nous vivions. Et je suis ravie de déclarer que, pour le meilleur et pour le pire, je me sens en vie. Je suis l'heureuse invitée de cette petite île fascinante et variée. Il y a quelque chose de doux-amer dans le fait d'être aussi présente quand tant de gens que j'aime sont absents, dont Alberto (même l'odeur de la crème solaire à la noix de coco me fait penser à lui). Mais c'est ainsi qu'on peut vaincre la mort. Nous la vainquons en vivant tant que nous sommes ici. La mort a beau être infinie, l'infini est un concept relatif, nous le savons. Nous pouvons créer un infini plus grand grâce à la vie. En *ressentant.* Et tous les jours je ressens. Je ressens profondément et intensément, et ce que je ressens, c'est la gratitude. Envers Ibiza, l'Espagne, le monde, les gens, la nature, la vie, les forces cachées de l'univers, et cela me donne envie de continuer à aider à protéger et chérir tout ce qui est naturel.

Merlebleu

VOUS DITES DANS VOTRE COURRIEL que vous êtes dans les ténèbres et que vous avez besoin de lumière. Ne précipitez pas les choses. La lumière viendra. Parfois, elle est là et on ne s'en rend pas compte. Tous les jours, des gens passent en bateau au-dessus de la Presencia et de ses forces photoniques, et ils ne s'aperçoivent de rien. Ce qui paraît impossible aujourd'hui ne le sera pas toujours. Mais ne croyez pas que les mauvais moments soient sans lien avec les bons. L'obscurité, c'est ce qui nous permet de voir la lumière. Nous avons besoin du contraste. Dans la journée, on ne peut pas voir les étoiles, pas vrai ?

À propos d'étoiles, j'ai eu hier une conversation intéressante avec Marta.

Elle est venue m'aider pour le jardin. Le terrain est tout petit, mais il commence à être joli. Les fleurs jadis éteintes n'étaient qu'un début. Marta voulait m'aider. Elle disait que rien ne vous guérit mieux que le jardinage, et je pense qu'elle a raison. Quand on met les mains dans la terre pour essayer de cultiver la vie, on ressent une connexion élémentaire avec tout. Marta m'avait apporté quelques plantes. Un petit hibiscus plein de fleurs rose-rouge qu'elle avait acheté à la jardinerie, de la lavande et des herbes en pot – persil, menthe, basilic, romarin. Tout ça prospère à merveille, avec un peu d'aide de l'*agua* de la Presencia du bocal à olives.

Leur parfum est divin.

Enfin, nous discutions de mathématiques. Nous avions commencé par parler de la suite de Fibonacci, et de ses spirales qu'on voit sur les feuilles et les pétales de certaines plantes et fleurs. Marta disait que, comme moi, elle trouve toujours un réconfort dans les mathématiques – c'est l'une des raisons qui l'ont conduite à une carrière d'astrophysicienne –, mais c'est tout récemment qu'elle a compris *pourquoi* cette discipline était pour elle une telle thérapie. C'est parce que, avec les maths, on s'aperçoit que l'équilibre et la symétrie sont en réalité dans tout, même quand on ne voit que confusion ou souffrance.

— Dans l'Antiquité, les Grecs vénéraient les mathématiques parce qu'ils y voyaient la représentation des idéaux, a-t-elle dit, ou à peu près. Et il y avait toujours un lien avec la religion parce qu'elles étaient perçues comme quelque chose de plus pur que la vie normale. Voilà pourquoi Pythagore était une sorte de leader spirituel. Mais je pense que la Presencia nous a donné la conscience que la pureté mathématique est partout. Nous sommes dedans. Rien n'est aléatoire. Ni la vie ni la mort. Ni même le hasard. Ni même nous deux qui creusons la terre dans un jardin. Tout est connecté. Tout fait partie de ce merveilleux ensemble. Le paradis n'est pas ailleurs. Pas plus que les êtres que nous avons perdus. Nous sommes liés à eux. Les liens sont en nous. Ça a du sens, ce que je dis ?

— Oui. Ce que vous dites est tout à fait sensé.

J'étais sincère, car avec elle, j'étais obligée de dire ce que je pensais, puisqu'elle pouvait lire dans mon esprit tout comme je pouvais lire dans le sien.

En tout cas, quand elle est partie, j'ai contemplé ce jardin modeste mais charmant, et j'ai senti – plus qu'aucune des choses bizarres qui s'étaient produites – que là était le véritable changement. Je jardinais à nouveau.

Toutefois, ce n'était pas seulement le jardin. C'était à l'intérieur aussi. J'ai arrangé la maison. Je suis retournée au marché hippie de Las Dalias et j'ai acheté à Sabine la peinture d'Es Vedrà. J'ai aussi acquis un tableau de fruits. J'ai maintenant une peinture d'orange géante dans la chambre à coucher. Je me suis offert aussi deux ou trois choses – des vêtements plus colorés – avec ce que j'ai gagné lors d'une deuxième petite virée au casino.

Je ne voulais pas entièrement évacuer le souvenir de Christina, cependant, donc j'ai choisi de le chérir, plutôt.

Je suis allée chez le teinturier d'Ibiza et j'ai fait nettoyer le tapis et le jeté de canapé bohème. Ils sont revenus comme neufs. J'ai épousseté le grand ventilateur du salon, j'ai passé la serpillière sur le sol carrelé. Le vieux piano près de la fenêtre occupait encore la moitié de la pièce, mais je ne voulais pas m'en débarrasser, donc j'ai fait autre chose. Je me suis mise à *en jouer*.

Oui, je sais jouer du piano, maintenant. Ça me vient facilement. Et ce que j'aime le plus jouer, c'est *Blackbird*. Je ne sais toujours pas chanter, néanmoins. La Presencia est puissante, mais pas à ce point-là.

Autre chose. Je trouvais jadis les tatouages de mauvais goût. Mais j'ai changé d'avis. Je suis récemment allée chez le tatoueur de Playa d'en Bossa. J'avais emporté le dessin de merlebleu que Daniel m'avait donné pour la fête des Mères, et j'ai demandé qu'on me le grave sur mon poignet. Désormais, chaque fois que je vois une bicyclette rouge, je n'ai qu'à baisser les yeux pour me rappeler le meilleur.

Cet oiseau est vraiment très joli. Il voltige avec moi partout.

Éclat

HIER, IL A PLU.
J'étais à Santa Gertrudis. J'étais allée faire mes courses de nourriture. Quand je suis sortie du magasin, il pleuvait à torrents. Et ça m'a réconfortée. Ma voiture était garée plus loin sur le bord de la route, donc je suis partie à pied et j'ai revu l'affiche décolorée de Lieke à l'Amnesia. Un instant plus tard, je suis passée devant une villa surchargée de bougainvillées rose et magenta, avec une piscine visible à travers la grille. Je me suis arrêtée pour regarder les gouttes d'eau rebondir et danser sur l'eau. Une sorte de musique de percussions. Je suis restée un moment envoûtée. J'ai levé les yeux vers le ciel, j'ai entrouvert la bouche, et j'ai savouré le goût minéral de la pluie. C'est ce que j'essaye de faire désormais : laisser chaque moment tirer le meilleur de moi, même si j'ai l'air d'une folle aux yeux des badauds.

Voyez-vous, peu avant la mort d'Alberto, j'ai pique-niqué avec lui sur la plage. Nous avons partagé une pastèque. Il était vieilli, affaibli, il souffrait. Mais il semblait aussi tout à fait calme, sage et beau dans les derniers rayons du jour, plus philosophe que pirate, et nous avons assisté au plus splendide et au plus sophistiqué des couchers de soleil.

Je lui ai dit que je ressentais une responsabilité. Je devrais aller dans la forêt amazonienne, dans l'Antarctique ou en Afrique équatoriale, à un endroit où je pourrais utiliser les pouvoirs que j'avais reçus, mais je savais qu'ils seraient plus forts ici, près de la Presencia.

— Elle veut que vous soyez ici, a-t-il répondu.

— Je sais. Je pense que je vais rester.

Il a gardé le silence. Il a contemplé le ciel au-dessus de l'eau et d'Es Vedrà.

— Ça a tout l'air d'un miracle, a-t-il fini par dire. Tous les jours, Ibiza a ce genre de coucher de soleil, qui me semblait aller de soi. Vous comprenez ?

Je comprenais.

— Galilée qualifiait les mathématiques de langage du livre de la nature, ai-je répondu. Et nous sommes prisonniers de ce livre. Nous sommes les mots de cette langue. Donc, nous avons du mal à lire, absorber et apprécier ce dans quoi nous sommes, ce qui nous est familier. Comme dit Marta, il y a des schémas partout.

— Des schémas, oui. Vous parlez comme Marta. Je suppose que c'est un schéma.

J'ai pris le temps d'y réfléchir. Les mathématiques récurrentes dans le monde naturel. Les spirales de Fibonacci qu'on trouve dans les tourbillons, les pommes de pin, et que créent les baleines à bosse dans l'Antarctique pour capturer leurs proies. Nos vaisseaux sanguins qui se subdivisent comme la foudre et comme les branches tordues des arbres. Le cosmos est tissé de fractales, et nous aussi. Nous ne sommes pas seuls dans l'univers, et nous ne sommes pas seuls sur Terre. Nous sommes connectés non seulement les uns aux autres, non seulement aux primates, mais à *tout*. À un bouc, à un homard, aux graines de pissenlit. Vous dites que vous avez le sentiment de faire partie d'un motif. D'une séquence. Et c'est le cas. Mais elle est vaste et magnifique, cette séquence. Elle vous relie à chacune des choses de l'univers. Et un jour, elle vous étonnera par son étendue.

Alors que nous étions assis sur la plage, la lumière était encore là dans le ciel, réduite à une trace. Un étrange rouge profond qui saignait dans la pénombre.

— Le ciel paraît si immobile. Alors que ça sera bientôt la nuit.

— Ne pensez pas à la nuit, Grace. Pas encore.

J'ai regardé le ciel rouge. Et j'ai senti si puissamment ce prodige. Comme s'il était dangereux même de respirer parce que je risquais de me dissoudre dans l'univers.

— Oui, ai-je acquiescé. Un miracle.

Je veux que vous compreniez ces moments. Ils sont tout autour de nous, sur cette planète qui nous est à la fois familière et étrangère. Dans toutes les gouttes d'eau et toutes les particules de lumière. La vie chante et brille. Même quand nous y sommes insensibles, même quand nous la fuyons, quand elle est trop vive et trop douloureuse, quand nous ne sommes pas équipés pour la ressentir – elle est là, elle attend d'être chérie et protégée, prête à nous donner au moins un dernier éclair de beauté avant la nuit.

Cher Maurice,

Je sais que je viens d'appuyer sur « Envoyer » il y a dix minutes, et je sais que vous n'avez pas encore lu mon texte, mais je veux ajouter une précision à son propos. Je décris beaucoup de choses dont on nous apprend à croire qu'elles sont invraisemblables, et même impossibles. Les pouvoirs paranormaux. Les forces protectrices sous l'océan. J'en ai fait l'expérience par moi-même, mais pas une seule d'entre elles n'est plus ou moins remarquable ou ridicule que tout ce qui est déjà là.
Le goût d'un jus d'orange frais. Une figue. La vue d'une fleur. La musique. Un rayon de soleil sur le plancher. Les chats, les chiens, les chèvres, les lézards, les dauphins. Le visage de Harrison Ford. Imaginez, si vous veniez d'une planète où il n'y a rien de tout ça. Imaginez comme tout semblerait merveilleux. Au lieu d'être blasé face à tout ce qui s'offre à nous. Un tableau de coucher de soleil ne semblerait plus jamais

tarte. Une promenade dans un verger relèverait de l'utopie. Une brise fraîche dans une journée chaude serait comme gagner à la loterie. Le moindre chant d'oiseau serait une symphonie.
Nous devrions nous voir nous-mêmes comme des extraterrestres, Maurice, parce que c'est ce que nous sommes pour le reste de l'univers.
Aussi, j'aurais dû vous le dire, si vous voulez venir me voir, je serais ravie de vous accueillir. Tous mes vœux vous accompagnent. Je vous souhaite plein de bonnes choses. Je sens que votre vie se déroulera bien.
Votre amie et enseignante,

Grace Winters

P.-S. : Il y a un pavillon à Lincoln dont je n'ai plus besoin. Je suis sûre que vous pourriez en tirer un bon prix. Vous n'avez pas mentionné vos difficultés financières – vous avez simplement écrit qu'il y avait « d'autres problèmes » –, mais je sais quels sont vos ennuis, tout comme je sais toutes sortes de choses dont personne ne m'a parlé. J'espère que cela vous aidera à les résoudre. Cette maison contient trop de souvenirs, et j'aimerais vous en faire cadeau. Vous voyez, on m'a légué une maison en Espagne, et c'est un geste qui a transformé ma vie. Je voudrais donc en accomplir un semblable pour vous. Après tout, sachant ce que je peux maintenant faire dans un casino, je n'ai plus à m'inquiéter pour l'argent.

Chère Grace,

Je sais que je vous l'ai dit souvent, mais je n'arrive toujours pas à vous exprimer suffisamment ma reconnaissance pour le pavillon. J'ai pensé que vous seriez contente de savoir qu'une vente a été conclue hier. Votre geste a réellement transformé ma vie, et je vais aussi pouvoir beaucoup aider ma sœur.
Mais je veux surtout vous remercier pour votre histoire. Je n'aurais jamais dû y croire, et pourtant j'y ai cru de bout en bout. Vous m'avez aidé à sortir de l'ornière pour faire partie d'un meilleur motif. Je viens donc à Ibiza. Je vais vivre une aventure, prendre un train jusqu'à Dénia, puis le ferry. Il paraît qu'il vaut mieux arriver en bateau. Je serai là dans la deuxième semaine de septembre. Je le sens bien, comme une prémonition, pourrait-on dire. La nuit dernière j'ai rêvé de la mer. Elle luisait. Elle m'appelle peut-être, tout comme elle vous a appelée.
À bientôt, je l'espère.
Un merci infini.

Maurice
X

Remerciements

Tout livre est un effort collectif. Celui-ci en particulier. J'ai énormément de gens à remercier.

D'abord, mon admirable éditeur, Francis Bickmore, avec qui je travaille sur tous mes livres depuis *Les Radley* il y a quinze ans : il sait toujours comment m'aider à mieux raconter mon histoire et il me laisse toute latitude pour exprimer mes idées bizarres. J'ai eu la grande chance, très tôt, d'être soutenu par mes éditeurs internationaux, avec les commentaires inestimables d'esprits aussi brillants que Patrick Nolan, Doris Jahnsen et Iris Tupholme.

Je suis également reconnaissant envers mon agent, Clare Conville, légende littéraire qui, par bonheur, a adhéré d'emblée à mon idée et a compris ce que j'essayais de faire.

Je veux remercier, comme toujours, Jamie Byng et tout le monde chez Canongate Books. Merci à la formidable et indispensable équipe que forment Jenny Fry, Alice Shortland, Lucy Zhou, Jessica Neale, Charlie Tooke, Vicki Rutherford, Jo Lord et Sasha Cox.

Mon espagnol très limité a bénéficié de la présence de la merveilleuse Silvie Varela, qui a bien voulu jeter un coup d'œil aux dialogues.

Et comme chaque fois, je dois remercier Andrea Semple. Ma première lectrice, ma première éditrice, ma meilleure amie – sans oublier celle qui a vécu avec moi les hauts et les bas de nos premières années à Ibiza. Ainsi que Pearl et Lucas, mes enfants, qui ont supporté que je tente de les intéresser à l'herbe marine et à l'histoire de l'Espagne.

Ce livre a évidemment été façonné par mon amour pour Ibiza, et je veux remercier tous ceux que je connais et que j'ai connus sur cette île. Depuis que j'ai vécu et travaillé ici dans les années 1990, jusqu'à ma redécouverte de mon amour pour ces lieux, plus récemment, je remercie tous les amis que j'y ai rencontrés, anciens et nouveaux, et je remercie l'endroit lui-même. Cette île de la Méditerranée, magique, mystique et multifacette, qui défie toujours les idées préconçues.

Et j'aimerais mentionner ceux qui accomplissent un immense travail pour y protéger l'environnement. En particulier, je voudrais nommer Ibiza Preservation (ibizapreservation.org), qui depuis près de vingt ans travaille à préserver l'habitat, avec des projets essentiels pour protéger les lézards, pour réduire la pollution par le plastique à Ibiza et à Formentera, et pour sauver la prairie sous-marine, en danger mais vitale, contre les dégâts causés par la pollution, les bateaux et l'urbanisation du littoral.

Enfin, je voudrais vous remercier, vous mes lecteurs. J'ai beaucoup de chance de pouvoir partager mes récits avec vous. J'avais arrêté d'écrire depuis quelques années. Mais le soutien de mes lecteurs m'a aidé à donner vie à cette histoire. J'espère qu'elle vous a plu. Merci. *Gracias por todo.*

MATT HAIG

est au Livre de Poche

IMPRIM'VERT®

Cet ouvrage a été imprimé en utilisant des papiers composés de fibres naturelles, renouvelables, recyclables et fabriquées à partir de bois issus de forêts qui adoptent un système d'aménagement durable. En outre, les fournisseurs de papier s'inscrivent dans une démarche de certification environnementale reconnue.

Achevé d'imprimer en août 2024
par CPI Bussière
À Saint-Amand-Montrond (18)
Dépôt légal : septembre 2024
N° d'impression : 2078351
Imprimé en France

L'imprimerie CPI Bussière est titulaire de la marque Imprim'Vert®